N&K

CARLOS ZANÓN

DIE HÄLFTE VON ALLEM

Roman

Aus dem Spanischen
von Matthias Strobel

Nagel & Kimche

Titel der Originalausgabe: *No llames a casa*

Die Übersetzung wurde in Absprache mit dem Autor leicht verändert und gekürzt.

Die Arbeit des Übersetzers wurde durch ein Stipendium des Deutschen Übersetzerfonds unterstützt.

1 2 3 4 5   18 17 16 15 14

Satz im Verlag, Isabell Eschenberg
Druck und Bindung: Friedrich Pustet, Regensburg
ISBN 978-3-312-00633-5
Printed in Germany

MIX
Papier aus verantwortungsvollen Quellen
FSC® C014889

When your're alone and lonely in your midnight hour
And you find that your soul, it's been up for sale
And you begin to think about all the things that you've done
And begin to hate just everything
But remember the princess who lived on the hill,
who loved you even though she knew you was wrong
and right now she just might come shining through
and the glory of love
glory of love, glory of love just might come through

Lou Reed, *Coney Island Baby*

0

Leute, die nicht gut vergessen, schaden sich selbst. Denn Leute, die nicht gut vergessen, biegen sich die Wahrheit zurecht, verschludern Namen, blenden Menschen und Orte aus und erinnern sich am Ende nur noch an das Gute.

Cristian ist so einer, der nicht gut vergisst. Deshalb wird er sie vermissen, wenn er an sie denkt, egal, wie sehr er sich jetzt einredet, dass sie nur ein schlechter Witz ist, eine alte Jungfer, die Gott weiß was auf sich hält, eine erfundene Stadt in einem Land, das es nicht gibt.

Weil er nicht gut vergisst, wird er sich nur noch an die Momente erinnern, in denen er und Barcelona gut miteinander auskamen. Wird sich erinnern an jene Luken und Rutschen, die sich plötzlich unter seinen Füßen auftaten, nachts, in dieser flüssigen Stadt. Wird sich erinnern an die Zeiten, als Drogen flossen wie ein wild gewordener Fluss und alle lachten und sich was einwarfen und wieder lachten und sich was einwarfen. Wird sich erinnern an röhrende Motorräder in den Gassen des Barrio Gótico. Wird sich erinnern an den Mond, der in seinem Glas Gin gefangen war. Woran er sich jedoch nicht erinnern wird, ist die Kälte im Februar. Die Gleichgültigkeit. Die Arroganz des überlegenen Anderen. Die Typen mit Hornbrille, Lederjacke und NGO-Ausweis, die ihre chinesischen Töchter spazieren führen. Die Yuppieweiber mit frisch gewaschenen Haaren, Skipass und Katalonien im Herzen, die partout nichts anziehen wollten, was ihren Reichtum verraten könnte. Nein, an nichts davon wird Cristian sich erinnern, sehr wohl aber an die verlassene Stadt im Morgen-

grauen, wenn er nach Hause ging. An die Stadt der nassen Straßen. Die ewige Besiegte. Nicht an die Stadt mit dem erhobenen Arm, die Stadt der faulen Absprachen, des *Reden wir drüber?* Nein, nach der anderen Stadt wird er sich sehnen, der Stadt mit den dunklen Ecken, der anonymen Metropole, an der einst die Helden an die Wand gestellt wurden, der Stadt der Rumbitas und Elektrosongs und der Dreikönigsnächte. Nach Barcelona, der Stadt, die pünktlich zum Morgen die Kaffeemaschinen anwirft. Der Stadt der Plätze mit den Brunnen ohne Wasser. Der Stadt der Märkte über Schichten aus Eis, Blut und grauem Fisch. Der Stadt der leeren Kirchen, der Blumen, die ohne Sauerstoff in ihren Plastikgräbern liegen.

Cristian – dunkler Teint, schlank, leicht schielender Blick – schlendert die Plateria entlang, die Via Laietana, die Ferran, die Hände in der Jacke, den Henkel seiner Reisetasche unter die Achsel geklemmt, auf der Suche nach einem Café, in dem er vor seinem Treffen mit Max noch schnell was frühstücken kann. Er kommt an einem vorbei. Alt, neu, schwer zu sagen. Kurz darauf macht er sich über einen Milchkaffee und ein leckeres Croissant her. Seine Finger kleben regelrecht am Karamell. Manche Leute machen ihre Arbeit halt noch gut, denkt er. Wenn du für so ein Croissant dasselbe zahlst wie für eines dieser Kleisterhörnchen, die sie dir sonst andrehen, wozu sich groß anstrengen? Aus demselben Grund wie sonst auch, hat sein Vater immer zu ihm gesagt. Wenn du etwas gut machen kannst, Cristian, warum solltest du es dann schlecht machen? Schon komisch, verheddert sich Cristian weiter in seinen Gedanken, dass man alles, was Mütter einem sagen, vergisst, während man das, was Väter einem sagen, nie wieder aus dem Schädel kriegt. Vielleicht kann einfach nichts den bitteren Likör

der toten Eltern ganz auflösen, der Eltern, die gegangen sind, der Eltern, die entweder du verlässt oder die dich verlassen.

Der Kratzer, der ihm quer über die Wange bis zur Lippe reicht, brennt nach wie vor. Gerade ist seine Zunge zum Mundwinkel gewandert, und weil es gebrannt hat, musste er an Mireia denken. Er hat ihr nicht sagen wollen, dass er abhauen wird. Er hat es einfach tun wollen, Schluss aus. Aber sie musste ja in seinen Sachen rumschnüffeln und hat das Zugticket entdeckt, ist ausgerastet, war nicht mehr zu beruhigen. Ja, er hat sogar mal mit dem Gedanken gespielt, sie mitzunehmen. Aber das ist lange her. Man nimmt doch keine Frau mit, bei der man keinen hochkriegt, oder? Das hat er ihr auch so gesagt. Wollte sie nicht die Wahrheit hören? Hier, da hast du sie, die Scheißwahrheit. Und jetzt sieh zu, was du damit anfängst. Mit der verfluchten Wahrheit. Du törnst mich nicht an, hat er zu ihr gesagt. Du bist im Bett wie eine Nonne. Wenn ich dich nackt sehe mit deinen Ziegenbrüsten und deinem Schinkenarsch, rührt sich nichts bei mir. Oh, tut wohl weh, die Wahrheit, brennt! Ist aus Stein, aus hartem Stein, die Frau Wahrheit. Er sei ihr dankbar für alles, was sie für ihn getan habe, aber er sei nicht ihr Freund oder Retter. Ihr Sant Jordi, wie sie ihm mal in einen Gedichtband geschrieben hat, ein Geschenk zum Tag des Buchs. Sie solle sich ihren Märchenprinzen unter den Säufern in ihrer Kneipe suchen. Und schnell an der Fußstange festbinden, damit er nicht flüchten kann. Adiós, Mireia. Ich gehe. Vergiss mich. Und lern um Himmels willen, wie man fickt. Denn nur so kannst du einen Mann halten. Lern endlich, was alle anderen Frauen längst wissen, sogar die dümmsten: dass man schon vorher schreien muss. Da hatte Mireia sich auf ihn gestürzt. Ihn beschimpft,

ihre Fingernägel aus Porzellan und Biestigkeit ausgefahren und ihm so selbstverständlich das Gesicht zerkratzt wie ein Kind Wolken auf ein Blatt Papier kritzelt. Als er ihre Handgelenke zu packen bekam, war es bereits zu spät. Er hat sie ihr so sehr verdreht, dass sie in die Knie ging, aber da hatte sie ihn schon gekratzt. Das Gesicht tat ihm dermaßen weh, dass er sogar die Hand hob. In diesem Moment hatte er an Bruno gedacht und beschlossen, sich nicht auf dessen Niveau zu begeben. Er hatte noch nie eine Frau geschlagen, und jetzt war nicht der Moment, um sich endgültig in einen Scheißkerl zu verwandeln.

Er schlägt die Zeitung auf, und der Zufall erlaubt sich einen Scherz mit ihm. Hellseherische Kräfte. Gerade noch hat er die Hand gegen Mireia erhoben, und jetzt stößt er auf eine Kampagne gegen die Misshandlung von Frauen. Ein wichtiger Typ, den er nicht kennt. Ein Schauspieler, Moderator oder so was zeigt mit tadelnden Äuglein einem Frauenverprügler die rote Karte. Mir brauchst du sie nicht zu zeigen, ich hätte fast, hab aber nicht, denkt Cristian, von seinem Humor selbst überrascht. Er blättert um. Offenbar sind gerade Wahlen gewesen. Hat er gar nicht mitgekriegt. Gewonnen hat sie ein Typ, der grinst, und verloren einer, der nicht grinst. Beide schicken ihre Kinder auf eine Privatschule und sind mit Blondinen aus reichem Elternhaus verheiratet. Der Gewinner streckt die Hand aus. Der Verlierer schüttelt sie. Die Tür des Cafés geht auf. Ein Loser mit Rastalocken kommt rein. Barfuß, Bermudashorts, Bart, dunkle Hautfarbe. Ein Araber, Nordafrikaner, vielleicht auch nur einer, der vor Dreck strotzt. Er zittert. Arme Sau, bei der Kälte, denkt Cristian. Der Typ hat einen dampfenden Styroporbecher in der Hand. Bet-

telt um irgendwas, Brot, so ein Ding, wie er da gerade eins isst. Der scheidende Präsident quatscht von der Lektion, die er gelernt hat. Der kommende von Demut. Der Kellner gibt dem Rastamann zwei Croissants, geleitet ihn zur Tür und empfiehlt ihm, es beim nächsten Mal in der Konditorei zu versuchen. Die komme es billiger. Oder gleich in der Suppenküche. Dort sei sowieso alles gratis. Der Typ schafft es keine Woche mehr, denkt Cristian, der beinahe auch mal soweit gewesen wäre. Bruno hat sie damals gerettet. Raquel und ihn. Ob er will oder nicht, der Splitter des Undanks, des Verrats auf seinem Handteller brennt stärker als Mireias Kratzer im Gesicht. «War doch schon immer so, Bruno. Man bringt es jemandem bei, der schnallt den Trick, schnappt sich das Geld, und schon ist er weg.» Der Kellner, um die sechzig, Glatze, galizischer Akzent, sieht Cristian an und zuckt die Schultern. «Freier Fall», sagt einer am Tresen. Aber er meint nicht die Welt oder den Bettler. Alle reden heute nur von Barça, das am Samstag Madrid auseinandergenommen hat. Da wird Bruno ja drauf sein. Wenn Raquel ihm heute auch nur ein bisschen auf den Sack geht, knallt's im Karton, da nützen auch die roten Karten in der Zeitung nichts.

Cristian hat die Tasche mit seinen Sachen dabei. Der Plan ist, das Geld von Max zu kassieren und die Biege zu machen. Mehr wird er ihn nicht triezen. Wird ihn in Ruhe lassen. Man soll ja nicht übertreiben. Hauptsache, er hat genug Kohle, um zwei oder drei Monate einen auf lau zu machen und sich da unten was aufzubauen. Er wird mit seinen Freunden reden. Irgendeiner wird schon noch am Leben sein. Germán zum Beispiel, der mit der Imbissbude an der Playa de los Atunes. Das weiß er hundert pro. Könnte ihm vorschlagen, bei ihm

einzusteigen. Das Zugticket hat er für Freitag Abend gekauft. Heute ist Dienstag. Bis dahin wird er bei Raquel und Bruno pennen. Er hätte auch woanders unterkommen können, aber so war's ihm am liebsten. Bruno in der Nähe zu haben spielt ihm in die Karten. Bruno ahnt was, aber er weiß nicht, was, wo oder wie. Höchste Zeit, die Kurve zu kratzen. Lieber seinen Arsch retten, als sich von der Habgier treiben zu lassen. Bruno ist der Zocker, nicht er. Das darf er nicht vergessen oder andersherum erinnern, wie's ihm manchmal passiert, wenn sich ihm der Kopf dreht und er Erinnerungen erfindet oder diese Erinnerungen ihn direkt reinlegen und ihm vorgaukeln, was nicht ist.

Raquel hat sich über seinen Anruf heute Morgen gefreut. Es war der letzte Anruf mit dem geklauten Handy. Einem Nokia, das gerade den Geist aufgibt. Cristian nutzt die letzten Zuckungen, um sich – neugierig, wie er ist – die Fotos anzuschauen, die der Mexikaner darauf gespeichert hat. Frau, Töchter, Freunde. Dann verarabschiedet sich das Handy endgültig. Adios, Señor Nokia. Raquel war gut gelaunt, weil sie einen Brief vom Krankenhaus bekommen hat. Sie sei in das Vorbereitungsprogramm für die Transplantation aufgenommen worden. Auch sie wird er verlassen. Noch hat er es ihr nicht gesagt. Wahrscheinlich wird er es ihr auch nicht sagen. Er hat Angst vor ihrer Reaktion. Aber sie ist eben auch nur ein Ballast, den er möglichst schnell abwerfen muss. Er hat sie schon viel zu lang am Hals. Jahre. Jetzt wird er fliegen. Weit, hoch, frei. Im Fernsehen guckt Cristiano Ronaldo wie ein Angeber, dem man mit dem Bügeleisen die Fresse poliert hat. Dann quatscht ein Moderator, verabschiedet das Publikum. Was er sagt, interessiert keinen. Er wird ersetzt durch einen

fetten Schwarzen im Pyjama. Halbnackte Weiber tanzen um ihn herum, putzen ein Auto, wackeln mit dem Arsch. Manche haben einfach Glück, denkt Cristian: ficken sich fröhlich durchs Leben. Danach kommt die Fernsehversion der Kampagne gegen die Misshandlung von Frauen. Rote Karte. Ja, wir haben's kapiert, man darf kleine Mädchen nicht schlagen, es nervt.

Er zahlt, lässt Trinkgeld liegen, geht. In einer Gasse neben dem Café sitzt der Bettler von vorhin in Hindumanier. Verschlingt gerade den letzten Zipfel des letzten Croissants. Cristian geht zu ihm, gibt ihm einen Zehner und das unbrauchbare Handy, das Bruno in dieser Horrornacht mit Supermami hat mitgehen lassen.

«Irgendwas kriegst du schon noch dafür. Verstehst du? Und such dir ein Plätzchen, wo du nicht frieren musst.»

«Ja, ja.»

«Kopf hoch. Gerade waren Wahlen. Gewonnen haben die von hier, die Guten. Und Barça hat auch gewonnen. Gegen die Bösen.»

«Barça, Barça, Barça», schallt es aus dem zahnlosen Mund voller Speichel und Krümel.

Als Cristian an der Plaza Castilla ankommt, wartet Max schon auf ihn. In diesem Augenblick fällt ihm auf, dass er immer, wenn er sich mit Max trifft, zufällig eine Schramme im Gesicht hat. Er muss grinsen. So macht der Typ sich noch mehr in die Hosen, denkt er. Der Typ ist und bleibt eben ein Schisser. Einer, der nicht den Mumm hat, sich eine Frau aus den Eingeweiden zu reißen. Hat Glück, dass er sich diese Feigheit finanziell leisten kann, die Sache mit der Liebe und diesen ganzen Quatsch.

Cristians Sensoren zeigen an, dass sich bei seinem Opfer etwas geändert hat. Max hat offenbar seit Tagen nicht geschlafen und befindet sich in einer Art Dauerdelirium. Ist ungekämmt. Graumelierter Viel-zu-viele-Tage-Bart. Zerknitterte Kleidung. Flecken auf dem Revers. Cristian treibt sich die Euphorie aus und bindet seinem Körper, wie einen Harnisch, Vorsicht um.

«Wie geht's?»

«Gut.»

«Hast du das Spiel gesehen?»

«Ja.»

«Ihr habt gewonnen.»

«Ich hab gesehen, dass du ein paar Mal angerufen hast.»

«Geschenkt.»

«War nicht nötig. Oder hältst du mich für einen Vollidioten?»

«Soll ich dir wirklich darauf antworten?»

«Die Anrufe sollten wohl eine Warnung sein.»

«Schon möglich.»

«Weißt du was? Du kannst mir nichts mehr anhaben, weil ich nämlich alles verloren hab.»

«Hast du das Geld dabei?»

«Bist du taub, oder was? Ich bin am Arsch.»

1

Mit seinem Gehalt kann Max zwar die Miete seiner Wohnung bezahlen, die in der Calle Mandri liegt, in einem Gute-Leute-Viertel, das am Wochenende zur Geisterstadt wird. Aber wenn er die Alimente abzieht, bleibt ihm kaum noch was zum Leben, ausgehen, Kino am Freitag- oder Samstagabend, Handy, Anzug in die Reinigung und den einen oder anderen kleinen Luxus in Form eines Buchs oder einer CD. Andererseits kann er sich trotzdem glücklich schätzen, dass es überhaupt einigermaßen reicht. Obwohl er es sich jeden Monat fest vornimmt, gelingt es ihm nicht, auch nur einen einzigen Euro auf die hohe Kante zu legen. Er spart hier ein bisschen, dort ein bisschen, aber es nützt nichts: Er bewegt sich immer gefährlich am Rand des Dispokredits. Seit zehn Jahren arbeitet er in einer Versicherungsagentur, betreut dort seinen eigenen Kundenstamm, der in den vergangenen Monaten ziemlich geschrumpft ist. Sein Kundenstamm und auch der seiner Kollegen. Die Krise. Wie alles – Gutes und Schlechtes – wird auch diese Krise vorbeigehen. Außerdem ist eine Krise wie geschaffen für Leute mit Mumm, die etwas riskieren wollen, hoch pokern, um so richtig abzuräumen. Hat er sich zumindest schon so oft gesagt, so dass er fast selber daran glaubt, wenn er Termine mit Anwälten, Ärzten oder Ingenieuren hat. Unternehmern, Richtern oder örtlichen Versicherungsbüros. Er ist sich bewusst, dass es auch ihn finanziell getroffen hat, aber es hat ihn nicht ausgeknockt. Wenigstens die Hypothek auf das Ehedomizil ist er los. Allerdings nur, weil er auf die Miteigentümerschaft verzichtet hat.

Alleinige Eigentümerin ist jetzt seine Ex-Frau Virginia, die dort mit ihren drei Kindern wohnt, zwei Mädchen und einem Jungen.

Die Miete kann er sich zwar leisten, aber die Wohnung ist zu klein für einen Erwachsenen und drei Kinder, zwei davon fast im Teenageralter. Mehr geht eben nicht im Augenblick, und daran wird sich so schnell auch nichts ändern. Vielleicht irgendwann mal, aber dieses Irgendwann ist mit so vielen Bedingungen zugestellt, dass er lieber nicht daran denken will. Manchmal gelingt es ihm aber nicht. Dann grübelt er über die Selbstlügen nach, über das, was er weiß, was er aber lieber nicht laut ausspricht. Dann muss er schwer aufpassen. Vor allem in schlaflosen Nächten, in denen die Angst und der Alkohol ihn in die Mangel nehmen. Oder wenn diese tiefe Traurigkeit ihn erfasst, meist am Sonntagnachmittag, wenn er nur noch heulen könnte und am liebsten tot wäre, und sei es nur, damit er endlich nicht mehr für alles bluten muss.

Zehn Uhr abends. Mittwoch. Heute hat er die Kinder über Nacht. Morgen muss er kurz vor sieben aufstehen, um das Tohuwabohu zu organisieren: Frühstück richten, duschen und ab in die Schule. Die beiden Mädchen – Virginia und Laia – gehen auf dieselbe halbstaatliche Schule. Der Kleine – Lluís – in einen privaten Kindergarten, warum, weiß der Kuckuck, wo doch letztlich der einzige Unterschied ist, dass dort eine englische Schuluniform getragen werden muss. Den Kindergarten zahlt nicht er, auch nicht seine Ex-Frau, sondern sein Ex-Schwiegervater, aus einem altbackenen Rollenverständnis heraus. Einer patriarchalischen Haltung, gegen die Virginia in jungen Jahren rebelliert hat, von der sie sich aber unwiderstehlich angezogen fühlt, seit sie alt genug ist,

um Wörter zu konjugieren wie legitim, vorzeitige Schenkung und finanzielle Stabilität.

Max sitzt auf dem Sofa vor dem stumm gestellten Fernseher. Eine Debatte, bei der Wirtschaftsexperten und Auftragsmörder der Rechten die Regierung für alle Übel der menschlichen Spezies verantwortlich machen, einschließlich der biblischen Plagen. Er weiß auch nicht, warum er sich solche Sendungen ansieht. An guten Tagen argumentiert er, dass es ihn eben interessiert, was die anderen Stimmen behaupten, die in den linkslastigen Sendern nicht vorkommen. An besonders guten Tagen redet er sich sogar ein, dass er sich köstlich amüsiert über diese rot angelaufenen, schuppigen Gesichter, die nur darauf zu warten scheinen, dass sie sich die Maske aus dem Gesicht reißen können, um endlich, wenn das Monster erst einmal befreit ist, die Faschistenhymne *Cara al sol* zu singen, Hitler zu rechtfertigen oder einen neuen Kreuzzug auszurufen. An schlechten und ganz schlechten Tagen sieht er sie sich deshalb an, weil er tief in sich den Wunsch verspürt, ein Säureregen möge jegliche Zivilisation auslöschen, wie bei Scorseses Taxi Driver. Er will umschalten, aber die Fernbedienung ist irgendwo zwischen Kissen und Kinder gerutscht. Er verkneift es sich, sie zu suchen, will sich nicht zu sehr bewegen, damit seine Töchter nicht aufwachen, die sich zu seinen Füßen zusammengeknäult haben und schlafen; jede auf ihrer eigenen Matratze aus dem Corte Inglés, Visa sei Dank. Die Mädchen sind elf und zwölf. Verstehen sich gut. Auch in dieser Hinsicht hat er Glück gehabt. Virginia ist extrovertiert, gut in der Schule, nicht gerade schön, aber man kann eben nicht alles haben. Sie ist mit der Brille im Gesicht und dem Handy in der Hand eingeschlafen. Weil ihr Kopf zwischen

den Beinen ihres Vaters liegt, kann Max ihr die Brille abnehmen und sie auf den Arm des Sofas legen. Wenn er ins Bett geht, darf er nicht vergessen, sie ins Etui zu stecken. Laia ist anders. Hübsch, aber reserviert. Man weiß nie, was sie denkt, was in ihrem reizenden Köpfchen vor sich geht. Sie ist ihrer Mutter wie aus dem Gesicht geschnitten. Eigentlich eine Sauerei, denkt Max. So wird man bei sich zu Hause ständig an den Feind erinnert.

Zu faul, zu komplexbeladen, zu abgewrackt. Zu faul, um sich in Schale zu werfen und auszugehen, um gesellig zu sein, um sich mit jemandem zu treffen, mit dem er sich nie treffen würde, wäre er nicht einsam und Einsamkeit fatal. Zu faul, um in Kneipen rumzuhängen, in denen er entweder wirkt wie der Papi eines Teenagers mit Ausgehbeschränkung oder umzingelt ist von Leuten in seinem Alter. Im ersten Fall ist die Situation missverständlich, merkwürdig, ernüchternd. Im zweiten Fall unerträglich. Männer und Frauen um die fünfzig, die sich ihre Niederlage nicht eingestehen wollen. Die auf jung getrimmt sind mit ihren Pferdeschwänzen, Anzügen und Teenie-T-Shirts, mit ihren Krawatten und Halstüchern, mit ihren schwarzen Flittchenkleidern trotz Hängebrüsten, zwischen die ein Bewässerungsgraben passt. Ein Club mit Zwang zur guten Laune, in dem die Mitglieder sich in eine Euphorie über die wiedergewonnene Freiheit hineinsaufen. Jung sein heißt Alkohol und Drogen zu vertragen. Jung sein heißt, einen frischen Körper zu haben, ob der nun hübsch ist oder nicht. Geil zu sein und dieses Geilsein auch ausleben zu können dank einer vollen Ladung Testosteron im Blut. Jung sein heißt, den anschließenden Kater zur Schau zu tragen und in den nächsten drei Tagen stolz am Krückstock zu gehen. Jung

sein heißt, ein unbeschriebenes Blatt zu sein: keine Traumata, keine Ex-Frauen, keine ungelösten, beglaubigten oder verkapselten Probleme, keine geplatzten Träume, keine nicht ausbezahlte Rente, keine schwerkranken oder demenzverblödeten Eltern. Man muss jung sein, wenn man jung ist. Und wenn man nicht mehr jung ist, muss man eben zu Hause bleiben, John-Wayne-Filme gucken, Huren bestellen oder Modellbau betreiben. Die Indianer zogen sich zum Sterben in die Berge zurück, weil sie für ihren Stamm keine Last sein wollten. Heutzutage, denkt Max, würde man ihnen einen Clubausweis und ein Päckchen Viagra in die Hand drücken.

Zu faul, zu komplexbeladen und zu abgewrackt. Wieso sich gegen diese Einsicht wehren? Er hat mehr als nur ein paar Kilo zu viel um die Hüften. Sein Haar wird schütter. Wenn er sich ein paar Tage lang nicht rasiert, sieht er aus wie ein Bettler und nicht wie ein Bad Guy. Er habe nach wie vor was, sagt Merche, seine Geliebte und Ex-Kollegin. Aber was? Da muss sie schon konkreter werden. Er ist nett. Fleißig. Interessiert sich für Film, Literatur, Politik. Will wissen, was in der Welt vor sich geht. Und was ist mit Sex? Macht Spaß mit Merche. Ja, er vögelt gern mit ihr, nur dass Sex – was sie allerdings nicht weiß – in seinem Leben nicht mehr so wichtig ist, jetzt, wo er auf die fünfzig zugeht.

Er lässt sich zurücksinken. Vorsichtig, weil er das Hemd, das er anhat, auf den Balkon hängen und morgen noch mal anziehen will. Mit gelockertem Krawattenknoten wie Frank Sinatra, wenn er auf den Einsatz von Nelson Riddle wartete. Soll er sich die Platte anhören, die Sinatras Trennung von Ava Gardner besiegelte? Zu kompliziert bei dem Tetris, den sein Wohnzimmer gerade darstellt. Er könnte sich nachher im

Bett noch einen runterholen. Das würde ihn entspannen, aber dann fällt ihm ein, dass da ja sein Sohn Lluís schläft, also doch lieber nicht, würde ihn eher deprimieren. Er streckt den Arm aus und klappt das Notebook auf. Die Sinatra-CD ist in Reichweite. Er klickt den Song an:

When your lonely heart
Has learned its lesson
You'd be hers.
If only she would call
In the wee small hours
Of the morning.
That's the time
You miss her most of all.

Man weiß nie, denkt Max, ob dieser Balsam eher heilt oder ätzt. Popmusik hat was pervers Masochistisches. Zu Zeiten Bachs hat man sich bestimmt nicht so schlimm verliebt und so brutal gelitten wie heute, weil heute jeder zwanghaft glücklich sein muss, lieben, vögeln, was das Zeug hält, Fernreisen machen, je weiter weg, desto besser. Seit einer Weile schon linst er immer wieder zu seinem Laptop auf dem Sofa neben ihm. Dabei weiß er ganz genau, dass er sich keine Hoffnungen machen darf. Merche wird ihm nicht schreiben. Das Zeitfenster ist bereits geschlossen. Ihr Mann kommt pünktlich nach Hause, spätestens um acht. Wahrscheinlich räumen sie gerade den Tisch ab, machen sich bettfertig oder sehen sich noch eine Folge irgendeiner Serie mit Ärzten oder Außerirdischen an. Merche ist verheiratet und hat zwei Kinder, Jungs, einer davon etwas älter als seine Älteste. Ihr Mann arbeitet für eine

Firma, die Bäder und Küchen umbaut. Er repariert immer alles selbst und vögelt sie jeden Tag. Wenigstens hat Merche ihm das aufs Butterbrot geschmiert, als sie ihre Affäre anfingen. Danach hat sie es etwas relativiert, und jetzt fragt er lieber nicht mehr nach, und sie bringt das Thema auch nicht auf den Tisch. Dabei bereitet ihm allein die Vorstellung Seelenqualen. Was hätte Frank getan? Die Mafia angerufen? Was kann er tun? Einen Freund anrufen und ihn – zum x-ten Mal – mit seinem Kummer auf die Nerven gehen? Na ja, Ava Gardner hat auch auf Kosten Sinatras rumgevögelt. Diesem Kerl die Hörner aufzusetzen muss was gehabt haben. Max' bereits verstorbener Vater hat auch einen gewissen Ruf in dieser Hinsicht. Er hat immer damit geprahlt – kommentiert mit einem Stoßseufzer im Bassschlüssel von Max' Mutter –, dass er einem Mitglied des *Dúo Dinámico* die Freundin ausgespannt habe. Okay, das war nicht das Gleiche, aber manchmal verschmolzen in seinem Kopf Sinatra und sein Vater, und sei es nur, weil der eine das genaue Gegenteil des anderen war. Der eine war Sänger, der andere Busfahrer. Der eine Millionär, korrupt und von Gottes Hand berührt; der andere arm, ehrlich und von jeglichem Gott vergessen.

Nein, heute würde er keine Nachricht mehr kriegen. Vielleicht morgen, eine zärtliche Zeile oder auch nur ein Routinegruß. Das entspricht in etwa dem Anruf am frühen Morgen aus dem Song. Früher hat Merche ihn immer angerufen, jetzt aber ruft sie ihn nur noch ab und zu an. Die Dinge haben sich geändert. Erst ist passiert, was passiert ist, dann kamen die Gefühle, und jetzt sitzt er fest in diesem Nichts- und Niemandsland.

Was ist passiert? Passiert ist Folgendes: Virginia verdächtigt

ihn. Max weicht aus. Virginia hakt nach. Max streitet ab. Virginia entdeckt. Max knickt ein. Virginia ringt ihm ein halbes Geständnis ab, aber das reicht. Max gesteht, dass es eine andere Frau gibt, hält sich aber an die Vereinbarung mit Merche und nennt keinen Namen. Virginia lässt einen Versuchsballon steigen: ob es eine Arbeitskollegin ist. Max erinnert sich noch, dass er sich in dieser Szene – oder eigentlich Szenen, die für ihn längst zu einer Szene verschmolzen sind – gefühlt hat, als wäre, wie im Zeichentrickfilm, unter seinen Füßen plötzlich kein Boden mehr, sondern ein Abgrund. Er weiß nicht, wie man bügelt, wie man eine Wohnung einrichtet, welche ärztlichen Untersuchungen bei den Kindern anstehen. Er weiß nicht mehr, wohin, oder wie er seiner Familie und seinen Freunden und gar seinen Kindern erklären soll, warum er untreu war, warum er getan hat, was er getan hat. Wofür er den Spiegel zerbrochen hat, so vielen Unschuldigen Schmerzen zugefügt. Aus Liebe, hätte er gern gesagt. Eines Tages ist die Liebe plötzlich wieder da, das Verliebtsein, das sexuelle Begehren, und man entdeckt, dass das, was man hat, nicht genug ist, um jeden Morgen aufzustehen und Fahrt aufzunehmen. Eine Zeitlang stürzt man sich voll hinein, zumal man nicht der Einzige ist. Aber irgendwann kommt der Tag, an dem einem die Traurigkeit bis in die Knochen dringt, und dann, mein Freund, ist es zu spät. Die alten Kleider halten dich nicht mehr warm; die neuen noch nicht. Der Verrat ist nicht die neue Liebe. Der Verrat sind die Lügen davor. Die Lügen, die notwendig sind, um sich zu lieben. Es ist alles so verwirrend und widersprüchlich. Um der Sterblichkeit der Liebe ins Auge sehen zu können, muss man ihre Unsterblichkeit heraufbeschwören. Und um der Liebe den Todesstoß versetzen zu können, muss

man geschworen und bemeineidet haben, dass man an ihre Unsterblichkeit geglaubt hat.

Merche, der Gedanke an sie, gibt ihm Kraft. Immer wieder sagt er sich, was sie sich geschworen haben, bevor seine Ehe geplatzt ist: dass sie alles aufgeben und ein neues Leben beginnen wollten. Sie wussten nicht, wie, sie wussten nur, dass sie es tun mussten, wenn es soweit war. Sie nutzten jede Gelegenheit, um Zeit miteinander zu verbringen. Sie aßen zusammen zu Mittag, tranken zusammen Kaffee, aßen zusammen zu Abend, schliefen miteinander, wann immer sich die kleinste Chance bot. Sie wollten nicht, dass jemand davon Wind bekam. Wollten nicht, dass die Kinder litten oder ihre jeweiligen Partner Verdacht schöpften, dass sie längst ersetzt worden waren. Manchmal, bei einem Milchkaffee, den sie im Gefühl tranken, nicht wieder nach Hause zurückzukehren, zur Normalität, oder im Bett, im zarten Dämmerlicht, wenn die Körper noch erhitzt waren vom Akt der Liebe, spielten sie mit dem Gedanken, das Versteckspiel zu beenden. Dann vereinbarten sie, es nur gemeinsam zu tun, legten ein Datum fest, einige Monate Schonzeit, um zu beweisen, dass bei ihnen das klassische «es gibt keinen anderen» galt, und dann, wenn die Karten auf dem Tisch lagen, würden sie ihre Beziehung offiziell machen, zusammenziehen, ihre jeweiligen Kinder würden sich kennenlernen, anfreunden, das perfekte Glück. Ein Glück wider alle widrigen Umstände, wider die Erfahrung und Ratschläge von Freunden und Verwandten. Keiner von beiden dachte, dass es leicht würde, aber zumindest hielten sie es für möglich, und allein dies befreite sie von dem erstickenden Gefühl, sich ständig zwischen Tür und Angel lieben zu müssen, nur um anschließend wieder in die Arme dessen

zu sinken, den man gerade betrogen hatte. Wenn einer von ihnen vorpreschte, würde das den anderen nur unter Druck setzen. Doch dann hatten sich die Ereignisse überschlagen. Wahrscheinlich war es besser so, oder? Das Leben traf seine eigenen Entscheidungen. Ihm war die Entscheidung jedenfalls abgenommen worden. Sonderlich gewehrt hatte er sich allerdings nicht, aber es war ja auch nicht die Vertreibung aus dem Paradies gewesen, sondern eher eine Abkürzung dorthin. Was allerdings zur Folge gehabt hatte, dass Virginia umso mehr hatte leiden müssen, dass es sie umso mehr gekränkt hatte und dass sie bei den Scheidungsbedingungen nun keine Gnade kannte.

Die Gefühle ergeben sich aus den Tatsachen. Für Max ist das klar, so sehr Merche es bestreiten mag. Nach einem Geschäftsessen und dem obligatorischen, leicht alkoholisierten Beischlaf hat er sie von dieser neuen Wendung in Kenntnis gesetzt. Sie hat den Schlag tapfer eingesteckt, aber ihr Gesicht verzogen. Konnte nicht anders. Sie müsse die Entscheidung, was ihre Ehe betreffe, ja nicht sofort treffen, beeilte sich Max zu sagen. Jeder in seinem eigenen Tempo. Vorläufig sei der einzige Unterschied, dass er jetzt Tag und Nacht verfügbar sei und sie sich folglich leichter verabreden könnten; leichter zusammen sein. Sie solle diesen Schritt erst dann tun, wenn sie ihrerseits bereit sei. Auf ihn käme jetzt einiges zu. Er müsse sich eine möblierte Wohnung suchen, das zuallererst. Ob sie ihm dabei helfen würde? Selbstverständlich. Merche fragte, ob Virginia sie im Verdacht habe. Max beruhigte sie. Sie habe nichts zu befürchten: Er habe ihren Namen nicht verraten. Nicht einmal ein Jahr ist das jetzt her. Seither hat sich alles verändert. Merche leugnet es, aber er weiß, dass nichts mehr

ist, wie es mal war. Sie hat es mit der Angst zu tun bekommen, einen Rückzieher gemacht, sich bedrängt gefühlt von jemandem, der plötzlich alle Zeit der Welt hatte, um ihre Liebe zu leben. Sie fühlte sich überfordert von seiner Eifersucht, seinen Ängsten und seinem Schmerz, von seinem Scheidungskrieg, seinen Besuchen beim Kinderpsychologen und seinen finanziellen Problemen. Er warf es ihr vor, sie stritt es ab. Wenn er mal wieder heftig geworden war, fragte er sich manchmal, ob er eine verzerrte Sicht auf die Dinge hatte, weil er sicheren Boden unter den Füßen brauchte, weil er sich Merches Liebe gewiss sein musste, jetzt mehr denn je. Mit anderen Worten: Ob er seinen Gefühlen trauen konnte. Auch mit den Hunderten von E-Mails war es nun vorbei, den zärtlichen SMS, dem Drang, sich immer und überall zu treffen. Max verstand ihre Panik, denn wenn er sich in sie hineinversetzte, kam er zu dem Schluss, dass er umgekehrt wahrscheinlich ähnlich reagieren würde. Er musste Geduld haben, ihr Zeit lassen, alles in warmen, wunderbaren Farben zeichnen. Er durfte sie nicht unter Druck setzen, keine Schwäche zeigen, sich nicht davon leiten lassen, ob sie ihn liebte oder nicht. Er musste ihr zu verstehen geben, dass er nicht auf sie angewiesen war, dass er sich eben jemand andern suchen würde, wenn sie ihn nicht mehr wollte, dass er sein Leben leben würde, während sie Gefahr lief, eine Chance auf das große Glück zu verpassen, wie sie das Leben selten bot.

Noch mehr Tatsachen und Gefühle. Aufgrund der Krise kündigte die Versicherungsagentur an, die Belegschaft reduzieren zu wollen. Wer freiwillig gehe, würde ab dem Ersten Arbeitslosengeld beziehen und trotzdem die volle Entschädigung kassieren. Zu Max' Verwunderung willigte Merche ein.

Sie sei genervt, argumentierte sie, habe es satt, so beschissen bezahlt zu werden, wolle wieder an die Uni und ihr BWL-Studium zu Ende bringen, das sie nach zwei Semestern habe sausen lassen. Max war stinksauer, weil dies bedeutete, dass sie sich nicht mehr jeden Tag sehen konnten. Für ihn hatte sie den erstbesten Notausgang genommen, der sich ihr geboten hatte. Aber es sei nicht dieser Schritt allein. Es seien all die Veränderungen, die er an ihr bemerkt habe. Er erinnere sich gar nicht mehr, wann sie zum letzten Mal die Initiative ergriffen habe und sie zu ihm gekommen sei, um miteinander zu schlafen. Solange es schwierig und riskant gewesen sei, habe sie offenbar mehr Lust gehabt. Wie immer drehte sie ihm die Worte im Mund herum und warf ihm ihrerseits vor, ein Egoist zu sein, was immer damit endete, dass Max ihr, ohne überzeugt zu sein, recht gab. Was war das Ergebnis gewesen? Sie mussten mit dem Handy vorliebnehmen, weil eine E-Mail immer riskant war und ihr Zugang zum Computer mit dem Tagesablauf ihrer Kinder in Einklang gebracht werden musste, was auch bedeutete, dass Chatten nicht in Frage kam. In einer anderen Ordnung der Dinge ließ Merche die Einschreibefrist für die Uni verstreichen. Was aber laut ihr egal war. Es habe sich nichts geändert. Das bildest du dir nur ein, Max, sagte Merche zu ihm, das ist nur deine ewige Unsicherheit, die dazu führt, dass du die Dinge verzerrt wahrnimmst. Wie gerade jetzt dieses Bein, das sich so anfühlt, als wäre es eingeschlafen – weil er so unbequem sitzt –, dabei hat es längst Wundbrand und stinkt, droht abzufallen, genau zwischen Laia und Virginia. Alles zur Musik eines Toten, der sich an die letzte Nacht erinnert, in der Ava und er noch jung gewesen sind. Was schon so ungefähr eine Million Jahre her ist.

2

María hat ungefähr tausend Jahre auf dem Buckel, schneeweiße Haare und blaue Augen. Aus ihrem Kinn ragen wie ein Zaun aus Wildschweinborsten gereizte Haare. Es heißt, sie habe Prominente gekannt, darunter der Vater des Königs, einen berühmten Stierkämpfer und einen Fußballer mit Dribbeltalent und tödlichem Schuss. Sieht man ihre Augen, hält man es durchaus für möglich. Sie sind bläulich wie sonst nur Gletscher. Ihr Blick hingegen hat schon seit längerem die Orientierung verloren und ergibt keinen Sinn mehr, enthält kaum noch ein Fünkchen Vernunft. María spricht die Leute immer an derselben Stelle an. An der Straßenecke Balmes und Diputación. Solange man nicht stehenbleibt, hat man kein Problem mit ihr. Man versteht kaum, was sie sagt, und geht weiter. Sie bettelt. Um einen Euro, um etwas zu essen. Wenn man sie nicht kennt, erlebt man, wenn man stehenbleibt, sein blaues Wunder. Zum Beispiel, wenn man eine Münze in eine Parkuhr wirft. Dann kommt María auf einen zu, bittet brabbelnd um eine milde Gabe, und wenn man sie nicht beachtet, tut sie so, als würde sie ohnmächtig, lässt sich fallen, direkt auf einen drauf, und sinkt langsam zu Boden. Mit offenen Augen allerdings, immer genau im Blick, wohin sie fällt. Wenn man sie nicht kennt, kümmert man sich um sie, natürlich, was soll man machen? Wenn man sie kennt, fährt man einfach mit dem fort, was man gerade tut: Man zieht ein Ticket, hält ein Taxi an, raucht eine Zigarette. Obwohl die verrückte Alte auf dem Boden liegt. Obwohl man herzlos erscheint. Danach beugt man sich zu ihr hinunter, hilft ihr, sich

aufzurichten, lehnt sie an eine Wand und geht weiter, soll sich jemand anders um sie kümmern. Sobald man weg ist, steht María wieder auf und treibt ihr Spielchen erneut, fällt mal hier, mal da in Ohnmacht, je nachdem wer gerade vorbeikommt. Wenn man sie aufhebt, sieht man ihre blauen Augen und den Rotz, der ihr aus der Nase läuft. Sieht den Speichel und das Erbrochene am Revers ihrer braunen Jacke. Riecht, dass sie nach Scheiße und Dreck stinkt. María bittet um etwas zu essen, ja, aber was sie eigentlich braucht, ist Aufmerksamkeit, und sei es für ein paar Minuten. Dass sie in einem Krankenwagen in eine Klinik gefahren wird, wo sie es warm hat und sich für ein, zwei Stunden ein wenig geborgen fühlt, wo sie spürt, dass es noch Leute gibt, denen es nicht egal ist, ob sie tot ist oder lebt.

Und nun steht jemand aus dem Viertel mit gespreizten Beinen da und wartet auf seinen Parkschein. Mit gespreizten Beinen deshalb, weil er mit einem Bein María stützen muss, die auf dem Boden hockt und so tut, als wäre sie eine alte Dame aus Boston, die vor lauter Melancholie einen Schwindelanfall erleidet. Als der Mann sein Ticket hat, lehnt er María an den Parkautomaten und geht zu seinem Auto. Auch Bruno, der in einem Café am Fenster sitzt, wird Zeuge der Szene. Sein Carajillo ist ausgetrunken, da kann er noch so sehr in seiner Tasse rühren. In der Tasse sind nur noch Zuckerkrümel, die er mit dem Löffel aus dem Porzellan zu kratzen versucht. Er ist bereit. Die Jacke hat er schon angezogen, und der Ausgang ist nur wenige Meter entfernt. Bruno beobachtet, wie ein Touristenpärchen auf María zugeht, und muss lächeln. Wie aus einem Reflex heraus, überlegt er, wie leicht es wäre, diese Touris auszunehmen. Aber das war einmal, wenn

auch gar nicht so lange her. Jedenfalls macht er sich heute nicht mehr die Hände schmutzig, reißt Taschen weg und beklaut Leute. Das hat er hinter sich. Für immer.

Das Handy in der Tasche seiner Jeans vibriert. Er weiß schon, was Cristian will, aber ihm bleibt nichts anderes übrig, als ranzugehen. Die Touristen zeigen null Interesse an María, also hebt sie ihren Hintern – den schon der Vater der Königs, der Fußballer und der Stierkämpfer geküsst haben –, lehnt ihn an die Wand und wartet auf ihr nächstes Rotkäppchen.

«Mir ist langweilig, Mann.»

«Was soll ich da machen?»

«Es dauert.»

«Die nehmen sich halt ein bisschen mehr Zeit. Zweite Runde, du verstehst schon. Ich schau gerade der Alten von neulich zu, die immer in Ohnmacht fällt.»

«So, so.»

«Lass dich bloß nicht wieder ablenken, Cristian, sonst geht's dir wie beim letzten Mal.»

«Keine Sorge, Mann. Ich hab dir doch erklärt, dass mir neulich das Auto dazwischengekommen ist.»

«Ich wollt's nur gesagt haben. Und jetzt beruhig dich, der kommt bestimmt gleich raus.»

Familiengeschäft. Cristian, Raquel und Bruno. Er befürchtet, dass die Geschwister es an sich reißen werden, sobald er mit Raquel Schluss macht. Da kann Raquel noch so hoch und heilig schwören, dass sie das nie tun würde. In Schwüren ist der Verrat bereits angelegt. Davon ist Bruno überzeugt. Den Leuten ist man nur was wert, solange man was hat, das sie nicht haben. Deshalb würde er ihnen nie im Leben alle Tricks verraten. Und schon gar nicht, wie er an die Informationen

rankommt. Oder was er sonst noch so laufen hat, einfach so, weil er Bock hat, und gern Geld in der Tasche.

Raquel und er sind jetzt seit zwei Jahren zusammen. Sie hat drei Kinder aus ihrer Ehe, zwei Jungs, der eine achtundzwanzig, der andere zwanzig, und ein Mädchen, gerade mal vierzehn. Raquel selbst geht auf die fünfzig zu. Als sie geheiratet hat, war sie schwanger und verliebt, aber die Drogen haben alles ruiniert. Jedenfalls hat sie es so dargestellt. Getroffen hat er sie, als sie gerade eine schlechte Phase hatte und vor Geldautomaten schlief. Damals hatte sie sich bereits mit ihrem Stiefbruder Cristian zusammengetan, noch so einer verlorenen Seele. Raquel hatte Klasse, selbst unter diesen Umständen. Sie war immer gepflegt und wirkte wie ein erschrockenes Tier auf der Autobahn, kurz bevor es überfahren wird. Als er Cristian und Raquel kennenlernte, lebten sie noch nicht lange auf der Straße und waren erst vor kurzem nach Barcelona gekommen, aus Andalusien. Sie war noch hübsch und achtete auf ihr Äußeres, zog sich aber alles rein, was ihr zwischen die Finger kam. Als er sie zum ersten Mal sah, hatte sie gerade Lösungsmittel geschnüffelt und war wie weggetreten, und wäre Bruno nicht gewesen, hätten sogar die Bäume sie gebumst. Sie genoss sein Interesse und seinen Schutz an jenem Abend, an dem Cristian mit seiner eigenen dunklen Seite zu kämpfen hatte. Lange Zeit wollte sie ihn nicht ranlassen. Spielte die Dame. Und genau das gefiel Bruno an ihr. Dass sie eine richtige Dame war, aus der die Worte regelrecht hervorsprudelten, wenn sie auf ihre Kinder in Sevilla zu sprechen kam. Ihr Ältester studierte angeblich Medizin und wollte Podologe werden. Oft hätte er ihr am liebsten das Maul gestopft. Tacheles geredet, die Träume zum Platzen gebracht, sie in Tüten aus Müll und

Schweigen begraben. Auf der Straße sind alle Prinzen. Haben alle eine mythische Vergangenheit, sind nur dort gelandet, weil das böse Schicksal, böse Menschen und böse Drogen es so wollten. Und immer gehen Lüge und Wahrheit Hand in Hand.

Bruno hat sie da rausgeholt, zumindest musste sie nicht mehr vor Geldautomaten schlafen. Zunächst zogen sie auf den Autoparkplatz auf dem Meiland-Fußballgelände im Vall d'Hebron. Ein Fortschritt, wie jeder weiß, der in Barcelona auf der Straße lebt. Cristian allerdings wollte nicht: Er machte die Fliege. Raquel und Bruno richteten sich in einem roten Ford Clio ein, zusammen mit Llort, einem Kumpel, der das Auto angeblich von einem Portugiesen geerbt hatte. Bis zu dem Tag, als Bruno und sie in Streit gerieten. Sie war eifersüchtig. Wie immer ohne Grund. Anfangs war es eher gekünstelt gewesen, wie um ihm zu demonstrieren, dass sie in ihn verliebt war. Am Ende aber war sie regelrecht ausgerastet und abgehauen. Zurück kam sie später als mit Llort vereinbart – «um Mitternacht, der Geisterstunde, wird abgeschlossen». Bruno und Llort schliefen schon, als Raquel betrunken und streitlustig wieder aufkreuzte. Sie machten ihr nicht auf. Raquel suchte sich einen ziemlich großen Stein, mobilisierte unvermutete Kraftreserven und schmiss ihn gegen die Windschutzscheibe, die prompt in tausend Splitter barst und auf Bruno und Llort herabregnete. Letzterer stieg mit seiner Sauwut im Bauch aus dem Wagen und stürzte sich auf sie. Bruno brauchte etwas länger, weil er die blöde Manie hatte, sich beim Schlafen anzuschnallen. Als Bruno bei den beiden ankam, hatte Llort sie schon in der Mangel. Bruno tat, was er konnte, und sie dankte es ihm, indem sie sich sofort beruhigte, um Verzeihung bat und alles Mögliche versprach. Danach ging es zurück auf die

Straße. Das Schicksal wollte es, dass sie kurz darauf dem Schwarzen Astatke begegneten, und der vermietete ihnen ein Zimmer in einer verlassenen Industriehalle, in der er Schrott aufbewahrte. Tabu waren Drogen, Streit und Beleidigungen Unseres Herrn Jesus Christus, denn er sei gläubiger Kopte und verstehe da keinen Spaß. In diesem neuen Zuhause stellte sich bald auch Cristian wieder ein. Sogar Raquels älterer Sohn, der ewige Aspirant auf professionelle Fußfummelei, kam ab und zu vorbei. Wenn er da war, musste Bruno unten schlafen, bei Cristian und Astatke, und sich unsichtbar machen, weil es Raquel offenbar peinlich war, wie alt ihr Freund war und wie er aussah. Bruno nahm alles klaglos hin. Zumindest am Anfang. Aber je älter und kränker Raquel wurde, desto weniger war er bereit, diese Konzessionen zu machen.

«Mir ist langweilig.»

«Mann, Cristian, dann hol dir halt einen runter.»

«Aber …»

«Warte, es geht los.»

Die Glastür ist aufgegangen. Diesmal kommt das Paar getrennt heraus. Erst der Mann. Ein athletischer Typ um die vierzig, Anzug, Krawatte und Sonnenbrille. Blonde Haare, etwas dunkler als sonst, weil noch feucht. Er hat es eilig. Ist gut in Form. Bruno muss sofort los. Gleich wird auch das Mädchen rauskommen. Südamerikanerin, zierlich, überschminkt, offensichtlich jünger als er, wahrscheinlich ist er ihr Chef, ihr Vorgesetzter, ihr Drei-Stufen-Höher. Bruno könnte Cristian anrufen und ihm sagen, dass er ihr nicht zu folgen braucht, weil die Frau eh keine Kohle hat, wahrscheinlich Single ist oder getrennt lebt, und ihre Freunde und Familienangehörigen sich auf die diplomatische Lösung eines kleinen Tausch-

geschäfts – Geld gegen Schweigen – nicht einlassen werden. Aber er ruft nicht an. Sein Schwager soll ruhig ein bisschen schwitzen und was tun für seine Brötchen.

Als Bruno das Café verlassen will, wird er überraschend aufgehalten. Zwei Rentnerinnen quetschen sich mit ihren Einkaufswägelchen herein, um einen Milchkaffee zu trinken und ihr Kleingeld an einarmigen Banditen oder ähnlichen Spielchen auf den Kopf zu hauen. Bruno versucht den Typen nicht aus den Augen zu verlieren, der schnell geht, sein Handy aufklappt, im Büro oder zu Hause anruft und die Calle Balmes bei Rot überquert. Der Arsch will die Leiche so schnell wie möglich loswerden. Als Bruno endlich die Straße erreicht, ist der Typ schon so weit weg, dass die ganze Warterei für die Katz gewesen ist, sollte er sein Auto im Parkhaus oder in der Nähe stehen haben. Tatsächlich sieht er ihn nicht mehr. Er muss sich auf seine Intuition verlassen und entscheiden, ob er in die Fußgängerzone einbiegt oder lieber weiter der Balmes folgt oder der … Gesegnet seist du, María! Wer hätte gedacht, dass Bruno dieser Spinnerin mal für etwas dankbar sein würde? Sein Opfer hält gerade die durchgeknallte Alte mit den blauen Augen in den Armen, die wieder mal eine Ohnmacht vortäuscht und sich bei der Gelegenheit Rotz und Spucke am beigen Mantel von Mr. Sunglasses abputzt. Bruno gibt sich interessiert.

«Was ist passiert?»

«Weiß ich nicht. Die Frau ist plötzlich ohnmächtig geworden.»

«Am besten, wir bringen sie ins Krankenhaus.»

«Ist vielleicht nur ein Schwindelanfall. Offenbar hat die Frau Probleme, womöglich seit Tagen nichts gegessen.»

«Steht Ihr Auto in der Nähe?»

«Ja, nein … Warum fragen Sie?»

«Um die Frau ins …»

«Das geht nicht.»

«Warum nicht?»

«Darum. Ich mach doch mein Auto nicht dreckig, und außerdem …»

«Aber …»

« … habe ich es eilig. Ich kann nicht.»

«Dann sollten wir einen Krankenwagen rufen.»

«Vor mir aus. Übernehmen Sie das?»

«Ich habe kein Handy. Aber Sie haben eins, wie ich sehe», sagt Bruno. «Dann können Sie ja anrufen.»

«Mann, ej, ich hab's wirklich saueilig», erwidert der Typ und hat alle Hände voll zu tun, um die Alte irgendwo abzulegen, wo sie es halbwegs bequem hat.

«Geben Sie mir Ihr Handy, dann rufe ich an.»

Ein riskanter Schachzug. Doch der Mann, der jetzt vor der scheinbar tatsächlich bewusstlosen María kniet, beäugt ihn nur misstrauisch und hält ihm dann das Handy hin. Ungutes Gefühl. Als Erstes ruft Bruno sich selber an und legt sofort auf. Das vereinfacht die Dinge. Er muss nicht mehr unbedingt das Nummernschild rauskriegen. Als nächstes wählt er den Notruf, damit María mal wieder gewaschen wird, was zu essen und ein warmes Bett kriegt. Der Typ wird ungeduldig.

«Ich hänge in der Warteschleife.»

«Geben Sie mir das Handy wieder.»

Bruno gibt es dem Kerl, der es mit seiner Affenpranke zuklappt.

«Was machen Sie denn da? Hätte doch nur 'ne Minute gedauert. Die Frau …»

«Keine Angst, ich sorge schon für einen Krankenwagen. Ich bin Polizist. Aber jetzt muss ich dringend zum Kommissariat am Flughafen.»

Bruno starrt wie gebannt auf die Dienstmarke, die ihm kurz vor die Nase gehalten wird. Der Bulle wirft einen letzten Blick auf die Alte – «Ist halb so schlimm, Omi» –, tätschelt Bruno aufmunternd auf den Arm und geht mit zügigen Schritten davon. Der Tag ist im Eimer. Das Handy klingelt. Cristian.

«Du, bei der Tussi ist nix zu holen.»

«Und der Typ ist ein Bulle.»

«Scheiße, dann war ja alles für die Katz.»

Ja, es war alles für die Katz. Bruno atmet tief durch und steckt das Handy in die Hosentasche. Enttäuschung übermannt ihn, drückt ihn regelrecht nieder, so dass er sich kaum vom Fleck rühren kann. Die Autos rasen mit einem Affenzahn den Tibidabo entlang Richtung Zentrum. Der wolkenlose blaue Himmel, vor dem sich die Häuser der Stadt abzeichnen, verbirgt nichts, auch keine Götter. Bruno muss sich entscheiden, ob er auf das nächste Pärchen wartet oder sich erst wieder heute Abend ans Werk macht oder heute Nacht oder sogar erst morgen. Er weiß nicht, was er tun soll. Fest steht nur: In Kürze wird ein Schreiben, in dem die Ausweisung einer südamerikanischen Frau angeordnet wird, in den Eingeweiden des Leviathan verschwinden, und ein Bulle wird sich fühlen wie der Eroberer Hernán Cortés. Soll María ruhig auf ihren Krankenwagen warten, aber bitteschön allein, denn er hat die Nase voll von ihr, von ihr und dem Pech, das ihm an den Stiefeln klebt.

3

Die Art, wie Bruno die Rampe der Metrostation Maragall hinaufgeht, verrät ihn. Raquel zieht fieberhaft an ihrer Nobel light. Sie stellt ihre langen, rot lackierten Fingernägel zur Schau und spielt das beleidigte Fräulein. Ihre Haare, die nach wie vor feucht sind, riechen gut. Die Drogen haben ihre Wangen aufgezehrt, aber über diesen Wangen ist immer noch ein kleiner Grat, auf dem die Brille Halt findet. Groß, schwarz, monströs. Sie hat Tee mit Milch bestellt und ein ganzes Tütchen Zucker hineingeschüttet. Sie trägt ihren Panzer. Einen Panzer, in dem eine Kobra lauert. Ihm gefällt das Bild, dieser Geistesblitz. Denn Kobras fackeln nicht lange, bevor sie angreifen, richtig? Nutzen die kleinste Unachtsamkeit, um Richtung Hals zu schnellen. Oder vielleicht doch, vielleicht denken sie doch nach, aber wer weiß schon, was eine Kobra so im Köpfchen hat außer Gift. Vielleicht gar nichts. Nur Gift und ihren Killerinstinkt. Was soll eine Kobra auch anderes wollen?

An ihrem Gesicht kann Bruno nicht ablesen, ob es gut oder schlecht gelaufen ist. Er geht bei Rot über die Ampel. Ohne nach links und rechts zu schauen. Wie immer. Wie ein Vollidiot. Oder ein Superheld.

«Hoffentlich überfährt dich irgendwann mal ein Lastwagen.»

Cristian dreht sich um, als er diesen Kommentar hört. Er sieht, wie Bruno zwei große Schritte macht und das Café betritt. Kurz darauf lässt er sich neben ihn auf die Bank sinken, was das Kunstleder mit einem langgezogenen Akkord begleitet. Raquel sitzt steif da. Seit dem Streit vor einigen Tagen

übernachtet Bruno nicht mehr in der Lagerhalle, in der die Nigerianer das Sagen haben und in dem sie seit Monaten wohnen. Seit der Katastrophe, als er erfuhr, dass Raquel den Großteil der Kohle aus dem Kartenspiel verjubelt hat – oder verloren, wie sie behauptet. Raquel hat gewusst, dass er irgendwann wiederkommen würde. Dass seine Wut irgendwann verraucht sein und er wiederkommen würde. Nur dauert es nach jedem Streit immer länger, bis er wiederkommt, und diesmal hat sie sogar gefürchtet, dass er gar nicht wiederkommen wird. Nicht weil sie Angst hat, ihn nicht wiederzusehen, sondern weil sie das Urteil selbst vollstrecken will, wenn es so weit ist, und nicht umgekehrt. Noch ein Zug. Der vorvorletzte. Ein Schluck. Der erste. Der Lippenstift verschmiert den Tassenrand. Neue Wichtigkeitsattacke mit begleitendem Stoßseufzer. Weil allem Anschein nach nichts in dem Café auch nur ein Fitzelchen ihrer Aufmerksamkeit verdient, starrt Raquel immer noch störrisch nach draußen.

«Alles okay?»

«Was ist mit deiner Schwester?»

«Keine Ahnung. Frag sie doch.»

«Gar nichts ist mit seiner Schwester», antwortet Raquel, ohne sich umzudrehen.

«Zieh nicht so ein Gesicht.»

«Ich zieh kein Gesicht.»

«Scheint aber so.»

«Dir vielleicht.»

«Natürlich mir, wem denn sonst? Jetzt sag schon, was ist?»

«Nichts, Bruno, gar nichts.»

«Wenn nichts ist, dann halt die Klappe, du dumme Kuh.»

Raquel dreht sich abrupt um.

«Du hast mir gar nichts zu befehlen.»

«Ich befehl dir trotzdem, die Klappe zu halten, du dumme Kuh.»

Eine kleine Armbewegung genügt, um Raquels Schlag zu unterbinden. Bruno hat sie am Handgelenk gepackt, drückt zu, bohrt ihr seine schmutzigen Fingernägel ins Fleisch, verdreht ihr den Arm und presst ihn auf den Tisch. Sie versucht, ihn mit der anderen Hand zu kratzen. Sogar die Zigarette auf ihm auszudrücken, aber sie fällt herunter, zwischen ihre Füße. Flink, effektiv, fast geräuschlos hat Bruno ihre Attacke im Keim erstickt, mit langsamen Bewegungen, fast wie unter Wasser. Nebenbei nutzt er die Gelegenheit, um den Platz zu wechseln, sich neben sie zu setzen und auch den Fluchtversuch zu vereiteln, den sie unternehmen wird, sobald er lockerer lässt. Dann nimmt er ihr die Brille ab. Ihre Augen kommen ihm klein vor, als lägen sie tief im Inneren eines Baumstamms.

«Du hast die Hälfte des Geldes verprasst, das ich dir anvertraut habe. Wäre besser gewesen, die Bullen hätten es mir abgeknöpft. Du meidest mich, als hätte ich die Beulenpest. Und jetzt führst du dich auf wie eine Zicke. Was glaubst du eigentlich, wer du bist?»

«Bruno, lass sie los. Du tust ihr weh.»

Der Kellner hinterm Tresen tut so, als kriegte er nichts mit. Cristian steht auf und geht zu ihm. Er bestellt zwei Bier und noch einen Tee mit Milch. Raquel hat ihren ersten kalt werden lassen und will ihn ums Verrecken nicht mehr trinken. Cristian legt mehr als genug auf den Tresen, um alles zu bezahlen.

«Hier darf nicht geraucht werden.»

«Wer raucht?»

«Die Señora.»

«Die Señora raucht nicht.»

«Sie hat aber geraucht.»

«Haben wir nicht alle mal geraucht?»

«Ich meine gerade eben.»

«Hab ich gar nicht gemerkt. Sicher, dass sie geraucht hat?»

«Ja.»

«Ich werd's ihr sagen. Sie ist nervös. Wahrscheinlich war's das: die Nerven. Vor Nervosität hat sie so getan, als würde sie rauchen, aber ohne die Zigarette anzuzünden. Geht mir auch oft so.»

Am Tisch nimmt die Spannung weiter zu. Cristian kommt mit den Bieren, dem Tee, der heißen Milch, den drei Zuckertütchen, von denen Raquel nur eines benutzen wird. Die Minuten vergehen. Niemand sagt was.

«Entspannt euch, Leute. Ist doch immer das Gleiche mit euch.»

«Mit mir?»

«Wieso noch länger schmollen, wo ihr euch eh bald wieder vertragen werdet? Wir sind doch eine Familie, verdammt. Jetzt seid euch wieder gut, okay? Was ist überhaupt los?»

«Los ist, dass sie mich nicht liebt.»

«Sie liebt dich, Bruno, sei nicht so kindisch.»

Bruno schaut ihn an. Was ist denn mit dem los? *Sei nicht so kindisch?* Hat er die Pillen gegen Schlafmittel getauscht? Seit wann macht der einen auf Sozialarbeiter? Was mit ihm los ist, will er wissen. *Sie liebt mich nicht mehr.* Und ich lasse mir in die Karten schauen wie ein Anfänger. *Streichen, sofort streichen!*

«Natürlich liebt sie dich. Stimmt's, Raquel, du liebst ihn doch?»

«Kümmer dich um deinen eigenen Scheiß, Cristian.»

«Hab ich eh nicht ernst gemeint, Señorita. Ist mir nämlich scheißegal, ob du mich liebst oder nicht. Meinst du wirklich, ich hätte je geglaubt, dass du mich liebst?»

«Immer die gleiche Geschichte.»

«Hier macht nur eine Geschichten.»

«Es nervt, Bruno, es nervt total.»

«Hast du gehört? Wer ist hier was? Wer macht was?»

«Leute, kommt wieder runter.»

«Eins weiß ich totsicher.»

«Was?»

«Dass ich was habe, was sie will. Was sie immer wollen wird.»

«Bruno, leg mal eine andere Platte auf.»

«Mein Geld, das mag sie an ihrem Bruno.»

«Mister Money. Mister Bruno Money.»

«Hast du das Notizbuch dabei?», fragt Cristian dazwischen.

Raquel seufzt, öffnet den Mund und stößt Luft aus. Sie vermisst etwas. Fragt sich, wo ihre Zigarette geblieben ist. Sie wird sich eine neue anstecken. Vorher aber, denkt sie, will sie das hier klären, reden über das, worüber geredet werden muss, und dann kann jeder seines eigenen Weges gehen. Sie sucht das Notizbuch. Kann die Zunge nicht still halten. Die Kobra. Zum Hals. All das.

«Wie läuft's mit dem Passatheini?», brüllt Cristian, als wäre er plötzlich taub geworden.

«Den müssen wir zwei Monate in Ruhe lassen.»

«Warum?», fragt Raquel.

«Darum. Weil er mir auf den Sack geht.»

Raquel gestikuliert in Richtung Cristian. Wird nicht leicht heute, denkt der. Trotz dieser Antwort scheint Bruno die Frequenz gewechselt zu haben und einlenken zu wollen. Raquel

steckt sich noch eine Zigarette an. Der Keller macht ihr ein Zeichen. Sie setzt ihre schwarze Brille auf und sieht nicht mehr, was sie nicht sehen will. Besonders den Kellner nicht.

«Ich weiß, wie man solche Sachen anpacken muss.»

«So, so.»

«Wenn man die Leute zu sehr unter Druck setzt, schalten sie auf stur, und dann versiegt die Quelle.»

«Unser Philosoph.»

«Das solltest du dir hinter die Ohren schreiben.»

«Steht da schon.»

«Irgendein Problem damit?»

«Nein, ich weiß nur noch ganz genau, wie jemand mal gesagt hat, man muss …»

«Raquel …»

« … kurz und heftig vorgehen und die Sache dann vergessen.»

«Der hier ist was anderes. Jeder Fall ist anders. Dafür braucht man Psychologie, Schätzchen.»

«Ich halt ja schon den Mund.»

«Außerdem haben wir den Kerl schon genug geschröpft, findest du nicht?»

«Weiß nicht. Wenn du das sagst.»

Raquel legt das Notizbuch auf den Tisch, ein altes Spiralheft mit schwarzem Einband, auf dem Robinho im Trikot von Real Madrid ein Tor bejubelt. Danach gibt sie sich desinteressiert. Schlägt das Heft nicht auf, wie alle es erwarten, weil sie es sonst immer so macht. Robinho und Cristian werden ungeduldig. Bruno scheint die Szene zu amüsieren: Cristian hat gerade bestätigt, wer hier immer alles kompliziert macht, nämlich seine Schwester. Raquel wiederum weiß, dass sie sich

nicht so aufführen sollte, aber sie kann nicht anders. Jedenfalls nicht in diesem Augenblick. Als Cristian wieder etwas zu ihr sagt, klingt er nicht gerade freundlich.

«Dienst ist Dienst, und Schnaps ist Schnaps, Kleine. Und hier geht's ums Geschäft, kapiert? Lass das mit den Beziehungsspielchen. Reiß dich zusammen. Und konzentrier dich. Sonst kommt uns womöglich noch der Gedanke, dass wir unser Ding auch ohne dich durchziehen könnten, was dir nicht gefallen würde, oder?»

Raquel will etwas erwidern, aber sie weiß, dass er Recht hat. Sie hat nicht rechtzeitig gebremst. Mit Bruno weiß sie umzugehen, aber Cristian ist was anderes. War schon immer was anderes. Sie kramt in ihrer Tasche nach einem Kuli. Als sie ihn gefunden hat, schlägt sie das Heft dort auf, wo sie zuletzt etwas geschrieben hat.

«Dann können wir den Monatsbeitrag vom Passatheini knicken?»

«Ja.»

«Hake ich also als bezahlt ab?»

«Nein.»

«Was denn nun?»

«Ja. Nein. Jein.»

«Mann.»

«Der hat tatsächlich alles bezahlt, ihr Lullen. Ich war nämlich so sauer wegen der verlorenen Kohle, dass ich alles auf einmal kassiert habe. Und ein bisschen mehr.»

Cristian lacht laut auf, bevor er sein Bier austrinkt. Raquel will nicht, dass Bruno ihr Grinsen sieht, und senkt sofort den Kopf. Mit ihrer schwarzen Brille kann sie kaum die Zahlen lesen, aber sie wird sie trotzdem nicht abnehmen. Irgendwie

gelingt es ihr, den für den Passatheini festgelegten Betrag zu streichen. Sie macht ein + dahinter. Wartet, dass Bruno ihr sagt, wie viel mehr er rausgeholt hat.

«Wie viel?»

«Ein bisschen was.»

«Macht unser Meisterdieb mal wieder ein Geheimnis draus, oder was?»

Sowohl Cristian als auch Raquel wissen, dass Bruno irgendwann damit rausrücken wird. Er spielt eben gern mal den Angeber. Erinnert sie daran, nur für den Fall, dass sie es vergessen haben, wer's wirklich drauf hat. Von wem abhängt, dass dem Opfer nicht die Luft wegbleibt oder dass es vorzeitig verschwindet. Wer, um es auf den Punkt zu bringen, der Herr im Haus ist.

«Noch was?»

Fünfzehn Zeilen auf jedem Blatt. In Raquels Handschrift. Marke und Nummernschild des Fahrzeugs. Name des Halters. Telefonnummer. Adresse. Bei manchen, den meisten, Beträge in Rot, die manchmal übereinstimmen, manchmal nicht. Zwei, drei, vier Raten, und der Fall ist gestorben. Was ist das? Brunos brillante Idee. Für Raquel bedeuten die Einkünfte, dass sie weiter davon träumen kann, endlich aus der Lagerhalle der Nigerianer auszuziehen. Für Bruno hingegen sind sie nur eine Glückssträhne, die zu einer größeren Glückssträhne führen wird. In dieser Hinsicht ist Cristian näher bei Bruno als bei Raquel. Bis vor kurzem fand er seinen Anteil okay, auch wenn Raquel ihm mal wieder den Apfel der Versuchung vor der Nase hat baumeln lassen. Sollte Bruno mal im Knast landen, was ja durchaus passieren kann, müssen die Geschäfte weiterlaufen, und dann …

«Nein.»

«Wir müssen ein paar Entscheidungen treffen.»

«Zum Beispiel?»

«Ob wir das mit Sants und der Villa in Pedralbes erst mal ruhen lassen.»

«Und die anderen?»

«Wir haben schon lange kein Ding mehr in Castelldefels gedreht.»

«Stimmt.»

«Sollen wir dort mal wieder was versuchen?», fragt Cristian.

«Nein. Castelldefels kann noch warten. Muss erst die Lage sondieren. Darüber sprechen wir, wenn's soweit ist. Für heute ist Schluss. Lasst uns in der Barceloneta eine Paella essen, bei Paco. Ich lade ein. Hat unser Fräulein Hunger?»

Raquel steckt das Heft zurück in die Tasche. Steht auf. Nimmt die Zigarettenpackung, das Feuerzeug und den Kuli. Streift sich mit der Hand über den Hintern, für den Fall, dass das Kunstleder ihrem Rock einen bösen Streich gespielt hat, und geht raus. Sie denkt gar nicht daran, ihm zu antworten. Doch als Bruno und Cristian in Richtung Metro aufbrechen, folgt sie ihnen, fast gleichgültig, mit der Zigarette in der Hand, die Mähne baumelnd wie ein betrunkener Elefant. Sie könnte sterben für eine gute Paella, das weiß Bruno, dieser Scheißkerl, ganz genau, und die Paellas von Paco sind gut, verdammt gut. Was soll sie machen?

4

«Wie Paris so ist?»

Also, wenn man von der Place de la République aus den Boulevard Magenta entlanggeht, stößt man nach etwa zwanzig Metern auf das Café Pierre. Der Bürgersteig davor ist nass, wie fast immer in Paris. Wenn es nicht der Regen ist, dann ist es die Straßenreinigung oder jemand, der das Treppenhaus wischt, kreisförmig in Richtung Eingangsportal und hinaus auf den Gehweg. Auf dem Asphalt zwinkern die Autos. Im Café Pierre hat man die Wahl, sich entweder nach draußen zu setzen oder nach drinnen ans Fenster, auf die alten, aber bequemen Stühle, die mit einem Stoff bezogen sind, der früher bordeaux hieß. Im Café Pierre sind immer Gäste. Meistens Touristen, vor allem morgens, zum Frühstück. Die Bewohner des Viertels stellen sich erst am späten Nachmittag ein, setzen sich und beobachten, wer hier, auf der Höhe der Rue du Lancry, so alles vorbeikommt, Nachbarn und Fremde, schwarze Schwarze und weiße Weiße, blasse Schwarze und dunkle Weiße, die alle Elefanten oder Schildkröten aus Terrakotta anbieten, je nach Geschmack, Araber, Asiaten, Reiche, Arme, Bettler, Betrunkene, Studenten, Frauen, Männer, Kinder, Radfahrer, auch der eine oder andere Gendarm, der noch nicht entschieden hat, ob er gute Laune hat oder nicht. In der Rue du Château-d'Eau, die schräg vom Boulevard Magenta abgeht, ist eine Pizzeria, die strikte Öffnungszeiten hat, und ein Fast Food-Laden, dessen Inhaber, ein Franzose aus Algerien, so viele Sprachen spricht, dass er wahrscheinlich keine mehr richtig kann. Bei ihm gibt es angeblich nur

drei Gerichte, aber Hühnchen und Pommes frites sind immer dabei.

Die Place de la République ist wie eine Spinne.

«Wieso?»

Weil's mir so vorkommt. Weil der Platz Straßen und Boulevards in alle Richtungen streckt wie Beinchen. Überall an den Hauswänden sind Schilder angebracht, die an Menschen erinnern, die von den Nazis ermordet wurden, überall sind Verstecke und dunkle Treppen, wo heute Fahrräder stehen und früher Vichy-Verschwörer Unterschlupf fanden, bescheidene Helden, Stapel von Schwarzweißfotos, Spritztouren auf der Vespa, Akkordeons, Cafés mit beschlagenen Fensterscheiben, verliebte junge Leute. Wie du und ich.

«Das muss schön sein.»

«Das ist schön.»

«Ich schreib dir später.»

«Ja.»

Das Hôtel de L'Exposition ist billig, aber sauber. Es liegt gleich am Anfang des Boulevard Magenta, Hausnummer 4. Geführt wird es von drei rumänischen Brüdern. Der jüngste von ihnen hat immer ein Laptop auf den Knien und ist Facebookfanatiker, so wie du. Ist ein Scherz. Der Älteste kümmert sich um den Speisesaal, und der Dritte hat keine besondere Aufgabe, hilft manchmal aus, und hängt ansonsten faul herum. Die Zimmer haben alle ein Waschbecken, sind aber winzig, ebenso der Fahrstuhl: Man passt kaum hinein mit seinem Koffer. Das enge Treppenhaus ist mit absurden Bildern bepflastert, und alle, absolut alle Böden sind mit einem Teppich ausgelegt, der den Eindruck erweckt, beim Bau des Hotels habe jemand vom obersten Stock tausend Meter davon bis

nach draußen ausgerollt und dabei sei es dann geblieben. Ich schreibe dir das alles, damit du siehst, was ich sehe.

Das Zimmer Nummer 20, unser Zimmer, hat ein Ehebett, einen Plasmafernseher und einen kleinen Balkon, der auf den Boulevard Magenta geht. Wenn man die Toilette benutzt hat, dauert es eine Weile, bis das Rauschen verklungen ist. Manchmal so lange, dass man schon meint, es hört gar nicht mehr auf. Wenn man die Tür zum Bad zumacht, hört man das Gelächter der lustigen Italiener nicht mehr, zwei Jungs und ein Mädchen, Chiara, das weiß ich deshalb, weil einer der Jungs ständig ihren Namen sagt – Chiara, Chiara –, fast wie eine Beschwörung. Die Balkontür steht offen, wodurch es von draußen, wo es gerade geregnet hat, kühl hereinweht. Der April beschert Paris mal einen dunklen Himmel, aus dem es regnet, mal ein gütiges Blau, aber jetzt halte ich den Mund, weil ich dir nämlich keine einzige Zeile mehr schreiben will, du blöde Kuh.

Max sitzt mit hängendem Kopf auf dem vorderen Bettrand. Er wirkt wie in Bronze gegossen. Als wäre es der letzte Moment, um noch einmal mit sich allein zu sein. Der letzte Moment wofür? Der letzte Moment für gar nichts. Können Sie den Pass für mich aufbewahren? Ja. Nein. Der Papierkorb hat Dellen, und auch auf dem Koffer sieht man die Spuren seiner Fußtritte. Max hat sich von seiner Wut hinreißen lassen.

Das Handy klingelt. Er zögert. Nur einen Moment, reine Provokation.

«Hallo.»

«Was machst du gerade?»

«Nichts.»

«Ich hab dich mehrmals angerufen.»

«Ich weiß.»

«Wolltest du nicht rangehen?»

«Nein.»

«Kann ich verstehen.»

«Ist ja auch nicht schwer.»

«Ich kann gut verstehen, dass du sauer auf mich bist. Dass du die Nase voll hast von mir. Aber du sollst wissen, dass es mir leid tut. Sehr. Du weißt gar nicht, wie sehr.»

«Deswegen hättest du nicht anrufen brauchen.»

«Ich wäre jetzt gern bei dir.»

«Nein, bitte, alles, nur das nicht.»

«Okay, okay.»

«Wir haben alles hundertmal besprochen. Das beste Datum, die besten Flugzeiten. Ich habe extra den Besuch meiner Kinder verschoben, die Tickets besorgt. Wir wollten uns einen Traum erfüllen, und heute Morgen sagst du plötzlich, dass …»

«Ich weiß, ich weiß. Immerhin war ich da.»

«Ich weiß nicht, ob du da warst. Ich weiß nur, dass du jetzt nicht da bist, sondern nur ich, dass ich allein bin, und deprimiert. Wie so oft in letzter Zeit.»

«Du hättest die Reise abblasen können.»

«Darum geht's doch gar nicht, verdammt.»

«Es tut mir leid, Max. Wirklich.»

«Warum? Warum hast du das getan?»

«Ich weiß es nicht. Nicht mehr. Es war die ganze Situation. Plötzlich hatte ich Angst. Konnte es nicht tun. Am Abend davor habe ich mit ihm gesprochen, und da kam er mir so verletzlich vor, so unbescholten, so wehrlos. Die Kinder hatte ich bei meiner Mutter abgegeben, weil ich sie nicht bei ihm las-

sen konnte. Und plötzlich dachte ich: Was, wenn das Flugzeug abstürzt? Was, wenn er anruft bei …»

«Hör zu, wenn ich mir Mühe geben würde, könnte ich dich vielleicht verstehen, aber ich habe keine Lust dazu. Nicht mehr. Ich muss jetzt an mich denken. Ich bin hier, am Boden zerstört, mein Herz ist gebrochen, und du bist dort, wo wir doch beide hier sein sollten und Händchen haltend durch Paris schlendern.»

«Bitte, ich bitte dich.»

«Ist es nicht ein bisschen spät für einen Anruf?»

«Er ist nicht zu Hause. Hatte andere Pläne.»

«Von wegen verletzlich.»

«Max …»

«Vielleicht ist er ja bei seiner Geliebten.»

«Hör auf.»

«Wieso? Hab ich etwa kein Recht, mies drauf zu sein? Soll ich immer alle verstehen, mich immer anpassen?»

«Ich hatte eben Angst. Das ist alles.»

«Ja, ja. Angst vor ihm, aber nicht vor mir.»

«Vor dir?»

«Vor meinem Ärger, meinem Schmerz, meiner Reaktion.»

«Das ist was anderes.»

«Inwiefern?»

«Weil du anders bist.»

«Aha.»

«Deswegen gefällst du mir ja auch so gut. Weil du nicht so bist wie er.»

«Dann verlass ihn und komm zu mir. Nimm das nächste Flugzeug. Dann haben wir immer noch einen ganzen Tag.»

«Du weißt, dass ich nicht kann.»

«Was nicht kannst? Ihn verlassen oder herfliegen?»

«Es ist nicht so einfach.»

«Für mich auch nicht.»

«Deine Frau hat dich erwischt. Das hat die Dinge beschleunigt.»

«Dann lass du dich auch erwischen.»

«War keine gute Idee, dich anzurufen. Ich leg jetzt auf.»

«Leg nicht, auf. Bitte.»

«Ich leg nicht auf.»

...

«Wie ist Paris?»

Unser Boot hieß Jeanne Moreau. Das ist oder war eine Schauspielerin. Ich glaube, sie lebt noch. Aber egal. Das Boot fährt jeden Tag unter den Brücken der Stadt hindurch. Denselben Brücken, über die Picasso und all die anderen gegangen sind, Dichter, Sänger, Belmondo, Hitler, die Piaf. Brücken, die General Dietrich von Choltitz nicht zerstören wollte. Der Sprengstoff, der schon angebracht war, wurde nicht gezündet, gegen den ausdrücklichen Befehl des verrückt gewordenen Führers. Wenn man den Fluss entlanggeht, sieht man unzählige Momentaufnahmen, die einen mit der menschlichen Spezies versöhnen, mit der Idee von Freiheit, was weiß ich, jedenfalls ist es was Besonderes. Pärchen gehen dort spazieren, reden, lachen, lassen sich von der Szenerie bezaubern. Aber auch Leute solo, zum Beispiel ein junger Kerl, der auf seiner Gitarre eigene Songs spielt, ein Kind, das den Booten winkt, ein Wächter, Antiquare; dann wieder Paare, Paare, die am Quai de Seine ohne Musik Tango tanzen, in der Nähe der Metro Austerlitz, unter den Wasserspeiern von Notre Dame, Dutzende Glocken, jede mit ihrem eigenen

Namen und ihrem eigenen zerbrochenen Herzen. Autos fahren vorbei, Motorräder, die Polizei mit Blaulicht, Zigeuner mit Goldzähnen, lebende Geister von toten Geistern und *Baguettes*, der Bart des Zuaven, der Gigant des Hochwassers, die Liebenden von Pont Neuf, Oscar Wilde, Balzac, Jim Morrison, was weiß ich, alle auf der Flucht. Unter den Bögen dieser Brücke fordert der polyglotte Führer seine Gruppe auf, die Augen zu schließen und sich etwas zu wünschen. Merche, ich hab mir gewünscht, dass ich dich vergessen kann, dass du mich aber nie vergisst. Ich hab mir gewünscht, eines Tages mit dir nach Paris zurückzukehren, spätestens nächstes Jahr. Ich habe mir gewünscht, stark zu sein und mir den faulenden Arm abzuhacken. Ich hab mir gewünscht, stark genug zu sein, um weiterzumachen, auch ohne Arm, ohne Würde, ohne Orte, an denen ich mich verstecken kann, wehren, unsichtbar machen. Ich hatte nur einen Wunsch frei, aber das, was auf den ersten Blick mehrere Wünsche zu sein schienen, lässt sich letztlich zu einem einzigen Wunsch verdichten: glücklich zu sein, mit dir oder ohne dich. Die Lichter kamen und gingen in Paris. Es regnete, und es hörte auf zu regnen. Tropfen rannen die Glasscheiben der Boote hinunter. Die Bürger von Calais weinten Tropfen aus Metall. Jemand schwor zwischen den Eisenpfeilern des Eiffelturms ewige Liebe. Mörder und Helden, Pechvögel und Psychopathen, Dürstende nach Tod und Gerechtigkeit, ein Schauder läuft einem das Rückgrat entlang, wegen des Schreckens, wegen des Geruchs nach Fäulnis und Revolution, Benjamin Biolay, Rose Kennedy, Louis de Funès, Bürger und Schweinehund Jean Paul Marat, Charlotte Corday, die verrückt gewordene Maga, die spielt, dass sie dich in der Metro sucht, tief unter der Stadt.

«Wie ist Paris?»

«So wie man sich's vorstellt. Oder besser.»

«Was machst du jetzt? Wie spät ist es bei dir?»

«So spät wie bei dir. Weiß nicht, werde wohl ausgehen.»

«Schau dir alles gut an für mich.»

«Ja.»

«Max ...»

«Was?»

«Es tut mir leid.»

«Das sagtest du schon.»

«Was soll ich dann sagen? Oder tun?»

«Sag mir, dass du mich liebst.»

«Ich liebe dich.»

«Warum verlässt du mich nicht?»

«Willst du, dass ich dich verlasse? Willst du das?»

«Beantworte meine Frage nicht mit einer Gegenfrage. Warum verlässt du mich nicht und setzt dieser Qual ein Ende? Dann hättest du deine Ruhe. Dann wäre alles wieder im Lot. Statt hier bei dem Menschen zu sein, den du liebst, sitzt du allein zu Hause rum, erleichtert, weil dein Mann nicht da ist, und rufst mich an und fragst mich, wie Paris ist.»

«Vielleicht sollten wir es tatsächlich beenden.»

«Nicht wir.»

«Ich.»

«Ja, vielleicht.»

«Eine Zeitlang oder ...»

...

«Ich leg jetzt auf.»

...

«Nein, Merche, bitte, leg nicht auf, verlass mich nicht. Ich

hab's nicht ernst gemeint. Was wir zusammen erleben, ist einfach wunderbar. Siehst du das denn nicht? Je größer die Widerstände, desto schöner ist es. Ich liebe dich, du liebst mich, was wollen wir mehr? Es ist so einfach. Findest du nicht auch?»

«Ja.»

«Ich geh jetzt raus und schnappe ein bisschen frische Luft. Es wäre eine Sünde, in Paris zu sein und die ganze Zeit im Hotelzimmer rumzuhängen. Wenn ich zurück bin, schreibe ich dir eine Mail und schildere dir, was ich gesehen habe, was die Stadtführer erzählt haben, was auf den Faltblättern steht, auf den Zetteln, die hier überall hängen.»

«Ich weiß nicht, wann ich die Mail lesen kann.»

«Macht nichts. Ich erwarte keine Antwort. Lies sie, sobald du kannst. Morgen früh vielleicht, nach dem Aufwachen.»

«Okay. Gute Nacht.»

«Bonsoir.»

«Bonsoir.»

«Je t'aime moi non plus.»

«Was sagst du da, du Spinner?»

«Mach die Augen zu: Dann siehst du Paris, wie ich es sehe.»

«Und wie siehst du es?»

«Also, wenn man von der Place de la République aus den Boulevard Magenta entlanggeht, stößt man nach etwa zwanzig Metern auf das Café Pierre. Der Bürgersteig davor ist nass, wie fast immer in Paris.»

5

Nach den ersten Treffen mit Max fühlte sich Merche immer wie eine Kuh, die sich verlaufen hat. Quetschungen überall, aber lebendig, körperlich malträtiert, durcheinander, aber auf eine fröhliche Art schuldig. Glücklich, wie man nur glücklich sein kann, wenn man dem Alltag ein Schnippchen schlägt. Wenn sie heimkam, wäre sie am liebsten unsichtbar gewesen, sollten ihre Schritte möglichst kein Geräusch erzeugen, ihr Körper kein Volumen haben. Damit Gero und die Kinder sie nicht bemerkten und auf sie reagieren mussten: Sie fragen, sie umarmen, mit ihr reden, sie berühren, sich beschweren. Sie wäre gern auf Zehenspitzen in die Wohnung geschlichen, auf Katzenpfötchen, und hätte sich am liebsten im Bad eingeschlossen oder sich ins Bett gelegt und eine Woche durchgeschlafen oder, noch besser, einen ganzen Monat. Ein Schild aufgehängt: «Bitte nicht stören» oder «Mama ist krank, kaputt, erschöpft: Lassen wir sie ausruhen.» Aber so war es nie. Im Aufzug oder an der Eingangstür setzte Merche sich ein anderes Gesicht auf, wie ein erfahrener Komiker hinter der Bühne. Sie legte sich übertriebene Gesten der Zuneigung zurecht, denn ihre Darbietung war nur dann überzeugend, wenn es laut herging, wenn sie mit Küssen überhäufen konnte, irgendwas daherreden. Denn in jenen ersten Momenten war die Frau hinter der Maske sehr verwundbar. Die Brüste taten ihr noch weh, und überall hatten die Hände eines anderen Mannes ihre Spuren hinterlassen; sein Geruch hing noch an ihr, sein Samen schwappte wie warmes Wasser im Gefäß ihres Körpers.

Jetzt, Monate, Jahre später, empfindet Merche, wenn sie nach Hause kommt, nur noch die diffuse Schuld eines Auftragsmörders, die matte Freude über die Bezahlung des vereinbarten Wochenlohns. Auf ihren Schultern lastet die Trägheit des Betrugs und die Einsicht, dass sie mit einem Mann verheiratet ist, den sie einmal geliebt hat, aber nicht mehr liebt, und dass sie die Geliebte eines anderen Mannes ist, den sie ebenfalls einmal geliebt hat, aber nicht mehr liebt. Tolles Geschäft, dachte sie. Fühlt sich das, was einmal als Abenteuer begonnen hat, inzwischen nicht genauso monoton an wie eine Ehe? Sie ergreift schon lange nicht mehr die Initiative, fühlt sich schon lange nicht mehr wie im Rausch, aber ihr Geliebter gibt sich mit so wenig zufrieden, wie ein Hund, den man prügeln kann so viel man will und dann nur einmal streicheln muss, und schon liebt er sein Herrchen wieder bedingungslos. Und wenn es nur um Sex geht? Um regelmäßigen Sex? Hättest du damit ein Problem, Merche? Noch vermag Max ihr diesen Moment der Ekstase zu schenken, in dem sie nicht mehr sie selbst ist, in dem weder ihre Brust noch ihr verschwitzter Bauch noch ihre um ihn geschlungenen Beine ihr gehören. Solange es noch so ist, ist alles gut, lohnt es sich. Denn mit ihrem Mann ist Sex ein Gummizug, der einmal schnalzt und sich dann so weit dehnt, wie sie es will und er es ohne Schmerzen noch erträgt.

Indem sie beide hat, Max und ihren Mann, fühlt sie sich begehrt, gebraucht, betrübt, solar. Das hat einen Preis. Sie zahlt ihn. Fertig. Max hat heute eine bläuliche Krampfader am Bein gehabt. Sie hat ihm wehgetan. Warum muss sie daran denken? Warum ist es *wichtig, bedeutend*? Sie hat ihm geraten, am Meer spazieren zu gehen, barfuß, im kalten Wasser, weil

das die Durchblutung fördere. «Und damit kriege ich die Dinger weg?», hat Max gefragt. Merche wusste es nicht. Und nicht nur das. Sie wusste nicht einmal, ob sie diese Krampfadern etwas angehen sollten. Ob es sie kümmern sollte, dass sie sich verschlimmern könnten. Ob sie für ihn da sein würde, wenn sie platzen. Wieso trifft sie diese verstümmelte Intimität so unvorbereitet? Wieso geht es ihr so nah, dass Max sein Bein betrachtet und voller Melancholie die eigene Sterblichkeit entdeckt?

Wieso ruft sie ihn nicht endlich an, damit sie sich versöhnen können? Später, das mache ich später.

Später sitzt Merche am Kopfende des Bettes und sagt sich, dass sie diese Wohnung nie wieder betreten will. Weil alles dort mit dem Finger auf sie zeigt, sie des Verrats bezichtigt, des Verbrechens gegen die Menschlichkeit, die Liebe und die Zukunft. So viel Alltäglichkeit tut weh, Max, merkst du das denn nicht? Wobei Merche auch einsieht, dass diese Alltäglichkeit sich unvermeidlich einstellt mit der Zeit. So wie die Stiche der Eifersucht immer stumpfer geworden sind, der Schmerz der vertrauter werdenden Körper immer geringer, Jahre, die aufeinanderfolgen, Kinder, die Sprachen lernen. Der nächste Sommer wird keine Überraschungen bereithalten, sondern nur ein weiterer Sommer sein, ohne Verheißungen für einen Erwachsenen. Ohne Hoffnung, ohne Sehnsucht, Ferienzeit auch für die Begierde, die täglichen Anrufe der Zärtlichkeit, für das, was einmal Liebe war und unbändige Lust, sich zu sehen, zu ihm zu eilen und festzustellen, dass auch er zu dir geeilt ist, um dich zu sehen, und dann gleich noch mal von vorne. Alles ist okay jetzt. Lauwarm.

Sie ist ungerecht gewesen zu Max. Das weiß sie. Und sie weiß auch, dass sie anrufen und sich entschuldigen sollte. Wie bei allen langjährigen Liebhabern sind ihre Partner und Ex-Partner längst Teil ihres teuflischen Cocktails aus Routine und Leidenschaft geworden. Es gehört sich nicht, dass sie unter ihrem Verbrechen zu leiden haben, aber je mehr Monate und Jahre ins Land gegangen sind, desto öfter kam es vor, dass sie im postkoitalen Kreuzfeuer analysiert, geprüft und verurteilt worden sind. Dutzende Male schon haben sowohl Merche als auch Max gezinkte Tarotkarten gegen Virginia und Gero ausgelegt. Es fühlt sich bereits vertraut und endgültig an, wie wenn man anerkennt, wer der eigentliche Herr ist. Wie wenn man mit einem Schnurren bestätigt, dass der Wachwechsel wieder vollzogen ist. An jenem Nachmittag hat Max nichts anderes gemacht als sonst auch. Seine Meinung kundgetan. Er hat Gero an den Schultern gepackt und ihn einige Zentimeter vom Boden abgehoben, hoch genug jedenfalls, um sich das Gefühl zu geben, dass er jetzt der Herr ist, und der andere der Betrüger. Als Gero die Kinder in der Schule angemeldet hat, ist ihm ein Fehler unterlaufen. Statt eine der Zahlungsmodalitäten zu wählen, hat er alles zusammengerechnet und die gesamte Summe auf einmal einbezahlt. Es ist ihm zwar teuer vorgekommen, aber das hat ihn nicht davon abgehalten. Und nun hat es sich als höllisch kompliziert erwiesen, den Buchungsfehler wieder rückgängig zu machen.

«Das ist ihm nur passiert, weil er sich nie um solche Sachen kümmert.»

«Mag sein.»

«Dafür hat er ja dich, die ihm immer alles abnimmt.»

«Dafür kümmert er sich um andere Dinge.»

«Er kauft ein, holt die Kinder von der Schule ab und … Sonst noch was? Nein.»

«Er arbeitet.»

«Ich arbeite auch, und trotzdem hab ich mich immer um alles gekümmert, als ich noch mit ihr zusammen war.»

«Er ist, wie er ist, und tut, was er tut.»

Sie spricht nie seinen Namen aus: Es ist einfacher, jemanden zu betrügen, der keine Identität hat, keine besonderen Kennzeichen, wie eine verkohlte Leiche nach einem Brand.

«Er hat's also drauf. Glückwunsch.»

«Mich musst du nicht beglückwünschen, sondern ihn. Am besten du rufst ihn an und sagst es ihm persönlich. Er hat es verdient.»

«So werd ich's machen.»

«Und sie? Was hat sie gemacht? Worum hat sie sich gekümmert? Ach, egal, oder? Ich verschwinde mal eben ins Bad, hab's nämlich eilig.»

«Weil du die Rechnungen durchsehen musst?»

«Genau. Schließlich sind wir nicht alle so wie du. Wir irren uns auch manchmal, stell dir vor.»

Max hat versucht, sie zu verletzen. Es ist nicht mehr so leicht wie früher. Er ist sich bewusst, dass er auf Treibsand geht. Erinnerst du dich noch an die alten Tarzanfilme? Wenn der rettende Ast gebrochen ist? Nur nicht bewegen, mein Freund. Früher, als auch er noch eine feste Basis hatte mit Haus, fleißiger Ehefrau, drei Kindern, richteten seine Worte größeren Schaden an. Konnten die Drohungen sich erfüllen, konnten die Zweifel alles überschwemmen, so dass man aufpassen musste, was man tat und sagte, wenn man nicht etwas verlieren wollte, von dem man noch nicht wusste, ob man es

verlieren wollte. Früher hatte Max noch einen Ort, an den er zurückkonnte. Jetzt nicht mehr. Jetzt ist er ungeschützt, gefangen in der Unbeholfenheit eines Mannes, der sein Leben lang von einer Frau zur nächsten gewechselt ist, nur um am Ende in einer Sackgasse aus ungebügelten Hemden, Haarausfall und sinkendem Testosteronspiegel zu landen. Wenn er wütend wird, beeindruckt er niemanden, brennt es nicht, ist es wie das letzte Bellen eines verwundeten Tiers, das weiß, auf wen es angewiesen ist, wenn es gestreichelt und gefüttert werden will. Merche hat das Gefühl, dass sie die Schwelle zur Grausamkeit schon überschritten hat. Aber ist die Würde der anderen ihr Problem? Man verliert sie, man holt sie sich wieder, falls möglich aus eigener Kraft. Sie hat da keinen Handlungsspielraum. Kann keinen Waffenstillstand garantieren. Das hat nichts mit Wollen zu tun, denkt sie, als sie die Post aus dem Briefkasten holt und die Tür aufschließt. Weil sie Max liebt. Weil sie auch Gero liebt. Und die Kinder. Weil sie alle liebt.

Bankauszüge, Stromrechnung, Handyrechnung, Pizzaservice, Pfannen im Sonderangebot. Die Tür fällt hinter ihr ins Schloss. Die Schüssel landen in einer Porzellanschale, die etwas von einem Teich hat. Und die Schlüssel haben etwas von Fischen, die vor Freude schier platzen, als sie mit ihrem natürlichen Element in Berührung kommen. Die Visacard hat keinen Schreck erzeugt, im Fernsehen die immer gleichen Idioten, die nach irgendeiner Art von Erlösung suchen. Sie geht die Handyrechnung durch. Auf Kurznachrichten, die dort nicht auftauchen sollten. Oder Anrufe. Alles in allem nichts Verdächtiges, nicht einmal für jemanden, der zu Eifersuchtsanfällen neigt wie ihr Mann.

Plötzlich hört sie am anderen Ende der Wohnung Geräusche. Sie sieht auf die Uhr im Esszimmer. Ja, da ist jemand, der nicht dort sein dürfte. Um diese Uhrzeit müssten alle unterwegs sein: Gero bei der Arbeit, der Rest der Familie beim Englischunterricht und beim Handball. Es ist die Musikanlage im Zimmer ihres Ältesten. Es wäre nicht das erste Mal. Aber Merche hört nicht Stimmen oder Musik, sondern ein monotones Geräusch, wie von einer misstönenden Stimmgabel. Merche geht ins Wohnzimmer, zum Sofa, nimmt das Handy. Es ist auf stumm gestellt und vibriert nur, der Name Ada blinkt auf dem Display. Ada ist nicht Ada. Ada ist eine lustige Ex-Kollegin, deren Nummer sie noch nie hatte. Ada ist Max und dient dazu, Max vor Nachforschungen durch Gero zu schützen. Der gute Max besitzt nicht einmal genügend Stolz, um abzuwarten, dass Merche sich entschuldigt. Nicht einmal zwei Stunden hat sein Schwur gehalten, alles zu beenden. Wer kann denn jemanden lieben, der so unterwürfig ist? Jemanden, von dem man ganz genau weiß, dass man ihn nicht verlieren kann? Nein, sie wird nicht rangehen. Es ist nicht der richtige Moment. Sie hat keine Lust. Max, verkleidet als Ada. Da fällt ihr *Psycho* ein, die Mutter. Wie hieß sie noch? Hat sie überhaupt einen Namen? Max wüsste es bestimmt. Max weiß immer alles. Der Mann hieß Norman Bates, da ist sie sich sicher, gespielt von Anthony Perkins. Aus Boshaftigkeit setzt sie im Geiste Max eine Perücke auf. Auch seinen Namen im Telefonbuch des Handys würde sie jetzt ändern, wenn sie sicher wüsste, wie man Bates schreibt. Wegen ihrer Rechtschreibung hat sie Komplexe. Besonders im Englischen mit seinen trügerischen Vokalen. Nein, jetzt nicht, ist nicht der richtige Moment, mein Schatz. Es ist nicht der richtige Moment, Mr. oder

Mrs. Bates, weil sie eine ihrer Lieblingsnummern wählen muss, die noch dazu spottbillig ist: die ihres Sohnes. Es klingelt, einmal, zweimal, dreimal.

«Ja.»

«Schatz, ich bin's, Mama. Wo bist du?»

«Zu Hause.»

«Hast du heute kein Training?»

«Bin schon weg.»

«Du kommst zu spät.»

«Ich weiß, Mama, nerv mich nicht. Ich hatte meine Tasche vergessen. Was willst du?»

«Nichts. Jetzt aber los, sonst kommst du wirklich zu spät.»

«Ich steh schon an der Tür. Hättest du nicht angerufen, wäre ich schon längst unterwegs.»

«Schon gut. Schließ schön ab und gib mir zwei Küsschen, wenn du im Wohnzimmer vorbeikommst.»

Es stimmt nicht, dass Lügen immer wehtun: Sie können auch wärmen wie eine zärtliche Geste. Vieles vereinfachen, heikle Situationen lösen, das Herz luftig und leicht machen, so dass man abheben, sich in die Arme der Schwerkraft fallen lassen und auf einer Wolke landen kann.

6

Manchmal – oder eigentlich immer, wie Cristian behaupten würde – verhalten sich Menschen merkwürdig, sagt Bruno. Wieso akzeptieren sie nicht einfach, dass der Abend scheiße gelaufen ist, begleichen ihre Schulden, und ab nach Hause, morgen ist ein neuer Tag? Warum machen sie sich das Leben schwer? Ist es eine Frage des Vertrauens? Okay, kann sein, aber man muss doch dieser ungläubigen Welt einen kleinen Vertrauensvorschuss geben können, ohne gleich eine Gegenleistung zu erwarten, wenn man damit die Dinge wieder ins Lot bringen kann, oder nicht? Ist das so schwer?

Die Lösung – für den Fehler, das Problem – ist nach Brunos Ansicht angemessen und sauber. Man muss seinem Erpresser ein bisschen Vertrauen schenken. Okay, Tugend und Erpressung sind nicht leicht unter einen Hut zu kriegen, aber es geht. Wenn Bruno vier Raten sagt, dann meint er vier Raten. Gut, es waren auch schon mal fünf, sechs, selten sieben, aber nie zehn, zum Beispiel. Manche Leute lassen sich auf ihn ein – auf das, was er sagt, auf die Raten, die er fordert, auf die Art, wie er das Geld eintreibt und sich geradezu kameradschaftlich verabschiedet –, andere hingegen werden schon bei der ersten Übergabe nervös. Für die ist er das Gestalt gewordene schlechte Gewissen. Der Vertreter einer Bruderschaft der moralischen Bußzahlung. Ein schlimmer Pickel am Arsch. Was ist man bereit zu zahlen, wenn man dafür aus einem realen Albtraum erwacht, wenn man dadurch einen schweren Fehler wiedergutmachen kann, eine Schuld begleichen? Man hat ein Problem, und dieses Problem lässt sich lösen, indem

man bezahlt. Ohne dass es Tote gibt. Irreparable Schäden. Das Geld wäscht einen von Sünden rein, heilt die Wunden, führt zurück auf den rechten Weg. So war es schon immer. Oder wie Astatke sagt, wenn er statt Weihrauch Alkohol trinkt: Kains Problem war, dass er keinen Bankautomaten in der Nähe hatte.

Dein Schwanz hat das Kommando übernommen, das rollige Kätzchen in dir. Du hast was mit deinem Schwager angefangen, mit der Freundin deiner Freundin, mit deinem Arbeitskollegen, mit deinem was auch immer. Du hast Scheiße gebaut und jetzt versteckst du dich, weil *das*, was du getan hast, nicht in Ordnung war. Sonst würdest du dich ja nicht verstecken, oder? Denn sollte *das* rauskommen, kriegst du jede Menge Probleme. Verstehst du? Probleme, die nicht allein mit Geld zu lösen sind, mein Freund. Schmerz, Tränen, Rausschmiss, Sofas, Lieblingsecken, Fotoalben, Strandurlaube, zerbrochene Mitbringsel, Annäherungsverbot. Anwälte, Ex-Schwiegerväter, Ex-Schwager, traumatisierte Kinder, Kinderpsychologen, Lehrer und andere Institutionen, die dir das Blut aussaugen. War alles ein Berechnungsfehler. Ein Wink. Du dachtest, niemand hätte dich gesehen, und dann hat dich doch jemand gesehen. Du hast dich geirrt. Und das hat seinen Preis. Einen Preis, damit wir vergessen, dass wir dich gesehen haben. Ist das wirklich so schwer zu kapieren? Für manche offenbar schon.

Bruno hat es nicht für nötig befunden, Cristian zu informieren. Er ist lieber allein hingegangen, denn wenn er allein hinging, konnte er immer ein bisschen was für sich abzweigen und mit dem Geld irgendwo zocken. Was er jetzt bereute, klar.

Als Bruno auf dem vereinbarten Bahnsteig der Linie 1 ausstieg, wartete der Typ schon auf ihn. Er konnte sich nicht einmal mehr an sein Gesicht erinnern. Wahrscheinlich war es Cristian, der ihn am Jagdtag beschattet hatte. Aber da war er nun, so wie Raquel ihn beschrieben hatte. Saß auf dem Bahnsteig zwischen den Gleisen auf einer Plastikbank, beiges Jackett über den Knien, weißes Hemd, rot-grün gestreifte Krawatte. Bei der Wahl des Jacketts war Bruno kulant, beim Rest dafür umso strenger. Ein weißes Hemd hat doch jeder zu Hause. Und wenn nicht, kaufst du dir eben eins, ist ja nicht so teuer. Bei der Krawatte musste man nur darauf achten, dass es die Farbe in der realen Welt auch gab, und nicht nur im Modekatalog. Wenn das Opfer weiblich war, kassierte Raquel das Geld, unterstützt von ihm oder von Cristian, und dann war sie es – für Brunos Geschmack war sie da ein bisschen zu kapriziös –, die über das Outfit entschied.

Ruhigen Schrittes ging Bruno auf die Bank zu und setzte sich neben den Mann. Er wartete ab, bis die anderen Fahrgäste den Bahnsteig verlassen hatten, bevor er «Wie geht's?» fragte, ohne dass es wie Spott klang. Der Mann hatte ihn nur kurz aus den Augenwinkeln angesehen und dann wieder nach vorn gestarrt. Er ließ sich einige Sekunden Zeit, bevor er reagierte, und stellte eine Gegenfrage.

«Wann hat das alles ein Ende?»

Es hat doch noch gar nicht richtig angefangen, hätte Bruno ihn beinahe angepflaumt, aber er tat es nicht. Der Kerl war pünktlich, also hatte er eine halbe Stunde Spielraum, bevor der nächste an die Reihe kam.

«Wie heißt du? Sag's nicht. Ich weiß, wie du heißt, aber ich erinnere mich nicht. Wir haben deine Telefonnummer, deinen

Namen und alles andere, aber das streich ich lieber aus dem Gedächtnis, ist besser so.» Es tat Bruno gut, im Plural zu sprechen und so dem Typen, den er vor sich hatte, den Eindruck zu vermitteln, da wären noch zwei, drei andere im Hintergrund, die alles beobachteten und kontrollierten. «Also, wie immer du auch heißt …»

«Javier.»

«Javier. Hast du die neuntausend Euro? Wenn du sie hast, hat tatsächlich alles ein Ende. Heute noch. Jetzt. Du gibst sie mir, und dann siehst du uns nie wieder.»

«Und woher weiß ich das? Wer garantiert mir, dass ihr nicht noch mehr wollt?»

«Genügt dir mein Wort? Nein? Ein Mann, ein Wort?»

«Nein, genügt mir nicht.»

«Glaub mir, wenn ich neuntausend sage, dann meine ich neuntausend. Ich will den Leuten ja nicht das letzte Hemd rauben. Jeder hat das Recht auf ein bisschen Spaß. Javier, glaubst du, ich hätte kein Verständnis dafür? Ich bin doch auch nur ein Mann. Außerdem war sie süß, die Kleine. Wie hieß sie noch gleich? Hab ich schon vergessen. Siehst du?»

«Das werde ich Ihnen nicht sagen. Außerdem sind wir nicht mehr zusammen.»

«Wie schade.»

«Ihren Zynismus können Sie sich sparen.»

«Ich bin nicht zynisch. Aber kommen wir zur Sache.»

«Ich bin hier, um mit Ihnen zu reden, mit Ihnen allen. Ich hab nicht so viel Geld. Ich bin arbeitslos, und so eine Summe, die …»

«Kein Problem. Du hast damit angefangen von wegen, wann alles ein Ende hat. Aber Ratenzahlung geht auch. Wenn

ich mich richtig erinnere, haben wir drei Raten à dreitausendfünfhundert ausgemacht. Alle zwei Monate. War das nicht so? Heute wäre nun die erste fällig.»

«Das sind aber mehr als neuntausend Euro.»

«Schon mal was von Zinsen gehört? Bestimmt. Und? Hast du die erste Rate dabei?»

«Nicht ganz.»

«Du musst wissen, was du tust.» Bruno steht auf und wendet sich theatralisch zum Gehen, aber der Mann packt ihn am Arm. Bruno sieht ihm in die matten schwarzen Augen, die ihm sofort ausweichen, und löst dann einen Finger nach dem anderen. «Fass mich nie wieder an, du Idiot.»

«Verzeihen Sie. Tut mir leid. Gehen Sie nicht. Hier sind zweitausendfünfhundert, mehr habe ich nicht zusammengekriegt.»

Bruno überprüft mit einem kurzen Blick nach links und rechts, ob jemand auf dem Bahnsteig Zeuge dieses Scharmützels geworden ist. Nur keine Aufmerksamkeit erregen, das war das oberste Gebot. Er nutzte die Gelegenheit, um seinen Jackenärmel zu glätten, die Wrangler hochzuziehen und den falschen Verzicht in Szene zu setzen. Dann näherte er dem Typen sein Gesicht und blaffte:

«Ich nehm sie, aber in zwei Monaten legst du mir viertausendfünfhundert auf die Kralle, kapiert?»

«Ich werd's versuchen, versprochen, aber sagen Sie bitte nichts meiner Frau …»

«Solange du zahlst, hast du nichts zu befürchten. Schließlich haben auch wir ein Interesse daran, dass die Geschichte ein Geheimnis bleibt.»

«Danke.»

«Javier, ich muss los. Wir rufen dich an. Darf ich dir einen Rat geben? Vergiss die Sache. Vergiss sie, bis wir dich wieder dran erinnern. Vergiss deinen Albtraum. Alles ist wie gehabt. Erinnere dich daran, wie's vorher war, dann ist alles, als wäre nichts passiert.»

Schnell, aber auch ungelenk steckte Javier die Hand in sein Jackett, holte einen gelblichen Umschlag hervor und übergab ihn Bruno. Der machte sich nicht einmal die Mühe, das Geld zu zählen. Ihn betrügen zu wollen wäre einfach zu dämlich. In diesem Moment fuhr die Metro ein. Zwei Stationen weiter wartete schon der nächste Kunde. Bruno stieg ein, und als sich die Türen schlossen, sah er, dass Javier, oder der Typ, der angeblich Javier hieß, aufstand und ihn innerlich gebrochen und Mitleid heischend ansah. Bruno wich seinem Blick nicht aus. Kurz war er versucht, ihm mit einer Geste zu verstehen zu geben, dass es sich doch nur um eine kleine Erpressung handelte. Dass sie den Mund halten würden, solange er zahlte. Was scherte es ihn, ob jemand treu war oder nicht. Ihm genügte, dass Raquel treu war, und umgekehrt. Der arme Kerl, der mit seinem beigen Jackett im Clinch lag, machte ein Gesicht, als fragte er sich, ob er gerade Opfer eines Betrugs geworden war und für nichts und wieder nichts bezahlt hatte. Aus Erfahrung wusste Bruno, dass sich dieses Gefühl im Laufe der Tage legen würde, sobald der angebliche Javier wieder etwas Land sah. Dann würde im klar werden, wo er da hineingeraten war. Dass es sich um ein Geschäft handelte, bei dem sich beide Parteien an die Abmachungen halten mussten. Ganz einfach.

Er spürte den Umschlag in der Innentasche seiner Jeansjacke, jeden einzelnen Schein darin. Raquel und Cristian hatten zweitausend angesetzt. Blieben fünfhundert für ihn, als

Entschädigung fürs U-Bahn-Ticket und die Abnutzung seines Ärmels, dachte er sarkastisch, als er ausstieg, um den nächsten Termin wahrzunehmen. An diesen Typen erinnerte er sich sehr wohl. Anfang fünfzig, aber mit einem Auto, einer Visage und Klamotten wie einer, der sich für seinen eigenen Enkel hält. Hohe Stirn, zerzauste Haare, einige davon wahrscheinlich transplantiert, dazu gefärbt. Breite, flache Nase mit großen Löchern, Augen versteckt hinter einer Brille mit Metallgestell, deren schimmernden Gläser sich je nach Licht dunkler tönten.

Er hatte seine Physiognomie noch vor Augen. Aber der dazugehörige Typ war nicht da. Bruno sah auf sein Handy. Exakt die vereinbarte Uhrzeit. Er würde ihm aus Höflichkeit noch fünf Minuten geben, bevor er Raquel bitten würde, dem Kerl ein bisschen Feuer unterm Arsch zu machen. Aber es war nicht nötig. Da kam er zügig die Treppe herunter. Obwohl er locker wirken wollte, war nicht zu übersehen, dass U-Bahn-Fahren nicht sein Ding war.

Diesmal hielten sich mehr Leute auf dem Bahnsteig auf als bei dem Treffen zuvor. Bruno wartete ab, ob sich die Menge vielleicht etwas lichtete, aber es war ein sinnloses Unterfangen. Kaum gingen einige, waren die nächsten schon da. Der Typ starrte nervös mal auf sein Handy, mal hielt er nach dem Kerl Ausschau, der ihn herbestellt hatte, um ihn zu erpressen. Ihre Augen begegneten sich. Bruno ergriff die Initiative. Der Kerl hatte die Stirn gerunzelt und presste die Kiefer zusammen. Vorsicht war angebracht.

«Setzen wir uns?», schlug Bruno vor.

«Ich stehe lieber.»

«Scheint mir keine gute Idee. Zwei Typen auf einem Bahn-

steig, von denen einer dem anderen einen Umschlag übergibt. Das hat man schon zu oft in der Glotze gesehen.»

Und schon hatte sich Bruno hingesetzt. Nach einer Weile folgte der Mann seinem Beispiel.

«Ich will dieses Thema ein für alle Mal vom Tisch haben. Mit Garantie. Immerhin verlangt ihr eine gehörige Stange Geld von mir.»

«Wie man's nimmt. Immerhin haben wir bei den Zahlungsmodalitäten mit uns reden lassen, für den Fall, dass …»

«Du kannst dir deine Zahlungsmodalitäten sonst wohin stecken. Ich kauf doch keine Waschmaschine, ich werde verdammt noch mal erpresst!»

Im Gegensatz zu dem angeblichen Javier musste Bruno bei diesem Typen aufpassen. Offenbar war er es nicht gewohnt, mehr als einmal im Jahr etwas zu tun, was er nicht tun wollte. Ein autoritärer Sack, ein Panzer, der alles, was ihm in den Weg kam, plattmachte und nie zurückschaute. Dieser Heini war ein Paradebeispiel für einen überführten und erlösten Hurenbock, Donnerstag ja, Donnerstag nein. Was Bruno in diesem Moment nicht wusste: Die zweite, fünfzehn Jahre jüngere Frau erwartete ein Kind von dem Kerl, so dass er es sich nicht leisten konnte, das bisschen, was er aus seiner ersten Ehe hatte retten können, auch noch in die Tonne zu treten, einer Ehe, die in dem Moment gescheitert war, als seine aktuelle Gattin in einer der Firmen, deren Teilhaber er war, zur Förderung einer Dienstleistung eingestellt wurde, an die er sich schon längst nicht mehr erinnerte. Die Frage war nur, warum ein Typ wie er, der normalerweise an diskreten Orten seinen Obolus entrichtete, am helllichten Tag ein Zimmer gemietet hatte. Eine kleine Schwäche. Eine kleine Schwäche nach dem

Mittagessen. Eine kleine Schwäche, hervorgerufen durch das Zusammenspiel aus Whisky Cardhu und tiefem Ausschnitt. Ein Mädchen, mit festem Freund, das Ergebnisse und Abschlüsse vorweisen musste und wenig Skrupel hatte. Und nun bereute er zutiefst, nicht zu einer Hure gegangen zu sein, sich einen runtergeholt oder auf sein Frauchen mit ihren schwellenden Milchbrüsten zurückgegriffen zu haben.

«Ist mir scheißegal, wie du das nennst. Hast du die Kohle? Wie willst du zahlen?»

«Alles auf einen Schlag, damit die Sache aus der Welt ist, kapiert? Und wag ja nicht, mich noch mal anzurufen! Beim nächsten Mal, das schwör ich dir, hole ich die Polizei. Ich hab nämlich Freunde.»

«Freunde haben wir alle. Manchmal sogar dieselben. Aber man muss sie ja nicht gleich belästigen in einer Angelegenheit, die man auch untereinander regeln kann.»

«Lass das Gequatsche. Ich geb dir das Geld nur, weil ich keinen Ärger will. Und deshalb ist meine Bedingung auch, dass ich nur einmal zahle und dann nie wieder. Solltet ihr mir weiterhin auf den Sack gehen, dann gnade dir Gott.»

«Schrei bitte nicht so rum. Ordinäre Menschen mag ich nicht. Bringen wir es also schnell hinter uns. Du zahlst, was wir vereinbart haben, und ich gebe dir mein Wort, dass du nie wieder was von uns hörst.»

Bruno meinte es ernst. Er wusste, wie gefährlich verwundete alte Löwen werden konnten. Daher versuchte er, so überzeugend wie möglich zu klingen, auch wenn er insgeheim fürchtete, dass der Typ ihm das nicht abnahm. Zu seiner Überraschung lehnte der sich aber zurück, atmete tief durch und fragte dann geradezu freundschaftlich:

«Kann ich dir vertrauen? Dass du dich hältst an das, was du sagst?»

«Ja.»

«Dann lass uns gehen.»

«Wohin?»

«Zur Bank.»

«So war das nicht abgemacht», protestierte Bruno, aber eher schwach. Er wusste, dass er seinen anfänglichen Vorteil eingebüßt hatte, sollte er ihn je besessen haben. Ab jetzt konnte er nur noch hinterherdackeln. Aber es blieb ihm nichts anderes übrig. Wenn er aus diesem Kerl noch was rausholen wollte, dann musste es hier und jetzt geschehen.

«Dachtest du wirklich, ich treffe mich mit meinem Erpresser in einer Metrostation und habe das ganze Geld in der Tasche? Es hätte ja sonst was passieren können, dass du mich ausrauben willst zum Beispiel.»

«Okay, okay, bringen wir's hinter uns, bevor ich richtig sauer werde.»

Sie fuhren auf der Rolltreppe nach oben. Bruno stand hinten und musterte den Rücken seines Opfers. Der behaarte Nacken war verschwitzt. Es musste den Typen große Überwindung gekostet haben, sich auf den Deal einzulassen. Vielleicht war es dieser Gedanke, vielleicht auch nur ein Anflug von Misstrauen, jedenfalls fragte Bruno nach, zu welcher Bank sie gingen. Zur Sanpaolo Bank.

«Haben die das Geld parat?»

«Klar, die kennen mich. Ich bin gut mit dem Bürochef befreundet.»

Scheiße, dachte Bruno. Dreifache Scheiße. Einmal Scheiße, weil der Typ Geld wie Heu hatte und ihre Forderung ein

Witz war. Zweimal Scheiße, weil er wusste, dass es keine gute Idee war, plötzlich mehr zu fordern. Und dreimal Scheiße, weil er nicht gern mit einflussreichen Leuten zu tun hatte. Das war, wie wenn mitten im Tanz die Musik wechselte und man alles, was man gelernt hatte, vergessen konnte; wenn es nur noch darum ging, irgendwie in den neuen Rhythmus reinzufinden, ohne dem anderen auf den Fuß zu treten und sich furchtbar zu blamieren.

Dann waren sie oben. Im Viertel Sant Andreu. Wenige Meter entfernt lag eine Filiale der besagten Bank. Bruno konnte sich nicht vorstellen, dass die Sanpaolo in diesem grauen, armen und schmutzigen Teil der Stadt, weit abseits der Hauptverkehrsadern, viele Kunden hatte. Tatsächlich wirkte alles wie ausgestorben. Schilder verkündeten auf heruntergelassenen Rollläden, dass der Besitzer gewechselt hatte, und vor den von Chinesen betriebenen Kneipen standen leere Tische auf dem Bürgersteig. Gleich neben der Filiale hatte ein Wohnhaus einem Bauprojekt weichen müssen, das Drei-Zimmer-Wohnungen inklusive Garage anpries, dem aber, dem hohen Unkraut und dem Graffiti auf der Umfassungsmauer nach zu urteilen, die Krise Finger und Eier unter den Klavierdeckel geklemmt hatte. Mitten in der Mauer war eine Metalltür eingebaut, auf dem ein Zettel des Kammerjägers informierte, wann hier zum letzten Mal Rattengift gestreut worden war.

«Brauchst du eine Wohnung?»

«Nein.»

«Ist ein gutes Angebot, aber heutzutage hat ja keiner mehr Geld.»

«Außer den Banken.»

«Auch die Banken nicht.»

«Mir kommen gleich die Tränen. Ich warte hier draußen auf dich.»

«Du kommst mit rein. Ich geb dir das Geld besser drinnen im Büro.»

In Bruno ging ein Alarm an, der sich anfühlte wie ein verrückt gewordenes Karussell. Wieso war ihm nicht rechtzeitig ein Licht aufgegangen? Wie dieser Typ ihn für dumm verkaufen wollte, das grenzte schon an Beleidigung. Wollte dieser abgefuckte Lackaffe ihn tatsächlich in eine Bank locken, wo sein Gesicht in Großaufnahme aufgezeichnet würde, wenn er ihm den Umschlag übergab? Das würde ihm einige Jährchen einbringen. Raub, Erpressung, und was sonst noch alles. Womöglich käme er nie wieder raus. Womöglich hockten da ein Haufen Bullen unterm Tisch, spielten Karten und warteten auf den Depp vom Dienst. Wen glaubte dieser Kerl vor sich zu haben?

«Hör zu, du Schlaumeier», platzte Bruno zehn Meter vom Eingang entfernt der Kragen. Abrupt hielt er an. «Ich bleibe hier stehen und lehne mich gemütlich an diese Mauer mit dem fantastischen Immobilienangebot, das sich niemand leisten kann, und du gehst da rein und kommst allein wieder raus und bringst mir das Geld. Und alles in fünf Minuten. Nicht eine Sekunde länger. Ich denke, selbst einer wie du kapiert, warum.»

«Hör zu.»

«Nix da hör zu. Hältst du mich für bescheuert, du Wichser? Du hast ja keine Ahnung, mit wem du es hier zu tun hast. Das Geld geht mir so langsam am Arsch vorbei. Oder ob dein Frauchen oder deine Geschäftskumpanen spitzkriegen, was du so treibst. Mir drängt sich vielmehr der Gedanke auf, es

könnte dir was zustoßen, was man hinterher auch mit Geld nicht wiedergutmachen kann. Wenn du verstehst, was ich meine.»

«Aber …»

«Du solltest dich sputen: fünf Minuten.»

Bruno sah zu, wie der Typ die Bank betrat, machte stinkig kehrt und ging in Richtung Mauer, um dort wie vereinbart auf die Übergabe der Kohle zu warten. Mehr als drei Schritte waren ihm nicht vergönnt. Sicher, es beschlich ihn eine Art Vorahnung. Als wäre plötzlich die Stadt verstummt, als höbe die alte Hexe den Rock, schlösse die Augen und hielte den Atem an, und als täten es ihr alle nach: die kranken Tauben, die vom Kohlendioxyd geschwärzten Bäume, das Brummen der Motoren, das Quietschen der billigen Schuhe auf dem Asphalt. Urplötzlich Stille. Gespannte Stille. Aber genau dieser Moment der Vorahnung kostete Bruno die Zeit, die er gebraucht hätte, um sich umzudrehen, als er Schritte hörte, sehr eilige Schritte. Dann wurde er von hinten erwischt. Hatte plötzlich das Bild vor Augen, wie jemand mit dem Auto auf den Gehweg rast und alles umsenst, was ihm in die Quere kommt. Was er tatsächlich spürte, war ein Schlag auf den Kopf mit einem Gegenstand so hart wie eine Kiste, die sich allerdings als geballte Faust entpuppte, als etwas wunderbar Menschliches. Wenigstens bekam er noch seine Arme vor den Körper, so dass er sich an der Mauer nicht den Schädel einschlug. Geschickte Hände zogen am Knauf der nicht verschlossenen Metalltür, und schon wurde Bruno auf das Grundstück bugsiert. Er stolperte und fiel ins hohe Gras. Etwas schlich um ihn herum. Eine Ratte? Eine Katze? Ein Leopard? War das nicht egal?

Zumindest standen die Angreifer jetzt vor und nicht mehr hinter ihm. Zwei grobschlächtige Sicherheitsleute mit Schnauzbärten Marke tiefste kastilische Provinz und einer mörderischen Lust, auf einen Sack einzudreschen. Die gleiche Lust, die sie einst auf die Idee gebracht hatte, sich als Bullen zu versuchen, und andererseits der Grund war, warum es nie geklappt hatte. Einer war schon etwas älter, so um die fünfzig. Der andere keine dreißig. Und beide waren so groß und kräftig, dass man mit ihnen gut und gerne zwei Stunden die Sonne verdecken konnte. Bruno war noch ganz benommen von dem Schlag, versuchte aber trotzdem aufzustehen. Er wollte sich nicht einfach abschlachten lassen. Er wollte Zähne zeigen. Zurückschlagen. Dem Banker die Eier zerquetschen und jetzt, wo er sein Blatt gesehen hatte und wusste, dass er keinen müden Euro machen würde, wollte er wenigstens den Umschlag mit der Kohle retten, den ihm der gute Javier vor einigen Minuten übergeben hatte, was ihm jetzt in etwa so weit zurückzuliegen schien wie seine Kindheit.

Bruno wollte reden. Drohen. Sich wehren. Die Polizei rufen. Sich eine Pistole besorgen und alle umnieten. Aber er kam nicht dazu. Entweder waren die Typen extrem schnell oder Bruno war bereits zu niedrig getaktet. Erst kriegte er eine Faust in die Rippen, dann ein Knie in die Fresse und schließlich, als er bereits auf dem Boden lag, Tritte auf den ganzen Körper. Was nur bewies, dass die beiden Typen zwar Tiere waren, aber keine professionellen Tiere. Das Martyrium dauerte zwei lange Weihnachten lang. Dann bahnte sich wie im Film der Bösewicht den Weg zwischen den beiden Gorillas hindurch und sagte etwas. Fluchte, drohte, sprach aus tiefstem Herzen ein Gedicht auf den Ecce Homo. Was

Bruno allerdings nicht mehr mitkriegte. Er klammerte sich an den letzten Faden des Bewusstseins, der ihm noch verblieben war und den er überraschenderweise mit dem rauhen, schmutzigen Zopf seiner Mutter assoziierte, jener Alten, die er sehr geliebt hatte, die ihn aber verlassen hatte und gestorben war. Oder war es umgekehrt? Er hielt sich an den Geschmack nach frischer Erde, der ihm in den Mund drang, vermischt mit dem metallischen nach Blut, und vor allem an den Umschlag, den er in seiner Jackentasche aufbewahrte wie ein rettendes Unterpfand. Und er versuchte mit allen Mitteln, sein Gesicht von dem Stein unter ihm fernzuhalten, der ihn bereits das Trommelfell und ein Stück seiner Segelohren gekostet hatte. Verloren ging auch der goldene Anhänger aus seiner Kindheit, als ihm die Sozialbehörde einen Zirkuskurs irgendwo außerhalb dieser wunderbaren Stadt bezahlt hatte, in der es inzwischen vor «Zu verkaufen»-Schildern nur so wimmelte.

7

«Was ist los?»

«Das ist los.»

Merche fuchtelt mit der Puppe herum, auf der sie versehentlich gelandet ist, als sie sich bei Max aufs Sofa hat plumpsen lassen.

«Was soll das? Hier wohnen Leute. Kinder. So wie bei dir auch.»

«Ich weiß, ja, natürlich weiß ich das.»

Merche vergräbt das Gesicht in ihren Händen. Sie ist verwirrt, aber nicht so verwirrt, wie es diese Geste vermuten lässt, dieses Bild. Sie sitzt auf dem Rand des Sofas, in Slip und weißer Bluse, barfuß. Sie entschuldigt sich, ohne recht zu wissen, wofür. Sie fühlt sich schäbig. Sie wollte der Besitzerin der Puppe nicht wehtun, und auch deren Vater nicht. Es ist nur so, dass sie dieses Trautes-Heim-Getue, dieses Papa-und-Mama-Spielen nicht mehr erträgt. Nach zwei Wochen gescheiterter Anläufe hat sie sich einen Nachmittag freigeschaufelt und sich mit Max abgestimmt. Sie haben bei ihm gegessen und sich auf seinem Geschiedenenbett vergnügt, umgeben von den Fotos seiner Kinder und seiner Eltern und eines Mannes, der mal ein Kind war und so hieß wie er. Aber sie hat alles ausgeblendet, was ihr früher gefallen hat, dann egal geworden ist und sie jetzt schier erstickt, ohne dass sie wüsste, warum. Sie hat sich heute mit Max getroffen und hat mit ihm geschlafen, weil sie sich an Gero rächen wollte für seinen erotischen Überfall gestern Abend. Sie hatte ihrem Mann lautstark einen Orgasmus vorgetäuscht, als er mal wie-

der ruck, zuck gekommen war, aber damit war es nicht getan gewesen. Gero wollte ein Freudenfest. Sie hatte es schon geahnt, als er die Kinder möglichst schnell ins Bett bringen wollte. Deshalb hatte sie sich länger als üblich im Bad aufgehalten, aber als sie wiederkam, war er schon erregt gewesen. Kaum stand sie in der Tür, war er schon bei ihr. Alles geschah überstürzt, fühlte sich falsch an. Im Bett hatte sie dann auf Autopilot gestellt, zu genießen versucht und sich vorgenommen, gleich morgen früh Max anzurufen. Gero kam, und sie tat so, als ob sie ebenfalls kommen würde. Daraufhin wollte Gero einen Nachschlag, und Merche willigte resigniert ein, fest entschlossen, doch noch ein Stück vom Kuchen abzukriegen, aber dazu kam es nicht. Einige Minuten später, als Gero neben ihr schnarchte, musste sie selber Hand anlegen. In diesem Moment dachte sie nur: Max, Max, Max, wo bist du?

Sie hebt die Beine und stellt sie auf, während das Bett zwei oder drei von Max' Stößen verkraftet, bevor es sich zu verschieben beginnt, wogegen sie auch dadurch nichts ausrichten kann, dass sie die Zehen fester ins Laken krallt. Max dreht sie um, schiebt den Slip beiseite und dringt mühelos und hart in sie ein. Merche hat nicht auf einem Kondom bestanden, um Gero zu bestrafen, einmal mehr. Der Sex ist ziemlich gut. Danach schlafen sie ein. Vielleicht ist es das, dieser verschwitzte Halbschlaf, jedenfalls fühlt sich Merche schmutzig und hat einen dicken Kopf, als sie wieder aufwacht. Er bietet ihr ein Paracetamol an, aber sie will keins. Lieber greift sie auf das altbewährte Heilmittel zurück und zündet sich schnell eine an. Max stürzt geradezu aus dem Zimmer, um einen Aschenbecher zu holen. Aus einem unerfindlichen Grund löst dies Abscheu in ihr aus.

«Was ist denn los mit dir, mein Schatz?»

«Ich weiß es nicht, Max, ich weiß es wirklich nicht.»

«Vielleicht sollte ich lieber gehen.»

«Schon?»

Ja, jetzt sofort, ratzfatz, ohne sich noch mal umzudrehen, denkt Merche und erinnert sich, dass es früher diametral entgegengesetzt gewesen ist. Früher war es Max, der regelrecht in sein geordnetes Leben geflüchtet war, damit sich ihr Stelldichein auflöste wie der Nebel in einem Traum. Immer war er der Erste gewesen, der ins Bad ging, auf die Uhr sah, den Blackberry anschaltete, der sofort aus dem Bett sprang, wenn er gekommen war. Und sie war immer diejenige gewesen, die noch ein bisschen kuscheln, dösen wollte, sich Zeit lassen, damit die Realität und ihr anderes Leben sich erst allmählich wieder in ihren Körpern einnisteten.

«Ich will nicht, dass du gehst. Nicht so. Wann sehen wir uns wieder?»

Noch haben wir uns nicht verabschiedet, und du denkst schon ans Wiedersehen? Heute? Morgen? Kriegst du denn nie genug?, denkt Merche und schweigt.

«Irgendwas stimmt nicht zwischen uns. Lass uns darüber reden, Schatz. Ich habe viel darüber nachgedacht, und vielleicht wäre es eine gute Idee, ein bisschen Abstand zu halten, du kennst meine Meinung dazu, aber selbst ich bin es leid zu kämpfen und zu warten.»

«Ich weiß, Liebster, ich weiß.» Sie meint, was sie sagt. Auch wenn sie Max in letzter Zeit ziemlich grausam behandelt, liebt sie ihn doch, besonders dann, wenn er die Initiative ergreift, wenn er nicht zulässt, dass sie an allem zweifelt und alle Möglichkeiten gleichzeitig wählt.

«Kaffee?»

Sie nickt. Als ihr Liebhaber aufgestanden und in die Küche gegangen ist, hebt sie den Blick. Sie schaut ihrem Spiegelbild in die Augen. Eine Aura der Zärtlichkeit umhüllt sie von Kopf bis Fuß, weil sie sich selbst als kleines Mädchen sieht, das alt geworden ist. Ihre vierzig Jahre, ihre unreine Haut, das Überbleibsel einer heftigen Akne, ihre tiefen, schwarzen, immer noch lebendigen Augen, ihr üppiger Mund, hinter dem sich eine teuer modellierte Zahnreihe verbirgt. Sie sieht, wie verletzlich sie ist, eine Frau, die sich in einen Schlamassel begeben hat, aus dem sie nicht wieder herausfindet. Ein Rätsel ohne Lösung. Erwachsenenprobleme, die zwei Seiten haben, zwei Körper, zwei Sprachen. Ihre Zehennägel sind lackiert. Ihre Füße ziemlich dick. Ihre Beine hingegen lang. Sie ist versucht, aufzustehen und ihr Gleichgewicht wiederzugewinnen. Sie tut es aber nicht. Max bringt den Kaffee.

«*What else?*», scherzt er.

«Du willst nicht?»

«Nicht so spät. Sonst schlafe ich so schwer ein.»

Merche richtet sich auf, um den Kaffee mit einem Schuss Milch zu trinken, worum sie ihn nicht einmal hat bitten müssen. Ein Augenblick harmonischer Alltäglichkeit. Genau das macht alles kaputt, denkt sie. So deutlich wie heute hat sie es noch nie gespürt. Andererseits ist es noch nicht so lange her, da fiel ihr Urteil genau umgekehrt aus. Da wollte sie nichts mehr, als Max zu einem Teil ihres Lebens zu machen, ihm all die kleinen Dinge zu erzählen, die sonst im Niemandsland verblieben; Dinge, die sie ihm nicht sagen konnte, um ihn nicht zu verletzen, die sie aber auch zu Hause nicht loswurde, weil niemand ihr zuhörte. Max ist dieser Widerspruch nicht entgangen.

«Neulich hast du noch das Gegenteil behauptet.»

«Ich weiß, ich weiß.»

«Dann sind wir wieder da, wo wir am Anfang waren.»

«Lass uns Sachen ausprobieren.»

«Was für Sachen?», fragt Max, während er im alphabetisch sortierten CD-Regal neben der Musikanlage nach einer passenden Musik sucht, nach etwas Speziellem, Persönlichem, aber alles kommt ihm abgedroschen vor, altmodisch und vor allem verlogen.

«Sachen wie früher.»

«Ich verstehe dich nicht. Wir können nicht so tun, als hätten wir uns erst gestern kennengelernt.»

«Ja.»

«Vielleicht sollten wir uns eine Weile nicht sehen.»

«Wie lang? Zwei Wochen? Und dann ist alles wieder so wie vorher? Wir oft haben wir das schon versucht?»

«Zu oft. Weißt du was? Vielleicht käme wieder Schwung in unsere Affäre, wenn ich wieder mit jemandem zusammen wäre, in einer festen Beziehung, meine ich.»

«Was meinst du mit ‹fest›? Soll das heißen, du hast auch ‹nicht feste› Beziehungen?»

«Nein, so meine ich das nicht.» Zu seiner eigenen Überraschung hat Max auf einen alten Knopf gedrückt: Merches Eifersucht, ihre ungerechte, überzogene, diktatorische Eifersucht. Deshalb grinst er, während sie ihren Kaffee austrinkt. «Und selbst wenn, würdest du es nicht mitkriegen.»

«Natürlich würde ich es mitkriegen.»

«Na gut, du würdest es mitkriegen.»

«Wenn ich noch einen dritten Lover hätte, würdest du es auch nicht merken.»

«Sind wir denn schon zu dritt?»

«Wie waren schon immer zu dritt. Am Anfang sogar zu viert.»

«Lass uns nicht zanken. Ich wollte nur sagen, dass meine Trennung dich ein bisschen aus der Bahn geworfen hat, unter Druck gesetzt, ob wir uns das nun eingestehen oder nicht.»

«Ja, ein bisschen schon.»

«Ich verlange ja gar nicht, dass du mit mir zusammenlebst. Zumindest noch nicht. Lass dir Zeit mit deiner Entscheidung. Oder auch nicht. Aber wenn wir uns treffen, möchte ich, dass du mir gibst, was du mir früher gegeben hast.»

«Mach ich doch.»

«Machst du nicht. Und das weißt du auch.»

«Fang nicht wieder damit an. Ich muss los.»

«Geh nicht. Wir können nicht ständig vor dem Problem davonlaufen. Lass uns eine Lösung finden. Willst du mich verlassen? Ich dich jedenfalls nicht.»

«Ich dich auch nicht.»

«Also keine vorübergehenden Trennungen mehr. Was können wir sonst noch tun? Sobald wir längerfristige Pläne machen, kriegen wir die Krise. Fühl dich ganz frei in deiner Entscheidung. Wenn du bei ihm bleiben willst, musst du es mir nur sagen, dann schau ich, wo ich die Kraft hernehme, um dich zu verlassen oder Platz zu machen für jemand anderen in meinem Leben.»

«Dazu hast du alles Recht der Welt, aber ich werde es trotzdem nicht akzeptieren.»

«Dann mach du einen Vorschlag. Was sollen wir tun, um nicht jeden zweiten Tag den Tod zu sterben?»

«Max, ich kann mich nicht so gut ausdrücken wie du, aber

ich komme einfach nicht gern hierher, weil das hier kein neutrales Terrain ist.»

Merche ist aufgestanden. Gerade ist ihr aufgefallen, dass sie ja immer noch barfuß und im Slip ist. Sie will sich was anziehen.

«Das hier ist deine Wohnung. Die Wohnung, die wir miteinander teilen würden, wäre ich nicht so ein Feigling. Die Wohnung, in der du leben musst, um deine Kinder wenigstens stundenweise bei dir zu haben, und alles nur, weil du dich auf mich eingelassen hast. Darum geht's. Und außerdem versuchen wird, die Quadratur des Kreises hinzukriegen und daraus auch noch unser Liebesnest zu machen, unsere Sexspielwiese. Das funktioniert einfach nicht.»

Merche gehört zu den Menschen, die der Wahrheit beim Reden auf die Spur kommen. Bei denen der Wortschwall sich wie von selbst den Weg bahnt, hin zur Einsicht, wie bei jemandem, der an einem Regentag plötzlich einen Schirm findet, den jemand vergessen hat. Zwischen den Kissen liegt immer noch die Puppe, die Laia dort hingeworfen hat. Merche packt sie am Fuß und hält sie Max hin, was der mit einem Lächeln quittiert.

«Ich kriege Zustände, wenn ich mich auf ein Spielzeug deiner Mädchen setze. Weil es nämlich nicht meine Mädchen sind, weil ich für sie nur die Hure bin, die der Mama den Papa weggenommen hat.» Merche hat einen größeren Hang zur Tragödie, als sie es selber zugeben würde. «Ich kann nicht mehr hierherkommen, Max, ich kann einfach nicht.»

«Mein Gott, ich hätte nie gedacht, dass Barbie mal zwischen uns stehen könnte.»

«Du weißt genau, was ich meine. Außerdem ist das keine Barbie, Dummkopf.»

8

Bruno geht es wieder besser. Die Knochen tun nicht mehr so weh, jedenfalls solange er keine abrupte Bewegung macht. Etwas anderes sind die Stromschläge im Ohr, die ihn hinterrücks ereilen. Elektrische Zuckungen, Hunderte von Quallen, die ihr Gift verspritzen. Der Schmerz, der dieses Gift erzeugt, explodiert geradezu in ihm, wenn auch, Gott sei Dank, nur kurz. Bald wird man ihm die Drainage entfernen, und mit ein bisschen Glück wird die Wunde sich dann geschlossen haben und sein Trommelfell wieder so sein wie früher.

Auch seine Wut hat sich gelegt. Tausend Racheszenarien hat er sich ausgedacht, aber die Erfahrung hat ihn gelehrt, nur in Kriege zu ziehen, die er auch gewinnen kann. Trotzdem hat Raquel die Frau dieses Arschlochs angerufen, wurde aber direkt an ein Detektivbüro weitergeleitet. Zum Glück war sie vorsichtig genug, nicht von einem Internetcafé oder ihrem Handy aus zu telefonieren, sondern hat eines der wenigen öffentlichen Telefone zu benutzt, die es in der Stadt noch gibt.

Was ist außerdem noch passiert? Die Geschwister haben ausstehende Gelder eingetrieben, aber keine neuen Erpressungen angeleiert. Cristian hat sich korrekt verhalten, vielleicht sollte er ihm mehr vertrauen. Und Raquel? Mit Raquel war alles Mögliche los, wie immer. Mal hat sie im gleichen Fegefeuer geschmort wie er und Stunden an seinem Bett verbracht, mal ist sie mitten in der Nacht verschwunden, um draußen vor der Halle mit Astatke eine zu rauchen. Offenbar King-Size-Zigaretten. Nicht dass Bruno auf den Schwarzen

eifersüchtig wäre. Aber Raquel traut er nicht. Manchmal ist sie nämlich Haut pur. Zum Glück ist der Afrikaner gläubig bis zum Abwinken und der größte Problemvermeider vor dem Herrn.

Es ist zwei Uhr morgens. Draußen ist es heiß, drinnen in der Kneipe auch. Bruno und Raquel sitzen an einem Tisch. Wenn sie keine Lust auf Mireia und die Bodega Mauri haben, kommen sie meistens hierher. Die Kneipe liegt im Kiez, ist billig und schnörkellos, eine Durchschnittskneipe, ideal für einen Zwischenstopp. Sie hat auch einen Namen, aber an den erinnert sich keiner, obwohl er groß und breit auf dem Schild über dem Eingang steht. Es erinnert sich deswegen keiner, weil alle sie nur als Joans Kneipe kennen. Joan, das ist Wang, ein Chinese aus der Mandschurei. Bei seinem Namen wird er erst genannt, seit der sich dem rauhen Klang des einheimischen Idioms anverwandelt hat. Wang scheint es nicht zu kümmern. Er führt die Bar mit seiner Frau, die bei allen Joana heißt, und hat eine Tochter namens Paula, die alle Juanita nennen. Wang stört sich nicht daran, solange man konsumiert, zahlt und beim Gehen keine Scherereien macht.

Raquel begibt sich zum Tresen, um Bier zu holen. Zurück kommt sie mit zwei Flaschen, die sie an den Hälsen gepackt hält, als wären es zwei Hühner, die ihr auf dem Weg zum Stall über den Weg gelaufen sind. Bruno sieht sie an, ist stolz, dass sie seine Freundin ist. Gestern haben sie es krachen lassen im Bett. Und das macht sich heute bemerkbar. Und wie. «Weiber beruhigen sich, wenn sie gut gebumst werden», hat Llort ihm eines Nachts mal im Auto gesagt, mit dieser heiseren Stimme eines leberkranken Mannes, an dem die Sehnsucht nach zu vielen verlorenen Frauen nagt: «Dann werden sie ganz weich.

Lassen sich besteigen wie gezähmte Pferde. Sie behandeln einen gut, weil sie die natürliche Ordnung der Dinge akzeptieren. Vergiss das nie, mein Freund. Wenn du eine Frau nicht gut bumst, verlierst du sie.» Leider kommt Raquel nicht allein zurück an den Tisch. Sie hat Doña Problemfall im Schlepptau.

«Wie geht's, Bruno? Was machen deine Wehwehchen?»

«Wird immer besser. Ich höre jetzt nur noch das, was ich hören will.»

Dolors ist schlaksig, ein Meter siebzig groß und trägt nie einen BH, was sie Brunos Meinung nach aber tun sollte. Ihre Brüste hängen nämlich wie zwei Weinschläuche nach unten, werfen sich wie Selbstmörder gegen den Gummibund ihrer ärmellosen T-Shirts und Pullover. Mit ihren blonden Haaren, tief liegenden Augen und ihrem großen Mund hat sie etwas von einem Pferd. Neben ihren vielen Mängeln besitzt sie allerdings auch einige Vorzüge, darunter vor allem den, dass sie ihr permanentes Pech sportlich nimmt, ihr chronisch schlechtes Händchen bei der Männerwahl. Der erste: ein Junkie; der zweite: unbekannt verzogen; der dritte: Aids in fortgeschrittenem Stadium und wieder mal in Quarantäne, was sich bereits anfühlt wie eine Beerdigung. Vom ersten: ein Kind; vom zweiten: zwei Kinder; vom dritten: hübsche kleine Antikörperchen.

«Wie geht's den Kindern?»

«Frag lieber nicht, Mann.»

Bruno stellt fest, dass Dolors schon einen sitzen hat, was bedeutet, dass sie nicht mehr aufhören wird, wenn sie erst mal loslegt. Raquel rollt ihr den Teppich aus.

«Was ist mit ihnen?»

«Man hat sie mir weggenommen.»

«Scheiße!»

«Wer?»

«Die Arschlöcher von der Behörde.»

«Sieh's doch einfach als Urlaub», stichelt Bruno, der genervt ist, weil Dolors gerade seinen Abend mit Raquel ruiniert.

«Das kann ich nicht, Bruno, das kann ich einfach nicht.»

«Typisch Mann», blafft Raquel.

«Du hast die Kleinen doch schon oft deinem Ältesten überlassen und bist mit uns um die Häuser gezogen, oder etwa nicht? Kannst du jetzt auch wieder machen, nur ohne Gewissensbisse.»

«Was ist passiert?»

«Meine Nachbarin, die blöde Kuh. Dabei hab ich sie wer weiß wie oft besoffen aufgegabelt und nach Hause geschleppt. Ich hatte mal wieder Zoff mit meinem Ältesten. Hab einen Freund mit nach Hause gebracht, was ihm gar nicht gepasst hat. Er hat mein Geld vor mir versteckt, und wir wollten Zigaretten holen, der übliche Streit eben, verstehst du? Ich bin auf ihn los, und er auf mich. Da hat die Hexe von nebenan doch tatsächlich die Bullen gerufen, und zehn Minuten später saß ich auf dem Revier, und die Kinder waren entführt.»

«Die kriegst du schon wieder.»

«Aber wann? Wann?»

«Weiß nicht.»

«Dabei hab ich ihm nicht mal eine geknallt.»

«Ich weiß auch nicht, wohin das noch führen soll», spottet Bruno. «Wenn man jetzt nicht mal mehr seine eigenen Kinder anschreien und schlagen darf, wozu soll man dann noch welche in die Welt setzen?»

«Da hast du völlig recht, Bruno», erstickt Raquel seinen

Spott im Keim. «Überleg nur, was aus dir geworden wäre, wenn deine Mutter dir nicht so oft eine geknallt hätte.»

«Nett von dir, Schätzchen.»

«Den Kleinen hab ich jede Nacht zu mir ins Bett genommen, und jetzt kann ich nicht mehr einschlafen.»

«Womöglich stehen deine Gören schon bei dir vor der Tür, während du hier mit uns die Zeit verplemperst, Dolors.»

«Sei nicht so gemein, Bruno.»

«Stör ich euch etwa?»

«Nein.»

«Ja.»

Beleidigt steht Dolors auf. In der Hand hält sie eine Supermarkttüte voller Taschentuchpäckchen. Zu fünfzig Cent das Stück. Es sind keine normalen Päckchen. Jedes Päckchen hat eine eigene Farbe, und jede Farbe ihre eigene Wirkung. Bevor Dolors das Haus verlässt, überträgt sie immer mit den Händen good vibrations auf sie. Raquel fordert sie auf, sich wieder hinzusetzen. Bruno nimmt einen kräftigen Schluck aus der Flasche. Die Tussi wird nicht gehen. Natürlich nicht. Einsame, Betrunkene und Spinner begreifen nie, was man ihnen sagt. Für die sind Wörter Kreise innerhalb anderer Kreise, süße Teilchen auf einem riesigen Tablett, Armbänder, weiße Wolken am Himmel, Wasserringe, die sich ausweiten, immer mehr ausweiten, bis sie nicht mehr zu sehen sind, bis sie nichts mehr bedeuten und auch niemandem im Gedächtnis bleiben.

«Bruno, sei nicht so gemein.»

«Schau dir nur ihren Jogginganzug an. Da krieg ich ja richtige Stielaugen.»

«Ich bin Barçafan. Ist was?»

Bruno trinkt, versteckt sein Grinsen in der Flasche.

«Merkst du nicht, wie fertig sie ist? Ach, mein Mädchen, als ich mich getrennt habe, und mein Ex, dieses Arschloch, mir das Sorgerecht entzogen hat ...»

Bruno hat die Schlacht verloren. Aber Dolors weiß, wie unberechenbar er ist, also wird sie zunächst mal Raquel zuhören und erst dann mit ihrem eigenen Kram rausrücken, die Tatsachen darlegen, ein Referendum formulieren, bis die anderen sagen, was sie hören will: dass sie eine gute Mutter ist und ihre Kinder morgen zurückkriegen wird. Was sie nicht loslässt, ist ihr Glas, das für Milchkaffee, Wasser oder Schorle gedacht ist, in dem Joan aber seine Gin Tonics mixt, aus einer Beefeaterflasche, die billigen Larios und Wasser enthält. Raquel legt eine Pause ein, um zu trinken. Dolors übernimmt und schnieft, trinkt ihrerseits, schneuzt in eines der Taschentücher, die sie stets vorsorglich in der Hülle ihres Fortuna-Light-Päckchens stecken hat, trinkt erneut, brabbelt was von Formalitäten, trinkt, Widerspruch einlegen, Psychologen, trinkt, Anwälten, Richtern, trinkt und stellt schließlich ihr bis zur Hälfte geleertes Glas auf den Tisch. Raquel versucht die Gesprächsfetzen zusammenzuflicken. Dolors trinkt weiter. Bier tropft auf das Emblem ihres Jogginganzugs.

«Du kriegst sie bestimmt zurück. Schließlich hast du nichts Schlimmes angestellt. Du nimmst ja keine Drogen.»

«Nein.»

«Nein?»

«Nein, Bruno, ich nehme keine Drogen.»

«Du bist eine gute Mutter, du hast einen Job.»

«Hatte. Die alte Dame, die ich gepflegt habe, ist gestorben.»

«Oh.»

«Ja, die Arme.»

Bruno klinkt sich aus. Er kippt sein Bier in einem Zug runter und fordert Raquel auf, ihres ebenfalls auszutrinken. Sie nippt aber eher lustlos daran. Daraufhin nimmt Bruno ihr die Flasche aus der Hand und trinkt die Hälfte aus. Dann steht er auf, um zu bezahlen. Offenbar hat er es plötzlich eilig. Joan zwitschert, was er ihm schuldet, und Bruno bezahlt lässig, während im Fernsehen verkündet wird, wie lange sich alles noch halten wird: die Krise, die Gletscher, Japan und Griechenland.

Draußen ist die Schwüle einigermaßen auszuhalten. Raquel protestiert:

«Du hast's aber eilig.»

«Ich hasse diese Tussi. Sie treibt mich in den Wahnsinn.»

«Sie ist ein guter Mensch.»

«Mag ja sein, aber sie nervt.»

«Stimmt, aber sie trotzdem ist ein guter Mensch.»

«Ein guter Mensch, der immer nur Pech hat, ist ein schlechter Mensch.»

«Was du nicht sagst.»

«Ja, sag ich. Was machen wir jetzt?»

«Gehen wir nach Hause?»

Raquel hat sich überwinden müssen, um die Lagerhalle, in der sie wohnen, so zu nennen, aber schließlich hat sie sich doch dazu durchgerungen. Es ist wie damals, als sie in dem Auto von Llort gewohnt haben, nur dass sie nicht mehr so viel trinkt. Der Alkohol hat sie irre gemacht. Der Alkohol und all das andere Zeug, das sie sich eingeworfen hat. Jetzt ist sie clean. Sie will das alles hinter sich lassen. Sie will, dass die Ärzte ihr bestätigen, dass sie sauber ist.

«Nach Hause. Diese Tussi hat mir den Abend verdorben. Ich wollte mit dir über Astatke reden. Hab heute mit ihm gequatscht: Er schmeißt uns raus.»

«Er schmeißt uns raus? Wann? Wieso?»

«Hat er das dir gegenüber gar nicht erwähnt, wo ihr doch in letzter Zeit so gute Freunde geworden seid? Da siehst du mal, was das für ein falscher Fuffziger ist.»

Fakt ist, dass der Afrikaner ihr sehr wohl gesagt hat, dass sie die Zimmer in der Lagerhalle räumen müssen, weil er sie für frisch eingetroffene Verwandte braucht, die kein Dach über dem Kopf haben. Außerdem gehe es ihnen ja besser und sie seien nicht mehr auf ihn angewiesen. Raquel hat ihm recht geben müssen. Bruno kennt die wahren Gründe Astatkes garantiert auch, hat sie ihr gegenüber aber nicht erwähnt. Im Gegenzug spielt Raquel ihm gegenüber die Unwissende.

«Was sollen wir jetzt machen? Wir könnten ...»

«Eine Wohnung mieten? Kommt nicht in die Tüte. Sobald man eine hat, wird sie einem wieder unterm Arsch weggerissen. Und dann diese ständigen Vorladungen.»

«Mal ganz ehrlich, Bruno, hast du es nicht satt? Wir leben wie Bettler, obwohl wir gar nicht müssten.»

«Wir mieten nichts, und damit basta.»

«Dann sag, was du willst. Ich hab was gespart und könnte noch mehr auftreiben. Cristian würde was beisteuern. Er meint, er würde mir was pumpen und ...»

«Ach, ja? Toll, euer Unternehmergeist!»

«Ich will eben was aus meinem Leben machen. Und du? Was willst du? Wieder vor Geldautomaten schlafen? Mit jeder Menge Kohle in der Tasche?»

«Pass auf, was du sagst, sonst passiert noch was. In letzter

Zeit fressen dich so einige von den Schwarzen mit den Augen auf. Weil du ständig mit diesem Astatke rumhängst.»

«Dem hab ich nie was erzählt», lügt Raquel, die dem Afrikaner praktisch alles erzählt hat, nur nicht, wie sie ihre Kohle machen.

«Dann wollen Brüderchen und Schwesterchen also zusammenziehen.»

«Das hab ich nicht gesagt. Ich. Und du. Vorausgesetzt, wir sind überhaupt noch ein Paar. Dann könnte ich meine Kinder öfter sehen und ihnen was bieten. Wir würden zu Hause kochen, Geld sparen, Fernsehen gucken, hätten unsere Privatsphäre, ach, Bruno, ich will doch nur, was normale Leute haben.»

«Und was haben normale Leute?»

«Normale Sachen.»

«Kein Interesse. Gar nichts werde ich mieten. Und du auch nicht. Soll Cristian doch was mieten, und wir besuchen ihn dann. Wird Zeit, dass er auf eigenen Beinen steht, alt genug ist er ja.»

«Sag du mir nicht, was ich zu tun habe», beginnt Raquel zu zetern, mitten auf der Straße, die um diese Uhrzeit verlassen ist. Bruno, der einige Meter vor ihr geht, dreht sich um und sieht sie an. Entschlossen, wenn auch ein wenig verängstigt steht sie da. Sie will normal sein. Will einen Ehemann, ein Zuhause. Und er ist der Auserwählte. Mit ihm will sie normal sein. Bruno hat noch ein As im Ärmel. Wenn er es nicht bald zieht, wird der Streit zwischen ihnen dermaßen ausarten, dass der ganze Abend in die Grütze geht, und mit ihm die Aussicht auf eine Wiederholung von gestern.

«Mach mir jetzt bloß keine Szene. Du ziehst in keine Miet-

wohnung, weil wir nämlich gratis wohnen werden, im Eigenheim, für umme, so wie sich's gehört, in einem anständigen Viertel.»

«Verarsch mich nicht.»

«Tu ich nicht.»

«Saukerl.»

«Dieses freche Mundwerk, Mann o Mann. Hör zu. Hörst du mir zu? Bruno hält immer, was er verspricht. Immer. Versprochen ist versprochen.»

Raquel weiß, dass er die Wahrheit sagt, und platzt fast vor Freude. Sie stürzt sich auf ihn. Eigentlich will sie ihn nur umarmen, aber dann stößt sie ihn gegen die Wand, was sie daran erinnert, dass seine Knochen noch verheilen müssen. Er nimmt sie in die Arme. Sein Ohr kündigt ihm an, dass eine Entladung bevorsteht, aber dann stellt es sich als Fehlalarm heraus. Schützend zieht er seine Geliebte an sich, in seine Jeansjacke hinein, als könnte er sie physisch ebenso an sich binden, wie er sie emotional an sich gebunden hat. Noch nie hat er jemanden so geliebt wie sie. Ihretwegen hat er sich umgehört und eine fast neue Zweizimmerwohnung in Casas Baratas aufgetrieben, in Verneda, in der Nähe der Avenida Guipúzcoa. Sie gehört jemandem, der schnell die Fliege machen musste und nichts mitnehmen konnte, auf Nimmerwiedersehen. Sie lacht, sie überhäuft ihn mit Fragen, mit Küssen, aber Bruno dämpft alles mit seiner Umarmung ab. Er starrt an ihr vorbei und ruft sich ins Gedächtnis, was er weiß und nie vergessen wird. Dass er die Nacht liebt. Dass er gern trunken ist von der Nacht, wenn die Stadt den Dieben und den Liebenden gehört, den Katzen und der Müllabfuhr. Dass er die Nacht liebt in dieser Stadt, wenn man nach oben schaut und

nicht einen einzigen verdammten Stern sieht. Er liebt die Nacht, in der er jung war und die sich seither wiederholt, immer wieder, solange er den Mumm hat, weiterhin zu saufen, auf der Straße zu leben, mit einer Frau, die ihn liebt und gleichzeitig nervt. Einer Frau wie Raquel, die ihn lebendig hält, wach, weil bei ihr jede gute Stimmung jederzeit kippen und in Verzweiflung umschlagen kann.

«Nicht völlig gratis, jedenfalls nicht für dich. Alles hat seinen Preis.»

«Ich weiß auch schon, wie ich dich bezahlen werde. Du wirst begeistert sein.»

9

Zurück zu den guten alten Zeiten. So lautete neuerdings das Motto bei ihnen. Merche hat nur so getan – da ist Max sich sicher –, als ob sie diese Neuigkeit von gestern genießen würde. Vielleicht hat sie ja auch recht. Wer weiß. Allein die Tatsache, dass seine Geliebte die Beziehung am Leben erhalten will, ist ein Beweis dafür, dass er ihr noch wichtig ist, er oder das, was zwischen ihnen läuft. Das sind doch gute Nachrichten, oder, Max?

Zurück zu dem, was ihnen früher so gut gefallen hat, was ihnen das Herz aufgehen ließ, was sie entflammte. Nachdem er mit seiner Geliebten im Bett war, ist er bei FNAC vorbeigegangen und hat einen Haufen CDs im Sonderangebot gekauft, Musik, die er schon hatte, aber unbrauchbar, weil auf Kassetten oder Vinyl. Er hat die Plastikhülle entfernt – nichts Komplizierteres, als eine CD auszupacken, eine CD und ein Kondom, wobei ihm schleierhaft ist, welcher Zusammenhang zwischen beiden besteht, wenn es denn einen gibt –, und jetzt hört er gerade Prince. Dieser lächerliche Oberlippenbart, die Percussion, das Stöhnen seiner im Schloss gefangenen Prinzessinnen, seine Jacke, auf dem das Wort *Insatiable* prangt, in Buchstaben, die aussehen wie goldene Knöpfe, seine Gitarrensoli, seine sexspielzeugsüchtige Mutter … Was für ein peinlicher Quatsch aus heutiger Sicht, oder? Was für ein Spinner, dieser Typ, meine Güte. Nicht mal die Musik gefällt ihm mehr, und das, obwohl er gerade die größten Hits hört.

Zurück zu dem, was mal sein Zuhause war. Was aber inzwischen jeden Tag schmerzlich neu ist. Denn er kann nirgendwo-

hin zurück. Wo immer er hingeht: Es ist weg, verschwunden, mutiert. Das Licht, das es einst so besonders, so einladend, so aufregend gemacht hat, hat sich verändert. Vor seinem Treffen mit Merche hat er sich an einer Erklärung versucht, die direkt sein sollte, verständlich, die ihr nicht den Mut nehmen sollte, sondern die Augen öffnen. Aber er ist gescheitert. Merche wollte unbedingt, dass alles nach Plan verläuft, dass nicht der kleinste Schatten des Misserfolgs auf ihre Unternehmung fällt. Sie hat Max um die Telefonnummern der Stundenhotels gebeten, die er noch aus ihren Anfangszeiten aufbewahrte, wollte sich um alles kümmern. Zwei der Nummern gab es schon nicht mehr. Die Zeit dieser Zimmer mit den zugemauerten Fenstern und der ehebrechergerechten Kaufhausmusik ist abgelaufen.

Sie ist noch nicht da. Manche Dinge ändern sich eben nie. Max bezahlt. Ein Südamerikaner begleitet ihn aufs Zimmer. Max schließt hinter sich ab, zieht die Schuhe aus, macht den Fernseher an. Er schaltet die Nachrichten ein: Überschwemmungen, Vereinbarungen, nicht eingehaltene Vereinbarungen, ein Quatsch faselnder Diktator, ein einfahrender Zug, ein abfliegendes Flugzeug, die Chinesen, die Araber, ein schmelzender Gletscher. Sein Handy klingelt. Merche. Er geht nicht ran. Soll sie ruhig denken, dass sie vielleicht zuerst eintrifft. Sie müsste sowieso gleich da sein. Er sucht nach einem Pornosender. Die üblichen zwei Frauen, die sich gegenseitig aufgeilen, während irgendein Typ es ihnen von allen Seiten besorgt. Max ist erregt. Mission erfüllt. Das Mäuschen klopft an der Tür. Er macht auf. Ein Begrüßungskuss, sie verschwindet in der Toilette, um zu pinkeln. Als Max hört, dass sie mitten bei der Sache ist, stürmt er ihr nach und lässt sie ihr Geschäft nicht zu Ende verrichten.

Als sie eine Stunde später das Hotel verlassen, sieht Merche sich nach allen Seiten um, obwohl die Straße leer ist und sich um ihre Ängste nicht kümmert. Ob Max diese Geste nun gesehen hat oder nicht, jedenfalls bietet er ihr übermütig an, sie nach Hause zu fahren. Merche zögert. Früher, als er noch verheiratet war, ist er immer vernünftig gewesen, klar bei Verstand. Und auch heute ist es nicht so, dass er jede Vorsicht sausen ließe, aber er reibt ihr in solchen Situationen gern unter die Nase, dass sie sich verhält, als wäre sie zur Fahndung ausgeschrieben. Doch an diesem Nachmittag will Merche nicht aufs Spiel setzen, was sie gerade gewonnen hat. Also hat sie zugestimmt, noch ein Bier zu trinken und sich dann von ihm nach Hause fahren zu lassen. Wenn jemand sie sieht – Gero womöglich –, kann sie immer noch behaupten, sie habe einen ehemaligen Arbeitskollegen getroffen, und der habe ihr angeboten, sie mitzunehmen. Sie suchen nach einer mehr oder weniger akzeptablen Kneipe, zum Abschluss, bevor sie in ihren jeweiligen Alltag zurückkehren. Max ist egal, wo. Der Nachmittag war eh nicht berauschend. Guter Sex, aber nicht weltbewegend. Er fühlt sich, als hätte er gerade einen Aufgabe unter vielen erledigt. An solchen Tagen wird er immer melancholisch und hofft, dass diese Melancholie nicht in echte Traurigkeit und Schlaflosigkeit ausartet.

Merche schlägt eine Cocktailbar vor – Manhattan? New York? –, in der sie in den guten alten Zeiten öfter gewesen sind und die um diese Uhrzeit schon geöffnet hat. Max ist einverstanden. Weil sie gerade in die entgegengesetzte Richtung unterwegs sind, macht er theatralisch auf dem Absatz kehrt, was komisch wirken soll und tatsächlich auch komisch wirkt. Plötzlich stehen Max und Merche vor jemandem, der offen-

bar überrascht ist und beinahe ebenfalls auf dem Absatz kehrtgemacht hätte, als handle es sich um eine schlecht einstudierte Choreographie. Der Mann ist um die dreißig, hat einen dunklen Teint, sieht gut aus und trägt ein grünes T-Shirt, auf dem irgendwas von Surfing steht, Kalifornien, Sonne, 1978. Als er an ihnen vorbeigeht, senkt er den Blick, als wolle er nicht gesehen werden. Max, der nichts zu verbergen hat, beschließt, dem Vorfall keine Beachtung zu schenken und ihn Merche gegenüber nicht zu erwähnen, damit sie nicht in Paranoia verfällt und glaubt, dass Gero einen Privatdetektiv engagiert hat. Max geht einfach weiter, und erst, als sie die Straße überqueren, riskiert er einen Blick zurück. Er entdeckt den Kerl sofort: Er überquert ebenfalls gerade die Straße. Wahrscheinlich hat das nichts zu bedeuten. Wahrscheinlich ist das nur irgendein Typ. Einige Tage später wird er sich an ihn erinnern und wissen, dass es sehr wohl etwas zu bedeuten hatte und dass es nicht nur irgendein Kerl war.

Er hat Merche zwei Blocks vor dem Paseo Maragall abgesetzt, fast an dem kleinen Sträßchen, in dem sie wohnt. Sie hat ihm zum Abschied zwei Küsschen auf die Wange gegeben und ihn vielsagend am Arm gedrückt, was wohl bedeuten sollte, dass sie gern bei ihm bleiben würde, dass ein Leben mit ihm anders wäre, dass sie sich in seinen Armen geborgen fühlt, dass sie zwar jetzt aus dem Auto steigt, aber irgendwie auch nicht, dass sie im dunklen Licht des Alltags anders ist, matter, dass sie heute Abend, wenn sie das Essen kocht und die Kleinen ins Bett bringt, wenn sie selber schlafen geht – allein, fern von ihm, unter der Decke wie in einer Nische –, nur an ihn denken wird, an seine Liebkosungen, an die verzweifelte Gier, mit der sie miteinander geschlafen haben. Ihre Hände, ihre

Haare, ihr ganzer Körper riechen noch nach ihm. Ausgestiegen aus dem Saab von Max ist sie zwei Straßen unterhalb der Avenida, die alle Paseo nennen, und von der das kleine Sträßchen abgeht, in dem versteckt das Gebäude liegt, in dem sie wohnt, ein Sträßchen, das man leicht verpasst, wenn man zu schnell fährt. Merche kehrt zu ihren Kindern zurück, zu ihrem Mann, während er zu FNAC fährt, um CDs von Prince und anderen Sprücheklopfern zu kaufen, die sich einst für die Herren der Welt hielten und heute lebende Leichen sind, vergraben unter ihrer Glatze, ihrem Übergewicht, ihrer Hepatitis und dem Vergessen.

Es ist acht Uhr abends. Er will noch nicht nach Hause. Er will *das* nicht fühlen. Was also kann er anderes tun, als wieder umzukehren, die Avenida entlangzufahren, das kleine Sträßchen zu seiner Linken abzupassen und einzubiegen? In dieses dunkle, von kranken Bäumen gesäumte Sträßchen, sein Tor zu einem anderen Stadtteil, zu einer anderen Stadt? Das Tor, durch das Merche seine Realität verlässt. Sie abstreift. Das ist doch nicht so schwer, hört er sich sagen, nicht nur denken, denn neuerdings hat er diese Manie einsamer Menschen angenommen, laut mit sich selbst zu sprechen, als wolle er die Stille um ihn herum darauf aufmerksam machen, dass da noch jemand ist, als wolle er das Leichentuch zerfetzen, das sich wie ein klebriges Spinnennetz um ihn herum zusammenwebt. Wie von selbst biegt sein Auto in das Sträßchen ein, hält vor Merches Tür, aber da ist keiner. Er wendet, fährt zurück zur Avenida, die für ihn ein Paseo ist, bla bla bla. Wie ein Hai zieht er immer größer werdende Kreise, ohne sich weit von der Stelle zu entfernen, an der sich die Beute befindet. Er will nichts Besonderes. Sie sehen. Oder ihn. Ihre Kinder. Wenn

Merche ihn bemerken würde, würde sie sich aufregen. Garantiert. Aber er könnte es immer noch abstreiten. Was soll's? Sie ist bestimmt zu Hause, kocht Abendessen, schrubbt sich die Haut so lange, bis auch noch der kleinste Partikel von ihm entfernt ist.

Er findet eine Parklücke. Ein glücklicher Zufall, denn von dort, wo er steht, kann er den Eingang sehen, ohne gesehen zu werden. Nach drei oder vier Songs sucht er eine andere CD. Wie wär's mit *Avalon*? Wie sich diese Platte nach mehreren untergegangenen Welten wohl anhört? Oder Springsteen? Wie heißt es noch mal in *Darkness*? Da erblickt er sie. Sie kommt den Gehweg entlang, in beiden Händen eine Supermarkttüte. Ihr jüngerer Sohn ist bei ihr. Er hat ihn schon auf Fotos gesehen. Ein hübscher Junge, so hübsch wie sie. Die gleichen Augen. Der gleiche überraschte Gesichtsausdruck. Wie er sie so die Tüten schleppen und mit dem Jungen plaudern sieht, wird ihm ganz warm ums Herz. Er bedauert, dass er auch das verloren hat. Das Alltägliche, Vertraute, Konventionelle. Er sehnt sich nach dieser Art von Leben, nach dieser festen Struktur, nach dem Gefühl, dass ihn jemand nach der Arbeit erwartet, immer herzlich, immer liebenswürdig. Noch ein paar Schritte, dann ist sie an ihrer Haustür. Sie stellt die Tüten ab, sucht nach dem Schlüssel, findet ihn. Max wählt ihre Nummer per Bluetooth. Sie hört ihr Handy klingeln. Wägt die Situation ab. Drückt ihn weg. Was hat Max erwartet? Was tut er da? Wieso führt er sich auf wie ein Psychopath in einem TV-Film? Er muss sofort hier weg und diesen Quatsch sein lassen. Damit tut er sich nur selber weh.

Poor man wanna be rich,
rich man wanna be king
and a king ain't satisfied,
till he rules everything.

Er fährt los, die Blinker machen ticktack, ticktack, wie außer Rand und Band geratene Glocken irgendwo oben. Da sieht er ihn. Er steht mit dem Rücken zu ihm, bei seinem Sohn, der seine Sporttasche einsatzbereit hat. Und er sieht auch Merche, ihr Gesicht, das aufleuchtet wie der Mond, in dem sich ein Lächeln Bahn bricht. Max sieht, wie seine Geliebte sich auf ihren Mann stürzt, ihn auf die Lippen küsst, erneut lächelt. Da merkt man mal, wie sehr du leidest, wie sehr du mich vermisst, wie sehr du nur spielst, dass du unglücklich bist mit allem, was du hast und nicht willst. Max hat den Wagen ausgeparkt, fädelt in den Verkehr ein und lässt den Motor aufheulen, als er an Merche und Gero vorbeifährt, die gerade die Tür schließen und sich wahrscheinlich fragen, welcher Idiot mit so einer Geschwindigkeit durch ein ruhiges Sträßchen rast, abseits der Avenida, die alle Paseo nennen, beschützt von hohen, guten, kranken Bäumen.

Max versucht sich zu beruhigen. Nichts von dem, was er gerade gesehen hat, ist verwunderlich. Auch er hat die Komödie des guten Vaters und noch besseren Ehemanns aufgeführt, als er seine Frau betrogen hat. Er weiß aber auch, was er in diesem Moment nicht zugeben würde, dass es nie pure Lüge ist, nie reiner Betrug. Man täuscht nicht alles vor. Auch von ihm ist ein Teil immer noch bei seinem alten Zuhause. Liebt immer noch seine Ex-Frau, die Zeit, die sie miteinander gelebt haben, die Kinder und die hundert Alltagsrituale, diesen ge-

schützten Ort, an dem man zur Ruhe kommen kann, die Augen schließen, die Fäuste lockern, den Biss. Max weiß das alles. Er weiß aber auch, dass es nichts zu bedeuten hat, dass es den Teil, den er zu ihrer Realität beiträgt, nicht außer Kraft setzt. Dass Merche ihn nach wie vor begehrt, dass er nach wie vor ihr kleines Geheimnis ist, der Wurm, der ihr Familienleben zerfrisst. Der Kuss zwischen den Eheleuten und die Freude an der Eingangstür machen nicht ungeschehen, dass Merche ihn noch vor wenigen Stunden in sich haben wollte. Merche ist in ihn verliebt, aber sie kann oder will diesen Mann nicht verlassen, dessen einziges Verdienst es ist – zumindest in Max' Augen –, dass er ihm zuvorgekommen ist und ihr einige Kinder gemacht hat.

Er weiß nicht, wie er ans andere Ende der Stadt gelangt ist. Brust und Zähne tun ihm weh, eine Art nervöse Lähmung, die er zu lösen versucht, indem er so lange wie möglich den Atem anhält. Er hat mit dem Gedanken gespielt, Merche anzurufen, darauf zu drängen, dass sie rauskommt und mit ihm spricht. Sie sollte ihn aus seinem Loch holen und ihn wieder aufrichten mit leeren und trotzdem wirksamen Worten, mit Liebesschwüren, mit dem Versprechen einer nicht einfachen, aber reellen Zukunft. Aber er hat es nicht getan. Sein Blick ist wie verschleiert von Tränen, die nicht geflossen sind. Er kennt diese Straßen, dieses Viertel, weil es bis vor kurzem seine Straßen waren, sein Viertel. Er war einer von ihnen. Jetzt aber kann er nicht mehr zurück, weil ein Mann mit seinem Gehalt nur einmal im Leben ein Haus im höher gelegenen Teil der Stadt bauen kann, nicht zweimal. Könnte er es, würde es Merche vielleicht leichter fallen, den Sprung zu wagen. Durchaus möglich. Wer weiß. Vielleicht würde er dann auch nicht so

abhängig von ihr sein, von ihren Launen, ihren Anrufen, ihren Treuebeweisen.

Es ist nicht das erste Mal, dass er in das Viertel zurückkehrt, in dem er mal gewohnt hat. Eine Zeitlang hat er sich ferngehalten, weil seine Frau ihm damit gedroht hat, ein Näherungsverbot zu beantragen. Aber dann hat er ein neues Auto gekauft und seine Besuche wieder aufgenommen. Er parkt in der Nähe des Hauses, das einmal seines war. In der Küche brennt Licht. Im Zimmer der Kinder ebenfalls. Alles in Ordnung. Wie ein Zoowärter, der einen letzten Rundgang macht, um zu überprüfen, dass alle Tiere wohlbehalten in ihren Boxen sind, in ihrem Leben. Manchmal ruft er, wenn er vor dem Haus steht, seine Kinder an. Dass sie so nah sind, wenn sie mit ihm sprechen, dass sie nichts ahnen von seinem Streich, dass sie nicht wissen, dass er einfach auflegen, ein paar Schritte gehen, an die Tür klopfen und sie zum Essen einladen könnte, amüsiert ihn und tut ihm gleichzeitig weh. Eine ganze Weile hat er davon geträumt, dass er wieder zugelassen wird, begnadigt, dass er wieder in sein Reich zurückkehren darf. Aber diese Zeiten sind vorbei. Virginia kann nicht verzeihen. Es geht ihr besser ohne ihn. Natürlich nur, solange er alles und noch mehr bezahlt. Es gab einmal eine Zeit, da herrschte der Mann über die Tiere und die Frauen, aber das ist vorbei, hört er sich klar und deutlich sagen, in die Stille zwischen zwei Songs hinein.

Er kehrt an den Ort zurück, der einmal sein Zuhause war, weil es wie ein Placebo wirkt, das ihn vorübergehend beruhigt, das ihn wieder ins Lot bringt, ihm das Gefühl gibt, dass sein Leben weitergeht, gefährdet zwar, dass er aber immer noch mit beiden Füßen fest auf dem Drahtseil steht. Doch

heute wirkt das Placebo nicht, und er weiß nicht, warum. Er streicht sich mit den Fingern über die Lippen, streichelt sie fast, sieht bildlich vor sich, was jetzt gleich passieren wird. Im Geiste nimmt er die Geschichte dieses Abends vorweg. Er wird seine ältere Tochter auf dem Handy anrufen. Sie wird versuchen, nett zu ihrem Vater zu sein, während sie nebenbei chattet oder auf dem Computer spielt. Ja, er ist schuld, dass sie im Forum rausfliegt, weil sie nicht richtig bei der Sache ist, also wird sie bockig sein, frech. Dann wird sie versuchen, ihn an ihre jüngeren Geschwister weiterzureichen, die gerade ausgeschimpft werden oder zu Abend essen oder duschen. Gut möglich, dass seine Ex rangehen und ihm das Ohr abkaut wegen neuer Freizeitaktivitäten, die er natürlich gern bezahlt, Gewissensbereinigung per Geigenunterricht und Logopädenbesuch. Anschließend wird er losheulen und eines der beiden Etablissements ansteuern, in denen er eine, zwei oder drei Schlampen einladen kann, damit sie mit vereinten Kräften an ihm herumfuhrwerken, stöhnen, Erregung vorgaukeln, während sie ihm einen blasen und ihn auffordern, zwischen ihren Brüsten zu kommen; und er wird zuhören, wenn sie von ihren schönen Ländern erzählen, Ländern mit Namen, die er sich im Geiste ausmalt, in unterschiedlichen Größen und Farben wie ein Puzzle. Und die ganze Zeit über wird er diesen Durst verspüren, den er nicht stillen kann, dieses Loch in seiner Brust, das so groß ist wie die Baugrube eines Wohnblocks. Und am Ende, gegen fünf Uhr morgens, wird er sich einen Grund einfallen lassen, warum er zu spät oder gar nicht zur Arbeit erscheinen wird, wird darüber nachgrübeln, wie er es bis ans Monatsende schaffen soll mit zweihundert Euro und mit einer bis zum Zweitausend-Euro-

Limit ausgereizten Kreditkarte, die ihm Señor Visa in seinem zauberhaften Reich von Oz gewährt hat, am Ende der gelben, grünen und blauen Pfade, dort, wo all die Geldautomaten dieser Welt stehen.

10

Bruno ist aufgeregt. Nachdem der Arzt ihm die Drainage aus dem Trommelfell entfernt hatte, war er geradezu euphorisch. Er ist auf der Zulassungsstelle gewesen und hat die nötigen Formulare ausgefüllt, um die Halter der sechs Fahrzeuge zu ermitteln, die sie ausgespäht haben. Nicht alle waren ein Treffer, aber vier davon scheinen aussichtsreich. In einem Pakistani-Café im Viertel hat er die Telefonnummern der Halter gegoogelt, und jetzt muss er nur noch Anrufe, Verdachtsanhalte und Intuition kombinieren und anschließend abkassieren.

Danach hat er Raquel angerufen und ein Bier gezischt, während er auf sie gewartet hat. Auch sie ist beim Arzt gewesen, aber Bruno fragt erst gar nicht nach, weil Raquel sowieso der Ansicht ist, dass es ihm immer nur um sich, um sich und um sich geht. Und sie regt sich ihrerseits nicht mehr auf, wenn er nicht fragt, nicht weiß, nicht denkt, dass andere auch ihre Probleme haben könnten, ihre bösen Geister, ihre schlechten Tage. Heute ist so ein schlechter Tag. Die Hepatitis C trocknet ihre Leber aus, und nachdem das Interferon zweimal nicht angeschlagen hat, wurde sie auf die Transplantationsliste gesetzt. Eine lange Liste, auf der alle anderen bessere Karten haben: Kinder, Familienväter, Einwanderer mit zwanzig Kindern, anständige Leute ohne Rauschgift- und Alkoholvergangenheit, Männer und Frauen, die keiner Risikogruppe angehören, im Gegensatz zu ihr, die deshalb wahrscheinlich sterben wird, runzlig, gelb und vertrocknet, wie ein Aschefünkchen in der Johannisnacht.

Was kann man da anderes tun, als sich zu besaufen und

melancholisch zu werden. Auf der Basis von tausend Gin Tonics und, wenn Cristian kommt, Kokain. Andererseits kocht die Wut in ihr hoch. Sollen sie sich ihre Warteliste doch sonst wohin stecken! Sie wollten eigentlich in Joans Kneipe, aber montags hat der Chinese offenbar zu. Wie schnell die auf den Trichter kommen, denkt Raquel in einer Art und einem Ton, die – ob sie es zugibt oder nicht – viel von Bruno haben. Kommunisten sind das, kommen hier als Hungerleider an, haben zu Hause nicht den Mumm, gegen die Obrigkeit aufzumucken, und hier ruinieren sie die Preise, machen uns Spanier arbeitslos, öffnen an Sonn- und Feiertagen, die eigentlich heilig sein sollten, und das alles schwarz, anders ist das ja nicht zu erklären. Wie damals, als ich in dem Schuhladen gearbeitet habe. Wer will heute noch gute Schuhe, Sneakers, die nicht abfärben? Aber wenn man montags was trinken will, ist der Laden dicht, ruhen sich die Herren aus. Also sind sie zu Mireia gegangen, ins *Mauri*, einen versifften Barça-Fantreff, der auch als Kneipe dient und wo aus verschiedenen Gründen immer was los ist. Eingerichtet ist er wie eine alte Bodega, mit riesigen Weinfässern – wahrscheinlich seit ewigen Zeiten leer –, Fotos von Models und Sängern – wahrscheinlich seit ewigen Zeiten tot –, Stierkampfplakaten und natürlich Klubdevotionalien von den Anfängen bis heute. Die Tochter des Besitzers, eben jene Mireia, bugsiert ihren Hintern zwischen den Tischen hindurch wie ein Boxauto, so wie sie es immer macht, wenn sie Gäste bedient, grob, aber durchaus herzlich. Der Vater steht hinterm Tresen und zapft Bier, aus einer Anlage, die Lorenzo Quinn entworfen hat, ein gescheiterter Modernisierungsversuch, der so lange zurückliegt, dass keiner sich zu erinnern wagt. Der jüngere Sohn schleppt Kästen

heran, füllt Kühlschränke auf und beschwichtigt Zoff mit Arabern, Madridfans und anderen Gästen, die hier nicht so gern gesehen sind, aber vermisst werden, wenn sie zwei Tage hintereinander nicht erscheinen.

Raquel sieht Bruno an, der aufgebracht wirkt, und hält sich die Ohren zu, um ihn und die anderen nicht mehr zu hören. Sie mag dieses Unterwassergefühl, diese blaue Stille. Brunos roter Kopf schreit lautlos, unterstützt vom Sohn des Besitzers. Mit den Worten, die aus seinem Mund schießen, fliegt auch Spucke heraus, und zwar in Richtung einiger Nordafrikaner, die ihm gegenübersitzen. Angefangen hat alles mit den Nachrichten im Fernsehen. Mit Bildern aus Pakistan, Indien, dem Iran, Raquel weiß es auch nicht mehr so genau. Eine Menschenmenge hat einen Dreizehnjährigen und einen Sechzehnjährigen zu Tode geprügelt, weil sie bei einer Überschwemmung das Chaos ausgenutzt und praktisch wertloses Zeug geklaut haben, um Kricket zu spielen. Bruno wäre schon im Internetcafé beinahe der Kragen geplatzt, als er hinter zwei Marokkanern hat anstehen müssen, und jetzt ist seine Geduld endgültig am Ende, und er feuert mit allem, was ihm zur Verfügung steht, von den katholischen Königen, die die Mauren aus Spanien vertrieben haben, bis hin zur Isla de Perejil, die Marokko sich vor nicht allzu langer Zeit hat unter den Nagel reißen wollen. Die anderen kontern mit Granada, den Juden, Palästina, Ceuta und Melilla. Ebenfalls ins Spiel gebracht werden die Twin Towers, die Heilige Inquisition, Jeanne d'Arc, gesteinigte Ehebrecherinnen, Hitler, genitalverstümmelte Mädchen, Opus Dei, die Mohammedkarikaturen.

«Wie könnt ihr abstreiten, dass ihr uns unterlegen seid? Hast du das gesehen? Was sagst du dazu?»

«Ist nur eine Fehlinformation, mit der versucht wird …»

«Von wegen Fehlinformation. Diese Jungs sind mausetot. Dabei waren das Muslime, so wie ihr. Will dein Gott das? Ihr seid doch immer noch im Mittelalter, Mann, Mörder seid ihr.»

«Bruno …»

«Was gedenkt ihr zu tun, wenn ihr so was seht? Was? Werdet ihr Gerechtigkeit fordern wie sonst, wenn ihr euch wegen dem üblichen Scheiß auf den Schlips getreten fühlt, wegen der Moscheen und dem ganzen Tätärätä?»

«Was du da sagst, ist alles falsch. Gesetz ist eben Gesetz, und Gesetze müssen befolgt werden. Die Juden, die USA und …»

«Ihr könnt mich alle mal am Arsch lecken. Und wenn ich alle sage, dann meine ich auch alle.»

«Bruno …»

«Steckt ihr eure Frauen nun in einen Sack oder nicht? Unsere Frauen dürft ihr anglotzen und angrapschen, aber wehe, es geht um eine von euch! Und hässlich sind diese Säcke, meine Fresse.»

«Bruno, jetzt gehst du zu weit.»

«Lass mich in Ruhe, Raquel, ich hab dieses Pack so satt.»

Und Raquel lässt ihn in Ruhe. Letztlich sind die einen so ätzend wie die anderen. Die einen verhüllen Frauen das Gesicht und mauern sie lebendig ein, die anderen werfen sie von Balkonen herunter und ficken sie schon in der Wiege. Die einen degradieren sie zu Stühlen, Möbeln und Säcken, die anderen lassen sie schuften und machen sie zu sexuellen Hütchenspielern, bis sie ausgelaugt im Supermarkt auf dem Boden liegen. Und mittendrin sie, Raquel, die dringend eine Leber braucht. Dein Leben neigt sich dem Ende zu, Mädchen, wird jeden Tag

ein bisschen weniger. Dabei hat sie alles gehabt, jedenfalls sieht sie es heute so. Sie hatte ein Haus. Sie hatte einen fleißigen Ehemann und Kinder, die im Rhythmus der Strandurlaube und neuen Autos zur Welt kamen. Sie hatte eine Arbeit. Sie hatte Freundinnen zum Kaffeetrinken und Kommt-doch-Samstag-zum-Abendessen-vorbei. Wann ging das alles den Bach runter? Sie weiß es nicht mehr. Sie hat ihren Mann betrogen. Ihr Mann hat sie betrogen. Sie ging gern abends aus. Hat sich in jemanden verliebt, in den sie sich nicht hätte verlieben sollen. In jemanden, der das Wort Ruin im Gesicht stehen hatte, das alle lesen konnten, nur sie nicht. Sie war verrückt nach jemandem, der sie an Ort führte, von denen sie bis dahin nichts geahnt hatte. Orte, die in ihr lagen, in ihrem Körper, auf ihrer Haut und in der Stadt. Jemand, der kein Morgen kannte, sondern immer nur den nächsten Moment, ein Streichholz, das verglüht, dem man aber fasziniert zuschaut, bis es einem die Fingerkuppen verbrennt. Jemand, der ihr zum ersten Mal Drogen gegeben hat, mit diesem süßen Stachel. Jemand, der ihr den Arsch aufgerissen hat, ebenfalls zum ersten Mal. Jemand, der sie nicht in das Dorf mitnehmen wollte, in das er ging, zu Freunden, um einen Laden mit marokkanischen Möbeln oder so was zu führen, ein Leben unter der Sonne. Sie wollte mit ihm gehen. Weil es für sie wie das Paradies klang und sie nicht gewillt war, darauf zu verzichten. Sie musste eine Wahl treffen, und sie traf sie. Sie ging mit ihm, und entriss sich – es ist ja nur für ein paar Monate, sagte sie sich, ohne sich diese Lüge ganz zu glauben – ihre Kinder, alles, was sie hatte, alles, was sie hätte mitnehmen können und nicht mitnahm. Sie wollte nur eine Pause, die Freiheit derer, die nicht zurückzublicken wissen, der auf den Friedhöfen vergessenen

Toten. Aber als sie im Paradies ankam, war er nicht mehr da. Sein Gesicht, seine Hände, sein Mund waren da, seine Worte, aber nicht er selbst. Und eines Tages nicht einmal mehr das. Der Laden, den sie aufgebaut hatten – ein Raum, ein paar Möbel, ein Computer – wechselte binnen Stunden den Besitzer, und da war ihr Jemand bereits der Jemand einer anderen. Und dieser Jemand, der nicht mehr ihrer war, riet ihr, zu ihrem Mann und ihren Kinder zurückzukehren, er habe sie satt, sie solle ihn in Ruhe lassen. Sie versuchte es – ihn zu verlassen, ihn zu vergessen, Stolz zu zeigen, zurückzukehren –, aber es war zu spät. Eines Morgens betrachtete sie sich in der Pension, mit deren Miete sie im Rückstand war, im Spiegel und stellte fest, dass sie zwar noch da war, aber alles andere nicht mehr. Ihre Seele war gefangen im Körper einer Fixerin mit tiefen Ringen unter den Augen, verfilzten Haaren und dem irren Blick einer Frau, dich sich nächtelang nach jemandem gesehnt hat, der nicht bei ihr sein will, einer Frau, die mit jedem ins Bett gegangen ist, der ihr genug Geld gegeben hat, um sich den nächsten Schuss zu setzen. In diesem Moment fiel ihr Cristian ein, und Cristian hat sie gerettet und sie zu sich nach Barcelona geholt.

Cristian ist ihr Bruder, aber nicht ihr richtiger Bruder. Raquels Vater hat ihre Mutter wegen einer anderen verlassen, die bereits ein Kind von einem anderen hatte. Und dieses Kind ist Cristian. Bruno weiß nichts davon. Sie hat es ihm nicht gesagt, als er Cristian kennenlernte. Er glaubt, sie hätten denselben Vater. Und dass sie deswegen nicht miteinander vögeln. Aber es ist nicht so. Beides nicht.

Ein metallischer Donner. Es ist Mireias wirksamster Trick, um in der Kneipe für Ruhe zu sorgen. Damit kühlt sie jeden

Streit ab. Die Stammgäste kennen das schon und finden das fast sympathisch. Mireia lässt das Tablett, auf dem sie sonst die Getränke vom Tresen zu den Tischen bringt, auf einer Höhe fallen, die groß genug ist, um den Schlusspunkt zu setzen. Raquel, die sich nach wie vor die Ohren zuhält, hört das Scheppern nur gedämpft, erschrickt also nicht, sondern kann im Gegenteil alles um sie herum in Zeitlupe verfolgen. Deshalb bemerkt sie es. Auch Bruno bemerkt es. Es ist acht Uhr abends. Zu früh, als dass es in den Kneipen zu einem ernsthaften Vorfall kommen dürfte, hier in den Straßen des Viertels. Aber beide sehen, wie die Maghrebiner bis aufs Blut gereizt verstummen. Und Bruno ist allein, betrunken. Einer der Nordafrikaner flüstert dem anderen etwas ins Ohr, der daraufhin die Kneipe verlässt. Offensichtlich will er Verstärkung holen, um Bruno fertigzumachen. Raquel weiß es. Auch Bruno sollte es eigentlich wissen.

«Wir gehen lieber.»

«Wieso?»

«Das weißt du so gut wie ich.»

«Diese Scheißkerle werden mich nicht aus dieser Bar vertreiben. Außerdem sind wir mit Cristian verabredet.»

«Den können wir auch anderswo treffen. Ich ruf ihn auf dem Handy an.»

«Da ist er schon.»

Cristian, der nichts von dem Vorfall mitgekriegt hat, grinst. Raquel versucht an seinen Augen abzulesen, ob diese Fröhlichkeit natürlichen Ursprungs ist oder künstlich herbeigeführt, aber es gelingt ihr nicht. Die Transaminasen rauben ihr die magischen Kräfte. Das muss es sein.

«Hast du nur dieses eine T-Shirt?»

«Das hier?» Cristian fasst sich an die Brust. «Das ist mein Glücksbringer!»

«Du solltest lieber darauf achten, nicht zu sehr aufzufallen.»

«Keine Angst, das Ding ist grün und verschafft mir im Dschungel die perfekte Tarnung.»

«Einen Scheiß tut es. Also, ich habe alle sechs rausgekriegt, aber nur vier taugen was. Von den beiden, die nichts taugen, ist eins von einer Autovermietung, ja, der Neuwagen, ein Ford. Und das andere, das dieser lange Lulatsch gefahren hat, ist auf den Namen einer Frau zugelassen.»

«Vielleicht seiner eigenen.»

«Kann sein, aber so wie der Typ aussah, tippe ich eher auf einen verkorksten Single, der immer noch bei seiner Mutter wohnt und deren Autochen fährt.»

«Wir könnten's trotzdem probieren.»

«Von mir aus, kostet uns ja nichts.»

«Rufst du an, Raquel?»

«Ist eine Frau drunter?»

«Eine.»

«Dann rufe ich nur die an. Wir müssen los, Bruno. Der Araber wurde gerade angerufen.»

«Wahrscheinlich Bin Laden.»

«Unmöglich: Der ist tot», witzelt auch Cristian.

«Du wirst schon sehen, was dir blüht, wenn du hier weiter den Spaßvogel spielst, Bruno. Und bild dir bloß nicht ein, dass ich hinterher wieder die Krankenschwester und Mami spiele. Aber lassen wir das. Was wollen wir trinken?»

Bruno händigt ihnen jeweils die ausgedruckten Blätter aus. Beide erkennen seine hässliche, schiefe, ja peinliche Kugelschreiberschrift sofort.

«Ich hab die Summe neben der Telefonnummer und dem Nummernschild notiert. Grundlage für die Berechnung war wie immer das Aussehen der Turteltäubchen und die Automarke.»

«Wir gehen vor wie ein Vertragshändler», scherzt Cristian.

«Ein Vertragshändler der Liebelei und Vögelei.»

«Sonst noch was? Ich bin müde. Bleibst du hier?», raunzt Raquel Cristian an.

«Ja, nein, weiß nicht.»

«Bestellen wir noch zwei Gläschen, Raquel?»

«Lass uns von hier verschwinden, Bruno. Warum kommst du nicht einfach mit, Cristian?»

«Was ist denn los, Madame? Fühlst du dich ohne dein Brüderchen verloren, oder was? Wenn ihr so weitermacht, werde ich gleich ganz andere Saiten aufziehen.»

Raquel beachtet ihn gar nicht. Sie will nur eins: ihr Bewusstsein ausschalten. Und dafür muss sie wissen, ob Cristian was dabei hat, egal was, oder ob er vorhat, was zu besorgen. Sie braucht eine Transplantation, sonst ist es bald aus mit ihr. Also muss sie trinken, sich so zuballern, dass ihr alles egal ist, sogar die Frage, ob sie weiterleben möchte.

«Kommst du jetzt?»

«Hätte ich beinahe vergessen. Bei dem Typ, den du allein übernommen hast, weil ich zum Arzt musste, der mit dem Saab, habe ich noch keine Summe hingeschrieben. Wie war der? Sah er nach Geld aus?»

«Ja, Krawatte, Anzug, das ganze Programm.»

«Dann denk dir ein hübsches Sümmchen aus. Und nicht vergessen: keine Telefonnummern, weder Festnetz noch Handy; nur Araber-Internetcafés, okay? Ich zahl mal eben.»

Als Bruno weg ist, fragt Raquel Cristian direkt.

«Nee, hab nix dabei.»

«Mist.»

«Aber ich besorg nachher was.»

«Wann nachher?»

«Hast du nicht gesagt, du willst brav bleiben?»

«Bist du mit jemandem verabredet?»

«Ich hab vor, die Plaza del Niño del Aro abzuchecken. Oder das Lip's. Kommt Bruno mit?»

«Spielt heute Karten, wenn er denn lebend hier rauskommt. Hat wieder mal seine Klappe nicht halten können, was einige Araber hier gereizt hat. Riecht nach Ärger.»

«Mein Karma heute sagt: nur keine Schlägerei.»

Bruno kommt zurück. Er steckt sich das Wechselgeld in die Hosentasche. Am anderen Ende der Kneipe hat es Streit beim Kartenspiel gegeben, und einer der Spieler ist abgedampft. Sofort findet sich Ersatz. Bruno wünscht ihm alles Pech der Welt.

«Alles paletti. Geschwisterlein, ‹Der Krieger mit der Maske› zieht sich aufs Klo zurück. Draußen lauern nämlich schon die Araber.»

«Der Hund zieht den Schwanz ein», stichelt Raquel.

Am anderen Ende der Kneipe fungiert eine zweiflügelige, in blaurot gestrichene Holztür als Leuchtturm für Betrunkene und Desorientierte mit Harndrang. Das Klo dient Männlein und Weiblein gleichermaßen. Eine weitere Tür führt zu einem Pissoir mit trüb gewordenem Spiegel, einer Kette mit weißem Griff, einem WC mit holzbrauner Brille und einem mit Sägespänen ausgestreuten Boden. Das ganze Kabuff ist vollgestellt mit Leergut – Kakaolat, Bier und Coca-Cola –,

und zwischen den Kisten befindet sich eine weitere Tür, durch die man in die Gasse hinter der Kneipe gelangt. Diesen Ausgang kennen nur wenige. Bruno ist sich fast sicher, dass die Maghrebiner nichts davon wissen. Er öffnet die Tür. Die Gasse ist leer, abgesehen vom alten Tomás, der wie immer auf seinem Baststuhl sitzt und die Füße in eine Schüssel hält.

«Los, die Luft ist rein.»

«Ich komm nicht mit, Bruno.»

«Jetzt mach schon, Frau. Ich bleib nur ein, zwei Stündchen, dann ziehen wir weiter.»

«Du weißt, dass das nicht stimmt. Was soll ich dort? Außerdem bist du letztes Mal nur nervös geworden und hast verloren. Schon vergessen?»

«Wie könnte ich. Fast tausend Euro. Was hast du vor?»

«Ich bleib hier bei Cristian und geh dann irgendwann nach Hause.»

«Wenn ich schneller fertig bin, ruf ich dich an.»

«Okay.»

«Kuss.»

Bruno öffnet den Mund, um seine Freundin zu küssen. Sein Atem riecht nach Alkohol, Zigaretten, Nacht. Er zwinkert Raquel zu, die ihm mit einer Geste zu verstehen gibt, dass er sich beeilen soll, um nicht das Schicksal herausfordern, Allahs Zorn. Dann schließt sie die Tür. Draußen sind Brunos Schritte zu hören, seine Schritte und das Stöhnen eines alten Mannes, wahrscheinlich von Tomás, der mit den Füßen in Natriumbikarbonat guten Abend sagt.

Dann ist es still. Raquel bleibt regungslos im Dunkeln stehen, bis sie plötzlich befürchtet, Cristian könnte gegangen sein. Ein Gast kommt herein und erschrickt, als er ihre Gestalt

im Dunkeln sieht. Sie entschuldigt sich und verlässt die Toilette. Cristian sitzt nicht am Tisch. Nervös lässt Raquel ihren Blick durch die Kneipe schweifen. Da steht er, mit den Ellenbogen auf den Tresen gestützt, telefoniert mit dem Asbach-Uralt-Apparat und macht Notizen mit dem Kugelschreiber, den ihm die sanguinische Mireia schnell beschafft hat. Raquel gibt ihm per Zeichensprache zu verstehen, dass sie am Tisch auf ihn warten wird. Als Mireia zu ihr kommt, bestellt sie noch einen Tanqueray.

«Was macht meine Nervensäge von Bruder da, Kindchen.»

«Was weiß ich. Hat mich nach 'nem Kugelschreiber gefragt. Mein Festnetz komme ihn billiger als sein Handy. Wahrscheinlich telefoniert er mit seiner Freundin», testet Mireia an, die auf Cristian scharf ist, was alle wissen und was Raquel in die Karten spielt, weil sie dadurch bei den Getränken das Drei-zum-Preis-von-zwei-Prinzip von Carrefour anwenden kann, plus Das-letzte-lass-ich-untern-Tisch-fallen. Cristian ist nicht an der Kleinen interessiert, lässt sich aber trotzdem gerade genug anhimmeln, um alles am Laufen zu halten, Geschäft und Spaß, Flirterei und Phantasien und der beste Tisch, falls sie sich im Fernsehen mal ein Spiel anschauen wollen. Es hat einmal eine Zeit gegeben, da war die Eifersucht auf all die Frauen um Cristian herum wie Nadelstiche im Hals, aber das ist vorbei. Gut möglich, dass sie irgendwann tatsächlich Bruder und Schwester werden, so in hundert Jahren. Wie Hänsel und Gretel. Nur ohne Hexe.

Noch ein halber Cocktail. Einer der Araber betritt die Kneipe und sucht jemanden, der nicht mehr da ist. Cristian kehrt an den Tisch zurück.

«Sag bloß, du hast von hier aus angerufen.»

«Mach ich immer so.»

«Wenn Bruno das spitzkriegt.»

«Wird er nicht.»

«Warum rufst du nicht von einem Internetcafé aus an?»

«Weil ich die ätzend finde. Da ist immer eine Schlange, und es stinkt. Außerdem, ist doch egal, ob von hier oder von da. Wer soll uns denn hier in die Parade fahren?»

«Trotzdem besser, wenn der eben Erwähnte es nicht mitkriegt.»

«Immer schön locker bleiben. Wie geht's?»

«Beschissen. Ich brauche eine Leber.»

«Brauchen wir die nicht alle?»

«Ich mein's ernst. Steh schon auf der Warteliste für eine Transplantation.»

«Ganz unten wahrscheinlich.»

«Du machst mir vielleicht Mut.»

«Mach dir keine Sorgen. Das geht bestimmt ratzfatz», sagt er, legt ihr eine Hand um die Schultern und gibt ihr einen Kuss auf die Wange. «Ehrlich. Mach dich nicht verrückt. Und wenn nicht, kaufen wir dir eine.»

«Spinnst du? Wo sollen wir denn eine Leber herkriegen?»

«Aus der Boquería. Da gibt's alles. Eselleber auf jeden Fall.»

«Du Arsch!»

Raquel schubst ihn weg und bricht dann in eines dieser Gelächter aus, die die Nacht zu einem angenehmen Ort machen, einem Ort, an dem Leute wie sie glücklich sein können. Irgendwo weit weg lässt Mireia wieder das Tablett auf den Boden fallen. Gleich kommen die Sportnachrichten.

11

«Gib mir deine Kreditkarte.»

«Ich hab keine.»

«Dann deinen Personalausweis.»

«Wozu das?»

«Willst du nun eine Linie oder nicht?»

«Klar will ich.»

«Dann gib mir deinen Personalausweis.»

«Was ist mit deinem?»

«Hab ich nicht dabei. Mann, Cristian, jetzt gib schon her. Wo ist dein verdammtes Problem?»

Bruno könnte erklären, warum er seinen Personalausweis nicht dabei hat. Und wenn Cristian sich weiterhin weigert, seinen rauszurücken, wird er es vielleicht auch tun. Er hat ihn nicht mehr. Er weiß zwar, wo er ist, aber er will lieber nicht zugeben, wo er ihn liegen gelassen hat. Es ist ihm peinlich, dass er eingeknickt ist, sich als Pantoffelheld erwiesen hat, auch wenn die Herrin über seinen Willen Cristians Schwester ist. Sein Personalausweis liegt nämlich in einer Schublade der Verkaufsabteilung von IKEA. Raquel wollte die Wohnung, die Bruno besorgt hat, nach ihrem Geschmack einrichten. Sie hat darauf bestanden, am Freitag nicht auszugehen, am Samstag früh aufzustehen und zu IKEA zu fahren, raus aus der Stadt, zu einem dieser diabolischen Gewerbegebiete am Arsch der Welt. Bei IKEA wollte Raquel dies und das, und Bruno hat zu allem Ja gesagt, von mir aus, nur damit sie ihn nicht weiter mit Fragen bombardiert. Für Bruno war es Folter in Zeitlupe, dieser Marsch durch Familien, die gerade aus der Kirche zu kom-

men schienen, voller Projekte, Ideen und offenbar auch Geld. Raquel kaufte Lampen und Besteck, Tassen und Nachttische, Schränke und Krüge, Bilder, Gläser, Regale und Lachs. Bruno wollte bar bezahlen, denn Bargeld ist flüchtig und hinterlässt keine Spuren, wenn es von einer Hand in die andere wechselt. Raquel hingegen meinte, sie sollten ihren Kopf gebrauchen und sparen, so wie alle anderen auch, und nicht immer alles bar bezahlen, als würden sie jemandem in einer Kneipe einen ausgeben. Raquel wollte auch so ein hübsches IKEA-Kärtchen, mit dem man in Raten zahlen konnte, praktisch geschenkt. Und Bruno hat nachgegeben. Also standen sie an, warteten, bis sie drankamen, ließen das Geschwätz der Verkaufstante über sich ergehen, füllten die Unterlagen aus, er gab der Tussi seinen Personalausweis, und … dann wollte die plötzlich eine Kontonummer. Bruno hat aber gar kein Konto. Bruno achtet nämlich immer peinlich darauf, dass sein Geld nicht offiziell auftaucht. Außerdem bewahrt er es nirgends auf, wo andere Zugriff haben. Raquel hingegen hat ein Konto. Sie hätte einspringen können, aber dafür war es zu spät. Bruno hatte die Schnauze voll. Die Füße taten ihm weh, er wollte eine rauchen, wollte zurück in sein Goldfischglas; ihm blieb die Luft weg unter all diesen normalen Menschen mit einer Vergangenheit, Gegenwart und Zukunft, die sie aufzählen konnten, ins Gedächtnis rufen, erahnen, erhoffen, genießen. Er hatte keinen Bock darauf, dass Raquel die Möbel in ihrem Namen kaufte. Entweder sie zahlten bar oder das Samstag-Morgen-Frühaufsteh-Abenteuer war zu Ende. Diesmal gab Raquel nach. Es war nicht das Geld, überhaupt nicht. Der wahre Grund war Bruno sonnenklar, Raquel hingegen unbegreiflich. Es war derselbe Grund, warum Bruno sich von vor-

neherein dagegen gesträubt hatte: Raquel wollte sesshaft werden, wollte ihn in einen Käfig stecken und das, was von den Flügeln übrig war, auch noch stutzen. Schließlich kauften sie die Möbel doch, handelten mit den Südamerikanern am Ausgang einen Preis aus, dass sie die Sachen direkt in die Wohnung schafften, und so kam es, dass sein Personalausweis zwischen dem halb ausgefüllten Formular liegen blieb, am Tor zur Normalität. Irgendwann würde er noch mal zu diesem Scheiß-IKEA müssen, um ihn zu holen.

«Was ist mit deinem?»

Bruno denkt gar nicht daran, ihm die Wahrheit zu sagen. Er entscheidet sich für eine Lüge, die eine andere, bereits eingeführte Lüge bestätigt.

«Den hat mein Kumpel von der Zulassungsstelle.»

«Kann dir dein Kumpel die Informationen denn nicht ohne diesen ganzen Papierkram beschaffen?»

«Offenbar nicht, sonst würde er ja nicht den Perso von mir verlangen.»

In Wahrheit gibt es diesen Kumpel gar nicht. Er ist nur ein Trick, mit dem Bruno die anderen vom Kerngeschäft fernhält, vor allem Cristian, denn Raquel ist schließlich seine Frau. Die Informationen holt sich Bruno allesamt über eine der unzähligen Webseiten, die diesen Service anbieten: 19,25 (einschließlich Mehrwertsteuer), im Sonderangebot. Man muss nur seine Personalangaben und das Nummernschild eintragen. Bruno benutzt dafür den Ausweis und die Kreditkarte des alten Pep, hat für ihn sogar ein E-Mail-Konto bei Gmail eröffnet, um sich die Daten der Autohalter dorthin schicken zu lassen. Pep stellt keine Fragen. Wenn Bruno ihn besucht, sitzt er meistens vor der Tür, um frische Luft zu schnappen, während das Bier

zu seinen Füßen warm wird. Bruno plaudert ein bisschen mit ihm und drückt ihm dann bar die vereinbarte Summe und ein bisschen was drauf in die Hand, damit er sich weiter Bier kaufen kann, das er dann warm werden lässt.

Cristian hat ein Einsehen und gibt ihm seinen Ausweis. Bruno sieht sich das Foto an und spöttelt. Dann zieht er mehrere Linien und schnupft rasch eine rein. Während Cristian sich bückt, um sich auf Joans winziger Toilette ebenfalls eine reinzuziehen, nimmt Bruno den Ausweis näher unter die Lupe. Cristian reißt ihn an sich.

«Was gibt's da zu glotzen?»

«Der ist abgelaufen.»

«Ach, ja?» Er überprüft es. «Was quatschst du denn da, Mann? Der ist doch noch ein halbes Jahr gültig.»

«Hab ich mich wohl verguckt.»

Nein, hat er nicht. Ihm ist nur aufgefallen, dass keiner der beiden Nachnamen mit dem von Raquel übereinstimmt. Was spielen die beiden für ein Spiel? Cristian hat es eilig. Er ist verabredet und zieht los. Bruno bestellt sich einen großen Drink, dann noch einen, und überlegt, was er jetzt tun soll. Raquel anrufen und ihr verklickern, dass sie sich schon mal eine Erklärung ausdenken soll, sollte die Wahrheit nicht genügend Halt finden, um auf eigenen Beinen zu stehen. Er fragt sich, ob er kaltschnäuzig genug sein wird, um sie zu einer echten Lüge zu zwingen, oder ob wieder alles im Vagen bleiben wird wie meistens, wenn er sich mit ihr streitet. Details fallen ihm ein, Gesprächsfetzen, Ungereimtheiten, die jetzt, nach dieser Entdeckung, in einem ganz anderen Licht erscheinen. In welcher Beziehung stehen Cristian und Raquel zueinander? Auch wenn im Moment alles auf Verrat hindeutet, gibt es, wie Bru-

no zugeben muss, auch gute Gründe, die dafür sprechen, dass bei dem, was zwischen den beiden läuft, Sex und Gefühle keine Rolle spielen. Nein, durchaus möglich, dass Cristian und Raquel keine Geschwister sind, aber sie sind auch keine Liebhaber. Da ist er sich sicher. Nur was sind sie dann? Freunde, die einander so nah stehen, dass sie trotz Bruno Freunde bleiben wollten? Könnte sein, ist aber nicht überzeugend für jemanden, für den Frauen und Männer nicht einfach Freunde sein können, ohne dass Sex oder Geld dazwischenfunken. Was haben sie ihm verschwiegen? Was sind sie? Ex-Lover?

Raquel ist sich darüber auch nicht ganz im Klaren und hat sich die Frage schon oft gestellt. Cristian wiederum interpretiert die Angelegenheit auf seine Art: schlecht, schnell, ohne Hintergedanken. Für ihn sind sie beieinandergeblieben, weil sie Halbgeschwister sind und er ihr geholfen hat, als es ihr dreckig ging. In Barcelona hat sie dann mit Bruno einen Glückstreffer gelandet und lässt ihn nun aus Dank daran teilhaben. Dass sie Sex miteinander haben? Okay. Passiert schon mal, wenn zwei Menschen das gleiche Bett teilen, sich schon ewig kennen und einer von beiden Bock hat.

Raquel würde Cristians Version zustimmen, aber um einige Details ergänzen. Cristian ist das Einzige, was ihr von ihrem Vater bleibt, und wirkt außerdem beruhigend auf sie. Bruno hingegen macht ihr Angst. Wenn er die Kontrolle verliert, brechen alle Dämme. Sie ist schon in manch einer Nacht von ihm herumgeschubst, geschlagen und getreten worden. Wenn ihr Bruder da ist, hält Bruno sich zurück. Männer sind so, wie Tiere. Das weiß sie. Und dann ist da auch noch ihre weibliche Koketterie, die ihr sagt – ob nun zu Recht oder nicht –, dass das, was sie mit Cristian hat, abartig, sinnlos und

unbedeutend ist, aber eben auch etwas Besonderes. Eigentlich würde sie gern öfters für Cristian die Beine breitmachen, ihn in sich zu spüren, seine Ekstase, wie damals bei ihrem ersten Mal im Hinterzimmer dieser Schmuddelkneipe, als ihre Füße immer wieder abrutschten und draußen alte Diskosongs liefen, die sie früher auswendig kannte und inzwischen vollkommen vergessen hat. Damals war sie noch total verknallt gewesen in diesen Typen, der sie sitzengelassen hatte, so dass Rachegelüste, Geilheit und der Wunsch, alles zu vergessen, zusammengekommen waren. Gleichzeitig war ihr, während sie ihre Finger in die Locken ihres Bruders krallte, bewusst gewesen, dass sie das schon immer mit ihm hatte tun wollen, schon als kleines Mädchen.

Als Bruno wieder zu Hause ist, fragt er Raquel:

«Sag mal, Liebling, nur so aus Neugier, wie lauten noch mal deine beiden Nachnamen?»

«Das weißt du doch.»

«Ich bin mir nicht mehr sicher.»

«Hast du schlechte Laune, oder was? Wenn du Hunger hast, es ist noch Lamm im Ofen, das kannst du dir aufwärmen.»

«Ich mein ja nur, weil ich nämlich heute Cristians Ausweis in den Fingern hatte. Und was sehe ich da? Keiner seiner Nachnamen stimmt mit denen meiner Frau überein. Da habe ich mir gesagt: So, jetzt fahr ich nach Hause und frag mal bei meiner lieben Frau nach, was das zu bedeuten hat, verdammte Scheiße!»

Raquel sagt nichts. Sie ist fix und fertig und liegt auf dem Sofa, das seit zwei Wochen mehr eine Erweiterung ihrer selbst ist als ein reines Möbelstück. Sie raucht, knabbert Trockenfrüchte, schaut Fernsehen, spielt auf dem Handy herum und

überlegt fieberhaft, was sie sagen oder tun könnte, damit der Streit nicht ausbricht. Immer wieder starrt sie auf den Bildschirm, wo ununterbrochen Werbespots laufen. Bruno ist gerade in der Küche und macht den Kühlschrank auf und zu. Dann kommt er zurück ins Wohnzimmer, mit einem Tetra Pak Milch in der Hand, aus dem er eine gefühlte Ewigkeit trinkt. Als sein Durst gestillt ist, stellt er die Milch zurück in den Kühlschrank. Wie nett von ihm.

«Was willst du, Bruno?»

«Gibt's heute kein Abendessen?»

«Wie gesagt, es ist noch Lamm im Ofen. Ich hab keinen Hunger.»

«Und wo soll ich essen? Auf dem Fußboden? Der Tisch ist nicht gedeckt. Und das Lamm ist von gestern.»

«Hätten wir's wegwerfen sollen?»

«Ich weiß nicht, wozu wir eine Wohnung haben. Ich kann mich nicht erinnern, dass du mir auch nur ein einziges Mal ein Essen so serviert hast, auf diesem hübschen Tisch, den wir ja unbedingt kaufen mussten.»

«Ich bin nicht dein Dienstmädchen.»

«Nein, ich weiß, was du bist. Du bist eine Lügnerin. Eine verdammte Lügnerin. Eine Fixerin, die nicht weiß, was eine Frau zu tun hat.»

Sie rappelt sich auf, windet sich an ihm vorbei und rennt so schnell in die Küche, dass sie unterwegs ihre Hausschuhe verliert. In der Küche stellt sie einen Stuhl gegen die Tür. Sie weiß nicht, was sie tun soll, sieht keinen Ausweg. Weil ihr partout nicht einfallen will, wie sie Brunos Wut besänftigen könnte, kommt sie auf die absurde Idee, es mit dem Lamm zu versuchen, das immer noch warm ist. Sie hat Angst. Sie ist

high. Sie schämt sich, weil sie es nicht schafft, aus dieser Wohnung ein richtiges Zuhause zu machen. Was er zu ihr gesagt hat, tut ihr weh. Was weiß er denn schon! Der Stuhl kippt um. Jack Nicholson steht in der Tür.

«Was machst du da, Raquel?»

«Abendessen.»

«Spinnst du jetzt völlig, oder was? Wer will denn jetzt was essen?»

«Du. Hast du vorhin selber gesagt.»

«Lass das. Du bist besoffen.»

«Bin ich nicht.»

«Bist du doch!»

«Schrei mich nicht an, Bruno. Nicht hier, hier nicht.»

«Dann provozier mich nicht!»

«Du bist sauer, weil du Hunger hast und denkst, dass ich eine schlechte Hausfrau bin, dabei muss man es doch nur aufwärmen. Der Herd ist sogar noch an.»

«Wovon faselst du da? Darum geht's doch gar nicht. Das weißt du ganz genau.»

«Wie viele Scheiben möchtest du?»

«Was verheimlichst du mir? Wie heißt du wirklich?»

«Was sollen all die Fragen?»

«Du bumst mit ihm, stimmt's? Seit wann? Habt ihr schön über mich gelacht? Über den armen Bruno, diesen Vollidioten? Damit ist jetzt Schluss. Mit allem ist jetzt Schluss.»

«Schrei nicht so. Die Nachbarn.»

«Ich schreie so viel ich will, kapiert? Sollen ruhig alle mitkriegen, dass meine Frau ihren Bruder bumst.»

«Ich bumse mit überhaupt keinem, schon gar nicht mit meinem Bruder.»

«Nennst du ihn immer noch so? Wofür hältst du mich? Für einen Schwachkopf? Meinst du, ich kann nicht lesen?»

«Lass uns was essen, dann erkläre ich dir alles.»

«Hör auf mit dem Scheißofen!»

Wenn Bruno an diesen Abend zurückdenkt, redet er sich manchmal ein, dass er nur nach Raquels Hände greifen wollte, die bereits im Ofen waren, damit sie sie da rausnimmt. Hunger hatte er keinen. Er wollte nichts von diesem blöden Lamm, er wollte nur eine Erklärung. Manchmal ist er aber auch ehrlich zu sich selbst und gesteht sich ein, dass er ihre Handrücken mit voller Absicht gegen den oberen Teil des Ofens gedrückt hat, der bereits glühend heiß war. Allerdings nur ein bisschen, nicht so fest, dass sich ihre Brandwunden erklären ließen.

Im Krankenhaus gab Raquel an, es sei ein häuslicher Unfall gewesen. Der Arzt nahm es ihr ab. Dass die Verunglückte stark nach Alkohol roch, bestärkte ihn darin. Raquel war sich durchaus bewusst, dass sie Bruno großen Schaden zufügen konnte, wenn sie die Polizei einschaltete und ihn anzeigte, aber sie wollte nicht. Er würde es zu schätzen wissen, wenn sie ihm gegenüber Milde walten ließ. Mit kleinen Kinderaugen saß er im Wartesaal und fühlte sich schuldig, weil er etwas kaputt gemacht hat, was er nicht hätte kaputt machen dürfen. Dadurch verkehrte sich die Schuldhaftigkeit in ihr Gegenteil, die Frage, wer hier wem mit welchem Recht etwas vorwerfen konnte. Und schon das allein ist ein Sieg, zumindest empfindet Raquel es so.

«Es tut mir leid, meine Liebe, es tut mir so leid.»

«Du bist wie ein Tier. Ich weiß nicht, wie ich mich auf jemanden wie dich einlassen konnte.»

«Tut's weh?»

«Ja, aber nicht so, wie du mir wehgetan hast. Du machst alles kaputt, Bruno. Alles um dich herum machst du kaputt. Merkst du das gar nicht?»

Bruno steht heulend vor Raquel, die am Auto lehnt und weiß, dass sie die Situation im Griff hat. Sie wird sie ausnutzen, um Zeit und Raum zu gewinnen. Bruno wird ihr von nun an aus der Hand fressen.

«Ich hätte dich fertigmachen können, Bruno.»

«Ich weiß, danke. Das hättest du tun sollen.»

«Wozu? Ich bin nicht so. Ich mache solche Sachen lieber mit mir selber aus. Solange ich kann. Aber ich will, dass du dich erst wieder zu Hause blicken lässt, wenn ich es dir sage. Erst, wenn meine Wut sich gelegt hat. Die brennt nämlich stärker als meine Hände.»

«Kommst du denn allein zurecht?»

«Wird schon irgendwie, keine Angst. Wenn nicht, bitte ich Dolors oder Mireia, dass sie mir ein bisschen helfen, mit dem Essen und so.»

«Okay. Ich fahr dich nach Hause.»

«Einverstanden, ist ja auch schon spät. Ich bin fix und fertig. Hast du den Ofen ausgemacht, bevor wir los sind?» Bruno nickt. «Aber bevor ich ins Auto steige, als wäre nichts gewesen, will ich das mit Cristian und mir klarstellen. Cristian ist wirklich mein Bruder. Wir haben zwar nicht die gleichen Nachnamen, aber wir sind trotzdem Geschwister. Mein Vater war sein Stiefvater. Mein Vater war mit seiner Mutter zusammen. Hast du's jetzt kapiert?»

«Ja, verdammt, aber als wir uns kennengelernt haben, hast du gesagt …»

«Ich weiß, was ich gesagt habe. Ich habe dir nur die halbe

Wahrheit gesagt, damit dich nicht die Paranoia packt und du mir solche Eifersuchtsszenen machst wie heute Abend. Cristian hat mich hierher geholt. Cristian war der Einzige, der mich nicht fallen gelassen hat, als ich abgerutscht bin. Mit anderen Worten: Cristian hat mir das Leben gerettet. Bei ihm habe ich mich sicher gefühlt, bis du kamst. Cristian ist eben ein richtiger Mann. Ist immer da, wenn ich ihn brauche.» Raquel hat die letzten beiden Sätze besonders betont, weil sie weiß, dass sie Bruno treffen, dass sie sich regelrecht in ihn bohren wie Giftpfeile. «Und das weiß ich zu schätzen. Ein richtiger Mann. Jemand, dem man vertrauen kann, der fragt, wenn es was zu fragen gibt, der es nicht nötig hat, die Hände einer Frau im Ofen zu verbrennen, nur weil er wütend ist.»

«Ich hab's ja kapiert, du musst es mir nicht noch mal unter die Nase reiben.»

«Nein? Sicher? Ein Mann, ein richtiger Mann.»

«Ich bin auch ein richtiger Mann, nur dass mir manchmal …»

«Manchmal was?»

12

«Asien?»

«Asien.»

Merche und Max sehen sich belustigt an. Jetzt wissen sie, dass sie es beide gesehen haben. Die Frau, die die Tür öffnet, ist eine Mischung aus Hure und Hausfrau und scheint einem anzüglichen Studentenfilm entsprungen. Sie geht stärker auf die fünfzig zu, als sie es zugeben würde, und obwohl sie einige Kilo zu viel um die Hüften hat, trägt sie eine Shorts und eine durchsichtige weiße Bluse, die geradezu dazu auffordert, die rote Unterwäsche näher unter die Lupe zu nehmen. Ihre Aufgabe ist es, die Paare in Empfang zu nehmen, aber offensichtlich kann man sie auch für ein Trio buchen und, falls gewünscht und gegen Vorauszahlung, für eine Beteiligung am Koitus. Ihre Schönheit ist verwelkt, was sie aber nicht daran hindert, sie nach wie vor stolz zur Schau zu tragen wie jemand, den das Leben nicht gut, aber auch nicht schlecht behandelt hat.

Ja, sie haben es beide gesehen. Im Flur, rechts, gleich hinter der Eingangstür. Die Frau, die ihnen geöffnet hat, und eine Freundin – Hallo? Wie geht's? – waren mit sichtlichem Vergnügen damit beschäftigt, eine Weihnachtskrippe aufzubauen. Die Eselin dahin, die Schäfer dorthin, hier das Kind, damit es sich ja nicht erkältet.

«Wir sind bald fertig. Wird so toll wie jedes Jahr. Den Kunden gefällt's. Aber ehrlich gesagt, machen wir es auch ein bisschen für uns selbst.»

Die Frau hat ihnen die Verblüffung offenbar angesehen,

sonst hätte sie diese Bemerkung nicht gemacht. Sie nimmt das vereinbarte Geld entgegen und fragt, ob sie etwas trinken möchten, Sekt, Limo oder was Stärkeres, einen Cocktail zum Beispiel.

Als sie die Tür zumachen und endgültig in Asien gelandet sind, sehen sie sich an und können nicht mehr an sich halten. Sie brechen in ein befreiendes Gelächter aus und hoffen, dass die Frau es ihnen nicht übelnimmt, zumal ihr Heiterkeitsausbruch nichts mit ihr zu tun hat, sondern vielmehr mit der komischen Situation an sich. Mit diesem kalten, grauen Tag, mit Merches verrückter Idee, mit dieser Lili Marleen, die mitten in dem Fluss aus Silberpapier gestanden hat, dem Einsturz des Korkgebirges um Betlehem, als sie die Tür geöffnet hat. Und jetzt sind selbst mittendrin in dem, was offenbar ein arabisches Geschäft darstellen soll. Rasch ziehen sie sich aus, um bei der Irrsinnstemperatur im Raum nicht einzugehen.

Merche geht die drei Stufen zu dem großen Bett hinunter und setzt sich. Max sieht sich um. Jetzt haben sie nur noch Europa und Ozeanien noch nicht ausprobiert. Asien ist ein verrücktes Sammelsurium aus Gegenständen, die aus unterschiedlichen chinesischen, arabischen und libanesischen Lokalen zusammengeklaubt sind: ein gerahmtes Couscous-Rezept auf einem roten, blinkenden Gefäß, ein Foto des Dalai Lama, ein Jalousienkalender mit Geishamotiv samt notorischem Sonnenschirm, ein ausgeblichenes Pandapärchen aus Plastik, Weihrauchduft, der einer Pagode entströmt.

«Afrika war besser.»

Max hat die Schuhe ausgezogen und liegt auf dem Bett. Er starrt zum falschen Stoffdach, bevor er die Augen schließt und denkt, dass es ein guter Tag ist. Ja, er muss anerkennen, dass es

auch gute Tage gibt, an denen es läuft wie geschmiert, so wie geplant, an denen sogar die unvorhergesehenen Ereignisse dazu führen, dass am Ende alles glattgeht. Dem heutigen guten Tag ist ein schlechter Tag vorausgegangen, ein bitterer Tag, an dem er spät am Abend noch einen Anruf erhalten hat. Dieser Anruf hat alles verschlimmert, hat einen neuen Abgrund aufgerissen, der ihn – ob er es sich eingesteht oder nicht – extrem beunruhigt. Den ganzen Tag hat er mit sich gerungen, ob er es Merche erzählen soll. Jetzt hat er sich dagegen entschieden. So was kann schon mal passieren, sagt er sich. Man geht ein Risiko ein, und das hat seinen Preis. Andererseits wäre es vielleicht doch eine gute Idee, es Merche zu erzählen, weil sie es sich dann noch mal überlegen und wieder zu ihm nach Hause kommen würde. Er versteht, warum sie das nicht will, natürlich versteht er es, aber wenn sie immer Liebesnester mieten müssen, machen sie sich verwundbar. Er hat nichts mehr zu verbergen, sie hingegen schon.

Nein, er wird ihr nichts von dem Anruf erzählen. Es würde sie nur erschrecken und dazu führen, dass sie ihn vorerst nicht mehr würde sehen wollen. Und außerdem hat er das Problem ja gelöst, oder? Was hat er sich nicht alles für Gedanken gemacht: dass Gero einen Privatdetektiv engagiert haben könnte, der nun bei allen Beteiligten abkassieren will, dem betrogenen Ehemann, dem Liebhaber und der betrügenden Ehefrau. Aber er hat diesen Gedanken wieder verworfen, fand ihn zu sehr an den Haaren herbeigezogen. Und wenn es so wäre, wären die Würfel längst gefallen, und Merche würde es sowieso erfahren. Aber erst morgen, und vor diesem Morgen will Max erst einmal das Heute genießen. Am wahrscheinlichsten ist – er schließt es daraus, dass der Anrufer sich nicht zu erkennen

geben wollte und vom seinem Autokennzeichen gesprochen hat –, dass jemand sie verfolgt, das Kennzeichen notiert, seine Nummer ausfindig gemacht und ihn – vergeblich – hat erpressen wollen. Kurz nachdem er aufgelegt hat, ist ihm der Kerl im grünen Hemd von neulich eingefallen, der sich so merkwürdig verhalten hat. Bestimmt hat dieses Arschloch sich vor lauter Frust schier in den Arsch gebissen, als er ihn einfach so abgewürgt hat.

«Du willst doch nicht, dass jemand davon erfährt, der nichts davon erfahren sollte.»

«Zum Beispiel?»

«Deine Frau? Deine Kinder?»

«Meinen Sie das ernst?»

«Glaubst du, ich bin zum Scherzen aufgelegt?»

«Nein, eigentlich nicht. Also, um es kurz zu machen: Ich bin geschieden und kann schlafen, mit wem ich will. Meiner Ex können Sie gern Bescheid sagen, vermutlich wird sie sich sogar freuen. Sie fand mich in letzter Zeit ein bisschen deprimiert», scherzt Max, dem allerdings die Stimme zittert, weil ihn die unerwartete Situation überfordert. Andererseits ist ihm klar, dass er sich stark, spöttisch und gleichgültig geben muss. «Wenn sie hört, dass ich eine Freundin habe, wird sie besser schlafen können. Kinder habe ich keine, und meine neue Begleiterin hat ebenfalls weder Mann noch Familie.»

«Das soll ich dir glauben?», fiel Cristian ihm ins Wort, obwohl er genau das tat und den Erpressungsversuch schon aufgeben wollte.

«Was Sie glauben, ist mir egal.»

«Und wieso seid ihr dann in dieses Etablissement gegangen?», stammelte, schwer angeschlagen, der Andalusier.

«Sind Sie vom Komitee zur Verteidigung der Familienwerte? Ich weiß nicht, von welchem Etablissement Sie reden. Und ehrlich gesagt finde ich das hier allmählich lächerlich. Absolut lächerlich. Ich lege jetzt auf und rufe die Polizei an. Wiederhören.»

Max hat tatsächlich kurz überlegt, ob er die Polizei anrufen sollte, aber er war sich sicher, dass er nur seine Zeit und seine Würde verlieren würde. Was sollte er der Polizei auch sagen? Trotzdem nahm er einen Kugelschreiber und notierte sich die Nummer auf dem Display. Es konnte nicht schaden, sie zur Hand zu haben, sollte der Kerl noch mal anrufen oder sonst was Merkwürdiges passieren. Wenn sie seine Telefonnummer hatten, kannten sie wahrscheinlich auch seine Adresse.

Ein Kuss lockt weitere Küsse an. Er macht die Augen auf und sieht, weil es so nah ist, Merches hübsches Gesicht verzerrt, ihren Mund, der seinen mit Küssen überhäuft. Er zieht sie in seine Arme. Warum kann es nicht immer so sein? Warum kann er nicht immer neben diesem verschlafenen, schönen, Vertrauen ausstrahlenden Gesicht aufwachen? Warum kann sein Leben, das schon seit so langer Zeit schmerzlich in Stücke zerbrochen ist, nicht endlich wieder heil sein, ein Gefäß, in dem er alles, was er hat, und alles, was er ist, verwahren kann?

Da steht sie vor dem Bett und zieht sich alles aus, was sie am Abend zuvor so sorgfältig ausgewählt hat, um für ihn begehrenswert zu sein. Wahrscheinlich hat sie, während sie für ihren Mann gekocht hat, darüber nachgedacht, welche Unterwäsche sie am nächsten Tag anziehen soll. Wahrscheinlich hat sie sich, während sie die Hausaufgaben ihres Sohns überprüft hat, irgendwann im Spiegel angesehen und gefragt, ob diese Lippen gesucht und gebissen werden würden, während ihre

ebenfalls suchten und bissen. Merche dreht sich um, und ihr nackter Körper ist, obwohl er darauf vorbereitet war, wie eine Erscheinung für ihn. Sie kommt ins Bett, setzt sich rittlings auf ihn und sieht ihm in die Augen. Ihre Halskette mit dem schwarzblauen Edelstein, die er ihr geschenkt hat – zum Geburtstag, zu Weihnachten, zu einer Wiederversöhnung –, pendelt über ihm, zwischen ihren Brüsten, Brüsten, in denen er sich verlieren will, an denen er knabbern will, die er streicheln will, küssen, eintauchen in ihre sinnliche Welt, sich fallenlassen auf diesen seidigen Teppich aus Fleisch und Haaren, animalischer Wärme, Kratzern, Bissen, Speichel und Schweiß. Wieso nicht auf den Alltag pfeifen, um das hier immer zur Verfügung zu haben?

Merche zündet sich eine Zigarette an und legt sich mit der zum Aschenbecher zweckentfremdeten Pagode wieder ins Bett. Der musikalische Leitfaden: wilde Tauben, gesprengte Ketten, überschäumenden Leidenschaft. Max wendet sich Merche zu, die die Pagode auf den Bauch gestellt hat und die Asche aus einer schwindelerregenden Höhe hineinschnippt. Wie ein Heer auf der Flucht überziehen Muttermale ihren Körper. Ihre Brüste setzen hoch an, wodurch sie noch nicht hängen. Der derzeitigen Mode gemäß hat sie sich die Schamhaare rasiert, was Max nicht wirklich gefällt. Die Armreife und die beiden Kissen in ihrem Rücken – das eine ihres, das andere okkupiert – geben ihr etwas von einer großen, lüsternen Katze und erheben sie zur Herrin über Max, der, wären da nicht die brennende Zigarette, die Pagode und die träge Schläfrigkeit, Verhandlungen über einen erneuten Angriff aufnehmen würde, für eine weitere Ejakulation.

«Was?»

«Ich weiß, du magst es nicht, wenn ich von ihm spreche, aber diese Geschichte wird dir gefallen.»

«Das wage ich zu bezweifeln.»

«Neulich sind wir mit einer Gruppe von Leuten ausgegangen, darunter auch eine Freundin, die sich seit Monaten nicht mehr hat blicken lassen, sie nicht und auch ihr Mann Jorge nicht.»

«Wie heißt sie?»

«Wer?»

«Diese Freundin. Die Frau von Jorge. Wenn Jorge einen Namen hat, sollte sie auch einen haben.»

«Ist doch egal. Sonia heißt sie. Jedenfalls taucht sie überraschend auf, nach dem Motto: ‹Voilà, hier bin ich wieder›, und war wie ausgetauscht: bildhübsch und sprühend vor Lebensfreude. Die heilsame Wirkung einer Trennung, wenn du verstehst, was ich meine. Ich muss zugegeben, dass ich ganz schön neidisch war. Sie war das blühende Leben, wie wenn man aus der Waschstraße kommt, und das Auto funkelt wie neu.»

«Als hätte man den Tacho auf Null gestellt.»

«Soll ich weitererzählen?»

«Bitte.»

«Als ich sie so gesehen habe, dachte ich: Warum nicht auch du?»

«Du wärst noch hübscher als sie.»

«Bestimmt.»

«Ja, weil du dann mit mir zusammen wärst.»

«Sie ist Single.»

«Wer's glaubt, wird selig. Wie viel Uhr ist es?»

«Keine Ahnung, aber wir haben noch Zeit. Sie sagt, sie wär Single, und das glaube ich ihr auch.»

«Ich aber nicht.»

«Du nervst!»

Merche hat ihre Zigarette zu Ende geraucht. Sie stellt die Pagode auf den Nachttisch, nimmt sich ein Kissen und legt es auf Bauch, Brüste und Scham.

«Lass mich ausreden, ich will auf was ganz anderes hinaus.»

«Na gut.»

«Wir gehen also in ein Restaurant, setzen uns, ich wie üblich tausend Kilometer entfernt von ihm, aber an dem Abend macht ihm das offensichtlich nichts aus. Der Zufall will es, dass er genau neben Miss Super-Ex zu sitzen kommt, und auf einmal ist alles eitel Sonnenschein. Er hat sich köstlich amüsiert, nein, die beiden haben sich köstlich amüsiert und miteinander geflirtet, was das Zeug hält, und ich …»

«Warst stinksauer. Eifersüchtig und stinksauer.»

«Ich? Überhaupt nicht. Jedenfalls nicht auf ihn.»

«Und wenn ich mich so verhalten hätte? Wärst du dann sauer gewesen?»

«Ich hätte das erstbeste Messer genommen und dir die Augen ausgestochen, Freundchen.»

«Da bin ich ja beruhigt. Alles andere wäre eine herbe Enttäuschung.»

«Aber weißt du, was ich gedacht habe? Ich habe gedacht: Soll er doch ruhig was mit ihr anfangen. Soll er sich ruhig in jemanden verlieben. Er ist ein guter Mensch, ein guter Vater. Er hat es verdient, glücklich zu sein. Und wenn er eines Tages ankommt und sagt: ‹Hör zu, es ist aus: Ich liebe eine andere› … Prima. Dann hätte ich nicht mehr die Verantwortung, die Schuldgefühle, die …»

«Kann ich gut verstehen. Fühlt sich beschissen an, wenn

man als Mörder gilt, obwohl die Opfer gar nicht tot sind, sondern einen ständig anrufen und daran zu erinnern, dass man ihnen das Leben ruiniert hat, dass sie einen neuen Rucksack brauchen und dass sie diesen Freitag doch nicht kommen.»

«Ich dachte, die Geschichte könnte dir gefallen, aber jetzt bin ich mir nicht mehr so sicher.»

«Doch, doch, sie hat mir durchaus gefallen. Aber jetzt würde ich mich gern in Sie hineinbegeben.»

«Ach, ja? Worauf wartest du noch?»

Max schiebt sich auf Merche, die das Kissen auf den Boden wirft. Er bahnt sich seinen Weg zwischen ihren Beinen und rutscht stückchenweise nach oben, bis er sich in ihr spürt. Ihre Stimme klingt, als käme sie aus einer feuchten Höhle tief unter der Erde.

«Weißt du was? Manchmal ist das, was ich mir so ausdenke, noch böser. So böse, dass ich mich richtig schlecht fühle, grausam, wie eine miese Ratte.»

«Zum Beispiel?» Max stößt immer heftiger mit dem Becken auf Merche ein, die wiederum ihre Finger immer tiefer in seine Pobacken krallt, ihre Beine immer enger um ihn schlingt, wie ein Efeu um das eiserne Gitter in einem alten Garten.

«Böses Zeug eben.»

«Nenn mir ein Beispiel, oder ich werde nicht kommen.»

«Dass er einen Unfall hat, und es wäre mir egal.»

«Töten ist eben leichter, als die Wahrheit zu sagen.»

«Das gibt's doch nicht.»

«Was?»

«Hör mal.»

Weihnachtslieder.

13

«Wer fragt das?»

«Ich weiß nicht.»

«Das hier ist ein öffentliches Telefon. In einer Kneipe. Sie rufen gerade in einer Kneipe an», erklärt Mireia, die ohne besonderen Grund ins Spanische gewechselt hat, vielleicht, weil der Mann am anderen Ende der Leitung wie ein Spanier klingt, der Katalanisch spricht, oder weil sie eine schärfere Tonart anschlagen will.

«Ich will mit der Person sprechen, die mich vor zwei Tagen gegen neun Uhr abends von diesem Telefon aus angerufen hat.»

«Ich kann Ihnen nicht weiterhelfen. *Dieses Telefon benutzen viele Leute.»*

Doch Mireia erinnert sich ganz genau, dass vor zwei Tagen nur einer dieses Telefon benutzt hat: Cristian.

«Dieser Anruf muss Ihnen merkwürdig vorkommen, aber Sie brauchen keine Angst zu haben. Die besagte Person hat mich angerufen, um mir ein Geschäft vorzuschlagen. Wir sind uns nicht einig geworden, aber ich habe noch mal drüber nachgedacht und bin jetzt doch interessiert. Kann ich Ihnen meine Telefonnummer hinterlassen für den Fall, dass Ihnen doch noch einfällt, wer es gewesen sein könnte? Bitte. Haben Sie was zu schreiben?»

«Schießen Sie los.»

Mireia sucht einen Kugelschreiber und einen Zettel. Ersteres ist kein Problem, auch wenn der Kuli feucht ist und womöglich nicht funktioniert. Das mit dem Zettel ist schon

schwieriger. In der Schublade, in der sie den Kuli gefunden hat, ist nicht das kleinste Fitzelchen Papier. Und auch auf dem Tresen sind gerade keine Papierservietten in Reichweite. Sie denkt gar nicht daran, sich noch mehr Mühe zu geben, als sie es sowieso schon getan hat. Schließlich will der Typ was von ihr, während sie gar nichts davon haben wird. Na ja, vielleicht doch. Einen Vorwand, um Cristian anzusprechen, sobald er zur Tür reinkommt. Ein Geheimnis. Ein Stammgast, dem sie vertrauen kann – es könnte jeder Gast sein, denn sie hat ausschließlich Stammgäste –, Señor Castillo, liest gerade eine Sportzeitung und nippt an seinem Carajillo, der bereits kalt geworden ist und schal schmeckt. Mireia gurgelt etwas heraus, was wie *Darf ich mal?* klingt, und zieht ihm die Zeitung weg. In einer Ecke notiert sie die Telefonnummer, reißt die im Laufe des Vormittags mit Öl und Brotkrümel verunzierte Seite heraus und gibt das verstümmelte Objekt seinem Leser zurück, der die Lektüre allerdings nicht wieder aufnimmt, als hätte man ihn bei seinem elenden Versuch ertappt, die Zeit mit der neusten Meldung über Wintertransfers totzuschlagen. Mireia liebt es, ihre Stammgäste mit solchen Aktionen zu überraschen. Sie mag ihre eigene Frechheit, ihre Verstöße gegen die guten Manieren; sie ist eine Art Calamity Jane der Vorstadt, ein Weib wie aus dem Bilderbuch.

«*Versprechen kann ich nichts*. Ich werde ein bisschen rumfragen. Mehr kann ich nicht tun.»

«Danke. Darf ich Sie wieder anrufen?»

«Nein, keine Anrufe mehr. Und wenn der, der Sie angerufen hat, Sie nicht zurückruft, dann weil ich nicht rausgefunden habe, wer's war, oder weil derjenige nicht mit Ihnen sprechen will. Ich muss jetzt weitermachen, hier wartet jede

Menge Kundschaft, und ich bin allein. *Wo Sie schon so viel fragen, wie war noch mal Ihr Name?*»

«*Ich heiße*, äh, Frankie», lügt Max, inspiriert von der *Best-of-80s*-CD, die er gerade hört. «Können Sie mir sagen, wo genau die Kneipe ist? In welchem …?»

Aber Mireia hat schon aufgelegt. Cristian ist, wie angelockt von dem Anruf, gerade zur Tür reingekommen. Er trägt nicht sein übliches grünes Glücksbringer-T-Shirt, was zweierlei bedeuten kann. Entweder er hat seine schmutzige Wäsche bei Raquel vorbeigebracht oder er hat heute Abend ein Date. Oder beides, verdammt. Mireia, die am anderen Ende des Tresens steht, löst ihren Pferdeschwanz, bevor sie ihn herruft. Cristian blickt sich in der Kneipe um, während er zu ihr geht.

«Wen suchst du, *Schatz*?»

«Bruno.»

«Ist noch nicht aufgekreuzt. Wahrscheinlich hängt er beim Chinesen rum», blafft sie, ganz die eifersüchtige Geschäftsfrau.

«Die Joans sind anständige Leute.»

«Sicher. So wie Fu-Manchu. Weißt du, wer Fu-Manchu war? Mein Vater hat mir erklärt, was es mit Fu-Manchu auf sich hat. Diese Joans sind wie Fu-Manchu. Alle Chinesen sind wie Fu-Manchu.»

«Ich weiß, wer Fu-Manchu war, Mireia, aber der hat keine Kneipe geführt oder Brötchen geschmiert.»

«Brötchen belegt mit Hundefleisch.»

«Gib mir ein Bier.»

«Mit Glas?»

«Nein, ich trinke lieber aus der Flasche, wie richtige Männer.»

«Wie ich sehe, hast du dich in Schale geworfen. Gibt's was zu feiern?»

«Bei mir hat sich's ausgefeiert. Ich bin ein Auslaufmodell.»

«Sicher.»

«Sicher.»

«Dein Bier, *Superman.*»

Gerade sind einige Handwerker in grünen Overalls reingekommen und haben sich an einen der Tische gesetzt. Seit einigen Tagen tauchen sie immer exakt zur selben Uhrzeit auf, trinken schnell was und gehen wieder. Solche Kunden sieht man gern, denkt Mireia. Stattdessen muss ich mich mit diesem Pack von Säufern, Desperados und Absturzkandidaten rumschlagen, die nur meine Stühle und Dominosteine abnützen. Doch dann setzt sich die Frau in ihr durch, die den Faden, der sie mit Cristian verbindet, nicht abreißen lassen will. Sie sieht sich um, ob sie ihren Bruder irgendwo entdeckt, und findet ihn ganz hinten, verdeckt von einem der Typen, die sich beim Kartenspielen gegenseitig ausnehmen. Sie benutzt einen Gast als Boten, um ihren Bruder aus seiner Gedankenversunkenheit zu reißen, und gibt ihm mit einer energischen Geste zu verstehen, dass er seinen Hintern zu dem Tisch mit den Handwerkern bewegen soll.

«Bedien ruhig, Kleine.»

«Dieser Faulpelz kann auch mal was tun. Ich hab die Faxen dicke, dass ich immer alles allein machen muss, verdammte Scheiße.»

«Du kannst ja richtig romantisch sein, Mädchen …»

«Das sagt gerade der Richtige.»

«Wer war das da noch mal?»

Cristian zeigt auf ein altes signiertes Foto, das hinter den Flaschen hängt und durch seinen Rahmen an ein Altarkreuz erinnert. Auf dem Schnappschuss läuft ein Spieler in blauweißem Trikot mit V-Ausschnitt, den Ball eng am Fuß, majestätisch über den Platz.

«Ein Freund meines Vaters. Der Einzige, der hier hängen darf.»

«Kanntest du ihn?»

«Sag mal, für wie alt hältst du mich?»

«Was weiß ich, ich meine früher, als Kind.»

«Nein.»

«*Der Beste: Canito*», klärt Señor Castillo, der Herr, dem sie vorhin die Zeitung weggenommen hat, die Sache auf. *«Ein Kaiser, den die Frauen und das Laster ruiniert haben.»*

«Jetzt verstehe ich auch, warum er ein Freund deines Vaters war.»

«He, Bürschchen, pass auf, was du sagst!»

«Gespielt hat er bei ...»

«Schluss jetzt mit der Sportsendung, *Señor Castillo.*»

Señor Castillo zieht den Schwanz ein, blickt sich aber suchend in der Kneipe um, ob ihm vielleicht jemand beisteht gegen diese schlecht erzogene Kneipierstochter mit dem frechen Mundwerk. Trotzdem wird er wiederkommen, weil Leute diese Kneipe führen, die er sein Leben lang kennt, und Gäste bedienen, die sie ihr Leben lang kennen, allesamt Barça-Fans, hässlich und sentimental.

«Wenn du Bruno siehst, richte ihm aus ... »

«Immer schön langsam mit den Pferden, *ich muss dir noch was sagen.*»

«Dann sag.»

«Als du vorhin reinkamst, hab ich jemandem am Telefon gehabt, der dich sucht.»

«Mich?» Cristians Überraschung wirkt auf Mireia vollkommen echt. «Wer?»

«Weiß nicht.»

«Und?»

«Der Typ wollte mit demjenigen sprechen, der ihn vorgestern gegen neun von diesem Telefon aus angerufen hat.»

«War ich nicht.»

«Warst du doch. Sonst hat keiner hier telefoniert.»

«Mist. Was hat er gesagt? Was wollte er?»

«Nichts, dir ein Geschäft vorschlagen. Mit dir sprechen. Neulich wärt ihr zu keiner Einigung gekommen, aber er hätte noch mal nachgedacht oder so ähnlich.»

«Hat er sonst noch was gesagt? Seinen Namen genannt?»

«Irgendwas Ausländisches, kann mich nicht mehr richtig erinnern, war zu viel los hier. Aber die Nummer habe ich aufgeschrieben, eine Handynummer.»

Mireia zieht den Schnipsel aus der Tasche und hält ihn Cristian hin. Der starrt die Zahlen an, als könnte er aus ihnen die Zukunft ablesen oder die Wahrheit aller Wahrheiten. Er will den Zettel schon zerreißen, überlegt es sich aber anders.

«Hast du dem Typen gesagt, du kennst denjenigen, der angerufen hat?»

«Du weißt, ich bin ein verschwiegenes Mädchen.»

«Kann ich dir wirklich vertrauen?»

«*Willst du mich beleidigen?*»

«Schon gut, *Liebste.* Hör zu, wenn er noch mal anruft, wimmel ihn ab. Sag, dass du nicht weißt, wer angerufen hat. Und dass er dich in Ruhe lassen soll.»

«Ärger?»

«Nein, nichts Schlimmes, aber der Typ hat garantiert kein Geschäft anzubieten, das für mich lukrativ wäre. Ein Ausländer, sagst du?»

«Ja, dem Namen nach schon.»

«Russe? Südamerikaner? Araber?»

«Nein, Engländer.»

«Ich kenne keinen Engländer.»

«Er hatte auch keinen ausländischen Akzent. War so ein *Halbkatalane.* Nur der Name … äh … warte … Frankie! Genau, der Typ hieß Frankie!»

«Frankie? Ich kenne keinen Frankie. Egal, wie gesagt: keinen Ton.»

«Okay, Kleiner, hab verstanden.»

«Du musst mir noch einen Gefallen tun, Mireia.» Cristian spricht mit voller Absicht ihren Namen aus. Mireia senkt den Kopf, reckt sich leicht über den Tresen und wartet darauf, dass er ihr ein weiteres Geheimnis anvertraut. «Sag Raquel und Bruno nichts davon, okay? Ich hab meine Gründe dafür.»

«Ganz schön viele Gefallen, um die du mich da bittest.»

«Ich werde mich erkenntlich zeigen.»

«Davon habe ich bis jetzt nicht viel bemerkt.»

«Hab eben viel um die Ohren, aber … Sollen wir mal zusammen ausgehen? Am Freitag oder Samstag? Wenn du *Feierabend hast*?»

«Vor mir aus auch früher. Ich bin ja keine Sklavin. Die kommen auch mal einen Abend ohne mich zurecht.»

«Dann also Freitag?»

«Okay. Aber dass es nicht noch mal so läuft wie letztes Mal, als du mich mitten am Abend zu Hause abgesetzt hast und ich

hinterher erfahren musste, dass du anschließend noch einen draufgemacht hast.»

«Ich hab dir doch erklärt, was damals passiert ist.»

«Ja, ja, wer's glaubt, wird selig. Also, Freitag um acht. Und dusch dich vorher.»

«Wieso das?»

«Für alle Fälle.»

Lachen wie schepperndes Geschirr, wie zwei ineinanderkrachende Autos.

«Guck mal, da kommt Bruno.»

Einige Tage später inspiziert Max die Kneipe. Es ist nicht schwer gewesen, sie ausfindig zu machen. Ein Anruf, bei dem er sich für jemanden anderen ausgegeben hat, ein älterer Mann am anderen Ende der Leitung, dazu ein paar alte Tricks – die er noch aus seiner Zeit als Geldeintreiber draufhat –, und schon war der Weg frei. Seine Chance zu erreichen, was er erreichen will, ist minimal, das weiß er. Das fängt schon damit an, dass er sich alles andere als sicher ist, ob sein Plan wirklich gut durchdacht ist. Er hat ihn reifen lassen in den letzten Tagen, nach jenem ersten Geistesblitz, als er sich wieder mal dem schützenden Ring um ihr Zuhause nicht hatte nähern dürfen und beim Alltag der Scheinanrufe gelandet war, der Pseudoanrufe, dem Warten auf das Warten, dem ewigen Warten auf nichts, auf weniger als nichts. Er hat diese Idee im Gedächtnis behalten und sie später ausgearbeitet, als er schlaflos in dem Doppelbett lag, in dem er neuerdings praktisch sein ganzes Leben verbrachte: essen, schlafen, lesen. Nur Sex mit Merche hat er dort nicht. Und in diesem Bett hat ihm eine eisige Ge-

schichte aus Halbwahrheiten und teuflischen Dreisätzen den Weg gewiesen: klar, deutlich, endgültig. Am nächsten Morgen ist die Idee immer noch in seinem Kopf gewesen, wie ein innerer Magnet. Jetzt aber, wo er in dieser Kneipe steht, ist er sich nicht mehr so sicher, weiß er nicht mehr so genau, ob es nicht ein Irrsinn ist, eine vergiftete Wette gegen das Unglück.

Er ist sich darüber im Klaren, dass er ein Risiko eingeht, aber er weiß nicht recht, worin es besteht. Und das macht ihn verwundbar. Andererseits, was kann schon passieren? Dass Merche ihm auf die Schliche kommt? Der Plan ist so verrückt, dass nicht einmal sie es glauben würde, sollte sie jemals davon erfahren. Dass sein Geld dabei draufgeht? Geld ist nur Geld. Er wird seinen Kredit aufstocken, wird sich bei den Versicherungsbeträgen seiner Kleinkunden bedienen. Darüber macht er sich keine Gedanken. Dass ihm körperlich etwas zustoßen könnte? Er muss eben vorsichtig sein. Diese Leute sind gefährlich. Das darf er nie vergessen.

Max sitzt also an einem Tisch und trinkt lustlos ein alkoholfreies Bier. Ein Pfefferminztee oder so wäre ihm lieber gewesen, aber die Atmosphäre in dieser Kneipe raubt ihm die Identität, und so hat er sich dieses komische Gebräu bestellt, als die Kellnerin fragte, was er trinken wolle. Sobald er sein Agua de Moritz ausgetrunken hat, wird er gehen und die ganze Sache vergessen. Er ist sich bewusst – weil es geradezu auf der Hand liegt –, dass solche Vorhaben meistens in einer Katastrophe enden. Vielleicht wünscht er sich deshalb insgeheim, den Mann, den er sucht, nicht zu finden.

Woher soll er wissen, wer er ist? Noch so eine Schwachstelle seines irrwitzigen Plans. Max glaubt, dass der Anrufer, der ihn erpressen wollte, und der Kerl, in den er und Merche neu-

lich fast hineingestolpert wären, ein und dieselbe Person sind. Er erinnert sich noch, wie Cristian aussah, an sein grünes T-Shirt. Er könnte ihn nicht im Detail beschreiben, aber er würde ihn wiedererkennen, da ist er sich sicher. All dies bestärkt ihn paradoxerweise in seinem Vorhaben. Es ist höchst wahrscheinlich, dass nichts zusammenpasst: dass er sich in der Kneipe irrt, dass der Typ, der ihn angerufen hat, nur zufällig hier war, dass er gar nicht der ist, für den Max ihn hält, dass sie nebeneinander sitzen, ohne es zu wissen. Es handelt sich um eine Eins-zu-eine-Million-Chance, aber genau das bestärkt Max in seinem Glauben, dass sein Plan gut sein muss, wenn alles zusammenpasst, dass er sein Ziel erreichen wird und dem Schicksal in den Hintern treten kann.

Max trinkt sein Bier aus und nimmt sich vor, morgen wiederzukommen, und übermorgen, und überübermorgen, sooft es eben nötig ist. Aber dann könnte es Wochen dauern, bis er zufällig auf das Gesicht trifft, das zu der Stimme am Telefon passt. Und so viel Zeit hat er nicht, also nimmt er all seinen Mut zusammen und geht zum Tresen. Er zahlt das Bier bei Mireia und spricht sie an:

«Hallo, ich bin Frankie.»

«Hallo, Frankie.»

«Ich habe neulich angerufen.»

«Ja, und ich habe Ihnen gesagt, dass man Sie schon zurückrufen wird.»

«Ich hab nur schnell ein Bier getrunken, das ist alles.»

Max zittert die Stimme, aber er hofft, dass die Frau hinterm Tresen es nicht bemerkt. Er muss ihr verklickern, dass er eine unmissverständliche Botschaft hat, die keinen Zweifel aufkommen lässt.

«Hören Sie, ich kann verstehen, dass derjenige, der angerufen hat, wie soll ich sagen, ein gewisses Misstrauen hegt, aber ich will wirklich nur mit ihm reden und ihm ein Geschäft vorschlagen, bei dem was für ihn rausspringen würde.»

«Und für Sie natürlich auch.»

«Klar. Er soll mich einfach nur anrufen. Ich bin kein Polizist oder so was. Er soll sich einfach eine Telefonzelle suchen, meine Nummer wählen, sich anhören, was ich ihm zu sagen habe, und damit hat sich's. Wenn er dann nicht will, will er eben nicht.»

«Ich habe nicht gesagt, dass ich weiß, wer Sie angerufen hat oder ob es überhaupt von diesem Apparat aus war.»

«Nur für den Fall, dass Sie es wissen.»

«Okay. Und wenn nicht?»

«Werde ich jeden Tag herkommen und zu schauen, ob er zufällig hier ist», lügt Max, um einen letzten Versuch zu starten. «Ich kann ziemlich hartnäckig sein.»

«Frankie …»

«Ja.»

«Niemand heißt Frankie.»

«Ich schon.»

«So, so.»

«Okay, ist ein Spitzname», lenkt Max ein. «Wegen dieser Band, *Frankie Goes To Hollywood.* Du bist wahrscheinlich zu jung, um die noch zu kennen.»

«Frankie Spitzname Hollywood, gib mir deine Telefonnummer.»

«Hab ich doch schon.»

«Hab ich verloren.»

Max sucht in seiner Brieftasche nach einem Kärtchen, das

keine Rückschlüsse auf ihn zulässt und dem Erpresser mehr verrät, als er bisher weiß. Er findet eine beige Visitenkarte, die von jemandem stammt, der am Ende nicht einmal sein Kunde geworden ist, und notiert darauf seine Handynummer. Er gibt sie Mireia und verlässt die Kneipe ohne viel Hoffnung, dass ihn dieser Jemand anrufen wird, wer immer dieser Jemand auch war.

14

«Hallo, Javier.»

Aber Javier sagt keinen Ton. Javier starrt nur vor sich hin in seinem billigen schwarzen Regencape, das vom Gewitter über der Stadt ganz nass ist. Aus Faulheit oder Nachlässigkeit hat er sich schlampig rasiert und einige Haarinseln stehenlassen, seine Brille ist mit Tropfen übersät, und seinem Körper entströmt ein Geruch nach abgestandener Luft, nach verranztem Dreck. Bruno rümpft die Nase und hätte ihm am liebsten was gesagt, hält sich aber zurück. Lebt dieser Typ etwa auf der Straße? Egal, nicht sein Problem. Er ist hier, um abzukassieren.

Aber Javier ist nicht mehr der gleiche Mensch wie einige Wochen zuvor. Der Unglücksrabe, der wissen wollte, wann das endlich alles aufhören würde, der ihm einen Umschlag überreicht hat, in dem weniger Geld als vereinbart gewesen ist. Der Regen macht alles komplizierter, denkt Bruno. Wenn er das Geld kassiert hat, muss er schnell zurück ins Viertel, das Auto holen, Cristian auflesen und raus nach Castelldefels fahren. Heute bespielen wir die Provinz, hat Cristian scherzhaft gesagt, als wären sie eine Gauklertruppe.

«Hat's dir die Sprache verschlagen? Machst wohl einen auf schweigsam. Geheimnisvoll. Javier, der Geheimnisvolle.»

Zwei stämmige Frauen, die sich an ihren Taschen festhalten, kommen den Bahnsteig entlang. Dann ein junges Mädchen mit einem iPod, der gedämpft vor sich hin plärrt. Dann ein Anzugträger, der blind wie ein Maulwurf über den Brillenrand hinweg auf sein Handy starrt. Schließlich hält in sei-

nem Rücken die Metro mit ihrem unverwechselbaren metallischen Klagen.

«Also, Javier der Geheimnisvolle, hast du die Kohle dabei? Deine zweite Beruhigungsrate?»

Javier sagt immer noch nichts. Ein kleiner Junge kommt vorbei, an der Hand seiner Schwester, seiner Babysitterin, vielleicht auch seiner Mutter, wer kann das heutzutage schon wissen? Dann ein geistig Behinderter mit einem Rucksack voller Bücher, der mit den Händen in den Hosentaschen jeden fragt, ob er ihn liebhat. Javier und Bruno bilden da keine Ausnahme. Und ja, sie haben ihn lieb. Sehr lieb. Verdammt lieb.

«Ich hab nicht ewig Zeit. Hast du die Kohle nun dabei oder nicht?»

Endlich reagiert Javier. Er richtet seinen Blick auf Bruno, aber seine Augen sagen nichts, wollen nichts sagen, sondern den Typen ansehen, dem er gerade einen weißen, vom Regen feuchten und an einer Seite geknickten Umschlag überreicht. Bruno nimmt den Umschlag entgegen, wiegt ihn in der Hand und stellt fest, dass nicht viel Geld darin sein kann.

«Wie viel ist das, Mr. Geheimnisvoll? Und verarsch mich bloß nicht.»

Plötzlich rennt Javier los, den Bahnsteig entlang, zu schnell, als dass er ihn hätte zurückhalten können. Stattdessen öffnet Bruno den Umschlag, und siehe da, seine Erfahrung hat ihn nicht getäuscht. Es ist kein Geld drin. Nur ein Zettel, auf dem ARSCHLOCH steht, in Blau, mit fester Hand geschrieben, ein Wort, das alles zusammenfasst, was der Typ hat sagen wollen. So kurz und bündig, dass man nichts entgegensetzen kann: Als würde er seinem Erpresser in die Augen spucken

oder auf den Mund. Javier schlängelt sich indes vorbei an dem Behinderten mit seinem Bücherrucksack, an dem Jungen und seiner Schwester oder seiner Babysitterin oder seiner Mutter und rennt in seinem billigen, schwarzen Regencape, dessen Schöße aussehen wie aerodynamische Flügel, auf die Rolltreppe zu. Bruno schwört sich, dass er ihm die Eingeweide rausreißen wird. Da bemerkt er, dass Javier ganz woanders hinläuft, als er gedacht hat.

Er hat es nicht kommen sehen. Erst als die Gestalt abhebt wie eine plumpe Krähe, ein lächerlicher Batman, in Richtung Gleise, den Scheinwerfern entgegen, die aus dem Tunnel kommen, wird es ihm klar. Kurz vor dem Aufprall krümmt Javier sich zusammen wie ein Kind, vielleicht weil er unsichtbar werden will, verschwinden, aus seinem Albtraum erwachen, oder weil er seinen Körper auf das vorbereiten will, was ihn unter der Maschine erwartet, die Menschenmassen transportiert, Selbstmörder zerstückelt, Ratten und Obdachlose versteckt.

Kurz ist Bruno wie vom Donner gerührt. Aber nur kurz. Dann sieht er sich um, ob jemand ihn beobachtet, mit dem Finger auf ihn zeigt oder auf ihn zukommt, um ihn zu fragen, warum Javier der Geheimnisvolle den Zug anhalten wollte. Aber da ist keiner. Alle starren in die Leere, die sich unter dem Triebwagen aufgetan hat. Der größte Teil des Zuges steckt noch im Tunnel. Schreie ertönen, Neugier macht sich breit, Leute rennen los, um Hilfe zu holen. Bruno weiß, dass hier gleich die Hölle los sein wird. Das Herz pocht in seiner Schläfe, als wäre es von der Brust in den Kopf gewandert. Er sucht nach etwas, nach einem Argument, einem Halt, um nicht ebenfalls in die Grube zu stürzen. Er hat in die Verkettung der Umstände eingegriffen, er hat dieses arme Schwein

dazu getrieben, seinem Leben ein Ende zu setzen, als ein Klumpen aus Blut, Scheiße und Metall. Bruno ist sich darüber im Klaren, aber gleichzeitig beschließt er, dass es nicht sein Krieg ist. Javier hat sie nicht alle gehabt, ist zu schwach gewesen, um dem Druck standzuhalten, hat nicht gewusst, wie er sein Problem lösen soll, an Geld rankommen, seine Göttergattin zu besänftigen. Ist das etwa seine Schuld? Nein. Es gibt nur einen Grund, der diese Verkettung der Umstände ausgelöst hat, an deren Ende Javier der Geheimnisvolle den Verkehr der Linie 1 eine Stunde lang aufhalten wird: dass er sich von seinem Schwanz hat leiten lassen. Was folgte – Ereignisse, Personen, Handlungen – sind von dem Haken mitgerissen geworden, der in Javiers Gaumen steckte, während er immer weiter in die Tiefe sank.

Bruno beschließt, die nächste Metro in die Gegenrichtung zu nehmen. Kurz darauf fährt sie ein. Der Junge und seine Schwester oder sein Kindermädchen oder seine Mutter steigen mit ihm ein. Sie sehen sich an, bis Bruno seinen Blick abwendet und sich an einer Stange festhält. Da bemerkt er, dass er immer noch den Umschlag in der Hand hält. Er zieht das Blatt heraus, steckt es in seine Jackentasche und zerknüllt den Umschlag. Vorher wirft er gegen seinen Willen noch mal einen Blick darauf, liest dieses ARSCHLOCH. Bruno hat den Eindruck, dass die einzelnen Stationen schneller vorbeirauschen als sonst, als verliehe sein Fluchtdrang dem Zug Flügel. Der Junge steht immer noch vor ihm und sieht ihn an wie Damien aus *Omen.* Vielleicht ist Javiers Seele in diesen armen Jungen gefahren, denkt Bruno. Als wollte er diesem Gedanken Nachdruck verleihen, holt er das Blatt hervor, bastelt einen Papierflieger und drückt ihn dem Jungen in die Hand,

bevor er an der Station aussteigt, an der er seinen gebrauchten BMW geparkt hat. Der ARSCHLOCH-Flieger wartet nur darauf, dass sein neuer Besitzer ihn fliegen lässt.

All das kommt ihm vor, als wäre es vor Jahrhunderten passiert, dabei ist es erst zwei Stunden her. Bruno hat es Cristian erzählt, aber einiges ausgelassen, mit dem Ergebnis, dass der ihm nicht glaubt, sondern es so interpretiert, dass der Typ nicht aufgetaucht ist, was öfter vorkommt, als man denkt.

«Es wird keine Kohle mehr geben. Der Typ ist mausetot.»

«Woher weißt du das?»

«Weil ich dort war, Mann! Weil ich mit eigenen Augen gesehen habe, wie er abgekratzt ist.»

«Erzähl keinen Scheiß!»

«Scheiß ist genau das richtige Wort. Ich habe einen Menschen auf dem Gewissen.»

«Jetzt mach mal halblang, Bruno.»

«Ist mir egal, ob du mir glaubst oder nicht», erwidert der und wendet seinen Blick auf die wassergraue Fahrbahn, die nur andeutungsweise zu sehen ist in dem nur allmählich nachlassenden Platzregen.

Sie schweigen. Bruno bittet Cristian, ihm eine Zigarette anzuzünden, und kurbelt das Fenster herunter. Cristian stellt das Radio an und fragt:

«Und wie geht's dir jetzt?»

«Gut.»

«Wie fühlt sich das an, wenn man jemanden auf dem Gewissen hat?»

«Ist ja nicht der Erste», lügt Bruno großmäulig und deutet auf das Handschuhfach. «Wie du siehst, bin ich nie allein unterwegs.»

Cristian sieht nach. Zwischen den Autopapieren, CD-Hüllen und einem leeren Duftspender liegt eine Pistole. «Du kannst sie ruhig in die Hand nehmen, die ist gesichert.» Cristian tut, wie ihm geheißen. Er wiegt die Waffe, legt den Finger an den Abzug, zielt auf die Fahrbahn und fragt, wie man sie entsichert. Bruno erklärt es ihm. Es ist ganz einfach.

«Jemanden zu töten ist eigentlich kein Ding. Ist auch nur ein Geschäft. Wie kacken. So in etwa.»

«Aha.»

«Wie kacken. Genau.»

Sie schweigen wieder. Cristian stellt das Radio an. Bruno wirft die Zigarette weg, lässt das Fenster aber offen. Es hat aufgehört zu regnen, frische Luft weht ihm angenehm ins Gesicht.

«Ich muss dir was erzählen, Bruno.»

«Schieß los.»

«Ist ein bisschen merkwürdig, die Geschichte.»

«Hast du auch jemanden auf dem Gewissen?»

«Nein.»

«Okay. Hätte ich dir auch nicht abgenommen.»

«Pass auf. Neulich hab ich den Letzten auf der Liste angerufen. Der Typ kommt mir blöd, er sei geschieden und es sei ihm scheißegal, ob rauskommt, dass er eine Freundin hat. Hat mich sogar ein bisschen provoziert, von wegen, dass wir es ruhig seiner Ex sagen sollen. So weit, so gut. Und plötzlich, kurz bevor er auflegt, dreht der Kerl den Spieß um.»

«Wie meinst du das?»

«Er hat uns Geld angeboten, damit wir dem Gehörnten Bescheid sagen.»

«Ist nicht dein Ernst!»

«Doch, Bruno, voll abgefahren.»

«Wie viel?»

«Tausend Euro.»

«Nix da tausend Euro. Dreitausend.»

«Dreitausend? Hey, wenn wir ihn verschrecken, geht er mit seiner Idee woanders hin.»

«Hm.»

«Was heißt ‹hm›?»

«‹Hm› heißt: Hab ein ungutes Gefühl. Irgendwas ist faul an der Sache. Hört sich an wie eine Falle, oder nicht?»

«Ehrlich gesagt hatte ich nicht den Eindruck.»

«Wie heißt der Typ?»

«Frankie.»

«Mann, Cristian, das ist garantiert ein Bulle!»

«Glaub ich nicht. Der Name ist allerdings gefakt, hundert pro.»

«Bulle.»

«Nee.»

«Bulle.»

«Fuck, Bulle!»

Bruno setzt den Blinker und fährt von der Autobahn ab. Die Reifen spucken Wasser, als sie durch die Pfützen rollen, die sich innerhalb von Minuten gebildet haben. Alles ist noch so wie vor zwei Monaten, als sie die Observierung der Wohnblocks vorübergehend eingestellt haben. Eigentlich sind es keine Hotels und Wohnungen mehr, sondern vogelfreies Terrain, in das man sich einmieten kann, ohne dass die im Ausland lebenden Besitzer davon wissen. Paare kommen immer zusammen im Auto und nie zu Fuß. Und das Auto parken sie

vor dem Gebäude oder in der Privatgarage. Die Kunst besteht also darin, die Autos und Kennzeichen ausfindig zu machen, ohne gesehen zu werden. Was früher fast amateurhaft ablief – dass man Hausmeistern oder Bekannten den Schlüssel überlassen konnte –, ist jetzt ein profitables Geschäft, das die Russen und andere Blondschöpfe aus dem Osten übernommen haben, so dass Bruno und Cristian lieber die Finger davon gelassen haben. Oft kontrollieren die neuen Herren den ganzen Kreislauf: vermieten die Zimmer, bieten alle Laster an – Drogen, Mädchen – und runden die Sache noch mit Erpressung ab. Ein Pförtner, der aus dem Geschäft gekegelt wurde und deswegen sauer war, hat Bruno eine Warnung zukommen lassen, und Bruno hatte diese Warnung ernst genommen und sich vorübergehend aus der Provinz zurückgezogen.

«Weiß du was? Ich hab zwar immer noch ein ungutes Gefühl, aber wie wär's, wenn wir bei allen Seiten abkassieren würden. Wir erpressen die Ehefrau, und wenn wir sie ausgequetscht haben, stecken wir's ihrem Mann.»

«Wenn wir uns die Frau vorknöpfen, kriegt der Lover Wind davon und zahlt nicht.»

«Na und? Wir verlieren tausend Euro, also einen Fliegenschiss. Wo ist das Problem?»

«Wir haben ihre Telefonnummer nicht, weder Handy noch Festnetz.»

«Die kriegen wir von ihm.»

«Nein, der Typ ist schlau. Der gibt uns nur die Handynummer des Ehemanns.»

«Dann beschatten wir den und finden raus, wo sie wohnt.»

«Wie wollen wir ihn denn aufgrund seiner Handynummer beschatten? Sind wir jetzt bei der NSA oder was?»

Bruno fällt selber auf, dass das, was er gerade gesagt hat, keinen Sinn ergibt. Wenn sie die Handynummer haben, haben sie nur die Handynummer, mehr nicht. Das Angebot steht. Was kann schon schiefgehen? Gar nichts. Er wird trotzdem ablehnen, schon allein, weil es ihn nervt, dass sich Cristian den Plan selber ausgedacht hat, einfach fix und fertig aus dem Ärmel geschüttelt. Nur deshalb sträubt er sich, reagiert zickig, fühlt sich unbehaglich. Weil es ihm nicht passt, dass Cristian oder Raquel eigenständig denken, selbst die Initiative ergreifen, ihn rechts überholen wollen.

«Ich bin dagegen.»

«Wieso?»

«Weiß nicht. Ich halte es immer noch für eine Falle. Wir machen es nicht, und damit basta.»

Wir?

«Aber danke, dass du mich eingeweiht hast, Cristian. Das weiß ich zu schätzen.»

«Nichts zu danken, Mann. Wir sind doch eine Familie, oder?»

«Ja, genau, hätte ich beinahe vergessen: die traute Familie tralala.»

Bruno fährt den Kiesweg entlang und hält dreihundert Meter vor dem Metalltor des Gebäudes, das sie observieren wollen. Die Paare parken entweder hier draußen oder innerhalb der Betonmauern, die den Wohnblock säumen.

«Wo wir schon mal so vertraulich miteinander reden … Mach doch mal diesen Mist aus!»

Cristian stellt den Klassiksender leiser, den er vor einer halben Stunde eingestellt hat.

«Das mit der Familie, das stimmt nur so halb, oder?»

«Was meinst du damit?»

«Raquel hat mir alles erklärt. Das Familienklimbims könnt ihr von jetzt ab bleiben lassen. Mach nicht so ein Gesicht. Alles okay. Sie hat's mir erklärt, und damit ist die Sache für mich erledigt.»

«Okay. Ich wollte dir's auch schon oft erzählen, aber, na ja, ich wusste nicht, wie du reagieren würdest. Du bist manchmal ganz schön eifersüchtig. War auch nur ein, zwei Mal, seither sind wir wie leibliche Geschwister. Ehrlich.»

Bruno reißt sich zusammen so gut er kann, damit Cristian nicht bemerkt, dass etwas in seinem Gesicht vor sich geht, dass seine Muskeln sich spannen, dass seine Augen glänzen. Man muss aufpassen, wo man hintritt, mein Freund Cristian. Immer. Und du vertraust zu sehr darauf, dass du dich mit Hilfe deiner hübschen Visage immer locker durchs Leben geschlagen hast.

«Ist wahrscheinlich ewig her, oder?»

«Oh ja, ewig, das war vor …»

«Eben. Vergiss es. Hoffentlich regnet's nicht gleich wieder.»

«Beschwör das Gewitter nicht herauf.»

«Das Gewitter ist längst da.»

15

«Du hättest schneller eingreifen können.»

«Ging nicht.»

«Du hättest schneller eingreifen müssen, verdammt!», schreit Cristian und sieht zum Fenster hinaus, damit Bruno nicht die Tränen bemerkt, die ihm gegen seinen Willen in die Augen getreten sind. Dann senkt er die Stimme um mehrere Dezibel: «Du hättest schneller eingreifen müssen, Bruno.»

Hätte er? Ja, beantwortet sich Bruno die Frage selbst. Er ist langsam gewesen, absichtlich langsam, um Cristian eins auszuwischen, ein kleiner Racheakt, weil die beiden ihn betrogen haben, vor ewigen Zeiten, wie sie behaupten, aber wahrscheinlich ist auch das gelogen. Wer garantiert ihm, dass sie es nicht gestern Abend – oder vorgestern oder vorvorgestern Abend – wieder getrieben haben, hinter seinem Rücken? Dass Cristian schwer eins abgekriegt hat – geplatzte Lippen, anschwellende Nase, zuschwellendes Auge, das wie ein winziges Herz auf einem Nadelkopf pocht –, kann er leicht verschmerzen. Was er aber viel weniger verschmerzen kann, ist, dass alle, angefangen bei Cristian über Raquel und das ganze Viertel bis hin zum Rest der Welt – will er diesem Großmaul Glauben schenken – zu dem Schluss gelangen werden, er hätte sich aus Feigheit zurückgehalten. Von Feigheit kann keine Rede sein. Es ist eine Rache, eine kleine, fiese, intelligente Rache.

«Wäre ich nicht gewesen, wärst du nicht mehr lebend rausgekommen, *Schwager*.»

«Ah, deswegen also.»

«Was?»

«Das weißt du ganz genau, du Arschloch! Alles nur wegen deiner Scheißeifersucht! Du hast mich hängenlassen, Mann! Du hast sie kommen sehen! Du hättest mich nur warnen müssen. Nur warnen!»

«Ging nicht. Der kleine Dicke kannte mich, deshalb musste ich mich schnell verdrücken.»

«Verdammte Scheiße! Hast du mal ein Taschentuch?»

Nein, aber ein Stück Stoff, das vielleicht mal ein Hemd oder eine weiße Fahne gewesen ist, mit dem Cristian jetzt, obwohl es fettig und staubig ist, wenigstens verhindern kann, dass er sich mit Blut einsaut. Bruno will schon sticheln, überlegt es sich aber anders. Es stimmt nämlich, er hätte seinen Wachposten aufgeben müssen. Und es stimmt auch, dass er nicht damit gerechnet hat, es Cristian so schnell heimzahlen zu können. Doch dann hat sich diese Gelegenheit aufgetan, und er hat innerlich eben noch gekocht vor Wut über das, von dem Cristian meint – aus Versehen oder weil er nicht gut vergisst –, er wisse es längst.

Als Cristian ausgestiegen war, hatte Bruno den Sicherheitsgurt gelöst und nach irgendeinem Scheißsender gesucht, der ihm mehr zusagte, es aber irgendwann aufgegeben. Überall im Auto verstreut lagen CDs mit Billigtechno, dazu eine von Extremoduro und eine der Velvet Candles, aber die Schachteln waren leer. Radio Marca war auch eine gute Lösung, die er nur in Hoffnung auf eine bessere Lösung verworfen hatte.

Damit war er gerade beschäftigt, als wie aus dem Nichts dieser untersetzte, trapezförmige Typ auftauchte, ein Südamerikaner in einem Mafiosoanzug, den er offenbar von seinem Rhinozerosvater geerbt hatte. Eigentlich war der Typ

noch weit genug entfernt, um schnell den Motor zu starten und wegzufahren. Und eigentlich hätte er genau in diesem Moment das vereinbarte Lichtsignal geben, zu Cristian fahren und ihn einsammeln müssen. Dann wäre ihnen die Konfrontation erspart geblieben. Aber er hat es nicht getan. Stattdessen hatte er blitzschnell überlegt: Er könnte sich den Typen auch mit einer kleinen Einlage vom Hals schaffen, wodurch dessen Misstrauen geweckt wäre, so dass er wahrscheinlich nach weiteren Eindringlingen suchen und auf Cristian stoßen würde … Weiter dachte er nicht nach. Cristian würde einen Schreck kriegen, ein paar Schläge abgekommen, war ja nicht so schlimm. Und irgendwie würde er ihn da schon wieder rausboxen, sobald sie mit ihm fertig waren. Gut möglich, dass sich noch mehr Wachleute in der Gegend rumtrieben. Er hätte abhauen sollen, aber jetzt, wo die Chance verpasst war, galt es, zu improvisieren und den eigenen Arsch zu retten. Ein Pokergesicht machen, die Karten aufnehmen und dann entscheiden, was man mit dem Blatt anfing.

Der Kerl hatte eine gelblich grüne Haut, schwarze, kleine Äuglein und einen geduldigen Schnauzbart, der an den Mundwinkeln einen Knicks nach unten machte. Bruno ließ sich von Kindheitserlebnissen inspirieren, als er in Parks Perversen hinterhergeschlichen war. Er knöpfte sich die Hose auf und öffnete den Schlitz. Der Anzug auf zwei Beinen war sichtlich überrascht und riss die Tür auf. Die Hülle der Velvet Candles fiel auf den Boden, um künftigen Archäologen Rätsel aufzugeben.

«Was machst du hier, Freundchen?»

«Nichts, gar nichts», antwortete Bruno scheinbar erschrocken und machte absichtlich ungeschickt seine Hose zu. «Ich

wollte sowieso los. Mir ging's nicht so gut. Ich hab zu viel gegessen und …»

«Geilst dich an den Pärchen auf, was? Aber siehst du hier irgendwelche Pärchen? Ich sehe keine Pärchen, du Schwuchtel.»

«Nein, ich …»

Er hatte ihn getäuscht. Der erste Teil seines improvisierten Plans hatte schon mal geklappt, jetzt musste er den Typen nur noch loswerden. Aber wie?

«Steht er dir, wenn andere es treiben? He, du Wichser?» Der Südamerikaner sah sich um, ob irgendwo ein Auto war, in dem gerade die Post abging. Es gab aber keins. «Hier ist gar keiner, du Idiot.»

«Die kommen bestimmt gleich», stammelte Bruno seiner Rolle gemäß, während er innerlich bereute, dass die Pistole nicht in Reichweite war. Das Problem würde er schon irgendwie lösen, aber er wollte dabei auf keinen Fall eins auf die Mütze kriegen.

«Ich weiß nicht, ob ich dir glauben kann, Schätzchen.»

Kurz überlegt Bruno, ob er in eine neue Rolle schlüpfen und einen auf aggressiv machen sollte, aber dafür hatte er die Partie nicht klug genug angelegt. Der Typ hielt mit dem Arm die Tür zu. Selbst wenn Bruno sie in ihn hineinrammen würde, wäre ihm nicht geholfen. Er würde danach immer noch im Auto sitzen, in perfekter Schlagdistanz für den Südamerikaner.

«Weißt du was? Ich werde dich laufenlassen, aber vorher musst du mich noch überzeugen. Hol ihn raus.»

«Was? Nein, ich, ich …»

«Reiz mich nicht. Zieh deinen Prügel raus und hol dir einen runter. Los.»

Bruno bereute jede einzelne Entscheidung, die er an diesem Nachmittag getroffen hatte. Er hätte abhauen sollen. Das war jetzt sonnenklar. Nur nützte ihm diese Gewissheit nichts. Er musste das Spiel weiter mitspielen. Vielleicht würde der Typ schnell die Nase vollhaben und ihn in Ruhe lassen. Und dann, sobald er ihm den Rücken zukehrte, würde er den Motor anlassen und ihn umfahren. Bis auf weiteres jedoch stand der Typ noch vor ihm wie eine Katze, die sich das Maul leckt.

Bruno steckte sich die Hand in die Unterhose und holte seinen Schwanz raus.

«Los, gib dem Affen Zucker, ich hab nicht den ganzen Tag Zeit.»

Bruno begann an sich herumzufummeln. Er war schier blind vor Wut, sein Gehirn wie vernebelt. Aber was konnte er tun? Nichts. Weil sein Ding nicht steif wurde, gab ihm der Südamerikaner einen Klaps auf den Schädel.

«Was ist los? He? Soll ich dir helfen, du Schwuchtel?»

Bruno wollte schon etwas erwidern, als ein Schrei sie ablenkte. Offenbar wusste der Typ, wer da schrie, denn er verlor jegliches Interesse an Bruno und seinem mehr als unwahrscheinlichen Samenerguss. «Zieh Leine, du Wichser. Und lass dich hier nie wieder blicken.» Dann ging er los in die Richtung, aus der der Schrei gekommen war. Es war kein Hilferuf gewesen. Eher ein Hinweis, dass jemand etwas gefunden hatte und die Entdeckung mitteilen wollte. Zum Beispiel einen Typen im Gebüsch, der Kennzeichen notierte. Bruno war sofort klar, was der Schrei zu bedeuten hatte. Der Anzugmacker ging einen Trampelpfad entlang und bog nach zehn oder elf Schritten rechts ab. Bruno meinte, außer dessen Kopf noch einen weiteren gesehen zu haben, vielleicht den

von Cristian. Er ließ den Motor an. Wollte die Pistole nehmen und Cristian retten. Und hätte es bis vor einigen Stunden auch getan. Aber jetzt nicht mehr. Er überlegte sogar, ob er ihn vollends seinem Schicksal überlassen sollte, aber nein, so weit durfte einen die Wut nicht treiben. Eine Lektion, eine gehörige Tracht Prügel, das musste genügen. Er erreichte den Vorplatz. Überall Schlammpfützen. Es regnete wieder. Er wendete, die Reifen drehten im schmutzigen Wasser durch, Steinchen spritzten gegen den Unterboden. Die beiden Arschlöcher waren jetzt in Sichtweite. Sie vermöbelten gerade Cristian. Er würde noch ein bisschen abwarten. Nur ein bisschen. Lang genug, damit sie Cristian die Fresse polieren konnten. Außerdem baute er darauf, dass die beiden Kerle das Gestrüpp irgendwann verlassen und in seine Richtung kommen würden. Dort würden sie noch bequemer zuschlagen können, und die Szenerie – die Pfützen, der klar zu erkennende Körper auf freiem Feld, wo Tritte und Fäuste exakt die Stellen trafen, die sie treffen sollten – war angemessener, filmischer, zumal es inzwischen nicht mehr nur regnete, sondern regelrecht schüttete.

Tatsächlich kam Cristian kurz darauf als lebendes Bündel den Weg entlanggerollt. Ihm folgten der Südamerikaner und ein Typ in Fallschirmspringerkluft, mit Bürstenschnitt, blutrünstiger Visage und einer Mutter, die die Welt nicht mehr versteht. Sie schienen keine echten Waffen bei sich zu haben. Der Armeeheini trug allerdings einen Schlagring, der Jungspund eine Eisenstange. Bruno holte die Pistole aus dem Handschuhfach, entsicherte sie und legte sie sich auf die Schenkel. Währenddessen prasselten weiterhin Schläge auf Cristian ein. Bruno war sich nicht schlüssig, ob er wirklich

Filmmusik brauchte, aber für alle Fälle stellte er Radio Marca etwas lauter, wo vor den Nachrichten noch Trallalamusik lief. Bruno, der alte Zocker, nahm sich vor, erst einzugreifen, wenn das Lied zu Ende war. Zu Cristians Glück hörte es schlagartig auf: Neuigkeiten aus Valdebebas.

Ohne das Licht einzuschalten, glitt das Auto in Valiumtempo durch den Monsun. Die Arschlöcher waren bereits pitschnass. Als sie das Auto bemerkten, hatte Bruno längst seine Pistole auf sie gerichtet.

«Freunde, würdet ihr ihn freundlicherweise loslassen? He, du.» Eine der Regeln im Einsatz: keine Namen erwähnen. «Steig ein.»

Cristian entknäuelte sich, schleppte sich zum Auto, öffnete die Beifahrertür und ließ seinen malträtierten Corpus Christi schwer auf den Sitz plumpsen.

«Wir wissen, wer ihr seid, und wir kriegen euch», drohte der Held der Spanischen Armee.

«Gar nichts kriegst du, du Schwachkopf. Uns wurde gesagt, ihr wärt Russen, aber wie ich sehe, läuft der Laden nicht. Ein Zwerg aus Machu Picchu und ein dämlicher Rekrut. Halt mal eben das Lenkrad, Kleiner.»

Cristian schöpfte Kraft aus der Wut, die in ihm brannte. Er wollte, dass Bruno die beiden Arschlöcher fertigmachte, dass er ihnen den Arsch aufriss. Bruno manövrierte das Auto allein mit den Füßen, die Pistole hielt er weiterhin auf die klatschnassen und sichtlich eingeschüchterten Typen gerichtet.

«Wir arbeiten sehr wohl für die Russen. Und wir haben dein Kennzeichen.»

«Für die Russen. Dass ich nicht lache. Schaut euch doch mal an, schaut euch doch nur mal an, ihr Pfeifen. Waschlappen,

für die Kolumbus sich schämen würde. Lebt wohl, Freunde. Ihr könnt mich mal!»

Bruno zielte auf den Kopf des Südamerikaners, weil er ihn leiden sehen wollte. Töten würde er ihn nicht. Natürlich nicht. Er hatte noch nie jemanden getötet, und sollte er es jemals tun müssen, dann hoffentlich nicht wegen so einem Scheiß. Der Typ mit der Eisenstange in der Hand machte eine Bewegung. Bruno nahm ihn ins Visier, so dass er sofort innehielt. Dann wendete er sich wieder dem Südamerikaner zu und zielte ihm auf die Beine. Drückte ab, traf. Wenn schon, dann lieber der Ausländer, oder? Er sicherte die Waffe und gab sie Cristian. Dann drückte er das Gaspedal durch und übernahm wieder das Steuer.

«Bist du okay?»

«Scheiße, scheiße, scheiße!»

Einige Minuten später sind sie fast schon wieder in der Stadt. Bruno weiß, dass er den BMW sofort verkaufen muss. Morgen wird er mit Pep, dem offiziellen Halter, bei Barnauto vorbeifahren und den Wagen gegen einen anderen tauschen. Aber es stehen noch weitere Entscheidungen an. Er hat die Zeichen der Zeit vernommen. Erst der Selbstmord von Javier dem Geheimnisvollen und nun dieses Desaster. Zeit, was zu ändern.

«Wir hatten Glück.»

«Nicht wirklich.»

«Glück, dass die Typen nicht bewaffnet waren. Es soll uns eine Warnung sein. Wir müssen damit aufhören.»

«Aufhören?»

«Ja. Wir melken unsere Kühe noch zu Ende. Und dann lassen wir unser Spiel ein Weilchen ruhen. Vielleicht haben wir

es in den letzten Wochen ein bisschen übertrieben. Und vielleicht sollten wir lieber die Finger von der Provinz lassen. Oder überhaupt woanders hingehen.»

«Um was zu tun?»

«Um zu leben, Mann. Uns ruhig zu verhalten. Wie Bären im Winter.»

«Und was machen Bären im Winter?»

«Schlafen. Monatelang.»

«Verarsch mich nicht.»

«Hast du als Kind nicht Yogi Bär gesehen?»

«Nein.»

«Das war ein Fehler. Wahrscheinlich hast du damals schon Autos geklaut.»

«Mann, du hattest schon immer Kohle, wohingegen ich …»

«Wenn du nicht alles verschnupfen und versaufen würdest, dann …»

«Da liegst du falsch. Darf ich dich daran erinnern, dass ich von uns dreien am wenigsten abkriege, obwohl ich genauso viel riskiere wie du.»

«Stimmt nicht. Raquel und du …»

«Raquel kriegt ihren Anteil und zusätzlich das, was du ihr gibst.»

«Wenn ich dir geben soll, was ich ihr gebe, musst du auch mit mir vögeln.»

«Nein, danke. Übrigens, Yogi Bär, wenn nicht jeder sehen soll, was für einen armseligen Schwanz du hast, solltest du deinen Hosenladen schließen.»

16

Er hatte schon seit Tagen so einen Verdacht. Bei seinen Schutzbesuchen – so nennt er sie gern – steht immer dieser metallicfarbene Ford Focus vor dem Gebäude, in dem er mal gewohnt hat. Aus einem Grund, der jeglicher Logik entbehrt, wehrt er sich gegen die Vorstellung, dass es im Leben Virginias einen anderen Mann geben könnte, der wichtig genug für sie ist, um ihn den Kindern vorzustellen. Zumindest nicht so lange, bis er selbst sein Stück vom Paradies abbekommen hat. Max hat die Kinder gefragt, insbesondere seine Älteste, aber alle, Spione wie Gegenspione, sind bestens instruiert und operieren mit Vertuschungen und Halbwahrheiten. Nein, Mama geht mit niemandem aus. Ja, sie telefoniert viel. Nein, sie trifft sich immer nur mit Freundinnen. Und plötzlich das.

Seine Töchter bleiben noch im Auto sitzen, während der Kleine bereits zur Haustür rennt. Max fragt, was los ist. Es ist ein guter Tag gewesen. Sie haben Schulsachen gekauft. Dann T-Shirts im Decathlon. Reebooks für den Kleinen. Dann der obligatorische Nachmittagsnack, die stressfreie Fahrt im Auto, bei der gute Musik lief und vor allem die Mittlere wie ein Wasserfall geredet hat. Jetzt, wo er es weiß, könnte er auf den Gedanken kommen, dass alles zu perfekt gewesen ist. Die Mädchen sind nett und aufmerksam gewesen, aber nicht, weil sie plötzlich die Liebe zu ihrem Vater wiederentdeckt hätten, sondern als vorbeugende Maßnahme für den entscheidenden Moment. Sie haben es bis zum letzten Augenblick hinausgezögert, damit ihm nichts anderes übrig blieb, als die Neuigkeit zu schlucken und so zu tun, als wäre nichts passiert.

«Ach ja? Mit wem?»

«Mit einem Mann», sagt die eine.

«Das hab ich mir schon gedacht», sagt Max, der sich fühlt, als hätte ihn jemand in den Bauch geboxt. Er ringt sich ein Lächeln ab und dreht sich zu ihnen um.

«Was tust du denn so doof?», mischt sich die andere ein. *«Er heißt Jordi.»*

«Und ist Dozent an der Uni. Schreibt Bücher.»

«Seit wann kennen sie sich?»

«Seit einem Monat und …»

«Seit einem Jahr.»

«Seit wann denn nun? Einem Monat oder einem Jahr?» Können sich die beiden Schlingel vielleicht mal einigen? «Wieso weiß ich davon nichts? Wieso habt ihr mir nie was davon erzählt?»

«Mama hat es uns verboten.»

«Weil du dich sonst nur aufregst.»

«Ich reg mich tatsächlich ein bisschen auf, aber nur, weil ihr mich angelogen habt.»

«Wir haben dich nicht angelogen. Du hast nie gefragt, also mussten wir auch nicht lügen.»

«Das stimmt nicht, Laia. Aber egal. Es ist alles okay. Eure Mutter hat alles Recht der Welt, ein neues Leben zu beginnen. Wann ist Hochzeit?»

«Wissen wir nicht. Ist wohl erst mal nicht geplant.»

«Aber er übernachtet bei uns?»

«Ja.»

«Nein.»

«*Ist doch normal. Behandelt er euch gut?* Ehrlich, ich freu mich für sie. Schaut mich nicht so an. Eure Mutter und ich sind

erwachsene Menschen, oder? Sagt ihr bitte, dass ich mich für sie freue. Und wo wir schon mal dabei sind: Ich habe ebenfalls eine neue Partnerin.»

«Ach, ja?», erwidern beide unisono. «Toll, Papa! Wann lernen wir sie kennen? Wie heißt sie?»

«Alles zu seiner Zeit. Kein Stress. Aber es dauert nicht mehr lang, dann habt ihr wieder ein Zuhause, eine neue Familie.»

«Sag uns, wie sie heißt. Bitte.»

«Wo hast du sie kennengelernt?»

«Mercedes. Merche.»

«Hat sie Kinder?»

«Ja, zwei.»

«Mädchen?»

«Jungs.»

«Sehen sie gut aus?»

«Wie alt sind sie?»

«Schluss jetzt, ihr Wunderfitze! Los, Küsschen, und dann ab mit euch, eure Mutter macht mir sonst die Hölle heiß.»

Sie machen die Tür zu. Er sieht ihnen nach, als sie davontraben. Im Auto hängt noch dieser Duft, den Max überall erkennen würde. Ihre Schultaschen und die Tüten mit den Schuhen haben sie mitgenommen. Und eine Lüge, die ihr Vater ihnen wie einen Stachel ins Fleisch gesetzt hat, in letzter Sekunde, aus schierer Verzweiflung. Jetzt ist er nur noch traurig. Fühlt sich unendlich einsam. Wie jeden Tag, und heute mehr denn je. Er versucht zu weinen. Die Grimasse stellt sich ein, der passende Gesichtsausdruck, aber die Tränen wollen nicht fließen. Sie scheinen im Salz der Lügen vertrocknet zu sein. Dann doch noch ein Anflug von Schmerz, wie bei einem,

der sehen will, indem er sich die Augen ausreißt. Eines Tages hat es so kommen müssen. Unweigerlich. Dass sie jemanden kennenlernt. Und dieser Jemand – wie heißt dieser Arsch noch mal? Jordi? Ein Unidozent. Natürlich. Jetzt kann Virginia ihren dämlichen Dünkel endlich ausleben, und der Typ kann sich ins gemachte Nest setzen. Eine Frau, die ihre alten Träume wiederentdeckt und offen ist für neue, ein Vollblutweib, das vögeln will und außerdem getrieben ist vom erbarmungslosen Wunsch nach Sieg und Rache. Und dazu Kinder, die nach etwas Neuem gieren, aber auch Normalität brauchen, ein Cocktail aus Exzentrizität und Routine, der es in sich hat. Und alles hübsch verziert mit Schleifchen in Form eines zweistöckigen Hauses, das hauptsächlich er finanziert hat, ein boshafter, fremder Ex ohne Gesicht und Namen, verloren im Nebel der Zeiten, der Irrwege, die niemand mehr gehen will, ja sich nicht einmal ins Gedächtnis rufen. Jemand, der einen Fehler begangen hat. Jemand, dem mal die Hand ausgerutscht ist, nur ein kleiner Schubser, weil sie ihm nicht zuhören wollte und er jemanden gebraucht hätte, der ihm zuhört. Jemand, der ständig alles falsch macht, nur nicht, wenn es gilt, die Kontonummer für die Überweisung der Alimente einzutragen.

Wenn er doch nur Krebs hätte. Oder eine Pistole. Oder eine Bombe an jedem Finger. Dann könnte er Schluss machen mit all dem, was ihm so wehtut, was verhindert, dass er glücklich ist, frei. Eine Bombe für alle. Eine Bombe für seine Frau und seine Kinder. Eine Bombe für das Haus. Nur so, indem er alles auslöscht, all die Zeugen und all die Verursacher dieser lächerlichen Tragödie, die sein Leben ist, könnte er den Schmerz auslöschen, diesen Schwindel, diese Angst. Aber er

hat keine Pistole, hat keinen Krebs, hat keine Bomben. Ihm bleibt nur, immer wieder von vorn anzufangen – jeden Morgen, wenn er aufwacht –, von ganz unten, aus eigenem Antrieb, allein gegen die Welt. Immer wieder von vorn. Jeden Tag. Immer wieder.

Ein Anruf über Bluetooth: unterdrückte Nummer.

«Dreitausend.»

«Wer ist da?»

«Dreitausend Euro, dann kriegst du, was du willst.»

Jetzt weiß Max, wer da anruft. Die Stimme klingt anders, weil Cristian kaum atmet. Die Nase verheilt allmählich, aber das Atmen fällt ihm noch schwer. Er ruft aus einer Telefonzelle an, weit weg von seinem Viertel, weit weg von Bruno.

«Ich hab keine dreitausend Euro.»

«Dann eben nicht. Ciao.»

«Warte.»

«Was?»

«Dreitausend Euro für einen Anruf scheint mir überzogen. Womöglich nimmt der Ehemann dich gar nicht ernst.»

«Keine Angst, ich kann sehr überzeugend sein. Kommt nur darauf an, wie viel du rausrückst.»

«Tausendfünfhundert, bar auf die Hand. Und du kriegst nur seine Handynummer, sonst nichts. Mehr brauchst du auch nicht.»

«Zweitausend.»

«Tausendfünfhundert. Ich hab wirklich nicht mehr.»

«Ist ja wie im Schlussverkauf. Von mir aus, aber dann will ich die Kohle sofort. Wann trefft ihr euch das nächste Mal?»

«Weiß nicht. Es gibt gerade kein nächstes Mal. Wir telefonieren, und …»

«Dann mach was mit ihr aus.»

«Lass mich überlegen.»

«Wie lange brauchst du?»

«Zwei Tage.»

«Ich ruf dich in zwei Tagen wieder an.»

Und schon hat er aufgelegt. Auf der Fahrt nach Hause ist Max wie verwandelt. Dass seine Frau seinen Kindern einen anderen Vater vorsetzt, juckt ihn nicht mehr sonderlich. Das Gefühl, ein Loser zu sein, ist verklungen wie ein Lied im Wind. Warum nicht kämpfen? Warum nicht das Glück bei den Hörnern packen? Auf Merches Schachbrett stehen die Figuren schon viel zu lang auf ihren Feldern, ohne bewegt zu werden. Eine Pattsituation, und er steht im Regen, ist immer abhängig von anderen. Warum nicht alles aufmischen? Sobald Gero erfährt, dass Merche ihm untreu ist, wird er schon selber dafür sorgen, dass alles den Bach runtergeht. Soll Gero doch die Drecksarbeit erledigen und seine Ehe kaputt machen. Oder eine klare Haltung einnehmen – egal welche, ob Opfer oder Inquisitor –, Hauptsache, sie führt dazu, dass Merche ihre Koffer packt und mit Max ein neues Leben beginnt. Von sich aus würde Merche diese Situation nie und nimmer herbeiführen – weil sie nicht der Kannibale sein will, der nur an seinen Magen denkt –, aber wenn die Karten auf dem Tisch liegen, wird sie vielleicht die Gelegenheit nutzen, um dieses klebrige Band aus Zuneigung, Geburtstagsfesten und Freizeitaktivitäten zu kappen.

Max weiß, dass er um diese Uhrzeit nicht bei ihr anrufen darf. Der Rollladen ist schon unten. Anrufe bitte nur außerhalb der Geschäftszeiten. Jetzt sind die Kinder dran, und Gero kommt gleich nach Hause. Erlaubt sind nur noch Text-

nachrichten. Also schickt Max ihr eine SMS und bittet sie um ein Treffen, um miteinander zu schlafen. Sie bietet ihm zwei Kurztermine an. Max will mehr. Eine ganze Nacht. Keine Antwort. Max fährt noch eine Runde um den Block, weil er keinen Parkplatz findet. Er ist so abgelenkt, dass er schon zwei Parklücken übersehen hat. Schließlich bemerkt er, dass jemand rausfahren will. Er setzt den Blinker und wartet. Als er gerade einparkt, kommt die SMS. Er führt das Parkmanöver zu Ende und liest die SMS bei laufendem Motor. Donnerstag nächste Woche. Wie schön, mein Schatz, gute Nacht. Gute Nacht, mein Liebling. Am Donnerstag auf dem Ölberg, denkt Max sarkastisch.

Als er aufgelegt hat, fühlt er in sich hinein. Ob ihm dieser Verrat Schuldgefühle bereitet. Tut er nicht. Im Gegenteil, er ist Feuer und Flamme, kann kaum erwarten, dass es losgeht. Natürlich ist er sich bewusst, dass Merche mit ihm Schluss machen würde, wenn sie davon erfahren würde. Hundertprozentig. Aber er wird diesem Typen ja nur die Handynummer geben, vielleicht noch den Vornamen ihres Mannes. Sonst nichts. Er will nicht, dass ihm das Spielzeug in den Händen explodiert. Er will nur etwas anstoßen. Dann soll geschehen, was geschehen muss. Es muss sein. Er muss sich nehmen, was ihm gehört, weil er es sonst nie kriegen wird. Weil niemand es ihm geben wird. Das ist eine der wenigen Gewissheiten, die ihm noch geblieben sind.

Er sammelt die Sachen ein, die im Auto herumliegen, und findet ein blinkendes Objekt. Eine seiner Töchter hat ihr Handy liegen lassen. Problemlos öffnet er die Anrufer- und SMS-Liste und findet bestätigt, was er sich schon gedacht hat. Seine Tochter gehört ihm nicht mehr, sondern ist jetzt eigenständig.

Sie hat einen Freund namens Andreu, der asiatisch aussieht, und eine Freundin namens Miriam, die ein eifersüchtiges Miststück ist. Er benutzt das Handy, um bei seinem ehemaligen Zuhause anzurufen. Seine Exfrau geht ans Telefon, ist überrascht, seine Stimme zu hören.

«Hallo, ich bin's. Die Kleine hat ihr Handy bei mir im Auto liegen lassen. Ich werf's morgen in den Briefkasten, es sei denn, es hat bis zum Wochenende Zeit. Okay. Dann muss ich mich nicht drum kümmern. Noch was: Die Kinder haben's mir gesagt. Glückwunsch. Ich hoffe, du wirst glücklich. Du hast es verdient.»

Als er auflegt, ist er tatsächlich überzeugt davon, dass er sich für sie freut, dass er voller Zuversicht allem entgegensieht, was da kommen möge. Er ist ein guter Mensch. Wenn er glücklich sein darf, sollen auch die anderen glücklich sein. Der Horizont verdüstert sich nur, wenn alle ihr Stück vom Kuchen abkriegen, nur er nicht. Er hat es schon immer gehasst, allein zu sein, einsam, mit diesem unerträglichen Bedürfnis nach Liebe und jakobinischer Gerechtigkeit.

17

Max hätte lieber einen anderen Weg gefunden. Hat er aber nicht. Zu lange schon sitzt er vor der Tür seiner Herrin und wartet voller Angst, das Feuer könnte über Nacht erloschen sein. Stunden nur noch bis zur Enthauptung der Königin. Ab morgen wird die Welt ein gefährlicher, feindseliger Ort sein, ein Ort wie ein scharfes Messer: sich mit ihrem Mann und den Kindern an den Tisch zu setzen, das Sparbuch, die Schlüssel, die Kinder um fünf am Schultor. Damit es so kommen kann, muss vorher die Königin enthauptet werden. Und sie darf nicht ahnen, was ihr bevorsteht.

Merche ist nervös und sieht immer wieder aus dem Fenster, ob sie jemand Bekannten entdeckt, bevor der sie entdeckt. Doch je weiter sie die Stadt hinter sich lassen, desto ruhiger wird sie. Erst bei der Rückfahrt wird sich diese Nervosität wieder einstellen, wie Max nur allzu gut weiß. Und wenn sie einen Unfall haben? Und wenn Max zu viel getrunken hat und sie in eine Alkoholkontrolle geraten? Und wenn …? Na und? Dafür ist es jetzt zu spät, oder? Merche hat ein Ehemaligentreffen ihrer Schule als Alibi benutzt. Sie wäre sowieso nicht hingegangen, weil sie keine guten Erinnerungen an diese Zeit hat.

Sie hatte Gero auf Facebook die Einladung gezeigt, damit er keine Fragen stellte. Eigentlich waren seine Fragen harmlos, aber sie zwangen sie, noch mehr zu lügen, was wiederum den ganzen Betrug riskanter machte. Merkwürdig, dass ihr das so schwerfiel. Dabei war es gar nicht mal so schlimm, dass sie ihn anlügen musste oder dass sie ein schlechtes Gewissen

hatte. Schlimm war, dass sie eine solche Abneigung gegen dieses Ritual empfand, das ihr hohl vorkam, weil kein Gott besänftigt werden musste, kein Vulkan.

Und unter umgekehrten Vorzeichen ging es ihr mit Max genauso. Je näher das Treffen mit ihm rückte, desto stärker trübte sich die Vorfreude auf die Nacht mit ihm. Die letzten Stunden mutierten sogar zum Gegenteil des Begehrens. Dann verspürte sie plötzlich den erstickenden Wunsch, sich eine Entschuldigung auszudenken, zu Hause zu bleiben und auf das Abenteuer zu verzichten. Ein Abenteuer, an das sie sich gerade eben noch geklammert hatte, als wäre es eine unfehlbare Beschwörungsformel, um dem Tod ein Stück Leben zu entreißen. Und jetzt wollte sie nur noch losrennen, egal wohin. Die Ketten loswerden, auf die Rettung verzichten. Aber all diese Gefühle kannte sie schon. Wenn sie erst mal was getrunken hatte, würde sie sich entspannen und das Treffen genießen. Doch vorher und nachher hätte sie lieber nur ein Leben gehabt, einen Glauben. Andererseits schaffte es Merche immer wieder, mit sich selbst ins Reine zu kommen. Wieso verzichten, wenn man alles haben kann? Wenn man nicht mal eine Diät auch nur eine Woche durchhält, wie soll man da darauf verzichten können, endlich mal wieder verliebt zu sein, sich begehrt und lebendig zu fühlen?

«Alles okay mit dir?»

«Ja, aber du weißt ja … Ein bisschen nervös.»

Max hatte Cristian angerufen und ihm gesagt, dass er und Merche sich an diesem Abend treffen würden. Cristian hatte wissen wollen, wo, aber Max hatte es ihm nicht verraten. Es bedeutete einen großen Unterschied, ob Gero von der Untreue nur wusste oder ob er sie in flagranti erwischte. Viel-

leicht würde Gero es auch so herausfinden und plötzlich auftauchen, um sich mit eigenen Augen zu überzeugen. Dem Erpresser hatte er trotzdem nur die Nummer und den Namen gegeben. Und die Hälfte der vereinbarten Summe. Als Treffpunkt für die Geldübergabe hatte er die Kneipe vorgeschlagen, aber der Typ – «Wie ich heiße? Such dir einen Namen aus. Wie wär's mit Ramón? Oder Pepe?» – hatte nicht gewollt. Schließlich hatten sie sich an einer Bank im Park der Plaza Castilla verabredet, in der Nähe der Universität. Beton, verrammelte Kirche, Tauben. «Wie erkennen wir uns?» «Zieh einfach dasselbe T-Shirt an wie beim letzten Mal.» «Welches letzte Mal?» «Als du uns gefolgt bist. Dieses grüne T-Shirt. Mit Buchstaben und Zahlen drauf.» Schweigen. «Um sechs. Und keine Angst, im Moment bin ich leicht zu erkennen.»

Beide waren pünktlich. Cristians Gesicht hätte tatsächlich nicht auffälliger sein können. Das grüne T-Shirt hatte er nicht an. Offenbar brachte es ihm kein Glück mehr. Stattdessen trug er eine weiße Jogginghose und ein braunes T-Shirt mit einem alten Disney World-Logo. Max wiederum war extra zu Hause vorbeigefahren, um seinen Anzug gegen etwas Dynamischeres einzutauschen, um nicht gegen das Klischee ankämpfen zu müssen. Mit der Folge, dass er sich in seiner Jeans und seinem Markenpolohemd wie verkleidet vorkam. Cristian hingegen fühlte sich offensichtlich wohl in seiner Haut, wie eine Eidechse, der es egal ist, wie warm es ist oder ob Tag oder Nacht.

Max hatte sich vorgenommen, nur das Allernötigste preiszugeben und höllisch aufzupassen, ja nicht wie ein Trottel zu wirken, der übers Ohr gehauen werden will. Er war sich bewusst, dass er schnell selber zum Erpressungsopfer werden konnte. Er verriet nichts über Merche, vor allem nicht, wo sie

und ihre Familie wohnten. Er nannte nur Geros Namen und seine Handynummer. Nur das. Bei seinem letzten Treffen mit Merche hatte er ausgenutzt, dass sie ihn kurz allein gelassen hatte.

«Und wenn er mich nach dem Namen seiner Frau fragt? Soll ich mir dann einen aus den Fingern saugen?»

«Wir sind für nächsten Donnerstag verabredet. Wenn du dann anrufst, ist sein Verdacht geweckt. Garantiert.»

«Wo trefft ihr euch?»

«Tut nichts zur Sache. Ich will keine unschöne Szene. Und ich will auch nicht, dass ihr wisst, wer ich bin.»

«Die Kohle?»

«Ich habe dir die Hälfte mitgebracht.»

«Ich will aber alles.»

«Und wer garantiert mir, dass …»

«Niemand. Du zahlst, ich bringe dein Leben in Ordnung, und damit basta.»

«Aber …»

«Kein aber. Und du kannst dir schon mal dein Köpfchen zerbrechen, falls die Sache nicht klappt und ich weitermachen soll. Ich habe nämlich zum ersten Mal mit einer so … romantischen Geschichte zu tun», spottet Cristian. Weil er dabei grinst, sieht man sein dunkles Zahnfleisch und sein Gebiss, in dem eine Lücke klafft, die er schleunigst schließen lassen sollte. «Was weiß ich, Fotos im Bett oder so.»

Darüber hatte Max noch gar nicht nachgedacht. Trotzdem übergab er Cristian die vereinbarte Summe. Dass er das ganze Geld bei sich hatte, zeigte nur, wie wenig Vertrauen er in sein Verhandlungsgeschick hatte, praktisch null. Was ihm aber egal war. Was riskierte er schon? Sollte der Typ nicht anrufen

oder die Anschwärzaktion schiefgehen, wäre das Geld futsch, mehr nicht.

An so etwas wie Fotos hatte er überhaupt nicht gedacht, und er war sich auch nicht sicher, ob er das tun wollte. Außerdem war er felsenfest davon überzeugt, dass das Manöver am Donnerstag den gewünschten Zweck erfüllen würde. Wozu sich also weitere Gedanken machen?

Merche und Max essen in einer Strandbar zu Abend. Bei Kerzenlicht und Gitarrenmusik. Alte Songs: Neil Diamond, die Beatles, Bob Dylan, Leonard Cohen, gute Typen. Zwei Hippies klampfen im hinteren Teil auf ihren Akkustikgitarren. Sie starren in die Ferne, wahrscheinlich auf die Klippen von Moher. Sie hat Haare so rot wie rote Rüben und ist hübsch mit ihren Pausbäckchen und Sommersprossen. Im Vergleich zu ihr ist er ein alter Sack mit Pferdeschwanz und ledernen Armbändern. Ein Kapodaster steckt auf dem dritten Bund. Beide haben warme Stimmen. Merche dreht sich in regelmäßigen Abständen zu ihnen um und lächelt Max danach an. Sie fühlt sich wohl in dieser Blase, die ihr Liebhaber wieder einmal für sie erzeugt hat. In solchen Momenten ist sie ihm dankbar, dann ist ihr Blick klar, deutlich, leuchtend, dann sieht sie wirklich, nimmt alles wahr, die Umrisse, die Gegenstände, dann weiß sie wieder, wie es war, als sie noch nicht so viele Pflichten zu erfüllen und auf so vieles zu verzichten hatte. Dann ist sie genau da, wo sie sein will. Wenn jetzt das Ende der Welt käme, würde sie einfach ihre Arme kilometerweit ausstrecken und ihre Kinder zu sich holen, und gemeinsam würden sie sich an Max' Brust schmiegen. Es wäre ihr egal,

wenn der Himmel auf die Erde fiele, wenn der Boden unter ihren Füßen aufrisse. All dies hätte sie Max gern gesagt, aber in diesem Moment kommt der Kellner. Sie hebt sich die Geschichte für den Nachtisch auf, fürs Bett, für den Abschied, für den nächsten Anruf, das nächste Treffen.

«Gefällt's dir nicht? Die singen doch gut.»

Der Wein hat ihre Stimmung angeglichen. Auch Max ist auf der Fahrt nervös gewesen, aber er hat sich davon befreien können. Warum sollte ihm das Arschloch folgen, wenn er mit einem Anruf, der ihn lächerliche fünfzig Cent kostete, tausendfünfhundert Euro verdienen konnte? Andererseits, wenn er ihn erpressen wollte, konnte er einfach nur so tun, als hätte er angerufen, und behaupten, dieser Gero wäre ein Eisblock und hätte ein unerschütterliches Vertrauen in sein liebes Frauchen. Nein. Das wird nicht passieren. Weil es nicht passieren darf.

Sie gehen runter zum Strand. Hinter ihnen die Lichter der Bar, die Geräusche, wie der säuselnde Gesang von Freunden um eine Geburtstagstorte mit brennenden Kerzen. Merche zieht sich die Schuhe aus, um den Sand und das schäumende Wasser zu spüren, mit dem die Wellen ihre Füße umspülen. Sie watet weiter ins Wasser hinein, während Max sich mit einigem Abstand zum Ufer in den kühlen, einladenden Sand legt. Es weht ein lauer Wind, über ihm die Sterne, dazu das raunende Plätschern des Wassers. Was für ein wunderbarer Abend. Max schließt die Augen. Die Sterne werden auch noch in tausend Jahren existieren, nicht aber dieses süße Gefühl wattiger Trunkenheit in seinem Kopf. Die nächsten Tag werden hart werden, wirklich hart, aber er wird sich der Situation gewachsen zeigen, und genau das feiert er heute schon mal vor: den Abend vor der zweiten Menschwerdung.

«Ich werde dich nicht fallenlassen, Merche. Niemals. Ich werde immer bei dir bleiben, an deiner Seite sein. Was ich nie erleben durfte, was auch du mir nicht gegeben hast», sagt er laut vor sich hin, weil Merche ihn nicht hören kann.

Irgendwann nickt Max ein. Als er wieder aufwacht und Merche nicht zurück ist, spürt er sofort, dass etwas nicht stimmt. Er steht auf, klopft sich den Sand von den Hosen und sieht sich um. Von Merche keine Spur. Ein grausamer Mond grinst ihn spöttisch an. Max packt sich Merches Handtasche und Schuhe und rennt zum Ufer. Das Wasser durchnässt seine Schuhe, Strümpfe und Hosenaufschläge. Keine Merche, soweit das Auge reicht. Und wenn sie ins Wasser gegangen und ertrunken ist? Nein, unmöglich. So betrunken war sie nicht. Außerdem liegen nirgends ihre Kleider. Angezogen wäre sie bestimmt nichts ins Wasser gegangen, wo sie doch genau weiß, dass sie in ein paar Stunden wieder zu Hause bei Papi sein muss. Wenn sie von einer Party mit ehemaligen Klassenkameraden wiederkommt und nach Meer riecht, wäre das ziemlich erklärungsbedürftig, oder? Tja, alles schön und recht, aber wo ist sie nur?

Panik macht sich in ihm breit. Er zieht Schuhe und Strümpfe aus, legt sie zu Merches Sachen und watet ins Wasser. Vielleicht kann er so, wenn er näher rangeht, ihr minderbemitteltes Köpfchen ausmachen, das nie irgendwas gut macht. In diesem Moment ist ihm egal, ob Merche ertrunken ist. Sollte sie tot sein, ist er wenigstens seine verdammten Probleme los. Was ihn entsetzt, sind Zeitpunkt und Umstand ihres Todes, dass sie mit ihm zusammen war und dass sie auf die dämlichste Art und Weise gestorben ist, auf die eine Frau sterben kann, die ihren Mann betrügt. Dieses Gefühl beherrscht ihn. Ein

Gefühl, das genauso stark ist wie das, was er vor einigen Minuten empfunden hat. Dass er sie liebt, dass er zu ihr steht, mit ihr leben will.

Er gibt die Suche auf. Sie ist verschwunden. Das Meer hat sie verschluckt, verdammte Scheiße, vor einer Dreiviertelstunde schon, hört er sich selber sagen. Er ist erschöpft von seiner panischen Suche, fühlt sich wie eine Spielzeugpuppe, bei der die Batterie zur Neige geht. Nach einer Stunde fürchtet er nicht nur, dass sie tot ist, sondern auch die Folgen. Die Polizei wird ermitteln, wer diese aufgeschwemmte, blau angelaufene Leiche ist, die von den Fischen noch nicht vollständig aufgefressen wurde. Die Polizei wird es herausfinden. Sie wird feststellen, dass ihr Mann sie als vermisst gemeldet hat; dass sie nicht auf einem Ehemaligentreffen erschienen ist; dass jemand angerufen hat, um dem Ehemann mitzuteilen, dass seine Frau einen Geliebten hat. Sie wird den Anrufer ausfindig machen, und der wird ihr verraten, wer ihn bezahlt hat, um zu sagen, was er gesagt hat, mit wem die Frau liiert gewesen ist, die ertrunken ist oder ertränkt wurde. So einfach. Die Spinne wird von der Fliege gefressen werden. Ende des verfluchten Märchens, das niemand geschrieben hat.

Was nun? Aufs Kommissariat gehen? Abhauen? Sich ein Alibi ausdenken? Dutzende Personen haben sie gesehen. Im Restaurant, an der Bar, beim Essen.

Er beschließt, zum Auto zurückzukehren, um in aller Ruhe nachzudenken, im Schutz des Meers, des Monds und der Sterne, in einer menschengemachten, mechanischen und vorhersagbaren Umgebung. Als er noch zwanzig Meter entfernt ist, sieht er sie. Sie lehnt am Auto und winkt ihm dämlich zu. Max geht schneller. Sein Gesicht spannt sich immer stärker

an, und als er bei ihr ankommt, ist er so hochgradig gereizt, dass er losschreit und sie beschimpft. Sie versucht, zu ihm durchzudringen. Erklärt ihm, dass sie sich verirrt und die Strandbar nicht mehr gefunden hat. Ihr Handy nicht dabei hatte. Zum Parkplatz zurück ist. Sie … Max' Hand schießt mit der Geschwindigkeit eines Lächelns nach vorn. Merches gesundes, glänzendes Haar öffnet sich wie bei einer Shampooreklame. Danach stürzt er sich auf sie und bittet sie um Verzeihung, versucht zu erklären, warum ihm beinahe die Hand ausgerutscht wäre. Im letzten Moment hat er sie zurückgezogen, aber sie ist trotzdem erschrocken und hätte beinahe zurückgeschlagen. Er habe gedacht, sie sei tot. Er habe gedacht, sie sei ertrunken. Er habe gedacht. Sie weint. Alkoholschwangere Tränen voller Schuldgefühle. Nun weint auch er. Weint seine eigenen Tränen des Schreckens. Er küsst sie auf die Lippen, die sich ihm nicht entziehen. Auf der Straße ist keiner. Er drückt sie gegen das Auto. Er will, dass sie sein steifes Glied spürt, zwischen ihren Beinen. Er hebt ihren Rock an, holt seinen Schwanz heraus, schiebt den Slip beiseite, will in sie eindringen. Er hat Mühe. Merche versucht, sich selber zu erregen. Schließlich fließt der Honig und er gleitet die Rutschbahn hinunter. Und dann legt er los, an Ort und Stelle, stehend, die Schuhe voll Salz und Sand. Ein Auto biegt in die Straße ein und erfasst sie mit den Scheinwerfern. Max vergräbt sein Gesicht in Merches Haaren. Die Jugendlichen in dem Auto feuern sie an. Als sie weg sind, legt Max erneut los, bis der Samen bis zum Mond spritzt, der nun nicht mehr grausam und spöttisch wirkt, sondern wie eine alte, feige Kupplerin.

Auf der Fahrt nach Hause wechseln sie kaum ein Wort.

Gero ist noch wach und wartet.

18

«Willst du was trinken?»

«Nein, ich will jetzt nichts trinken, Raquel. Ich will, dass du mir sagst, was passiert ist.»

«Alles und nichts. Das Übliche.»

Raquel verschwindet in die Küche. Cristian ist versucht, ihr hinterherzugehen, macht es aber nicht. Er fasst sich an die Nase und zieht sie in Richtung Wange, um zu prüfen, wie stark der Schmerz ist und ob er ihn aushalten kann. Dann lässt er einen Blick durch das schmutzige, unaufgeräumte Esszimmer schweifen. Auf dem Boden, vor dem Sofa, eine Saftflasche. Kissen wie aus Fettflecken zusammengenäht. Zigarettenkippen in Gläsern mit kalt gewordenem Tee. Eine gestreifte Katze stolziert elegant und königlich durchs Wohnzimmer, schaut ihn an und umschmiegt seine Füße. Dann verschwindet sie so, wie sie gekommen ist. In der Wohnung über ihm ertönt die Klospülung. Draußen stürmt jemand zwei Stufen auf einmal nehmend die Treppen hinauf. Und irgendwo schlägt jemand Eier für eine Tortilla. Raquel kommt wieder.

«Was glotzt du so? Wegen der Wohnung? Da müsste ich mal ran, ja, aber ich weiß nicht, wann und schon gar nicht wozu. Ist eh ein Scheiß, die Wohnung.»

«Die ist doch gut, klein, aber fein. Natürlich nicht zu vergleichen mit der, die du früher hattest, Isabel Preysler, aber na ja. Erinnerst du dich überhaupt noch an früher?»

«Dunkel. Manchmal kommt's mir so vor, als hätte mir jemand so lange Lügen aufgetischt, dass ich sie am Ende selber geglaubt habe.»

«Die Wohnung ist völlig okay. Schon vergessen, woher wir kommen? Von der Straße. Du musst dich nur ein bisschen um Sauberkeit und Ordnung bemühen, meine Liebe.»

«Erklär du mir nicht, was ich zu tun habe. Und du? Wo bist du untergeschlüpft? Bei Mireia? Wie man hört, hat das hässliche Entlein endlich seinen Prinzen gefunden.»

«Na ja, wie man's nimmt.»

«Raus mit der Sprache», drängt Raquel und setzt sich Cristian gegenüber aufs Sofa, der es sich seinerseits auf einem Sessel bequem gemacht hat. Vorher hat sie ihm noch eine Flasche Bier angeboten. «Ist leider ein bisschen warm.»

Cristian nimmt das Bier an. Vorhin hat er es zwar noch abgelehnt, aber Raquel lässt ein erstes Nein grundsätzlich nicht gelten.

«Wieso ich? Du wolltest doch, dass ich so schnell wie möglich herkomme. Also erzähl du erst mal.»

«Wie du willst, du Dickkopf.»

«Ach, was soll's. So wie ich dich kenne, lässt du ja doch nicht locker. Mireia wohnt bei ihren Eltern, sprich: Da wohne ich nicht, wie du dir denken kannst. Aber die Eltern haben mir ein dunkles Loch überlassen, das sie nicht vermietet kriegen, eine Winzbude in der Nähe der Kneipe.»

«Und da besucht sich dich?»

«Ja.»

«So, so.»

«Quatsch nicht so blöd daher. Du kannst mich dort auch besuchen.»

«Sicher.»

«Aber bitte nur, wenn du so positiv drauf bist wie jetzt. Zum Aufräumen und Putzen.»

«Unter anderem.»

«Unter anderem.»

Gelächter, ein Schluck im Gleichtakt aus der Flasche. Cristian fällt auf, dass Raquel alkoholfreies Bier trinkt, sagt aber nichts. Sie ist krank, da ist es gut, wenn sie ein bisschen auf sich aufpasst. Andererseits schmeißt sie sich dieses ganze andere Zeug ein. Wem will sie was vormachen? Er kann sich eine sarkastische Bemerkung nicht verkneifen.

«Bist du auf Diät? Das Zeug da macht trotzdem dick.»

«Ich weiß, aber ich bin nicht auf Diät. Du findest mich also dick?»

«Sind wir heute empfindlich, oder was? Was ist los? Probleme mit dem Idioten von Bruno? Hab ich auch. Haben wir alle. Hast du nicht dieses Näherungsverbot erwirkt? Damit kannst du ihn dir doch von der Pelle halten.»

«Hab's nie beantragt.»

«Dumm von dir.»

«Stimmt. Aber du weißt ja, dass ich es allein nicht aushalte. Außerdem tut er mir leid. Er hat so viel Scheiße erlebt. Und deshalb verzeihe ich ihm am Ende immer. Er liebt mich. Er liebt mich wirklich. Noch nie hat mich jemand so geliebt wie er, aber …»

«Du liebst ihn nicht. Ende der Geschichte, die so alt ist, wie die Menschheit selbst.»

«Na und? Liebe ist sowieso überbewertet, oder?»

«Meine Worte. Es geht nur darum, dass du dich wohlfühlst, in Frieden mit dir selbst bist, Raquel. Erinnere dich, wie durchgeknallt du mal warst.»

«Na ja, heute hat's jedenfalls gekracht. Und jetzt ist er weg.»

«Besser so. Aber was gibt's Neues?»

«Weiß nicht. Vielleicht kommt er zurück, vielleicht auch nicht.»

«Ich frag noch mal: Was gibt's Neues?»

Raquel reibt sich die Hände, nimmt einen Schluck Bier, räuspert sich und fragt:

«Hast du was dabei?»

«Du hast mich nicht drum gebeten.»

«Stimmt, aber ich dachte halt, nur weil …»

«Und selbst wenn du mich drum gebeten hättest, hätte ich dir nichts mitgebracht.»

«Arschloch.»

«Du warst auf einem guten Weg, verdammt. Ich kann mit Drogen umgehen, ich zieh mir ab und zu was rein, aber ich weiß ganz genau, dass du die Finger davon lassen musst. Ich war nie ein Junkie. Du schon. Außerdem ist deine Leber am Arsch. Pass auf dich auf. Du siehst gar nicht gut aus heute.»

«Danke.»

«Du weißt schon, wie ich das meine.»

«Meine Leber ist das geringste Problem, die wird einfach ausgetauscht. Der Arzt hat mir Hoffnungen gemacht. Jetzt, wo das geklärt ist, kann ich ihr genauso gut den Rest geben, oder? Aber ich halte das alles nicht mehr aus. Mein Leben, das, was ich in den Augen meiner Söhne sehe, das, was ich mal war, wovon ich mal geträumt habe, als ich klein war. Ich vergleiche es mit dem, was ich jetzt um mich herum sehe, mit dem, was ich bin, was ich habe, mit der Schreckschraube, die mir aus dem Spiegel entgegenguckt. Es gibt keine zweite Chance. Es gibt sie einfach nicht. Jedenfalls nicht für mich. Ich bin ein Wrack, Cris.»

«Okay, du willst es dir noch mal richtig geben, bevor du wiederauferstehst.»

«Ja, nein, ich weiß nicht … Hast du wirklich nichts dabei?» Cristian schüttelt den Kopf und nimmt einen großen Schluck Bier. Er hat es eilig. Will weg, weg von ihr. «Nach der Transplantation krieg ich eine neue Chance, oder?»

«Sicher.»

«Ich werde alles hinter mir lassen. Oder besser: alle. Diese Stadt und all ihre Scheißkerle. Weißt du schon, dass man mir die Stütze gestrichen hat?»

«Wo willst du hin?»

«Weiß nicht.»

«Aber ich: da, wo der nächste Schwanz hingeht, an den du dich hängen wirst.»

«Arschloch.»

«Aber so ist es doch!»

«Verpiss dich!»

«Okay, aber in die Hosen mach ich mir bestimmt nicht.»

«Lass mir was da.»

«Du kannst die Zigaretten haben.»

«Hiergeblieben. Ich muss dir noch was erzählen.»

Wenige Stunden zuvor, im Schlafzimmer: feuchter Geruch nach schmutzigen Laken, eine qualmende Zigarette im Aschenbecher. Vor Raquel und Bruno, auf dem Bett, zwei Aquarelle aus dem Chinashop. Das eine stellte eine Abenddämmerung dar, das andere wahrscheinlich eine Morgendämmerung. Oder einen Brand. Vielleicht auch das Ende der Welt.

«Hol mir wenigstens einen runter.»

Raquel tat ihm den Gefallen, aber damit löste sich die dunkle Wolke in Brunos Kopf auch nicht auf.

«Was für ein Saustall.»

Ein Tier am Ende eines Tunnels, das blind vor Wut und Angst feststellt, dass der Ausgang vermauert ist. Bruno wusste, dass etwas nicht stimmte. Hatte sie nicht eine eigene Wohnung gewollt? Sicherheit? Mama und Papa spielen? Warum wollte sie immer noch mehr, immer noch weiter, immer noch was anderes? Warum war sie nicht glücklich? Warum nie zufrieden wie am Anfang? Warum täuschte sie ihm Orgasmen vor, gewährte ihm trostlosen Sex? Was passiert war, war passiert. Sie hatte ihm verziehen. Er war wieder brav. Also? Was zum Teufel wollte sie? Nein, er konnte nicht der Grund sein. Raquel war schon seit Tagen, Wochen, Monaten nicht ganz da, war wie weggetreten. Und dass die Kratzer an den Armen und an den Innenseiten der Schenkel von der Katze waren, nahm er ihr auch nicht ab. Nein, nein: Sie war wieder drauf. Sie stritt es ab. Behauptete plötzlich, sie sei krank. Kriege eine neue Leber. Was redest du da, Raquel? Eine Transplantation? Wirst du sterben, Raquel? Bist du tatsächlich so krank oder ist das wieder mal nur ein Notausgang, um diesen Streit abzuwenden? Die gut gewetzten Waffen einer alten Fixerin? Und dann ihr feuchter Mund, aus dem Zigarettenqualm strömt, ihre Möse, die feucht wird und sich öffnet, das ist Liebe, siehst du es nicht? Sie liebt dich, Bruno, sie liebt dich hier und jetzt, will, dass du scharf auf sie bist, und du liebst sie auch, aber sie ist eine Fixerin oder todkrank oder bumst einen anderen. Ich liebe dich, Bruno! Wolltest du mich nicht vögeln? Also besorg's mir. Dann kratzt mich auch die Katze nicht mehr. Wenn du mich liebst, wenn du mich beschützt, wird alles gut. Bums dieses Tier, das dich anfleht. Aber warum soll er ihr glauben? Doch, ich bin glücklich, Bruno, ich brauche die Krallen der

Katzen nicht mehr. Wenn du in mir bist, wenn du in mir aufgehst wie ein Regenbogen, werde ich nicht sterben, nie. Ich kann dir nicht glauben, Raquel. Wer gibt dir den Mist? Cristian? Niemand. Willst du mich nicht vögeln? Nein, ich gehe, denn wenn du mich in der Sache anlügst, lügst du mich bei allem an. Ich gehe, denn wenn ich bleibe, tue ich dir nur weh. Ich gehe, denn wenn ich dich ansehe, sehe ich eine verlogene alte Tussi, eine beschissene Fixerin. Von der Würde, die du mal hattest, ist nichts mehr übrig, von der Frau, mit der ich Kinder haben wollte, von diesem Weib, das nur für mich da war. Ich gehe und reiße der Stadt den Arsch auf, ballere mir das Hirn zu, um mir die schwarze Galle aus dem Herz zu pressen. Ich gehe, und die Kohle, die ich dir im Laufe der Zeit zugesteckt habe und die du in der Keksdose aufbewahrst, die nehme ich mit. Und die Sparbücher und alten Fotos aus der Zeit, als du noch jemand warst, als deine Hände noch keine Lappen waren, dein Mund kein Abfluss für Lügen, mein Schatz. Ich gehe. Und ich werde nicht wiederkommen. Du glaubst mir nicht. Solltest du aber. Sobald ich mich beruhigt habe, komme ich wieder.

Und Bruno ging los. Ohne Ziel. Er trank hier was, da was, und landete schließlich bei Mireia, wo er auf Dolors traf, die betrunken war, jenseits von Gut und Böse, die von ihren Kindern faselte, die man ihr nie zurückgegeben hatte und die sie kaum noch vermisste, man gewöhnte sich eben an alles. Und er, Bruno, starrte ihr auf die Brüste und wusste, dass er auf direktem Wege gar nichts erreichen würde. Immerhin war sie Raquels Freundin. Was fast das Attraktivste an ihr war. Aber Bruno versprach ihr Hilfe wegen der Kinder, bezahlte das Bier, lud sie auf eine Linie im Klo ein, zu noch mehr Bier, er

kenne da einen Typen bei der Zulassungsstelle, der die Formalitäten beschleunigen könne. Warum hast du mir das nicht schon früher gesagt? Raquel ist wahnsinnig eifersüchtig, hat von mir gefordert, ich soll mich ja von dir fernhalten. Wie konnte sie mir das antun? Eifersüchtige Frauen sind gefährlich, das weißt du so gut wie ich. Ja. Außerdem weiß sie, dass ich auf dich stehe. Sag nicht so was. Sag ich auch nicht. Gehen wir noch wohin? Wohin? Irgendwohin. Ziehen wir uns vorher noch eine Linie rein? Wann kannst du mit deinem Kumpel reden? Mit welchem Kumpel? Dem von der Zulassungsstelle. Ist nicht wirklich ein Kumpel. Eher ein Anwalt. Der absolute Crack. Soll ich ihn anrufen? Jetzt gleich? Schnupf du zuerst. Was ist das für ein Parfüm, was du da trägst? Nenuco, wie meine Söhne, so vergesse ich sie nicht. Schon drei Monate. Ich ruf an. Sag mal, wie heißt du mit Nachnamen? Und wie heißen deine Kinder? Hallo, hier ist Bruno. Ich habe hier eine Freundin, die will ihre Kinder zurück. Dolors Rodríguez Esma. Und die Kinder Edgar, Héctor und Jordi. Vom Vater her heißen sie mit Nachnamen alle anders. Ist egal? Okay. Willst du mit der Mutter sprechen? Nein? Dann bin ich dein Ansprechpartner. Kein Problem. Siehst du? Ich hab schon immer zu Raquel gesagt, sie soll sich nicht querstellen. So ein Miststück. Hier in der Nähe hat eine neue Pension aufgemacht. Wollen wir das mal abchecken? Erst noch eine Linie. Unglaublich, dass du nach drei Geburten noch so klasse aussiehst. Vier. Einer meiner Männer wollte, dass ich abtreibe. Weißt du, dass ich immer noch Erinnerungen an dieses vierte Kind habe? War ein Mädchen. Komm, lass mich mal näher ran. Soll ich dich am Montag anrufen, damit du's nicht vergisst? Wie könnte ich das vergessen? Ich werde nichts von dem vergessen, was

heute Nacht passiert ist. Du kannst ja auch charmant sein, wenn du willst. Charmant und zärtlich. Haben Sie ein Zimmer reserviert? Nein. Folgen Sie mir. Hören Sie, ich wäre beinahe woanders hingegangen. Warum, mein Herr? Ich habe gehört, dass man hier ausspioniert und hinterher ausgenommen wird wie eine Weihnachtsgans, wenn Sie verstehen, was ich meine. Das ist mir neu. Ich arbeite zwar nur in dieser Schicht, aber ich weiß, dass die Sicherheitsmaßnahmen stark erhöht wurden. Da bin ich ja erleichtert. Es geht auch nicht um mich, sondern um die Dame hier, die ist nämlich verheiratet. Möchten Sie etwas trinken? Nein, danke.

Die Tür ist nur angelehnt, als Dolors zu pinkeln beginnt. Sie dreht den Wasserhahn auf, damit Bruno nicht hört, wie es im Klo plätschert. Ihr Schlüpfer hängt ihr um die Fußknöchel, so dass sie aussieht wie ein Mädchen mit Elefantiasis. Sie streckt ihre lange Hand aus, deren Gelenke dünn sind, zerbrechlich wie Glas, um nach dem Klopapier zu greifen. Dann steht sie plötzlich im Schlafzimmer mit diesem großen Spiegel und dem Plasmafernseher, auf dem Frauen und Männer sich aneinander reiben, vögeln, gegenseitig auf gerötete Arschbacken klatschen.

Wer hätte das gedacht?

Sie lässt sich aufs Bett fallen und hebt die Arme wie Lazarus vor Jesus. Bruno zieht sich Hose und T-Shirt aus, damit sie seine Muskeln bewundern kann, die Liebeserklärung an sein Land in Form eines Tattoos, seine Unterhosenmarke. Anschließend zieht er Dolors die Hose aus, den Schlüpfer, und versucht, in sie einzudringen. Sie versteckt ihre Brüste vor ihm, diese großen, hängenden Ziegenbrüste, aber er reißt ihr die Bluse vom Leib. Obwohl er abgestoßen ist, nimmt er

die Brüste in den Mund, die sich anfühlen wie der Plasmabeutel zwischen den Zähnen eines Sterbenden. Tu was, du blöde Kuh. Die Hand rutscht ihm aus, und sie gibt sich mehr Mühe. Er dringt in sie ein, was sich anfühlt, als würde er in eine große Kaufhaustüte eindringen, die größte Tüte des Corte Inglés, der Stadt, ganz Spaniens. Bruno hämmert mit dem Becken auf Raquel ein, auf das Scheißleben, auf diese Frau unter ihm, der ein Gemisch aus Rotz, Kokain und Blut aus der Nase läuft. Sie tut so, als würde sie schlafen, tut so, als wäre sie tot, tut so, als würde sie gut gevögelt.

«Der kommt schon wieder.»

«Da mache ich mir keine Gedanken. Was Drogen angeht, da ist er einfach ein Fascho.»

«Nicht nur, was Drogen angeht, Raquel.»

«Aber manchmal …»

«Von wegen manchmal. Er wird sich schon wieder beruhigen. Hör zu, wenn du willst, dass wir Freunde bleiben, darfst du mich nicht für dumm verkaufen. Du wolltest doch nur deshalb, dass ich komme, damit ich dir Stoff mitbringe, oder? Möglichst gratis, wenn stimmt, dass Bruno die ganze Kohle mitgenommen hat.»

«Nein, stimmt nicht.»

«Ich weiß nicht. Pass auf dich auf, Raquel. Das mit der Transplantation …»

«Hat mir der Arzt gesagt.»

«Lass mich ausreden. Das mit der Transplantation kann dauern. Aber es ist deine Chance, deine einzige Chance. Versau sie dir nicht. Ich bin kein Experte, aber mir scheint, du

solltest lieber mit einer halbwegs funktionstüchtigen Leber antanzen, als mit einer, die man in die Tonne treten kann. Und sobald du deine neue Leber hast, hau ab von hier, lass alles zurück. Werde ich auch so machen. Bruno hab ich's noch nicht gesagt, also behalt es erst mal für dich. Ich hab die Nase voll. Ich will frei sein.»

«So, so, das sind ja schöne Neuigkeiten. Jetzt sofort?»

«Nein, aber bald.»

«Wann wolltest du's mir sagen?»

«Bei der erstbesten Gelegenheit.»

«Und wohin soll's gehen?»

«Weiß noch nicht.»

«Und ich? Was ist mit mir?»

«Du bleibst hier und passt auf dich auf.»

«Weiß Mireia es schon?»

«Was geht die das an?»

«Ich frag ja nur, ob sie es weiß.»

19

Als Cristian wieder draußen ist, sieht er auf dem Display, dass Bruno mehrmals angerufen hat. Er ist froh, dass er rechtzeitig aufgebrochen ist. Raquel tickt nicht richtig. Will Sachen, die sie gar nicht will. Er fühlt sich längst nicht mehr zu ihr hingezogen. Kein bisschen. Und er bezweifelt, ob sie sich zu jemandem hingezogen fühlt. Sie will sich begehrt fühlen, das ja, sie will spüren, dass sie noch einen Marktwert hat, dass sie noch sichtbar ist, messbar. Wenn Bruno in deinem Alter noch auf dich abfährt, was willst du mehr? Er hätte sie vögeln können, den Kuss in die Länge ziehen, den sie ihm wie warmes Kautschuk auf die Lippen gepflanzt hat. Er hat gespürt, wie ihre Zunge auf seine Zunge stieß, wie sich seine Phantasie regte, die Erinnerungen an früher. Raquel nackt, in Licht gebadet am frühen Morgen in ihrem Zimmer. Raquel im Slip, schlafend nach einer guten Nacht voller Laster und Gelächter. Raquel am nächsten Tag, hinter der Sonnenbrille, wie sie die Hände um ihren Tee mit Milch legt, um sich zu wärmen. Raquel, immer auf des Messers Schneide, ein Schmetterling, der um die brennende, gefährliche, tödliche Lampe flattert. Aber ihre Zunge vorhin war wie die steinerne Peitsche einer Kranken, einer Frau mit Drogen in den Adern, einer Frau, die nach Zwangsräumung riecht, nach dreckigem Zimmer, nach billigem Wein. Er hat ihren Schwabbelbauch an seiner Hüfte gespürt, wie er sich an seinen Schwanz gedrückt hat, er sah sie vor sich, wie sie alt und verwirrt unter einem grünen Tuch liegt und auf ihre Leber wartet, wie sie im Park in der Sonne sitzt, gemieden von ihren Kindern, gemieden von all ihren

ehemaligen Liebhabern, wie sie Armreife anprobiert und sie zu Hause ans Fenster hält. Ein Kuss und tschüss. Er kriegt keinen mehr hoch bei ihr. Es ist vorbei. Vergiss es, Cristian, okay? Und fang bloß nicht damit an, dass du sie früher garantiert gebumst hättest. Nein. Du weißt ganz genau, dass es immer nur Triebabfuhr war. Du hast dich darauf beschränkt, Frauen Lust zu verschaffen, damit du dieses geile Gefühl auskosten kannst, diesen eitlen Triumph, wenn das Kätzchen dir ins Ohr stöhnt, du hättest sie dahin geführt, wo sie hinwollte. Aber das Alter fordert seinen Tribut. Und die Drogen. Und all die Jahre, in denen du nichts und niemanden an dich rangelassen hast, in denen du nichts und niemanden haben wolltest, nichts geben. Diese Jahre haben Sex zu etwas gemacht, dem du fast aus dem Weg gehst. Wie gestern mit Mireia. Und heute mit Raquel, der alt gewordenen Raquel, der zugedröhnten Raquel, der sterbenden Raquel.

Das Handy klingelt: Bruno. Er könnte den Anruf ignorieren, aber er hat kein Interesse daran, dass Bruno sauer wird. Nicht nur, dass er das Ding mit dem gehörnten Ehemann allein durchgezogen hat, nein, er hat auch noch zwei weitere Pärchen auf eigene Rechnung abgezockt. Er weiß, dass er verbrannte Erde hinterlässt, aber das ist ihm egal, er will einfach nur weg, weg aus diesem Rattenloch, aus dieser erstickenden Schwüle, die einem nachts die Luft zum Atmen nimmt, in der einem alle möglichen Gedanken kommen, die ums Verrecken nicht mit dem in Übereinstimmung zu bringen sind, wovon man mal geträumt hat.

«Was ist los, Alter?»

«Herrgott noch mal, Cristian! Ich versuch schon den ganzen Abend, dich zu erreichen!»

«Hab ich gesehen, aber ich war beschäftigt.» Kurz überlegt er, ob er ihn anlügen soll, aber er wird es ja doch erfahren, und ihm ist daran gelegen, dass er noch möglichst lang nichts ahnt. «Beschäftigt mit Dingen, die auch mit dir zu tun haben. Ich war nämlich bei Raquel. Sie macht sich Sorgen um dich.»

«Ach, ja? Soll sie doch verrecken, die Scheißfixerin! Wusstest du es?»

«Was?»

«Besorgst du ihr das Zeug? Nein, sag lieber nichts. Ich will's nicht wissen. Und es ist mir auch scheißegal!»

«Okay. Kapiert. Was …?»

«Ich sitze in der Scheiße und brauche deine Hilfe.»

«Wann?»

«Wann? Jetzt gleich!»

«Mann, Bruno, ich wollte gerade …»

«Es ist ernst, Cristian, wirklich ernst. Capito? Den Rest erklär ich dir, wenn du hier bist. Nur so viel: Ich habe ein Riesenproblem, Cristian, okay? Komm sofort her.»

«Was ist los? Wo bist du überhaupt? Hat man dich erwischt?»

«Nein, es geht um was anderes. Ich bin in der Calle Bailén, in der Nähe der Sagrada Familia. Die Nummer hab ich jetzt nicht parat. In dieser Absteige, erinnerst du dich? Die wir früher mal observiert haben.»

«Ich weiß, wo du meinst, aber was …»

«Nicht, dass du was Falsches denkst. Ich bin als Gast hier, und ich brauche dich jetzt, verdammt noch mal. Schnapp dir das Auto. Die Schlüssel sind bei Raquel. Steht gleich vor der Tür.»

«Jetzt sag endlich: Was ist los?»

«Hier ist die Kacke am Dampfen! Ich hab eine Frau gebumst, und die liegt jetzt tot im Bett!»

Cristian geht schneller, rennt los, zurück zu Raquel. Raquel freut sich, aber nur kurz, nur bis er ihr sagt, dass er das Auto braucht, um Bruno aus einem Schlamassel zu ziehen. Nichts Ernstes. Karten, Suff, Kohle. Dann ist er in null komma nichts im Auto. Er schaut auf die Uhr am Armaturenbrett. Noch eine, höchstens zwei Stunden, bis es hell wird. Die beiden treiben ihn noch in den Wahnsinn. Trotzdem hat er keine Sekunde gezögert. Je mehr ihm Bruno schuldig ist, je mehr Geheimnisse er von ihm kennt, desto besser. Bruno ist ein Typ, mit dem man nicht reden kann, der impulsiv reagiert, und Verrat ist ein todsicherer Zünder. Also hält er ihn lieber möglichst fern von der Bombe.

Die Straße ist verwaist. Er nutzt die Gelegenheit und zieht sich eine Linie rein. Danach Vollgas zur Calle Bailén. Die Ampeln sind nett und machen eine rote Verbeugung, als sie ihn kommen sehen. Die anderen Fahrzeuge sind weit weg, im Raum verteilt, angenehm bunt, wie die Modellautos von Micro Machines. In weniger als zehn Minuten ist er da. Er parkt direkt vor der Tür. Wenn sie eine Leiche rausschaffen müssen, dann muss er den Wagen praktisch drinnen parken. Die Tür zu dem Laden – ein Souterrain mit verchromten Glasfenstern – geht sofort auf. Am Empfang steht ein Mexikaner und macht ein Gesicht, als hätte er in dieser einen Nacht mehr Pech gehabt als in den letzten sieben Jahren zusammen. Und neben ihm steht Max, halbnackt. In der Ecke ein Fernseher, wo gerade zeitversetzt ein Spiel der Vikings übertragen wird.

Sie verlieren kein Wort. Gehen die Treppe rauf, Bruno und der Portier vorneweg. Oben soll ein billiger Brunnen

Eleganz vortäuschen. Auf den weiß gestrichenen, mit venezianischem Stuck verzierten Wänden küssen sich vier ineinander verschlungene nackte Männer und Frauen idiotisch unter Weiden und Säulen. Das Telefon klingelt, der Mexikaner flucht, geht wieder runter zum Empfang und sagt einem Paar, dass sie noch nicht rauskommen können, er gebe ihnen dann Bescheid. Bruno geht weiter, Cristian folgt ihm. Zimmer neun. Als die Tür aufgeht, ist der Anblick so grotesk, dass man nicht alles gleichzeitig erfassen kann. Der Porno auf dem Plasmabildschirm, das Chaos aus Kissen und Klamotten, die Leiche von Dolors auf dem Bett, bis zum Hals mit einem Laken bedeckt.

«Eine Überdosis?»

«Wieso hast du so lang gebraucht?»

«Noch mal: eine Überdosis?»

«Weiß nicht. Eher nicht.»

«Warum hast du sie einschlafen lassen?»

«Konnte ich doch nicht ahnen. Als es ihr gekommen ist, ist sie weggesackt. Und war nicht mehr wachzukriegen. Ist schon ganz kalt. Nix mehr zu machen.»

«Allerdings. Was habt ihr genommen?»

«Koks.»

«Wie viel?»

«Nicht viel. Echt nicht. Es sei denn, sie war schon vorher zugedröhnt.»

Plötzlich steht der Mexikaner in der Tür.

«Ich habe die Polizei und einen Krankenwagen gerufen.»

«Du hast was? Bist du bescheuert?»

«Ich habe mit meinem Chef telefoniert, und der hat's mir befohlen. Wir haben nichts Verbotenes getan, und …»

«Cristian, lass uns von hier verschwinden, überlassen wir diesem Speedy Gonzalez den Scheiß, soll der doch den Bullen erklären, wieso diese Drogentussi hier tot im Bett liegt.»

«Hiergeblieben. Sie können nicht einfach so abhauen.»

«Ach, nein? Und ob wir können.»

«Hast du Parfüm dabei, einen Duftspender, irgendwas Kräftiges?», fragt Cristian dazwischen.

«Ja.»

«Bring's her.»

«Ist sie doch nicht tot?»

«Glaub nicht. Noch nicht.»

Raumspray mit Pinienduft. Anleitung auf Englisch und Chinesisch. Made in Nirgendwo. Dolors wird gleich noch mal ins Reich der Lebenden zurückkehren und dann für immer verscheiden, eingehüllt in einen Duft nach Mittelmeerpinien, denkt Cristian. Er hält ihr mit einer Hand die Augen zu und sprayt ihr aus kürzester Distanz ins Gesicht. Gleich wird Dolors husten, sich aufrichten, auf die Laken spucken und kotzen, weiße Lava, die sich zwischen ihren Brüsten wälzen und dann links und rechts aufs Bett fließen wird. Tatsächlich reißt sie die Augen auf, versucht, den Blick zu fokussieren, etwas zu sagen, rülpst, dreht ihnen Rücken und Hintern zu, zwei steile Klippen mit tiefer Schlucht. Und dann schläft sie weiter.

«Wir würden uns nicht so arschig aufführen, wenn du nicht so dumm gewesen wärst, mein Freund», sagt Cristian zum Portier.

«Sie können nicht einfach so gehen. Warten Sie, bis …»

«Spinnst du? Wir machen jetzt Verschwindibus. Du hast es verkackt. Oder wie sagt man das bei dir in Mexiko? Überleg dir schon mal, wie du den Bullen erklären willst, warum du

sie herbeordert hast, wo doch nur eine Tussi ihren Rausch ausschläft.»

Bruno hat all seine Spuren im Zimmer beseitigt und geht in Richtung Tür. In weiser Voraussicht hat er sich auf alles eingestellt, was der Mexikaner versuchen könnte. Er weiß, wie der Kerl tickt. Der Typ ist ein schwerfälliger Spieler, dem man die Absicht am Gesicht ablesen kann. Einer, dem man die bösen Hintergedanken sofort ansieht. Er hat sie im Zimmer einsperren wollen. Aber er ist zu langsam gewesen. Von der Sorte, die so ungeschickt vorgehen, dass aus schlechten Ideen noch schlechtere werden. Bruno packt ihn an der Kehle und stößt ihn gegen die Wand. Bruno ist wieder Bruno. Er zeigt Cristian an, dass er raus auf den Flur gehen soll, was der sofort tut. Am Empfang rufen hysterische Pärchen an. Anscheinend sind sie groggy nach der postkoitalen Erschlaffung und wollen alle gleichzeitig raus aus ihren Liebesnestern, zurück an die Oberfläche, um sich zu vergewissern, dass da draußen alles in Ordnung ist.

Bruno nimmt dem Mexikaner den Schlüssel und das Handy ab. Dann schüttelt er ihn durch und zerrt ihn die Wand entlang, ohne dass die Spannung in seinem Arm auch nur ein Fitzelchen nachlässt. Schließlich stößt er ihn zu Boden, dreht sich um und schließt die Tür ab.

Die Treppe springen sie fast nach unten. Bruno ist euphorisch. Gerade hat er noch zwischen den Beinen einer Toten gelegen, und jetzt hat er ein Abenteuer, mit dem er angeben kann, plus ein Handy der neuesten Generation mit einem Bildschirmschoner, auf dem eine Frau und zwei Mädchen zu sehen sind. An der Rezeption klingelt weiterhin ununterbrochen das Telefon. Übermütig nimmt Bruno den Hörer ab.

«Nein, bitte noch nicht runterkommen. Hier stürmt gerade ein bewaffneter Ehemann die Treppe rauf.»

Cristian ist schon draußen. Von den Bullen keine Spur. Sie steigen ein und fahren los. Die Sonne malt Halloweenkürbisse zwischen die Häuser. Nach einer Viertelstunde beschließen sie, einen Kaffee zu trinken.

«Ich weiß nicht, ob ich dir Fragen stellen darf.»

«Lieber nicht.»

Cristian nimmt einen Anruf entgegen. Es ist Mireia. Sie ist eifersüchtig und stinksauer. Cristian versucht, sie zu beruhigen. Ja, er komme gleich nach Hause. Und nochmal ja, er sei hier mit Bruno. «Sicher. Soll ich ihn dir mal geben?»

«Du und Dolors? Ich versteh gar nichts mehr.»

«Ist auch besser so. Kein Wort zu Raquel, oder ich bring dich um. Was hast du ihr gesagt?»

«Nichts. Aber sie wird's trotzdem spitzkriegen. Garantiert.»

«Nein, wird sie nicht. Außerdem sind wir jetzt quitt. Sie ist wieder drauf, und ich hab eine andere Frau gebumst.»

«Ich bin mir nicht so sicher, ob sie wieder drauf ist.»

«Und ob. Wahrscheinlich versorgst du sie mit dem Stoff.»

«Nein.»

«Dann Bicho oder Asun. Könnte jeder sein.»

«Hab Geduld mit ihr. Sie war mal so hübsch. Und jetzt ist sie krank.»

«Ich kann Junkies nicht ab. Ich hatte schon mal eine, und die ist mir abgenippelt. Das brauche ich nicht noch mal. Außerdem sind die total scheiße drauf. Kein Mumm, um den Tatsachen ins Auge zu sehen. Kein Mumm, um damit aufzuhören. Oder sich die Kugel zu geben. Immer nur fordern, lügen, durchlavieren und wieder fordern.»

Die Kaffee werden serviert. Schwarz für Bruno. Mit Milch für Cristian. Letzterer hat Hunger. Hat ja auch seit vierundzwanzig Stunden nichts mehr gegessen. Kann sich nicht mal erinnern, wann er das letzte Mal was zu sich genommen hat. Brunos Eingeweide hingegen sind noch wie aufgeschnürt. Die Angst und das Adrenalin zieht alles in Richtung Hintern. Er kennt das schon, wird aber trotzdem erst mal den Kaffee trinken und ein Zigarettchen rauchen.

«Ich meine die Hepatitis.»

«Und die wird besser, wenn sie sich zudröhnt? Wenn sie so weitermacht, kriegt sie einen Blähbauch so groß wie ein Fass. Und Fischaugen. Und am Ende verreckt sie wie ein Hund auf der Straße. Mit mir braucht sie dann nicht zu rechnen.»

«Du bluffst.»

«Tu ich nicht.»

Grinsen eines traurigen Wolfs. Und Schweigen. Cristian macht Anstalten zu gehen, aber Bruno hält ihn zurück.

«Wir müssen uns was anderes ausdenken oder wegziehen. Was meinst du?»

«Kluger Plan.»

«Da sprechen wir drüber.»

«Machen wir.»

«Ich geh jetzt kacken. Warte auf mich, ich bin ein Uhrwerk und schnell wie der Tod. Ah, für dich: Hast du dir verdient.»

Er gibt ihm das Handy. Zigarette im Mund, Hemd aus der Hose und Haarwirbel am Hinterkopf, geht er zum Tresen, um zu fragen, wo die Toiletten sind. Cristian hat ein neues Spielzeug: mit dem allerneuesten Schnickschnack. Brunos Übermut scheint ihn angesteckt zu haben, und er nutzt dessen Abwesenheit, um Max' Nummer herauszusuchen und ihn

anzurufen. Es ist kurz nach sechs Uhr morgens. Guten Morgen, du Wichser.

«Hallo, meine Liebe, ich bin der Wolf. Erinnerst du dich an den Song? Nein? Hör zu, ich war brav. Hab angerufen und alles. Dem Typen haben wir das Leben auf den Kopf gestellt. War völlig fassungslos. Wenn du noch einen draufsetzen willst: Ich bin dein Mann. Ja, du kannst dieses Handy anrufen. Vorerst. Und wenn nicht, ruf ich dich an, um zu sehen, wie es so läuft bei dir. Ob du geheiratet hast. Ob du glücklich bist. So was halt. Ist ein Scherz, natürlich, ist nur ein Scherz.»

20

Max deutet Merches Abtauchen als das, was es ist. Die Bombe ist geplatzt. Das Handy ist ausgeschaltet, und das ist gut so, oder? Nicht dass ihr Mann auf die Idee kommt, die Nummern und Rechnungen zu überprüfen. Er hat ihr verschlüsselte Botschaften gemailt und an den Messenger geschickt und geht davon aus, dass sie sie gelesen hat. Er wird erst mal ein paar Stunden abwarten. Sie wird sich schon melden. Aber die Stunden vergehen, ohne dass Merche ein Lebenszeichen von sich gibt. Max hat sie von überall aus angerufen, von öffentlichen Telefonzellen, von Kneipentelefonen, aber ihr Handy, das inzwischen eingeschaltet ist, lässt sich weiterhin bitten, bis es ihn schließlich doch noch auf einer Rutschbahn zur Mailbox schickt, zur traurigen Automatenstimme seiner Geliebten. Kurz vor Mittag geht Merche endlich ans Telefon.

«Was ist los, mein Schatz? Ich versuche schon den ganzen Vormittag, dich zu erreichen. Wieso gehst du nicht ran?»

«Ich kann jetzt nicht reden. Ich ruf dich später an», sagt sie mit nasaler Stimme, erschöpft, als koste sie jedes Wort unendlich viel Geduld.

«Wann?»

«Sobald ich kann. Heute geht nicht.»

«Warum denn nicht? Ist was passiert?»

«Ja.»

«Was? Nun sag schon. Du kannst mich nicht so auf die Folter spannen. Was Schlimmes?», drängt Max zynisch. «Was mit den Kindern?»

«Nein, kein Unglück oder so. Oder doch. Hat aber nichts

mit den Kindern zu tun.» Sie seufzt oder raucht und hat gerade ziemlich lang an ihrer Zigarette gezogen. «Gero weiß es. Gestern hat er auf mich gewartet, und wir haben uns die ganze Nacht gefetzt. Ich hab kein Auge zugetan. Er ist gerade los zur Arbeit.»

«Scheiße. Aber wie …?»

«Keine Ahnung. Hör zu, ich will jetzt nicht reden. Ich muss mich ein bisschen hinlegen. Im Moment halten wir lieber Funkstille, okay?»

«Aber … du kannst nicht einfach …»

«Was? Ich hab keine Lust zu reden. Es war extrem unangenehm.»

«Kann ich mir vorstellen. Ich weiß ja, wie das ist.»

«Dann sind wir jetzt quitt, oder was?»

«Merche …»

«Was?»

«Hast du es zugegeben?»

«Zuerst nicht. Irgendwann doch. Ich hab ihm nur gesagt, dass es da jemanden gibt, aber keine Angst, ich hab ihm nicht gesagt, wer es ist, oder irgendeinen Hinweis gegeben.»

«Wäre mir auch egal.»

«Sicher? So, wie Gero sich gestern aufgeführt hat, wär's dir bestimmt nicht egal gewesen. Unfassbar. Er ist jetzt bei der Arbeit, aber ich glaube nicht, dass er's dort lang aushält. Er ist am Boden zerstört. Ich weiß nicht, wozu er imstande ist. Max, ich ruf dich wieder an, wenn mir danach ist. Und bitte keine Anrufe von deiner Seite. Auch keine Mails, okay? Das meine ich ernst. Ich ruf dich an. Versprochen.»

«Okay. Hör mal, Merche.»

«Sag.»

«Ich bin für dich da. Und ich liebe dich. Sehr.»

«Ich ruf dich an.»

Warum hat sie ihm kein «Ich dich auch» geschenkt wie sonst? Fällt ihr das so schwer? Und dieses Mitleid mit ihrem Mann? Wie soll man sich schon fühlen, wenn man erfährt, dass man betrogen wird? Er sollte sich nicht zu sehr da reinsteigern, sagt er sich. Und von jetzt an nicht alles auf die Goldwaage legen, was von Merche kommt. Ihre Welt ist implodiert, vom Zentrum aus, dem Vertrauen, der Loyalität. Sie braucht Zeit, um sich wieder zu fangen, um herauszufinden, wo sie den nächsten Schritt hinsetzen soll, und den übernächsten und den überübernächsten, bis sich das eheliche Spinnennetz endgültig aufgelöst hat. Max springt über seinen Schatten und versetzt sich in Gero hinein, erinnert sich daran, wie es sich anfühlt, wenn einem der Boden unter den Füßen weggezogen wird. Der schwelende Hass, die Vorhaltungen, die Wurfgeschosse zu jeder Tages- und Nachtzeit, ohne besonderen Anlass.

An diesem Tag ruft er Merche nicht mehr an. Am nächsten auch nicht. Und auch nicht am übernächsten. Leider hat er am Wochenende die Kinder nicht, um sich abzulenken. Die neue Woche: leer. Ruhige Tage wechseln sich ab mit hysterischen Tagen auf dem Drahtseil, an denen er sich vorstellt, wie es bei Merche und Gero zugehen könnte, die tausend Arten, sich gegenseitig zu verletzen, zusammenzubrechen, sich wieder zu versöhnen. Zu allem Überfluss schlägt seine Ex einen weiteren Wochenendtausch vor und kündigt schon mal eine neue Zahnarztrechnung an. Er nimmt alles hin. Aber er beschließt, dass ihn das Krokodil, das sich hinter dem Samstag verbirgt, nicht schwach und wehrlos am Fluss-

ufer erwischen wird. Er wird am Samstag die Wohnung umräumen, die Zimmer für die neue Mitbewohnerin herrichten. Warum nicht seiner Vorfreude freien Lauf lassen, warum sich nicht seinen Träumen hingeben, jetzt, wo ihre Erfüllung so nah ist? Er bestellt sogar eine neue Visakarte im Internet, weil er von nun an keinen Trost mehr braucht, der nach Rum, Raumspray und Haarspray riecht. Er ordnet Bücher, Filme, Wäsche, Papiere, Schubladen, sogar den Küchenschrank, Gewürze, Pasta, Paniermehl, Suppenwürfel, einiges davon noch essbar, anderes praktisch mumifiziert. Am Nachmittag ruft er einen Freund an, aber der kann nicht. Der nächste und der übernächste Freund auch nicht. Alle meiden ihn wie die Pest. Den Einsamen, den, der den Fehltritt begangen hat. Und wenn Merche nicht anruft, weil …? Nein, diesen Gedanken darf er auf keinen Fall weiterverfolgen. Wie kann man etwas aufwärmen, das man über Jahre hat erkalten lassen? Hat er es gekonnt? Nein. Also? Zweifel kommen auf, kalter Schweiß, Angst. Er greift zu dem Selbsthilfebuch, das ihn schon in vielen Situationen gerettet hat. ICH LIEBE DICH. Toller Typ, dieser Autor, ein weiser Mann, der einem genau das sagt, was man hören will: Francesco Alberoni. Weitere Titel von ihm: *Optimismus, Werte, Brautflug, Die Neidischen.* Max weiß, wo er suchen muss. Seite 127. Der egoistische Verzicht. Der altruistische Verzicht. Egal, welchen Verzicht man wählt: Alle führen zu Versteinerung. *Der Verzicht ist immer eine Entscheidung für die Alterative, die das Alte dem Neuen vorzieht, die Institution der aufstrebenden Bewegung. Indem das Subjekt verzichtet, begeht es einen moralisch schwerwiegenden Akt. (…) Es erzeugt ein Gefühl von Einsamkeit, von totaler Leere. Alles wird leer, wertlos, gespenstisch. Es fühlt sich wie eine Mario-*

nette, wie ein Automat. Max' Laune bessert sich, er legt eine CD ein. *Town Called Malice.* Er tanzt. Keucht. Dreht sich. Fast wie vor zwanzig Jahren.

Energiegeladen macht er das Handy an und loggt sich in Facebook ein. Dort stößt er auf Txé, eine alte Freundin, die ein bisschen durchgeknallt ist und von ihrem Mann verlassen wurde, wie sollte es auch anders sein. Sie verabreden sich für zehn Uhr. Bis dahin sieht er fern. Concha Velasco. Die erinnert ihn immer an seine Mutter. Damals sahen alle Frauen irgendwie gleich aus, oder? Er zwingt sich, unter die Dusche zu gehen und sich zu rasieren. Eigentlich hat er keine Lust mehr auf das Treffen, aber er weiß, dass er raus muss, bis er müde wird und sich nach der Ruhe seiner Wohnung zurücksehnt. Nur so kann er sich auf das verminte Terrain des Sonntags begeben. Außerdem besteht bei Txé keine Gefahr, dass es Komplikationen geben könnte. Es ist nämlich schon passiert. Und wird nie wieder passieren.

Als er aus der Dusche kommt, sieht er auf dem Handy nach, ob Merche angerufen hat, wie so oft in den letzten Tagen, im Viertelstundentakt. Nein, nichts. Stattdessen hat er drei Anrufe einer Nummer, die er kennt. Noch bevor er sich abtrocknet, ruft er zurück. Cristian meldet sich.

«Hallo.»

«Ist was?»

«Nein. Kommt drauf an. Wie ist alles gelaufen?»

«Du hast tatsächlich angerufen.»

«Ich bin eben jemand, der Wort hält.»

«Danke für alles und …»

«Kann ich noch was für dich tun?»

«Nein, nicht nötig.»

«Aber du kannst was für mich tun. Nämlich weitere sechstausend Euro rüberwachsen lassen.»

«Wir haben vereinbart, dass …»

«Du kannst mich ja beim Arbeitsgericht anzeigen. Hör zu, wenn du keinen Ärger willst, zahl einfach.»

«Ich hab das Geld aber nicht. Was soll das überhaupt? Wir hatten doch eine klare Vereinbarung.»

«Ich mach die Fliege von hier und brauche Geld. Ist also nichts Persönliches. Wenn du nicht sofort zahlst, erfährt deine Freundin nächste Woche, wer hinter all dem steckt.»

«Das weiß sie schon.»

«Nehm ich dir nicht ab. Und weißt du was? Wenn du mich anlügst oder den Schlaumeier spielst wie eben, erhöhe ich die Steuer. Ich weiß, wie ich an deine Mieze rankomme. Ich ruf einfach den Gehörnten an und bitte ihn, sie ans Telefon zu holen. Kinderleicht, oder?»

Schweigen. Aus Max' nassen Haaren tropft es auf den Boden.

«He! Bist du noch dran? Wir sehen uns nächsten Dienstag am selben Ort wie letztes Mal. Um zehn. Sobald ich die Kohle habe, lasse ich dich in Ruhe, versprochen. Diesmal werde ich nicht so ramponiert aussehen, sondern richtig schnuckelig. Okay?»

«Moment, du kannst doch nicht …»

«Und ob ich kann. Dienstag. Um zehn. Keine dummen Spielchen. Und sei pünktlich.»

Was hast du erwartet? Was zum Teufel hast du erwartet, du Idiot. Ein Gentlemen's Agreement? Das hättest du wohl gern, aber wenn du genauer darüber nachdenkst, wird dir klar, dass du nur eine Chance hast: Du musst zahlen und hoffen, dass

der Kerl tatsächlich verschwindet, am besten ans Ende der Welt. Und dass er deine verfluchte Handynummer löscht.

Max kommt zu spät zu der Verabredung. Txé nimmt es ihm nicht übel. Sie war beim Friseur, Kurzhaarschnitt, zwei Farbtöne. Teures Parfüm, schnelle, entschlossene Gesten eines kleinen Mädchens, das man allein gelassen hat. Wohin gehen? Was tun? Max ist angeknockt. Der vorletzte Treffer hat gesessen. Er ist so groggy, dass er nicht mehr zurückboxen kann, ja nicht einmal die Hände heben, um sich gegen die einprasselnden Schläge zu schützen. Er versucht, sich wieder zu fangen. Er hat sich die Suppe selber eingebrockt, jetzt muss er sie auch auslöffeln. Er kann auch gar nichts anderes tun. Hinter ihm und zu beiden Seiten der Abgrund. Txé schlägt ein angesagtes Restaurant im Zentrum vor. Max hat ein mulmiges Gefühl, weiß aber nicht warum. Ein hündischer Gedanken schießt ihm in den Kopf. Jetzt, da er seinem Ziel so nah ist, wäre es fatal, wenn er Merche begegnen würde. Eifersüchtig, wie sie ist, würde es sie meilenweit zurückwerfen, und unter den aktuellen Umständen kann dies das Ende bedeuten. Warum musste er sich auch mit dieser Tussi verabreden? Er ist ein Vollidiot auf Schlingerkurs, denkt Max. Wie wär's, wenn er mal sein Hirn einschalten würde?

In einem asiatischen Restaurant in Gràcia sieht Max Txé auf den Hintern, als sie auf die Toilette geht. Er erinnert sich noch an diesen nackten Hintern, wie er auf seinem Bett gelegen hat. Sie hat ihn operieren lassen. Trotzdem: Er reizt ihn nicht. Er ist nur ein Hintern, so wie er selbst einen hat. Kaum ist Txé zurück, quasselt sie weiter. Sie redet wie ein Wasserfall, aber genau das tut ihm gut. Max lächelt, fragt zwischendurch mal was, um den Redefluss aufrechtzuhalten, wie wenn

man Holz für ein Kaminfeuer nachschiebt. Txé ist Grundschullehrerin. Die Kinder sind unmöglich. Niemand liest mehr gute Bücher. Es werden auch keine guten mehr geschrieben. Ihre Schwester hat ein Kind gekriegt, sie ist jetzt also Tante. Txé ist Single und fühlt sich wohl dabei. Sie braucht keinen Mann. Samstags geht sie mit einer Clique wandern. Sonntags bleibt sie zu Hause und malt. Ja, sie malt wieder. Schließlich hat sie jetzt jede Menge Zeit dafür. Den Traum, mal Kinder zu haben, hat sie noch nicht ganz aufgegeben. Aber bloß keinen Jungen. Von Männern will sie nichts mehr wissen. Es gibt keine guten Filme mehr. Dafür gute Serien. Hast du *Mad Men* gesehen?

«Und du?»

«Ich?»

«Wie geht's dir? Bisher hab nur ich geredet.»

«Hat sich nicht viel geändert. Der Job, die Kinder, und, na ja, meine Ex hat einen Neuen.»

«Sag bloß. Und? Wie geht's dir damit?»

«Wie meinst du das? Wir sind ja schon seit ewig getrennt.»

«Ich kenn dich doch. Wir haben uns zwar schon lange nicht mehr gesehen, aber ich weiß, wie du tickst.»

«Menschen ändern sich.»

«Menschen ändern sich nie, mein Lieber.»

Die koreanische Kellnerin bringt erst Bier, dann Wein und später das Hühnchen und das Rindfleisch mit rötlicher Soße so dick wie Blut. Irgendwann kommt ein Pakistani mit Rosen an den Tisch. Txé verheddert sich derweil immer mehr in ihrem eigenen Monolog, was Max die Gelegenheit gibt, darüber nachzudenken, wo er das Geld herkriegen soll. Er könnte seine eisernen Reserven angreifen, aber dann hat er gar

nichts mehr. Andererseits, was soll's? Er hat keine Alternative. Wenn er es nicht tut, wird er Merche verlieren, und das wäre die totale Katastrophe, ein Scheißleben ohne irgendwas, an dem er sich festhalten kann. Ohne Merche ist das Leben nichts wert. Das ist ja das Drama. Neuerdings kann er sich nicht mal mehr an den Gedanken klammern, dass er zu seiner Frau und seinen Kindern zurückkehren könnte, nach Hause. Ohne Merche bleibt ihm nur noch die silberne Kugel in den Gaumen. So einfach.

«Wohin gehen wir? Hast du Lust auf Kino?», fragt Txé und hält ihm ihren Ausschnitt, der vor Anhängern, Glitzerstaub und Schweiß nur so strotzt, praktisch ins Gesicht.

«Ja, okay.»

«Welcher Film?»

«Egal. Irgendwas. War schon ewig nicht mehr im Kino.»

«Der von Woody Allen?»

«Prima.»

Txé holt ihr Blackberry aus der Tasche und versucht herauszufinden, ob der Film in den Verdi-Kinos läuft, die gleich um die Ecke liegen. Sie haben Glück. Der Wein und der ozeanische Wortschwall haben Max etwas von seiner inneren Anspannung genommen. Seine Situation ist zwar heikel, aber sie hat auch den Vorteil, dass sie nicht verhandelbar ist. Es ist, was es ist, Punkt. Er zahlt, schweigt und betet. In dieser Reihenfolge.

In der Schlange, die bis zur Fußgängerzone reicht, meint er Merche zu sehen. Es wundert ihn nicht, weil es ihm immer so geht. Er sieht sie überall, zu jeder Uhrzeit. Nur dass sie es diesmal tatsächlich ist. Auch sie steht in der Schlange, es sind nur eine Handvoll Leute zwischen ihnen. Und neben ihr steht

ein Mann. Ruhig, groß wie ein Telefonmast. Wahrscheinlich Gero. Max sieht seinen markanten Nacken. Seine glänzende Glatze. Seinen beigen Mantel. Massiver Körperbau, energische Ausstrahlung. Gero blickt nach vorn, während Merche auf ihn einredet. Versucht sie, ihn abzulenken? Oder bittet sie ihn gar um Verzeihung? Geht man anderthalb Wochen, nachdem man erfahren hat, dass seine Frau mit einem anderen im Bett war, einfach so ins Kino und schaut sich eine Komödie von Woody Allen an? Was ist hier los?

Max sieht Gero jetzt im Profil, weil der sich Merche zugewandt und den Kopf gesenkt hat, um ihr zuzuhören. Er ist hässlich, ein geprügelter Hund, denkt er, um sich aufzumuntern. Wie gern hätte er jetzt den Alberoni zur Hand gehabt, in der Hosentasche. Plötzlich legt seine Geliebte den Arm um ihren Mann, und der wehrt sich nicht dagegen.

«Ist was?»

«Nein, nein. Du, ich hab doch keine Lust auf den Film.»

«Auf einmal?»

«Ich glaub, ich hab ihn schon gesehen. Lass uns was trinken gehen. Okay?»

«Wir haben doch schon die Eintrittskarten, Max. Irgendwas ist doch mit dir. Ist dir das Essen schlecht bekommen?»

«Nein, überhaupt nicht. Also gut, gehen wir rein. Ist ja nicht so schlimm, dass ich ihn schon gesehen habe. Woody Allen dreht sowieso seit zwanzig Jahren den gleichen Film.»

«*Match Point* hat mir gut gefallen.»

Max weiß nicht, ob er will, dass Merche ihn sieht. Sie kommen an den Einlass, passieren ihn, gehen den langen Gang entlang, der zu den Vorführsälen führt. Max hofft, dass sie nicht den gleichen Film ansehen wollen, aber diese Hoffnung

zerschlägt sich. Plötzlich schert Merche aus der Schlange aus, um zur Toilette zu gehen. Gero geht schon mal vor. Auch Max und Txé betreten den Saal, aber Max beschließt, ebenfalls auf die Toilette zu gehen. Er hat ja die Eintrittskarte und wird seinen Platz schon finden. Bestimmt. Er ist ja ein kluges Kerlchen.

Aber Max geht gar nicht auf die Toilette. Er ist leichenblass, und ihm ist speiübel. Außerdem ist ihm dermaßen zum Heulen zu muten, dass er kaum gleichzeitig gehen und atmen kann. Als Merche herauskommt, sieht sie vor der Damentoilette ein regungsloses Gespenst, das so aussieht wie Max.

«Ha … hallo. Was machst du denn hier?»

«Ich gehe ins Kino. Und du?»

«Ich auch.» Merche blickt nervös in Richtung Saal. «So ein Zufall, was?»

«Was ist los, Merche? Was hat das zu bedeuten?»

«Nichts. Ich gehe mit Gero ins Kino.»

«Vielleicht hab ich da was nicht ganz mitgekriegt. Ich habe mir Sorgen gemacht, und du hast mir gesagt, dass …»

«Lass uns das ein andermal besprechen, Max. Bitte mach die Dinge nicht noch komplizierter, als sie sowieso schon sind.»

«Nein, du sagst mir jetzt sofort, was los ist. Ich verstehe gar nichts mehr. Was hat das alles zu bedeuten?»

«Ich ruf dich an.»

«Wann?»

«Am Montag. Und dann verabreden wir uns. Versprochen.»

«Aber mach's auch wirklich.»

«Mach ich, ich schwör's. Wir machen was aus für den Nachmittag. Und dann reden wir über alles.»

Und schon eilt sie in Richtung Kinosaal. Max überlegt, was er tun soll. Ob er ebenfalls reingehen und sich auf seinen Platz setzen soll, neben seine alte Freundin, mit der ihn … was verbindet? Seit wann? Wozu? Vielleicht sollte er einfach gehen. Sich irgendwo reinsetzen, einen Gin Tonic trinken, ihr eine SMS schicken und sie mit Bösem-Buben-Blick erwarten. Aber er tut es nicht. Stattdessen betritt er den Saal, wo er, als seine Augen sich an die Dunkelheit gewöhnt haben, die fuchtelnden Arme von Txé, der Grundschullehrerin, erblickt, die ihn herbeiwinkt. Und er spürt noch einen weiteren Blick auf sich, den er nicht orten kann, von dem er aber weiß, dass er ihm folgt, ihn so verstört wie neugierig beobachtet.

Als er sich gesetzt hat, lächelt ihn seine Freundin scheu an, setzt ihre Brille auf, die ihr, wie sie sagt, hilft, die Untertitel zu entziffern. Max lächelt zurück. Sie weiß es noch nicht, aber er wird sie heute vögeln. Er wird sie heute vögeln, bis ihr die Hüften wehtun, damit er seinen eigenen Schmerz nicht mehr so spürt. Einen Schmerz, der in seine Brust strömt wie Wasser in den Rumpf eines alten Segelschiffs, das, von einer Kanonenkugel getroffen, mit Mann und Maus untergeht.

21

Die Partie findet in Mireias Kneipe statt. Mireia selbst schlängelt sich gerade zwischen den Tischen hindurch, mit ihren grauen Nylonstrümpfen und ihrem eng anliegenden, schwarzen, nicht sehr vorteilhaften Benetton-T-Shirt. Immer wieder sieht sie zum Eingang. Sie hofft, dass Cristian bald auftaucht. Bruno hat ihr versichert, dass er kommen wird. Der bestellt noch einen Cognac bei ihr, den sie ihm an den Tisch bringt, wo um Geld gespielt wird. Mit dabei sind außer ihm der dämliche Mallorquiner mit den langen Haaren, dem offenem Hemd, der Ex-Frau und dem Ex-Job bei Nissan, ein älterer Typ, den alle Opa nennen, der eher ein Domino- als ein Kartenspieler ist, und zu guter Letzt El Moro mit seinen sympathischen Goldzähnen und seinem dunklen Blick, von dem Mireia, wenn sie ihn auf sich spürt, nie weiß, ob er sie anstarrt, weil sie ihm gefällt, weil sie ihn an seine Tochter erinnert, die im Maghreb zurückgeblieben ist, oder weil er überlegt, auf welche Stelle ihres Kopfes er den Stein am liebsten werfen würde. Sie spielen Siebzehn und vier.

«Der lässt sich aber Zeit.»

«Wir haben was zu besprechen, also wird er auf jeden Fall aufkreuzen.»

«Als ob es mich jucken würde, ob er kommt oder nicht.»

Was glatt gelogen ist. Sie fühlt sich verletzt, verlassen, nicht geliebt. Wann der Zauber verflogen ist, kann sie nicht genau sagen. Je mehr sie es versucht, desto kühler reagiert Cristian, desto stärker hinterfragt er ihre Absichten, als warte er nur auf einen Vorwand, um sich zurückziehen zu können, um nicht

bei ihr sein zu müssen. Warum? Was ist passiert? Vielleicht eine andere Frau. Cristian ist und bleibt ihr ein Rätsel. Er könnte dreißig Freundinnen haben, und sie würde es nicht mitkriegen. Während sie an diese Kneipe gefesselt ist, an diese Familie, als hätte man sie zu lebenslänglich verurteilt, stromert er durch die Stadt und kümmert sich um seine windigen Geschäfte und seinen wilden Schwanz. Einen Schwanz, der sie neuerdings meidet, sie nicht vögeln will, wo sie es doch bis vor kurzem rund um die Uhr getrieben haben, im Hinterzimmer der Kneipe, wie's gerade kam, auf dem Boden, alles in Butter. Aber kaum hat sie es geschafft, ihn zu sich ins Bett zu holen, stehen die Zeichen auf Halbmast. Sie tut so, als merke sie es nicht, versucht, es mit dem Mund auszugleichen, stellt ihre Brüste zur Verfügung. Was will er denn noch? Gut, sie ist keine Expertin. Aber es ist eben noch kein Meister vom Himmel gefallen. Wahrscheinlich ist da eine Andere. Wahrscheinlich ist alles eine einzige Scheiße.

Neulich hat er ihr erklärt, was los ist. Es war aber nur, um ihr wehzutun. Er sei infiziert, hat er gesagt, aber sie hat ihm nicht geglaubt. Weil sie trotzdem bei ihm bleiben wollte, hat er den Einsatz erhöht. Aber Mireia hat ihm immer noch nicht geglaubt.

«Ich steh einfach nicht auf dich. Du machst mich nicht geil. Verstehst du?»

«Glaube ich dir nicht.»

«Dann glaubst du mir eben nicht. Ist mir egal. Gib mir ein, zwei Tage Zeit, dann suche ich mir eine neue Bleibe.»

«Geh nicht.»

«Ist besser so.»

«Geh nicht. Bitte.»

«Aber …»

«Nein. Bitte. Verlass mich nicht. Noch nicht. Bitte.»

Cristian hat nach wie vor die Schlüssel der Wohnung in der Calle Amílcar. Taucht dort auf. Sie bügelt ihm die Hemden, legt seine T-Shirts und Unterhosen zusammen. Bringt ihm von der Kneipe was zu essen mit, das er dann nur noch warm machen muss. Er liebt Thunfisch. Sie durchsucht seine Hosentaschen, sein Handy, seine Brieftasche: viel Geld, sonst kaum was; oder vielmehr nichts. Es gibt keine andere Frau. Er wird zu ihr zurückkommen. Eines Tages werden sie in den Süden ziehen. Sie wird seine Familie kennenlernen. Seine Frau werden.

Die Partie läuft gut für Bruno. Es ist nicht die erste. Er hat eine Glückssträhne. Niemand versteht, wie solche Glückssträhnen zustande kommen. Manche Leute sind abergläubisch und meinen, sie könnten das Glück heraufbeschwören oder das Pech fernhalten. Er nicht. Er wartet, bis die Glückssträhne kommt, und wenn sie da ist, nutzt er sie. Und wenn sie dann wieder geht, verzweifelt er nicht: Sie wird schon wiederkommen. Raquel und er sind wieder da, wo sie angefangen haben. Sie hat geschworen, dass sie nichts mehr nehmen wird, und er, dass er geduldiger sein und sie zu den Ärzten begleiten wird. Sich um sie kümmern. Er will sie nicht verlieren. Der Gedanke, dass sie sterben könnte, macht ihn ganz krank. Manchmal geht die Phantasie mit ihm durch, und dann werden seine Augen glasig. Was würde er ohne sie tun? Mit wem betrügt sie ihn?

«Verdammte Scheiße noch mal!»

«Spielst du weiter oder bist du raus?»

El Moro lacht. Bruno mag es, wenn jemand über seine Witze

lacht, und sei es ein Araber. Außerdem ist ihm El Moro sympathisch. Manchmal schüttelt er sein Handgelenk und sieht auf die Uhr, nur damit die anderen sein spanisches Fähnchen am Band bemerken.

«Wie sieht's aus, Opa?»

«Ich passe.»

«Und bei dir, Mohammed?»

«Warte.»

«Bist du gläubig?»

«Klar.»

«Dann kannst du dich schon mal hinknien, jetzt hilft dir nämlich nur noch nach Mekka beten. Sehen oder passen?»

«Und ich, Mann?»

«Du bist so langsam, dass ich dich übersprungen habe. Dann sag mal an.»

Seine Glückssträhne ist so stark, dass er sogar aus der Scheiße mit Dolors heil rausgekommen ist. Bevor sie irgendwas tun oder nicht tun konnte, etwas sagen oder nicht sagen, es Raquel erzählen oder wem auch immer, der ihr zuzuhören und zu glauben gewillt war, hat sie einen Anruf der Behörde erhalten, perfekt getimt am Montagmorgen: Sie ist auf die Dringlichkeitsliste gesetzt worden, was die Entscheidung über ihre Kinder angeht. Und natürlich hat sie geglaubt, dass sie das Brunos Eingreifen zu verdanken hat, mit dem Ergebnis, dass sie das Mäntelchen des Schweigens über das gelegt hat, was in jener Nacht passiert ist, auch darüber, dass nicht Bruno bei ihr gewesen ist, als sie aufgewacht ist, sondern dieser grobschlächtige Mexikaner, und dass der ihr Gesicht und Kopf unter den Wasserhahn gehalten hat.

Cristian tritt ein. Mireia merkt es sofort, macht aber einen

auf beschäftigt, kokett, zerstreut und verärgert, alles auf einmal, alles in einer Mimik und Gestik. Sie meiden jeden Blickkontakt. Cristian klatscht die Hand auf den Tresen, und Mireia sagt Hallo, tut aber weiterhin so, als wäre das, was im Fernsehen läuft, hochspannend.

Auch Bruno hat Cristian gesehen, ohne den Blick von seinem Blatt zu heben. Er hat eine Blume auf der Hand: drei aufsteigende Karten derselben Farbe, wodurch er um eine Pause bitten, einen Cognac trinken und die Demütigung der anderen auskosten kann, besonders die des Mallorquiners, der praktisch raus aus der Partie ist. Zweihundert Euro, um für heute Nacht vorzuglühen. Cristian hat es schnell gerafft und stört nicht. Er setzt sich an einen Tisch in der Nähe und wartet auf die Pause.

«Soll ich dir was bringen, Cristian?»

Mireia hat die Waffen gestreckt, was unweigerlich zur Niederlage führen wird.

«Bier.»

Warum fühlt er sich so? Sie ist doch nur eine unter vielen, verdammt. Wieso hat er das Gefühl, dass sie ihn heilen könnte? Dass sie sich aus einem merkwürdigen Grund, den er nicht begreift, um ihn kümmern, zu ihm stehen, ihm alles und mehr erlauben würde? Er spielt mit dem Gedanken, sie mitzunehmen. Aber nur kurz. Nein, er wird allein von hier verschwinden, ohne sie. Er hofft, dass sie sich nicht verplappert. Mireia ist diskret. Mireia fühlt sich schnell schuldig, und das wird er ausnutzen. Aber er muss sich besser absichern.

«Wie läuft's?»

«Gut. Wie immer. Sehen wir uns nachher?»

«Weiß nicht.»

«Das heißt: nein.»

«Das heißt: weiß nicht.»

Bruno steht auf, aber nicht so zufrieden wie erhofft. El Moro hatte die bessere Blume. Allein das ist schon nervig genug. Aber noch mehr genervt hat ihn diese Genugtuung, dieses Grinsen unter seinem Schnauzbart. Ihm ist regelrecht das Gesicht eingefroren, als beide ihr Blatt abgelegt haben, was wiederum alle anderen am Tisch bemerkt haben.

«Und?»

«Ganz okay bis jetzt.»

«Bis jetzt?»

«Bah, ich hab mich ablenken lassen, und das hat der Araber ausgenützt. Nichts Dramatisches. Der Abend ist ja noch jung.»

«Wie geht's Raquel?»

«Gut. Sehr gut.»

Wachsam reckt Bruno den Hals nach hinten, dreht den Kopf nach links und nach rechts. Er hofft, dass Cristian geschnallt hat, dass er keine weiteren Fragen zu Raquel will. Zumindest nicht in diesem Ton. Sein Hemd klebt ihm am Rücken, sein Mund ist vom Alkohol betäubt, und seine Nerven feuern wie verrückt. Im Grunde läuft alles gut, aber da sind auch einige Dinge, die er nicht versteht und die ihm gar nicht gefallen.

«Ich will mit dir über unsere Aktivitäten sprechen. Lass uns zu dem Tisch da drüben gehen, dem für die wichtigen Versammlungen», schlägt Bruno vor und zeigt auf den runden Marmortisch, über dem ein leeres Weinfass hängt. «Mir wird immer klarer, dass wir unsere Masche irgendwo anders aufziehen müssen.»

«Vollkommen deiner Meinung.»

«Natürlich.»

«Alles okay?»

«Ich hab hie und da Geld eingetrieben. Restposten.»

«Wann rechnen wir ab?»

«Mal schauen. Komm doch in den nächsten Tagen vorbei. Dann siehst du Raquel mal wieder, wobei es durchaus sein kann, dass ich sie dann mal raus an die frische Luft schicke.»

«Wieso? Wir haben doch immer alles zu dritt gemacht. Was soll diese plötzliche Geheimniskrämerei?»

«Keine Ahnung. Haben wir wirklich immer alles zu dritt gemacht?»

«Ich weiß nicht, was du meinst.»

«Sicher?»

Bruno will es immer noch nicht glauben, aber der Verdacht, der gerade noch so leicht war, wiegt plötzlich schwer wie Blei. Er hätte jetzt gerne Laseraugen gehabt, um Cristians Gesicht nach einer verräterischen Geste abzutasten. Nein, an ihn hat er nie ernsthaft gedacht. Wieso eigentlich? Wäre doch nur logisch. Raquel und er. Er und Raquel. Er beschließt, den Einsatz zu erhöhen.

«Einige Typen sind mir komisch gekommen. Einer, der bis dahin immer brav gezahlt hat, ist plötzlich an die Decke gegangen. Und ein anderer hat behauptet, er hätte schon gelöhnt. Ich hab ihm aber nicht geglaubt. Kein Stück. Oder hätte ich das mal lieber tun sollen?»

«Weiß nicht, Bruno. Ist dein Bier.» Cristian überlegt, welches Arschloch trotz seiner Drohungen die Klappe nicht gehalten hat. «Vielleicht hat dir jemand ins Geschäft gepfuscht. Könnte jeder sein, der uns hinterherspioniert, oder?»

«Hab ich mir auch gedacht. Aber jetzt, wo ich dich so sehe,

weiß ich nicht mehr, was ich glauben soll. Manchmal geschehen die merkwürdigsten Dinge. Denk nur an Kain und den anderen, diesen braven Bubi.»

«Ich weiß nicht, worauf du hinauswillst.»

«Dann streng mal deinen Grips an, mein Hübscher.»

«Okay. Hab schon kapiert. Wäre nur logisch. Aber ich war's nicht. Ich denk gar nicht dran. Du würdest ja sowieso dahinterkommen.»

«Stimmt. Das wäre dumm. Eine Verzweiflungstat. Wie wenn eine Partie zu Ende geht und man alles auf eine Karte setzt. Bist du verzweifelt, Cristian? Oder dumm?»

«Du kannst mich mal. Hab ich mich deutlich genug ausgedrückt?»

«He, immer mit der Ruhe. Ich hab's vorher nicht geglaubt, und ich glaub's auch jetzt nicht.»

«Glaub, was du willst, ist mir egal. Ich war's jedenfalls nicht. Du wirst allmählich paranoid, findest du nicht? Erst deine ständige Eifersucht, und jetzt auch noch das. Mann, Raquel ist wie eine Schwester für mich. Und jetzt sollen wir dich auch noch abzocken. Schon vergessen, wie oft ich dir den Arsch gerettet habe? Das letzte Mal ist gar noch nicht so lang her.»

«Hab ich nicht vergessen.»

«War's das?»

«Warte. Wie erklärst du die die Vorfälle?»

«Tja», sagt Cristian, zieht eine Lucky Strike aus der Schachtel und steckt sie sich in den Mund, als wäre es ein fiebriges Quecksilberthermometer kurz vorm Platzen, «ich würde mit dem anfangen, was ich sicher weiß: dass ich's nicht war. Und auf dieser Grundlage bauen wir alles Weitere auf.»

«Okay.»

Cristian weiß, dass er überzeugend sein muss. Dass er das letzte Stückchen Erde verbrennen muss, das noch zu verbrennen ist, dass er so viel Geld wie möglich zusammenraffen und abhauen muss, bevor Bruno endgültig auf das reagiert, was schon längst kein Verdacht mehr ist, sondern Gewissheit. Was Bruno nur deshalb noch nicht klar sehen kann, weil er so in Raquel verschossen ist.

«Wollt ihr noch was trinken?», fragt Mireia schlecht getimt dazwischen. Sie räumt Cristians leeres Glas ab, dessen dunkler Schaum sich hinter dem Glasrand aufzulösen beginnt.

«Nein, danke, Mireia. Wenn wir noch was wollen, sagen wir dir schon Bescheid», erwidert Cristian unverhohlen genervt. Mireia schnallt es, bewahrt sich ihre Tränen und ihre Wut für eine bessere Gelegenheit auf und verzieht sich.

«So kannst du sie nicht behandeln, Mann. Das arme Ding liebt dich.»

«Kann auch nerven, wenn einen jemand liebt.»

«Sie ist verliebt, Cristian.»

«Du bist gerade der Richtige, um anderen Ratschläge in Sachen Umgang mit Frauen zu erteilen.»

«Da hast du auch wieder Recht», sagt Bruno lachend.

«Zurück zu den wichtigen Dingen. Es gibt zwei Möglichkeiten. Erstens: Der Typ oder die Typen haben dich angeschmiert in der Hoffnung, dass du sie nicht weiter ausnimmst.»

«Das ist mir noch nie passiert.»

«Das muss nichts heißen. Es gibt immer ein erstes ‹Ist mir nie passiert›», sagt Cristian, aber es klingt anbiedernder und hohler als beabsichtigt.

«Trotzdem, ist ein bisschen viel Zufall. Ein bisschen zu viel. Das kann ich mir einfach nicht vorstellen.»

«Oder jemand weiß Bescheid und nutzt es aus. Jemand, der uns nachspioniert hat und …»

«Unmöglich. Wir organisieren ja alles unter uns.»

«Hm. Dann muss Raquel die Finger im Spiel haben. Schließlich vereinbart sie die Treffen, oder? Wenn hier was faul ist, dann muss sie dahinterstecken.»

Cristian weiß, dass er Raquel opfern muss, wenn er sich aus der Schusslinie bringen und Zeit gewinnen will.

«Aber es wäre völlig idiotisch, erst bei jemandem abzukassieren und dann ein Treffen für dich oder mich zu organisieren. Auffälliger geht's ja nicht.»

So haben Raquel und er es vereinbart. Dass sie ihm Namen, Telefonnummern, Termine rüberwachsen lässt, nur kleinere Fische, damit Cristian Geld für seine Flucht zusammenkratzen kann. Diese Namen, Telefonnummern und Termine würde sie Bruno einfach nicht geben, unter irgendeinem Vorwand. Dass die Leute ihr Handy gewechselt haben oder sonst eine halbwegs glaubwürdige Ausrede. Was hat Raquel davon? Drogen. Dass Cristian ihr nah ist, zufrieden. Aber es gibt noch eine andere Möglichkeit, und auf die kommt Cristian erst jetzt. Dass die Kontaktdaten nämlich nicht nur in Raquels magischen Spiralheft mit dem Robinhokonterfeit vermerkt sind. Sondern dass auch Bruno über diese Informationen verfügt, sie in einem anderen Heft notiert hat, im Grunde reicht ja ein Stück Papier. Und dass er so auf eigene Rechnung arbeiten kann, wie er gerade lustig ist.

«Scheint logisch. Nur dass Raquel diese Termine nicht für mich vereinbart hat.»

«Dann machst du nebenher also dein eigenes Ding. Wie sollen wir da wissen, wann du kassierst, und bei wem, und …»

«Könnt ihr nicht wissen. Aber keine Angst, ich bin da sehr korrekt.»

«Einen Scheiß bist du, Bruno. Das stinkt doch zum Himmel.»

«Ich spiele keine schmutzigen Spielchen. Ich checke nur ab und zu, ob alles okay ist.»

«Glaub ich dir nicht.»

«Jetzt sind wir wieder da, wo wir gerade waren: Du hast das Problem.»

«Weiß Raquel davon?»

«Nein.»

Cristian lässt sich auf seinem Stuhl zurücksinken und starrt ins Leere, als wäre ihm die Welt plötzlich fremd geworden, unbegreiflich. Seine sauberen, glänzenden Nike, sein grünweißer Jogginganzug und das schwarze T-Shirt sind Verkleidungen, die ihn nicht mehr schützen. Am liebsten würde er wegrennen. Flüchten. Tausend Jahre schlafen. Aufgeben. Sterben. Aber der Instinkt treibt ihn in Richtung Blut und Wunde.

«Ich muss nachdenken.»

«Tu dir keinen Zwang an.»

«Wenn das, was die Typen sagen, stimmt, dann gibt Raquel die Infos an einen Dritten weiter, und dieser Dritte versucht, uns abzuzocken.»

«Macht sie aber nicht. Das würde nur die Preise in die Höhe treiben, um es mal so zu nennen.»

«Aber ich kann mir nicht vorstellen, dass Raquel dich hintergeht.»

«Uns hintergeht.»

«Ja, aber es dein Geschäft. Und du teilst Tisch und Bett mit ihr.»

«Weißt du was? Jetzt, wo wir darüber gesprochen haben, kommt mir das alles total blödsinnig vor. Raquel würde so was nie tun. Es sei denn zusammen mit dir. Und du sagst ja, dass du nichts damit zu tun hast.»

«Richtig.»

«Also?»

«Die Fremdgeher haben versucht, mich reinzulegen.»

«Haben sie dir den Kerl oder die Tussi beschrieben, der außer uns abkassiert?»

«Ja.»

«Und?», fragt Cristian und nimmt die Zigarette, die er immer noch nicht angezündet hat, aus dem Mund.

«Wie du, nur in hübsch.»

«Siehst du? Alles gelogen, hübscher wie ich geht nämlich gar nicht.»

«Dümmer auch nicht.»

22

Max ist sich nicht sicher gewesen, ob Merche ihn tatsächlich anrufen würde, aber sie hat es getan, sie hat angerufen. Und jetzt ist er sich nicht sicher, ob sie auch wirklich zu dem Treffen kommen wird. Er hat das Enrique Granados vorgeschlagen, das im Zentrum liegt und nicht, wie sonst bei ihnen üblich, irgendwo außerhalb. Es ist ein gemütliches Lokal, dekoriert mit Schwarzweißfotografien aus untergegangenen Welten, aus einem goldenen Zeitalter, in dem die Menschen glücklich waren, wenn sie einen Kaffee trinken, einen Hut tragen oder Samstagabend tanzen gehen konnten. Im hinteren Teil des Cafés sind bunte Bilder ausgestellt, bunt wie der Flügel eines Schmetterlings.

Die Kellnerin kommt, um ihre Bestellung aufzunehmen. Sie ist zierlich, blass, hat ein kindliches Lächeln und einen Akzent – schwedisch, deutsch, holländisch? –, den Max nicht genau bestimmen kann. Er lächelt nicht zurück. Ihm ist heute nicht nach Multikulti. Und auch die Fitzgerald, die alte Diabetikerin, die gerade Cole Porter singt, als hätte die Welt seit den vierziger Jahren nicht hundert Mutationen erlebt, geht ihm auf den Senkel. Überrascht betrachtet er die dampfende Tasse, die plötzlich vor ihm steht. Weiß, viereckig, darin ein Teebeutel. Ach ja, jetzt erinnert er sich wieder. Er wollte ein Bier, ist auf Kaffee umgeschwenkt und hat schließlich einen Minztee bestellt. Wäre er doch nur beim Bier geblieben.

Noch mal die Strategie durchgehen. Sie reden lassen. Das auf jeden Fall. Es ihr nicht zu leichtmachen. Noch weiß er nicht, wie er reagieren wird, denn noch ist unklar, worauf er

reagieren muss. Er wird so tun, als würde er ihr alles glauben, was sie sagt. Als würde er ihre Entschuldigung annehmen, ihr Schnurren, ihre unbegreiflichen Gedankengänge, denn er braucht wieder festen Boden unter den Füßen, das Gefühl, sich auf sich selbst verlassen zu können, stark zu sein, unverwundbar, oder wenigstens ein normaler Mann in einer Welt normaler Männer.

In den vergangenen Nächten hat er kaum ein Auge zugetan. Und heute Morgen ist er wegen des Treffens so nervös gewesen, dass er nicht zur Arbeit gegangen ist. Als wenig originelle Ausrede hat ein Hexenschuss herhalten müssen, aber es ist ihm egal, ob man ihm geglaubt hat oder nicht. Seit der Begegnung im Kino dreht sich das Karussell aus Gedanken, Theorien und Delirien in seinem Kopf ununterbrochen um die Frage: Was hat Merches Reaktion zu bedeuten? Alles ist explodiert, und sie hat lieber vertraute Gewässer angesteuert, als die Welle zu nutzen und die Ketten zu sprengen, die sie an ihren Mann fesseln. Er kann es sogar verstehen, aber ist diese Kapitulation nicht traurig und feige, dieser Verrat? Max erinnert sich noch genau an all die bitteren Bemerkungen über ihren Mann und ihr Eheleben, ja, er bewahrt sie auf wie Amulette: An Gero binde sie nur noch die Tatsache, dass er der Vater ihrer Kinder sei; Sex finde kaum noch statt, und wenn doch, dann nur, weil sie seinem männlichen Ansturm nicht mehr habe standhalten können; dann schließe sie die Augen und denke an Max, nur an ihn; wenn er doch nur eine Freundin finden und gehen würde; sie ertrage ihn nicht mehr; alles an ihm öde sie an.

Wer war aber dann, fragt sich Max, die zärtliche Frau in der Kinoschlange? Vor seinem geistigen Auge vergegenwärtigt er

sich wieder und wieder Augenblicke, Gespräche, Vertrautheiten. Er ist kein Dummkopf, er weiß, wie sehr sich die Dinge verändern, wenn alles ans Licht kommt. Er kennt die Momente der Schwäche, der Zweifel, das bedrückende Gefühl, der launische Gott zu sein, der die Tragödie herbeigeführt hat, der verantwortlich ist, dass die Liebsten, denen man einst Treue geschworen hat und die man nun verrät, sich verlasen fühlen und leiden müssen. Er hat das alles selbst erlebt, hat selbst vor dem Nichts gestanden. Merche hingegen hat wenigstens ihn, hat gewusst, dass sie nichts verlieren würde. Weder ihre Kinder noch ihr Zuhause. In ihrer Komödie ist eine Figur abgetreten, von der niemand mehr etwas erwartet hat, und eine andere Figur ist aufgetreten, um aus alt und nicht getan und nur erhofft neu zu machen. In seiner eigenen Komödie ist die Figur, die stumm abgetreten ist, er selbst. Und der Neue ist gerade in seinem graumetallic Ford Focus vorgefahren und lebt jetzt mit Virginia und seinen Kindern zusammen.

Merche ist geschockt, und nun versucht sie aus Angst, den zerbrochenen Spiegel wieder zusammenzusetzen. Okay, räumt Max ein. Es ist eine Wunde, die langsam wirkt, aber am Ende wird sie trotzdem tödlich sein. Beide werden versuchen, sie zu säubern, sie zu heilen. Aber vergeblich. Der Brand wird sich durch das eiternde Körperteil fressen, bis es amputiert werden muss. So ist es nun mal, redet Max sich ein, so ist es immer, oder etwa nicht?, fragt er niemanden, sich selbst, den Guru der Selbsthilfe, Maestro Alberoni. Zerstörtes Vertrauen lässt sich nicht mehr kitten.

Merche ist geschockt. Weiter nichts.

Es wird Abend. Die Schatten warten schon. Die Tage werden kürzer. Die Uhren werden vorgestellt oder nachgestellt.

Max legt die Hände um seine Tasse. Die Wärme tut ihm gut. Was, wenn sie nicht kommt? Als wollte er sich selbst kasteien, holt er sein Handy, das er in der Hosentasche hat, alle zwei Minuten heraus und starrt es an. Merche, wie sie ihrem Mann die Arme entgegengestreckt, ein symbolischer Waffenstillstand. Merche, wie sie ihn im Ehebett umarmt. Wie sie den Einsatz erhöht und Max zur Abendessenszeit in die Wüste schickt. Alles ist offen. Sie muss kommen. Sie muss ihm Rede und Antwort stehen. Wahrscheinlich wird sie ihn um Zeit bitten. Um ein Jahrhundert. Oder zwei. Und er wird geduldig sein.

Er klappt sein Handy auf, will sie anzurufen, aber da erhört Merche seine Bitte und kommt zur Tür herein, steuert den Tisch an, an dem Max auf sie wartet. Sie trägt einen grünen Mantel und macht ein Gesicht, als müsste sie zum Zahnarzt. Sie winkt Max kurz zu und geht an den Tresen, um sich eine Cola zu bestellen.

«Hallo.»

Sie zieht den Mantel aus, legt ihn über den zweiten Stuhl auf ihrer Seite, denn sie zieht es vor, ihm gegenüber Platz zu nehmen. Sie weicht seinem Blick aus. Der Liebhaber als Mauer, die man in Angriff nehmen muss, überwinden. Max kann sich nicht recht entscheiden, ob er ironisch sein soll oder seinem Ärger freien Lauf lassen oder so tun, als wäre alles gut, amüsant, möglich, relativ. Er weiß nicht, welche Rolle er spielen soll, damit sie, wenn sie erläutert hat, wo sie stehen und wohin die Reise geht, mit einem einzigen Wort seine schreckliche Wunde heilt.

«Es ist kalt.»

«Mir nicht.»

«Und der Mantel?»

«Draußen natürlich schon.»

Die Coca-Cola kommt. Max schlürft an seinem Tee.

«Wie war der Film?», provoziert Max.

«Mir ist nicht nach Sticheleien.»

«War auch keine Stichelei.»

«Na gut, dann sagen wir, ich hab keine Lust, über Kino zu plaudern.»

«Okay.»

«Wir müssen reden.»

«Wir? Du bist diejenige, die reden muss. Ich bin immer noch nachts am Strand. Mehr weiß ich nicht. Doch, dass du neulich nicht wiederzuerkennen warst.»

«Ich bin eben so.»

«Wie?»

«So wie du mich gesehen hast.»

«Und als du mit mir zusammen warst, wer warst du da?»

«Auch ich, nehme ich an.»

Schweigen. Sie weicht weiterhin seinem Blick aus. In diesem Moment begreift Max, dass er den Krieg verloren hat. Und dass es ihm gar nichts nützt, im Recht zu sein, den Beleidigten zu spielen, sie mit Vorwürfen zu überhäufen. Er will jetzt nur noch, dass alles wieder ist wie früher. Er will aus Merches Mund hören, dass sie ihn liebt. Er will in ihren Armen liegen und die Augen schließen. Er will sie riechen, spüren, sich sicher fühlen in ihrer Welt. Er hat es versucht und ist gescheitert. Das war's. Ab jetzt gehen wir wieder getrennte Wege.

«Wo soll ich anfangen. Also … An dem Abend, als wir zusammen weg waren, hat jemand angerufen. Er hat Gero gesagt, ich würde ihn betrügen. Gero hat es nicht geglaubt, aber sein Misstrauen war geweckt.»

Gero. Sie hat seinen Namen ausgesprochen. Nicht das Pronomen benutzt, um in Gegenwart ihrer wahren Liebe nicht unnötig ihren Mann heraufzubeschwören, als könnten Namen die Wirklichkeit dazu bewegen, nicht so zu sein, wie sie ist.

«Wusste er, wo du warst? Und wer bei dir war?»

«Nähere Details hat er nicht genannt.»

«Aber wer kann davon gewusst haben, dass …?», sagt Max pflichtschuldig.

«Keine Ahnung. Wie du dir denken kannst, habe ich mir darüber endlos den Kopf zerbrochen. Gero meint, es war ein Mann.»

«Sag bitte nicht noch mal Gero.»

«Wieso? So heißt er nun mal.»

«So hieß er auch schon vor einer Woche oder zwei, aber damals hast du nur ‹er› gesagt.»

«Vielleicht ist jetzt der Moment gekommen, die Dinge beim Namen zu nennen.»

«Schon möglich.»

«Ich glaube, ich weiß, wer's war. Deine Frau. Sie muss es irgendwie rausgekriegt haben. Vielleicht hat sie einen Privatdetektiv auf uns angesetzt.»

«Kann ich mir nicht vorstellen.»

«Wieso nicht?»

«Weil ihr egal ist, was ich treibe. Wenn sie mich die ganze Zeit auf Abstand hält, wieso sollte sie dann wissen wollen, was ich an irgendeinem Mittwochabend mache?»

«Trotzdem, sie ist nach wie vor verletzt und wollte sich rächen. Spät, aber dafür so richtig.»

«Nein. Ehrlich. Sie kann es nicht gewesen sein. Aus vielerlei Gründen.»

«Weil sie ein guter Mensch ist, meinst du? Egal, wer immer es war, er hat mein Leben zerstört. Gero oder ‹er›, wenn dir das lieber ist, hat Nachforschungen angestellt. Er hat rausgefunden, dass ich nicht bei dem Klassentreffen war. Als ich nach Hause kam, hat er mich kalt erwischt und mit Fragen durchlöchert.»

«Tut mir leid.»

«Tja. Wer immer es war, er hat noch nicht genug. Seit zwei Tagen ruft er ständig Gero an und legt wieder auf. Wenn es deine Ex ist, sag ihr bitte, sie soll das lassen.»

Max antwortet nicht. Es kann Zufall sein, aber er glaubt es nicht. Das Arschloch will ihm eine Botschaft schicken, ihm, nicht Merche oder Gero. Entweder du zahlst, oder ich rede. Um Zeit zu gewinnen, nippt Max an seinem Pfefferminztee, der bereits kalt und ungenießbar ist.

«Ruft er Gero auf seinem Handy an?»

«Ja.»

«Wie sollte es dann meine Ex sein? Eine Handynummer kriegt man nicht so einfach raus.»

«Wenn man einen Detektiv beauftragt, schon.»

«Das ist reine Paranoia.»

«Dann erklär du mir, was hier läuft.»

«Kann ich nicht. Vielleicht hat sich dein Mann alles nur ausgedacht.»

«Ja, sicher! Und selbst wenn, jetzt weiß er es, weil ich es nämlich zugegeben habe.»

Merche sieht ihm immer noch nicht in die Augen. Sie ist nervös. Will alles hinter sich bringen, wieder gehen, die neue Etappe Angriff nehmen. So schnell wie möglich.»

«Ich weiß nicht, wie ich es sagen soll.»

«Was?»

«Was ich zu sagen habe. Fällt mir nicht leicht.»

«Was fällt dir nicht leicht?»

«Schluss zu machen.»

Jetzt ja. Jetzt sieht Merche Max in die Augen, als hätte sie einen krankhaften Tick. Vielleicht will sie nur sehen, ob diese Nachricht, von der sie dachte, er hätte sie erwartet, ihn unerwartet trifft. Max' Gesicht wird länger und länger, als wäre es mit Wasserfarben gemalt, seine Augen werden glasig, und er ist blass. Er weiß nicht, ob er weinen, schreien oder auf den Tisch hauen soll.

«Anfangs habe ich alles abgestritten, aber die Situation war unhaltbar. Ich hatte ja sogar noch Sand in den Schuhen. Hab nach dir gerochen, was weiß ich. Jedenfalls bin ich eingeknickt. Ja, ich hätte eine Affäre. Deinen Namen habe ich nicht genannt. Er hat gefragt, und ich hab ihm die Wahrheit gesagt.»

«Die Wahrheit.»

«Ja.»

«Was für eine Wahrheit?»

«Die Wahrheit, die in diesem Moment gültig war. Es hat immer mehrere Wahrheiten gegeben, Max. Die Wahrheit unserer Treffen und die Wahrheit von Weihnachten mit Gero und den Kindern. Die Wahrheit der Gewissensbisse und die Wahrheit der Träume. Ich muss endlich erwachsen werden, Max. Und du auch. Wir sind keine Teenager mehr. Es gibt so etwas wie Verpflichtungen. Du solltest zu deiner Frau zurückkehren. Dieser Wahnsinn muss ein Ende haben. Er führt zu nichts.»

«Ich will und kann nirgendwohin zurückkehren. Ich habe irgendwann beschlossen, keine Lügen mehr zu leben.»

«Du Glücklicher.»

«Ist gar nicht so schwer.»

«Ach ja?»

«Du hast Gero die Wahrheit gesagt, oder? Dass du all die Jahre mit mir gevögelt hast? Dass du dir nichts sehnlicher gewünscht hast, als dass er dich verlässt? Dass du es nicht mehr ertragen hast, dass er dich anfasst?»

«Sei nicht so gemein.»

Jetzt ist sie diejenige, der zum Heulen zumute ist. Sie hat sich alles so schön zurechtgelegt, wie eine Rede, aber seit sie Max wiedergesehen hat, weiß sie, dass es nicht so einfach sein wird. Sie muss etwas verteidigen, das sie, wenn sie ehrlich zu sich ist, nicht verteidigen will. Sie will gar nicht von dieser Krankheit geheilt werden. Sie will sich nicht darauf festlegen, diese Droge nie wieder zu nehmen. Gero hat ihr noch einmal eine Chance gegeben, weil sie ihn unter Tränen und Geschrei darum angefleht hat. Sie wollte ihn nicht verletzen, wollte ihm diesen Schmerz nicht zufügen. Und der Preis, den sie dafür zu zahlen hatte, schien ihr akzeptabel: die Geisel zu töten, nach der kein Hahn kräht, Max.

«Ich habe gesagt, was ich zu sagen hatte, ohne dass ich mehr Schaden zugefügt habe, als nötig war.»

«Ist mir ehrlich gesagt egal.»

«Hör zu, das alles ist nicht einfach für mich, das kannst du mir glauben. Ich kann so nicht weitermachen. Ich bin innerlich in zwei Hälften zerrissen. Die Umstände haben mich gezwungen, eine Wahl zu treffen, und das habe ich getan.»

«Du hast den leichteren Weg gewählt, den bequemeren, konventionelleren.»

«Ich habe den Weg gewählt, der es mir ermöglicht, mit mir im Reinen zu sein.»

«Ich kann dich glücklich machen. Du warst glücklich mit mir. Mit mir!»

«Max, schrei nicht so.»

«War das alles nur vorgetäuscht?»

«Nein.»

«Also?»

«Nichts also.»

«Ich verstehe nicht.»

«Doch, tust du. Es ist nicht so einfach. Ich habe eine Entscheidung getroffen.»

«Mit dem Kopf.»

«Ja.»

«Auf Grundlage des Bankkontos.»

«Das ist jetzt unfair.»

«Warum hast du dich nicht für mich entschieden? So wie ich mich für dich?»

«Es war ein Fehler. Für dich wie für mich.»

«Wie lange hältst du durch mit vier platten Reifen? Was meinst du?»

«Ich werde es zumindest versuchen, Max. Bitte respektiere meine Entscheidung. Hilf mir, wenn du mich so sehr geliebt hast, wie du sagst.»

Sie weint. Sie hat lange dagegen angekämpft, aber jetzt kann sie nicht mehr. Sie weint vor Anspannung. Sie weint, um Max zu zeigen, dass sie nicht gefühllos ist. Sie weint, weil ihre Antworten vernünftig sind, aber ein Bild von ihr zeichnen – hässlich, feige, alt –, das ihr ganz und gar nicht gefällt.

«Ich soll dir helfen? Und ich? Wer hilft mir?»

«Wir machen uns gerade zum Affen. Lass uns rausgehen. Geh du schon mal vor, ich übernehme die Rechnung.»

Draußen ist es dunkel. Max sucht nach einem Taschentuch, um sich die Nase zu putzen. Die Stadt hat etwas von einem Spionagefilm. Nach und nach leuchten in den stummen Gebäuden mit den dunklen Mündern Lichter auf. In etwa zwanzig Meter Entfernung, in der Calle Diputación, erkennt er die letzten Bücherbuden der Stadt, grüne, fest verzurrte Tierpanzer, in denen sich tonnenweise Zeitschriften und Pornovideos stapeln. Gegenüber das theologische Seminar. Seelenfischer trifft auf Wichsvorlagenverkäufer. Max würde gern darüber lachen, aber er kann nicht. Er ist wütend, traurig, resigniert.

«Lass uns ein Stück gehen.»

Merche hat sich bei ihm untergehakt. Sie würde jetzt liebend gern mit ihm essen gehen, alles wiedergutmachen, sich in eine Welt katapultieren, in der ein anderes Koordinatensystem gilt als das der Wirklichkeit. Aber sie zwingt sich, an Gero und die Kinder zu denken, schärft sich ein, dass sie lediglich dafür sorgen will, dass Max sich beruhigt. Dass er ihre Entscheidung versteht. Dass er ihre Hinrichtung gutheißt und dem Henker verzeiht. Danach wird sie gehen. Für immer.

«Du machst einen Fehler.»

«Max …»

«Ich bin derjenige, an den du denkst, wenn du schlafen gehst. An den du denkst, wenn du aufwachst.»

«Aber es darf nicht sein, siehst du das denn nicht?»

«Nein! Verlass mich, wenn du willst, aber sag mir die verdammte Wahrheit. Liebst du mich oder liebst du mich nicht?»

«Max.»

«Sag's mir. Ich brauche das jetzt. Bitte, sag's mir.»

«Nein.»

«Nicht mal das willst du mir geben?»

Merche steht direkt vor ihm, ganz nah. Er ist versucht, sie auf die Lippen zu küssen. Der letzte Kuss nach Tausenden von Küssen. Auch Merche denkt, dass er sie gleich küssen wird, aber dann verzichtet Max auf diesen letzten Wunsch vor seiner Hinrichtung. Er tritt einen Schritt zurück. Auch er will jetzt, dass es vorbei ist. Aber er will sich einen letzten Rest Würde bewahren. Sie hat ihre Wahl bereits getroffen. Wozu also diese letzte Huldigung? Er wird es nur bereuen. Sie wird es bereuen. Ihn vermissen. Zu ihm zurückkehren. Nein. Max spürt, dass es diesmal anders ist.

«Ich gehe jetzt, Merche. Ich will kein Mitleid. Ich will deine Liebe. Ich will die Frau, die mit mir zusammen war, nur mit mir. Wenn ich das nicht kriegen kann, dann will ich lieber nichts. Ich gehe jetzt, und ich werde dich in Ruhe lassen, da brauchst du dir keine Sorgen zu machen. Es wird keine Anrufe geben, keine Mails, nichts. Lebt ihr ruhig euer Familieneiapopeia. Ich bitte dich nur um eines: Sag mir, dass du mich liebst. Dass du mit mir zusammen wärst, wenn es ihn nicht gäbe. Sag's mir!»

Eine Windböe weht theatralisch zwischen ihnen hindurch. Merche spürt, dass das Ende naht. Dass nun der Abschlussdialog kommt, den sie nicht verpatzen darf. Er muss stimmig sein, von großer Schönheit. Ihretwegen. Max' wegen. Der Liebe wegen.

«Also gut: Ich liebe dich. Ich war glücklich mit dir. Gäbe es Gero nicht, würde ich es mit dir versuchen.»

Max nickt – «okay, okay, okay» –, dreht sich um und geht die Fußgängerzone entlang, ohne festes Ziel. Merche bleibt reglos stehen und sieht ihm nach. Dann geht auch sie los, in

die entgegengesetzte Richtung, zur Bushaltestelle. Sie wird früher zu Hause sein, als sie gedacht hat. Was soll sie heute zum Abendessen kochen? Beide, Max wie sie, warten absurderweise darauf, dass ein Regisseur «Cut» ruft, damit sie aus ihren Rollen schlüpfen und wieder sie selbst sein können. Aber das «Cut» kommt nicht. Also werden sie für den Rest des Abends ihre Masken aufbehalten.

23

«Bist du taub? Es ist alles im Eimer.»

Max sieht Cristian direkt in die Augen und fängt an zu grinsen. Damit hat der Typ nicht gerechnet. Jetzt ist er am Drücker. Cristian hat eine Reisetasche dabei, sie steht zu seinen Füßen. Auch diesmal ist er gezeichnet: Ein Kratzer zieht sich quer über die Wange bis zum Mundwinkel.

«Dann hast du also nichts dagegen, dass ich den Ehemann anrufe und ihn nach seiner Frau frage? Oder besser noch, dass ich ihm verrate, wer hinter allem steckt, damit der Gehörnte selbst es deiner Freundin sagt?»

«Wir haben Schluss gemacht. Ist mir also scheißegal, was du machst. Es ist aus und vorbei.»

«Glaub ich dir nicht.»

Aber das ist gelogen: Cristian glaubt Max sehr wohl. Er kennt diesen Blick. Es ist der Blick eines Mannes, der nichts mehr zu beschützen hat und folglich auch nichts mehr zu verlieren. Der nicht blufft. Blöd nur, dass er mit dem Geld gerechnet hat. Na gut, dann wird er eben noch mal auf Brunos Notizbuch zurückgreifen, mal sehen, ob er was für sich abzweigen kann.

«Wie viel hast du noch mal verlangt?»

«Wieso willst du das noch wissen, du Schlaumeier?»

«Wie viel?»

«Sechstausend.»

«Sechstausend dafür, dass du weiterhin anrufst.»

«Genau.»

«Hier sind dreitausend.»

«Aber ...»

«Und du kriegst weitere zwölf, wenn du den Job erledigt hast.»

«Ich versteh nur noch Bahnhof. Bist du jetzt völlig übergeschnappt oder was? Erst sagst du, dir ist alles scheißegal, und jetzt bietest du mir plötzlich ...»

«Hör zu, du Idiot», sagt Max in dem Hochgefühl, den Vorteil in der Hand zu haben, dem Erpresser gedanklich meilenweit voraus zu sein. Trotzdem hat er Angst, er könnte ihn beleidigt haben. Der Kerl ist gefährlich, gewalttätig, skrupellos, das darf er nicht vergessen.

«Pass auf, was du sagst, du Arschloch.»

«Dann rede ich jetzt mal Klartext, damit du es auch wirklich kapierst. Du wirst mich nicht mehr ausnehmen. Ich werde dich dafür bezahlen, dass du einen letzten Job für mich erledigst, und dann wirst du aus meinem Leben verschwinden und ich aus deinem. Du wolltest sechstausend, ich biete dir fünfzehntausend. Keinen Euro mehr. Verhandeln zwecklos, weil das alles ist, was ich habe.»

Max blickt nach links und nach rechts. Um diese Uhrzeit kümmern sich die Tauben und Betrunkenen nur noch um sich selbst. Ein paar Meter entfernt, an der Kreuzung zur Calle Tallers, spuckt ein irischer Pub mit einem halb heruntergelassenem Rollladen rotzige Leute aus, die in einer Sprache singen, fluchen und womöglich sogar beten, die entfernte Ähnlichkeiten mit Englisch hat. Max senkt die Stimme. Es ist alles so irreal, dass es seinen Schmerz betäubt. Er weiß nicht, ob das, was er da tut, klug und geschickt ist. Ob es eine brillante Idee oder der reinste Selbstmord ist. Er weiß nur, dass kein Stein mehr auf dem anderen bleiben wird.

«Es geht nicht mehr nur um Anrufe.»

«Nein?»

Schweigen. Cristian begreift nicht, und Max hat Angst, es laut auszusprechen, aber er will die Welt wieder ins Lot bringen.

«Ich will, dass du ihn tötest.»

«Was? Spinnst du! Dir hat wohl jemand ins Hirn geschissen!»

«Fünfzehntausend Euro.»

«Vergiss es.»

«Okay.»

Cristian ist aufgestanden, starrt Max aber weiterhin an. Was für ein Wahnsinn. Fünfzehntausend. Völlig irre. Fünfzehntausend. Der Einsatz, um den er noch nie spielen durfte, den immer nur die anderen abkassiert haben. Fünfzehntausend. Er muss sich nur einen Ruck geben. Dann kann er am Samstag abhauen, kann sich eine Zukunft kaufen. Fünfzehntausend.

«Dann suche ich mir eben jemand anderen. Ich hab Zeit. Dachte nur, du bräuchtest dringend Geld.»

«Komm, wir gehen da rüber.»

Max gehorcht. Cristian geht voraus. Erst an der Kirche Sant Pere Nolasc vorbei, dann eine kleine verkehrsberuhigte Passage hinter dem Goya-Theater entlang. Fünfzig Meter entfernt lässt sich ein Ausländer, der gerade aus dem Pub gekommen ist, von einer Hure einen blasen. Er sieht zu ihnen herüber und hebt seine Bierdose zum Gruß. Cristian grüßt nicht zurück. Wahrscheinlich hält der Kerl sie für zwei Schwule, die es gleich an Ort und Stelle treiben werden, oder für zwei Bullen in Zivil, aber das ist ihm egal. Die Prostituierte beäugt sie, taxiert sie und widmet sich dann wieder ihrem Geschäft.

«Heb dein Hemd an.»

Max gehorcht. Erst ist er überrascht, aber dann kapiert er, dass Cristian den Verdacht hat, er könnte die Unterhaltung aufzeichnen. Cristian leert seine Jackentaschen. Er stößt auf das Handy und fordert ihn auf, es auszumachen.

«Und jetzt die Hosen runter. Auch die Unterhosen. Hier kriegt deswegen keiner einen Schreck.»

Max tut, wie ihm geheißen. Der Ausländer feuert sie lautstark an. Cristian antwortet mit der internationalen Geste für «Fahr zur Hölle», die der andere sofort begreift und mit einem kräftigen Schluck aus der Bierdose quittiert. Kurz darauf stöhnt er auf, weil es ihm kommt, oder weil er stirbt, wer weiß das schon genau.

«Die Schuhe.»

«Ja.»

Max zieht auch die Schuhe aus. Danach zieht er sich langsam alles wieder an.

«Meinst du das ernst?»

«Ja.»

«Was hast du davon?»

«Das ist meine Sache.»

«Sie hat sich gegen dich entschieden.»

«Das ist es nicht. Er terrorisiert sie. Misshandelt sie», lügt Max, um seinen Plan irgendwie zu rechtfertigen.

«So, so.»

«Machst du's nun oder machst du's nicht?»

«Wenn ich's mache, dann muss es vor Freitagabend über die Bühne gehen.»

«Das ist ein bisschen überstürzt.»

«Entweder so oder gar nicht.»

«Du machst es also?»

«Kommt drauf an. Du wirst mir helfen. Wie, weiß ich noch nicht, aber wenn wir beide Dreck am Stecken haben, kannst du nicht den Schlaumeier spielen und mich verpfeifen.»

«Scheint mir nur fair.»

«Fair? Klingt komisch aus dem Mund eines Mörders.»

«Ja, kann schon sein, aber ich habe eben noch nie jemanden getötet.»

«Was du jetzt aber tun willst. Über einen Helfershelfer. Aber letztlich bist du der Mörder. Ich will, dass dir das bewusst ist. Dieser Typ wird sterben, weil du willst, dass er stirbt.»

«Ja.»

«Hör zu, ich will sechstausend jetzt und …»

«Nein. Es läuft so, wie ich es gesagt habe.» Max will nicht die Kontrolle über die Situation verlieren. Diesmal nicht. «Die Nummer hast du schon mal mit mir abgezogen. Ein zweites Mal wird mir das nicht passieren. Ich sag dir, wo und wann, damit alles gut über die Bühne gehen kann. Aber was die Bezahlung angeht, bleibt's bei dem, wie ich gesagt habe. Dreitausend jetzt, den Rest, wenn der Job erledigt ist.»

Die Straße belebt sich. Die ersten städtischen Ordnungshüter lassen sich blicken. Cristian schweigt. Da fällt sein Blick auf die Reisetasche, die neben ihm auf dem Boden steht, tausend Kilometer vom nächsten Freitag entfernt.

«Lass uns woanders hingehen, wo wir alles in Ruhe besprechen können. Ins Groucho zum Beispiel, ist gleich um die Ecke.»

«Okay.»

Wortlos machen sie sich auf den Weg. Die Vorstellung, jemanden zu töten, kommt ihnen vor wie ein Berg, der auf sie stürzen wird, wenn sie nicht bald Deckung finden. Wenn sie

das, was sie vorhaben, auf offenem Gelände aussprechen, wird es einen Fluch über sie bringen, aber wenn sie sich irgendwo verstecken, so ihre Logik, wird der Engel des Todes weiterziehen. Max bricht schließlich das Eis:

«Gehst du weit weg?»

«Ja.»

«Wohin?»

«Du bist der Letzte, dem ich das auf die Nase binde, was du sicher verstehen kannst.»

«Ja, schon.»

«Ich will dir trotzdem einen kleinen Vertrauensbeweis liefern: Ich gehe nach Brasilien. Mit meiner Freundin», lügt Cristian. «Sie hat dort Familie. Der Flieger geht am Freitagabend.»

«Brasilien?»

«Ja. So, hier ist die Kneipe.»

«Nicht schlecht.»

«Weißt du, warum die Brasilianerinnen so gut tanzen können? Weil sie schon als kleine Mädchen mit dem Hintern schwänzeln. Und als Frauen schwänzeln sie einfach weiter», sagt er und lacht über seinen eigenen Witz.

Sie betreten das Groucho. Obwohl die Kneipe leer ist, bestellen sie unten zwei Kaffee und gehen nach oben. Die Kaffee werden sofort gebracht. Der grimmig dreinblickende Kellner mit den Tattoos auf Armen und Hals scheint Cristian zu kennen, aber nicht einordnen zu können.

«Wie hast du dir das gedacht?»

«Weiß noch nicht.»

«Wer ist der Typ? Was macht er beruflich? Hast du ein Foto von ihm?»

«Nein.»

«Mann …»

«Heute ist Dienstag, und du fliegst am Freitag. Wir haben nur drei Tage. Ziemlich wenig für …»

«Aber genug, wenn alles gut vorbereitet ist und sich eine günstige Gelegenheit bietet.»

«Ich werde ihn observieren. Er arbeitet auf eigene Rechnung. Ist Maurer oder Maler. Ein Stümper.»

«Groß, klein, kräftig?»

«Normal. Kein Muskelprotz. Eher wie ich. Vielleicht ein bisschen größer. Glatze. Hässlich.»

Cristian nippt an seinem Kaffee. Sein Handy vibriert. Er zieht es aus der Hosentasche und sieht, dass Mireia tausendmal angerufen hat. Und einmal Raquel. Und einmal Bruno. Die Bombe unter seinen Füßen tickt. Er muss sie unbedingt entschärfen. Erst die blauen Kabel, dann die roten, dann die orangen. Er könnte alles bleiben lassen und gleich abhauen. Die dreitausend Euro einstecken und verschwinden. Aber das würde bedeuten, dass er zwölftausend Riesen auf dem Spieltisch liegen lässt. Jemanden töten. Leute werden jeden Tag getötet, und keinen schert's. Dieser Typ, Max, wird ihn nicht anzeigen. Wenn er sich geschickt anstellt, wird niemand ihn mit dem Toten in Verbindung bringen können.

«Ich werde mich in den nächsten Tagen an seine Fersen heften. Mich kennt er nämlich auch nicht. Ich werde ein Verhaltensmuster erstellen. Vielleicht wäre die Parkgarage ein guter Ort. Ich weiß, dass er manchmal spät nach Hause kommt. Die Garage liegt unter dem Gebäude. Es gibt zwei Zugänge, einen von außen und einen über den Fahrstuhl, von den Wohnungen aus. Wenn dort keiner ist, könntest du es in Ruhe durchziehen und unbemerkt verschwinden.»

«Und die Kohle?»

«Gibt's danach.»

«Nein.»

«Ich will nicht riskieren, dass du nur behauptest, du hättest es getan.»

«Und ich will nicht riskieren, dass ich es tue und die restliche Kohle nicht sehe.»

«Aber …»

«Hör zu, ich hab eine Idee. Du hast gesagt, er kennt dich nicht, oder?» Max nickt. «Dann kommst du einfach mit. Du siehst zu, wie ich es tue, und gibst mir dann das Geld.»

«Nein, ich …»

«Du musst nicht an Ort und Stelle sein, wenn es passiert. Aber ich brauche jemanden, der Schmiere steht. Du könntest dich also irgendwo verstecken.»

«Aber …»

«Das ist keine Bitte, entweder so oder gar nicht.»

«Na gut.»

«Die Kohle.»

Max, der nicht ein einziges Mal an seinem Kaffee genippt hat, zieht den Umschlag mit den dreitausend Euro aus der Hosentasche und übergibt ihn Cristian.

«Wie kann ich dich erreichen?»

«Noch habe ich nicht gesagt, dass ich es wirklich mache. Wenn mir irgendwas faul vorkommt, bin ich raus. Für fünfzehntausend Euro riskiere ich nicht meinen Arsch, kapiert?»

«Ja.»

«Wird Zeit, dass wir uns vorstellen, oder? Mit den richtigen Namen, meine ich. Also, ich bin Gero», sagt Max.

«Gero? Das ist doch ein Hundename.»

«Wie originell. Und du?»

«Ich was?»

«Wie heißt du?»

«Ich? Aber nur, weil du mir sympathisch bist, Mein-Freund-der-wie-ein-Hund-heißt. Gestatten, Bruno», antwortet Cristian und bezahlt in einem merkwürdigen Anfall von Großzügigkeit die beiden Kaffee.

«Bruno.»

«Ja, Bruno. Kann ich dich was fragen, Gero?»

«Ja.»

«Ist die Frau so ein heißer Feger?»

«Darum geht's nicht. Ich liebe sie. Wir lieben uns.»

«Ja, ja, aber ist sie ein heißer Feger?»

24

Er war aber nicht nur vom Pech verfolgt. Bei keinem seiner Kunden hatte es gebrannt oder war ein Wasserrohr gebrochen oder die mit dreißig Schlössern gesicherte Tür geknackt worden. Kunden war zu viel gesagt, denn eigentlich waren es Karteileichen, die Max weiterhin die Raten für ihre Versicherungen zahlten, obwohl dafür längst keine Gegenleistungen mehr vorgesehen waren. Diese Leute wollten ein Gefühl von Sicherheit, für den Fall, dass ihnen etwas zustieß. Und solange ihnen nichts zustieß, war alles in Butter, oder? Jedenfalls kam Max sich vor wie ein Schutzengel. Er beklaute sie, aber dafür breitete er seine Flügel über ihnen aus, damit ihnen nichts passierte. Und solange das so blieb, waren alle zufrieden. Besonders er selbst.

Dieser Schutzengel sieht ihm gerade aus den Spiegeln der Bar Sheik an der Ronda del Guinardó entgegen. Sein verwüstetes, kantiges Gesicht erinnert ihn vage an jemanden, den er einmal gekannt hat, den es aber nicht mehr gibt. Als Max diese verbrauchte, müde Gestalt erblickt, die gezeichnet ist von all der Anspannung in letzter Zeit, all dem Schmerz, von der Niederlage und der Hoffnung, aus der Schlacht als Sieger hervorzugehen, fühlt er sich an seinen Vater erinnert und nicht an den Mann, der er vor einer Woche, einem Monat, einem Jahr noch war. Er ist Dorian Gray. Er ist der Bösewicht mit säurezerfressenem Gesicht aus einem Marvel Comic, der die Linie zwischen Gut und Böse überschritten hat, der nun auf der dunklen Seite agiert und seine Rache an der Stadt plant.

Gäbe man ihm sein Glück zurück, wäre Max zufrieden. Mehr verlangt er nicht. Nur, was ihm zusteht. Wenn er es zurückbekäme, würde er von der Maximalstrafe gegen Gero absehen. Würde gegenüber Metropolis Gnade walten lassen. Ein Anruf nur. Würde Merche zu dieser Tür hereinkommen und in grüne und rote Lichter getaucht zu diesem dämlichen Lied aus den Achtzigern tanzen – Dolce Vita? I like Chopin? –, seine Hand ergreifen und sagen: «Lass uns nach Hause gehen, Schatz. Es ist alles gut. Ich habe mit meinem Mann geredet. Ich weiß jetzt, mit wem ich zusammen sein will. Komm. Ich werde meine Hand auf deine Stirn legen und dich heilen. Ich werde für dich sorgen.» Mehr will er nicht. Aber es ist unmöglich, und was unmöglich ist, geschieht auch nicht.

Dafür geschieht etwas anderes. Eine Kolumbianerin, die auf ihrem Weg zur Toilette zu ihm gesagt hat, einsame Herzen müssten sich finden und Gesellschaft leisten, kommt zu ihm. Sie heißt Leila. Sie hat einen Durst wie ein Pferd, und er, will man ihr Glauben schenken, honigfarbene Mandelaugen zum Verlieben.

Max versucht, die Einsamkeit zu verscheuchen, die Wahrheit abzufedern. Morgen wird er Geros Beschattung fortsetzen. Morgen wird er auf die Bank gehen und mit den entsprechenden Vollmachten so viele Raten kassieren wie irgend möglich, um die Summe aufzubringen, die er für den Mord am Ehemann seiner Geliebten braucht. Ein Tag wie jeder andere, scherzt Max mit sich selbst. Wie soll man bei all dem schlafen? Dann schon lieber das Sheik, oder?

Leila redet wie ein Wasserfall. Ihre Brüste sind nicht sonderlich hübsch, aber sie präsentiert sie so, dass man sie unmöglich nicht anstarren kann. Sie spricht über sich selbst, ihr

Lieblingsthema. Hat Journalismus studiert. Kommt nur ab und zu ins Sheik. Um interessante Leute kennenzulernen. Um zu plaudern. So viele interessante Leute gibt es im Sheik gar nicht. Leute wie ihn. Max fragt sie nach ihrem Alter. Sie lügt. Leila wiederum fragt ihn nach seinem Namen.

«Welchen willst du hören.»

«Deinen. So wie man dich zu Hause nennt.»

«Zu Hause nennt mich keiner beim Namen. Ich lebe allein.»

«Deine Freunde.»

«Ich habe keine Freunde.»

«Deine Freundin, deine Frau.»

«Ich habe weder Freundin noch Frau. Nur eine Geliebte. Und die ist verheiratet.»

«Oh, tut mir leid.»

«Nicht so schlimm.»

«Verstehe ich nicht. Wenn deine Geliebte jemanden wie dich haben kann, warum bleibt sie dann bei ihrem Mann?»

«Für so eine Bemerkung kennst du mich nicht gut genug.»

«Wenn man einen Liebhaber hat, will man keinen Ehemann. Und wenn der Liebhaber ein netter Kerl ist und solche Augen hat wie du, dann verstehe ich diese Frau nicht. Hat sie Kinder?»

«Ja.»

«Dann ist das wohl der Grund. Hast du keinen Durst? Was dagegen, wenn ich mir noch ein Glas Cava bestelle? Oder wollen wir gleich eine ganze Sektflasche ordern? Kommt billiger. Ich liebe Cava. Steigt mir zwar in den Kopf, aber ich liebe dieses Gesöff einfach.»

Will Max eine Nummer schieben? Ja. Nein. Wer weiß? Sie gehen rauf in den ersten Stock, vorbei an anderen Huren und

Freiern, und betreten ein winziges Zimmerchen, das dem Pseudoglamour eines Softpornos nachempfunden ist. Dort fragt Leila Max fast schon zärtlich:

«Soll ich dir einen blasen? Und uns noch was zu trinken bestellen? Den Sekt haben wir leider unten stehenlassen.»

Leila stellt fest, dass das Zimmertelefon nicht funktioniert, und geht noch mal runter. Weil sie das Deckenlicht ausgemacht hat, wird der Raum nur noch von einer grünen Lavalampe beleuchtet, deren Flüssigkeit sich wie ein Kolben hebt und senkt. Wenn er jetzt die Augen schließt, schläft er ein, denkt Max. Und das will er nicht. Gestern hat er bis spätnachts alte Filme geschaut, die er auf der externen Festplatte gespeichert hat. Darunter den, in dem Christus sich zu sterben weigert, heiratet und Kinder kriegt. Seine Töchter fallen ihm ein. Gestern hat er mit ihnen gesprochen. Die Älteste hat ihn gefragt, wann sie endlich seine Freundin kennenlernen werden. Die Jüngere braucht eine neue Brille. Der Kleine will die Wii. Eine tätowierte Maria Magdalena empfängt fünfzig Männer in einem Zimmer und bumst einen nach dem anderen. Hinter einem Seidenvorhang, durch den nur die Silhouetten zu erkennen sind. Wie traurig. Willem Dafoe verzichtet, als er an der Reihe ist. Er ist der Letzte, und er wird nicht mir ihr vögeln. Vielmehr wird er sie bestrafen, sich selbst bestrafen. Er war mit ihr verlobt, aber er hat sie verlassen, weil eine Stimme es ihm gesagt hat. Daraufhin wurde sie zur Hure. Dieser schwachsinnige Gottessohn. Auf das Glück zu verzichten, um die Welt zu retten. Was muss diese Frau für Qualen erleiden, als sie von den Ziegenböcken geschändet wird.

Leila kommt mit einem Kübel, einer Sektflasche, zwei

Gläsern und einer Tüte Pistazien zurück. Sie zieht sich aus. Im Gegensatz zu Maria Magdalena hat sie nur zwei Tattoos. Einen Delfin auf der Pobacke, ein Ornament am gegenüberliegenden Handgelenk. Streifen auf der Brust. Rote Lippen. Brasilianische Epilation.

«Trinken wir was?»

«Ja.»

«Erzähl mir was von dir. Was machst du beruflich?»

«Ich bin Detektiv.»

«Wow, wie aufregend.»

«Denkt man vielleicht. Aber meistens ist der Job eher langweilig.»

«Wahrscheinlich hat man wegen der vielen Filme ein falsches Bild.»

«Genau. Das Schlimmste an dem Beruf ist, dass man den lieben langen Tag rumhängt und die Menschen dabei beobachtet, wie sie ihre hässliche Fratze zeigen.»

«Stört's dich, wenn ich eine rauche?»

«Ehrlich gesagt, ja.»

«Wie du willst. Was kann ich für dich tun?»

«Willst du mit mir vögeln?»

Leila lächelt. Sie versteht die Frage nicht. Ist aber auch nicht überrascht. Sie hat schon die größten Spinner erlebt, verzweifelte Männer.

«Wie meinst du das? Du gefällst mir. Wenn nicht, hätte ich dich nicht beachtet und einem anderen Mädchen den Vortritt gelassen.»

«Sind das Einstiche?»

Max hat die transparenten Pflaster an beiden Armbeugen entdeckt. Leila wird nervös, sieht weg, damit er ihr die Lüge

nicht anmerkt. Max wiederum ist ziemlich egal, was sie sagen wird.

«Das? Nein. Wir müssen regelmäßig Bluttests machen lassen. Schließlich sollen wir gesund und sauber sein.»

Unten klatschen Leute in die Hände, tanzen Rumba oder singen oder alles auf einmal.

«Glaubst du an Gott?»

«Hör zu, wenn du einer von diesen Typen bist, die andere bekehren wollen, dann …»

«Nein, keine Angst. Ich sag dir, wer ich bin. Komm, schenk mir ein bisschen Champagner ein. Zunächst mal bin ich kein Idiot. Ich weiß, dass so viel Durst nur dazu dient, mir am Ende eine Mordsrechnung zu präsentieren. Nein, versuch erst gar nicht, es abzustreiten. Ist schon okay. Ich sag dir, wer ich bin. Ich bin ein Mensch, dem man das Herz gebrochen hat. Nicht sehr originell. Jemand, der mal ein Haus hatte, Kinder, eine Frau, einen Ort, an den er immer zurückkonnte, sich sicher fühlen. Einen Ort, der ihm die nötige Kraft gab, sich stark zu fühlen, dem Leben gewachsen. Jemand, der nach der Arbeit nach Hause kam, wo seine Kinder ihm auf dem Flur entgegenrannten und um den Hals fielen. Jemand, der eine Frau hatte, mit der im Bett zwar nichts mehr lief, die ihm aber von ihrem Tag erzählte, eine Frau, deren vertraute Zuneigung eine wohlige Routine garantierte, eine Frau, die ihn bat, ein Schloss zu reparieren, Milch und Brot einzukaufen, sie zur ihrer Mutter zu fahren. Aber ich bin eben auch jemand, der sich eines Tages in eine andere Frau verliebt hat. Der bemerkt hat, dass jeder Mensch, dem man begegnet, noch eine zweite Seite hat. Der diese Frau geliebt und begehrt hat. Der wusste, dass eigentlich sie die Mutter seiner Kinder sein und in seinem Haus leben

müsste, dass aber die Würfel es anders gewollt hatten. Pech gehabt. Hätte ich sie früher kennengelernt, wäre ich jetzt mit ihr zusammen. Garantiert. Aber auch sie hat sich geirrt und einen anderen geheiratet. Hat Kinder, die über den Flur rennen, und einen Mann, dem diese Kinder um den Hals fallen, der sie zu ihrer Mutter fährt, der ihr Schloss repariert, Milch und Brot einkauft. Und der ebenfalls nicht mit ihr schläft. Sie schlagen eine Bresche in ihren Alltag, um diese Liebe zu leben. Sie flüchten sich unter die Decke, wo Zeit und Raum nicht existieren. Ich bin jemand, der Gott verstanden hat, wenn er in dieser Frau war, der das Leben verstanden hat, der alles verstanden hat. Jemand der, vor die Wahl gestellt, die Liebe wählte. Der sein Herz sprechen ließ, so wie er es in vielen Liedern und Filmen gelernt hat. Und der nun den Preis dafür zahlen muss: Einsamkeit. Der unglücklich ist. Arm wie eine Kirchenmaus. Der keine Kinder mehr hat, die sich ihm an den Hals werfen. Der keine Zuneigung mehr kriegt, kein Mitleid, der kein Zuhause mehr hat. Alles ist in die Schieflage geraten, wie vom Knochen gerissen. Verstehst du? Denn als die Geliebte wählen musste, hat sie anders gewählt, sich für den anderen entschieden, nicht ihn. Ende der Geschichte. So, jetzt weißt du, wer ich bin. Ein absoluter Trottel, der fast verreckt vor Wut und Eifersucht, der sich einsam fühlt, betrogen.»

«Aber das ist nicht die ganze Geschichte, mein Schatz.»

«Doch.»

«Nein, sie geht anders aus.»

«Wie denn?»

«Sie kehrt dorthin zurück, wo sie nicht mehr glücklich ist. Sie kehrt zurück und weiß, was da draußen ist. Sie kehrt zurück und fühlt sich hässlich, feige, schlecht. Der Reis, der sie

früher ernährt hat, schmeckt fad, eine ungenießbare Pampe. Die Kinder werden eines Tages ausziehen, und dann wird sie mit dem Kerl, der die Kohle hat, allein sein. Sie wird Tag und Nacht an dich denken, daran, wie glücklich sie mit dir war.»

«Glaubst du das wirklich?»

«Ich weiß es.»

Sie schweigen. Max ist versucht, ihr auch den Rest der Geschichte anzuvertrauen, ihr zu erklären, wie sich das Panorama in den nächsten Tagen schlagartig ändern wird. Aber er tut es nicht, natürlich nicht. Und dann setzt Leila sich die Maske, die sie kurz hat fallen lassen, wieder auf und fragt:

«Was kann ich für dich tun, mein verliebter Detektiv?»

«Ich weiß nicht. Deine Spezialität.»

Leila ist nicht hübsch. Auch nicht hässlich. Nicht groß. Auch nicht klein.

«Bist du gerade an was Wichtigem dran?»

«Ich beschatte einen Typen.»

«Den ganzen Tag lang?»

«Mehr oder weniger. Ich will wissen, wann er aus dem Haus geht, wo er morgens rausfährt mit seiner Karre, wo er hinfährt, wann er zurückkommt, wo er wieder reinfährt.»

«Und er bemerkt dich nicht?»

«Das ist ja der Witz. Er kennt mich nicht, ich ihn aber schon. Ich könnte ihn töten, und er wüsste nicht mal, warum.»

Leila, die bereits nackt ist, dreht sich schnell um und wirft einen prüfenden Blick auf die Ware. Dann kriecht sie theatralisch auf ihn zu, wie eine Raubkatze, während er noch immer angekleidet daliegt und drauf wartet, dass sich bei ihm etwas rührt. Plötzlich hat er die Szene mit Maria Magdalena vor Augen, wie sie auf dem Bett liegt und vor aller Augen einen

Schwanz nach dem anderen bedient, und dieses Bild bricht das Eis. Leila arbeitet sich an ihm ab, bis es ihm kommt.

«Es war gut, Leila.»

«Der Schwanz verliebt sich nicht, mein Freund.»

Max stellt fest, dass Leila plötzlich nicht mehr freundlich ist. Weil sie nicht mehr muss. Sie ist eine steinerne Götze, die sich anzieht und nun doch eine Zigarette anzündet, ohne ihn um Erlaubnis zu bitten. Sie bleibt noch einige Minuten, und als sie geht, erinnert sie Max daran, dass er das Kabuff in fünf Minuten räumen und unten bezahlen muss.

«Sie liebt mich doch, oder? Und sie wird mich nie vergessen?»

«Ja, sie wird dich immer lieben. Und dich nie vergessen», antwortet Leila und sieht ihn noch ein letztes Mal an, weil ihr eingefallen ist, dass sie ja nett zu ihm sein muss in diesen Zeiten, in denen Stammkunden rar geworden sind. Dann geht sie die Treppe hinunter. Scheiße: Jemand hat Juanes aufgelegt. Und er weiß nicht, ob sie ihm, diesem Häufchen Elend, die Wahrheit gesagt hat. Na ja, letztlich ist es scheißegal, was eine Frau im Herzen behält, die auf das verzichtet, was sie liebt, und auf das hört, was ihr Kopf ihr sagt. Leila hat es andersrum gemacht, und was hat es ihr gebracht? Dass sie Säufer, Arschlöcher und verliebte Detektive ertragen muss.

25

Es ist alles zu plötzlich passiert. Das kann nicht gutgehen. Immerhin hat Max entschieden, wo es geschehen soll: in der Parkgarage unter dem Gebäude. Jeden Abend stellt Gero seinen Lieferwagen auf dem dritten Deck ab, Platz hundertachtundfünfzig. Zum Parkplatz gelangt man entweder von der Straße aus, über eine Metalltür an der seitlichen Wand, die allem Anschein nach immer offen ist, oder von den Wohnungen aus, über einen Fahrstuhl. Auf dem Parkdeck stehen noch andere Autos. Aber nicht viele. Durch die Krise verzichten viele Leute auf einen Garagenplatz und stellen ihre Autos auf der Straße ab, wo sie dann tagelang ungenutzt herumstehen. Max hat Gero am Dienstag beschattet, gleich nach seinem Treffen mit Cristian. Und am Donnerstag. Der Mann führt ein Leben wie ein Uhrwerk. Am Mittwoch konnte er nicht, da hatte er die Kinder. Die Mädchen haben wieder mal darauf gedrängt, endlich seine neue Freundin kennenzulernen, aber er hat sich rausgeredet. Sie sollten sich noch ein bisschen gedulden, es wäre bald soweit, und dann hätten sie alle Zeit der Welt, um sie kennen- und liebenzulernen. Sie waren im Kino. Ein Film mit Ben Stiller, den er kein bisschen komisch fand, weil er ständig in Gedanken woanders war, zum Beispiel bei der Frage, wie er den Mann seiner Freundin umbringen könnte.

Wie wird Cristian es machen? Vermutlich erschießen, aber sicher weiß er es nicht. Soll er ihn fragen? Am Freitag muss es passieren, sonst passiert es nie. Aber noch sind einige Fragen offen, die Max quälen. Dass er einen Mord in Auftrag gegeben hat, wird ihn das verändern? Wird es sein Leben verändern?

Wird er es verkraften? Aber er muss es tun. Jetzt oder nie. Gäbe es Gero nicht, wäre Merche jetzt mit ihm zusammen. So ist es doch, oder? Ja. Du darfst nicht alles in Frage stellen, Max. Nicht jetzt. Noch könnte er die Aktion abblasen. Aber was dann? Was erwartet ihn dann? Ein Leben, in dem er sich an die Hoffnung klammert, Merche könnte sich irgendwann nach ihm sehnen, ihn vermissen, zu ihm zurückkehren? Eine neue Liebe? Das träge Hamsterrad aus Arbeit, Kindern, Tussis, Alkohol, Verlust des Jobs, der Kinder, der Würde? Nein, der Mord an Gero ist beschlossene Sache. Sein Leben ist ein Albtraum, aus dem er nur erwachen wird, wenn er endlich dieses Grübeln sein lässt und verdammt noch mal handelt, wenn er selbst die Wirklichkeit verändert. Vielleicht geht die Sache nicht gut aus, aber dann ist wenigstens der Gerechtigkeit Genüge getan. Wenn ich alles verloren habe, wenn mein ganzes Leben zerstört ist, dann sollst auch du alles verlieren, soll auch dein Leben zerstört sein. Niemand wird dich glücklich machen, Merche, niemand darf an deiner Seite glücklich sein, niemand außer mir. Es ist nur fair.

Als er einen Parkplatz gefunden hat und zur Wohnung geht, befällt ihn die Panik, dass etwas schiefgehen könnte. Dass Cristian geschnappt werden und ihn verpfeifen könnte. Dann würde er ins Gefängnis wandern. Dann wäre sein Leben verpfuscht. Er würde seine Kinder verlieren. Die Gefahr ist real, es ist sogar wahrscheinlich, dass es so kommen wird. Während er die Treppen zu seiner Wohnung hinaufsteigt, hat ihn die Panik fest im Griff. Trotzdem, auch wenn es irrational ist: dass er seine Freiheit verlieren könnte, dass es im Gefängnis übel zugehen könnte, dass er sich für alles schämen wird, nichts kann ihn von seiner Entscheidung abbringen. Er will,

dass etwas passiert. Er will es – wenigstens einmal in seinem Leben. Wenn er erwischt wird, wird etwas zu Ende gehen und etwas Neues beginnen. Der freie Wille ist ein Fluch.

Plötzlich befällt ihn noch ein anderer Zweifel. In einem Szenario, in dem alles gut geht, in dem Cristian Gero tötet und verschwindet, in dem niemand je entdeckt, was passiert ist, und niemand ihn mit dem Mord in Verbindung bringt: Wird Merche da nicht automatisch ihn verdächtigen, ihren Mann getötet zu haben? Okay, jemand wie er gerät nicht so schnell in Verdacht. Andererseits, wer soll an einem Freitagabend um acht Uhr einen Elektroinstallateur in seinem Lieferwagen umgebracht haben? Was tun? Wie könnte man es so hindrehen, dass es wie ein Überfall aussieht? Oder wie ein Versehen?

Er könnte sich zur Tatzeit mit Merche verabreden. Aber Cristian will, dass er mit dabei ist, will mit dem Finger auf das Opfer zeigen, damit er nie vergisst, wer die Hinrichtung befohlen hat. Er könnte ihn überreden, dass er sich am anderen Ende der Stadt mit Merche treffen darf. Nein, darauf würde Cristian sich nicht einlassen. Was könnte er sonst noch tun? Er beruhigt sich mit dem Gedanken, dass Merche keinen Grund hat, Verdacht zu schöpfen, solange er nicht wieder in ihrem Leben auftaucht. Wahrscheinlich wird sie ihn sogar anrufen, es ihm erzählen, die unsichtbare Linie überschreiten, die sie im Augenblick voneinander trennt. Es liegt doch nahe, dass sie bei jemandem Zuflucht suchen wird, der ihr vertraut ist, mit dem sie glücklich war.

Er macht die Tür hinter sich zu und blickt sich um. Er erinnert sich nicht einmal mehr, wann die Putzfrau kommt, und seit wann er nicht mehr ins Büro geht. Sein Hexenschuss sei

schlimmer geworden, hat er behauptet. Er war bei der Bank und hat sein Konto bis auf den letzten Euro leergeräumt. Er sollte was essen. Fast alles im Kühlschrank ist halb angebrochen. Und wenn nicht, ist das Haltbarkeitsdatum fast abgelaufen. In der Spüle stapelt sich das Geschirr. Auf dem Bett liegt wahllos verstreut Kleidung. Genug für zwei oder drei Waschmaschinen. Am liebsten würde Max die Augen schließen und in einen totenähnlichen Schlaf sinken. In ein künstliches Koma, das ihm Leib und Herz reinigt, Geist und Seele. Er lässt sich aufs Sofa fallen. Schaltet den Fernseher an und stellt ihn sofort auf stumm. Ein Anruf. Cristian.

«Sag an.»

«Er kommt immer gegen acht nach Hause und parkt seinen Lieferwagen in der Garage, Deck drei. Dort stehen kaum andere Autos.»

«Gib mir die Adresse. Ich geh morgen hin und verschaffe mir einen Eindruck. Wenn es nicht sicher ist oder mir irgendwas nicht koscher verkommt, kannst du's vergessen.»

«Es ist sicher.»

«Gib mir die Adresse.»

Max gibt sie ihm, dazu Instruktionen, wie man in die Garage gelangt, und die Nummer des Stellplatzes. Er merkt, wie er das Gespräch in die Länge zieht, um nicht das Thema anschneiden zu müssen, ob er wirklich die ganze Zeit dabei sein muss. Schließlich gibt er sich einen Ruck.

«Entweder du bist dabei, oder die Sache platzt.»

«Aber …»

«Du bist dabei, kapiert? Wir treffen uns zwei Stunden vorher. Wo?»

«An der Kreuzung ist eine Kirche.»

«Dann warte ich dort auf dich. Du kommst, gehst an mir vorbei, und ich folge dir. Wir treffen uns dann direkt auf dem Parkdeck. Du gibst mir die Kohle, und dann warten wir.»

«Wie … Wie wirst du es machen?»

«Ich werde ihn zu Tode küssen.»

«Nein, im Ernst. Es darf nicht zu laut knallen und …»

«Wir sehen uns morgen.»

Cristian legt auf.

«Bruno … Bruno …»

Max' Stimme klingt weinerlich. Um ihn herum ist alles dunkel. Nur aus den Fenstern in der Nachbarschaft dringt etwas Licht herein, offene Augen, in denen das Leben der normalen Menschen zu erahnen ist, die nicht töten müssen, um zu bekommen, was ihnen zusteht. Schatten, die von bunten Fernsehschirmen verschluckt werden, auf denen Gesichter plappern, ohne dass man versteht, was sie sagen, fuchtelnde Taubstumme, die gegen den Wind spucken.

Max steht auf und geht ins Schlafzimmer. Im Schrank sucht er eine Schachtel mit einem impressionistischen Motiv, Seerosen und Blautöne. In dieser Schachtel bewahrt er die Dinge auf, die ihm am meisten am Herzen liegen. Die Fotos seiner Kinder, die Zeichnungen, die sie ihm im Laufe all der Jahre geschenkt haben. Auch einige Fotos von ihm selbst, als er klein war. Momentaufnahmen eines Lebens, das so ähnlich verlief wie das vieler anderer mit seinem Vor- und Nachnamen. Er sucht die Schachtel, um sich verbunden zu fühlen, aber er erreicht das genaue Gegenteil: Er fühlt sich noch fremder, als hätte er bereits eine Schwelle überschritten, als wäre er bereits ein anderer.

Es hat einmal eine goldene Zeit gegeben, denkt Max, die

Zeit vor dem ersten Kuss und vor dem ersten Schmerz. Als er einen direkten Zugang zu den Dingen hatte. Als er der sein konnte, der er war, und das haben, was er wollte oder haben konnte. Aber diese Zeit ist lang vorbei, diese Art, in der Welt zu sein. Das muss er akzeptieren. Du bist jetzt erwachsen. Du wirst nie wieder ein Kind sein. Er überlegt, ob er seine Töchter anrufen soll. Oder den Canal Clásico anschalten und sich in einen dieser wunderbaren Schwarzweißfilme versenken, gedreht von Toten, gespielt von Toten, die Dialoge sprechen, die von Toten geschrieben sind. Irgendwie sind wir alle tot heute Abend. Nur Gero ist nicht tot, nur Geros Kinder sind nicht tot, die bald Waisenkinder sein werden, alles ist tot, nur nicht die Welt, die Gero umgibt, sprich: diese Nacht, die so klar funkelt wie der Stern auf der Weste des Sheriffs, der um jeden Preis zu töten versucht, um nicht selbst getötet zu werden, der sein Amt und seine Würde retten will, alle an den Galgen bringen, die Pferde stehlen, Indianer von hinten erschießen oder die Frau eines anderen vergewaltigen.

Vielleicht hat er es immer falsch betrachtet. Vielleicht ist sein Leben kein Drama, keine zwanzigminütige Sitcom, keine Tragödie. Vielleicht ist sein Leben, das Leben überhaupt, ein Western ohne festes Drehbuch.

26

Cristian legt auf. Er rekapituliert: Straßenname, Hausnummer, Stadtviertel. Er wird jemanden fragen, welche Metro er nehmen muss. Gerade ist er in der Kneipe von Joan, dem Chinesen, und schlägt die Zeit tot. Er hat in den letzten Tagen flüssiggemacht, was flüssigzumachen war. Hat alles Kokain verkauft, was er noch hatte. Hat alles Geld eingetrieben, was noch ausstand, außer von den Arschlöchern, die er nicht hat ausfindig machen können. Gegessen hat er in der Suppenküche Reina de la Paz, an der Plaza Sant Agustí. Gesunde warme Mahlzeiten. Um gesehen zu werden und um seine Post abzuholen. Ein Brief von seiner Mutter und eine gerichtliche Vorladung nach Tafalla. Bruno und Raquel lassen sich an Orten wie Suppenküchen nicht mehr blicken. Jetzt, wo sie quasi Wohnungseigentümer sind, also respektable Leute, meiden sie diese Armenspeisungen wie die Pest. Vielleicht fehlt Bruno mittlerweile der Durchblick, denkt Cristian. Wenn deine einzige Adresse eine Volksküche ist, sind auf deinen Vorladungen immer Suppenflecken, hatte der scharfsinnige Bruno der ersten Tage immer geprahlt und sich scheps gelacht. Jetzt haben ihm all die Kohle, Raquel und wer weiß was noch alles den Blick getrübt, jetzt sieht er nicht mehr weiter als der Bogen, den er pinkelt. Dem aufmerksamen, stets misstrauischen Bruno, dem Bruno, der schlauer war, als die Polizei erlaubt, hätte er garantiert keine Kunden abluchsen können, den hätte er nie und nimmer betrügen können, wie er ihn gerade betrogen hat, dem hätte er garantiert nicht die Pistole klauen können, so wie er sie ihm klauen wird, ohne noch recht zu wissen, wofür.

Der Besuch der Volksküche hat einen merkwürdigen Nachgeschmack hinterlassen. Ein Gefühl, als wäre er vorm Einfall der Barbaren gerade noch aus der Stadt rausgekommen; als ließe er die dezimierten, gealterten und besiegten Einwohner zurück. Denn er hat nicht nur die üblichen Verdächtigen gesehen, die Einsamen, die Spinner, die Einwanderer, die Zwangsgeräumten, die verrückt gewordenen Großväterchen, die alten Frauen mit triefender Nase, Würde und sauberen, wenn auch uralten Mänteln, die sich in letzter Zeit verzehnfacht haben. Nein, er hat viele gesehen, die gerade noch auf der anderen Seite gewesen sind. Familien, in denen keiner mehr einen Job oder Hoffnung hat, die Gesichter machen, als würden sie nicht begreifen, was mit ihnen geschehen ist und wo die, die sie mal waren, plötzlich abgeblieben sind. Familien, die ihre Wohnung verloren haben, weil sie die Raten nicht mehr zahlen konnten. Menschen, die sich plötzlich unter den Pöbel mischen müssen, den sie bis dahin nur im Fernsehen gesehen haben, gemütlich vom Sofa aus. Cristian versteht die Leute nicht. Warum sind sie nur so verdammt zahm? Warum wetzen sie nicht die Messer und marschieren in die höher gelegenen Viertel der Stadt? Warum stürmen sie nicht das Parlament, die Banken, die großen Unternehmen, die Fernsehstudios, die Fußballstadien und stechen alle ab? Warum stehlen, plündern, töten sie nicht, zerstören nicht die Welt um sie herum? Warum senken sie im Gegenteil den Blick, stellen sich in die Schlange, bitten um ihre Portion und reihen sich dann ein in das geschlagene Heer der Geknechteten? Warum wollen sie immer nur der Stoff der Stühle sein, in den die Reichen und Mächtigen hineinfurzen?

Wie ein Prinz in Inkognito ist Cristian aufgetaucht, hat sich bemerkbar gemacht, was Warmes gegessen, seine Post abgeholt und ist dann wieder gegangen. Er hat sich gelassen zu den alten und neuen Parias in die Schlange gestellt, in dem Hochgefühl, schlauer zu sein als alle anderen, die Ausnahme von der neuen Regel. Er hat genügend Geld, um in Richtung Süden abzuhauen und einige Monate gut zu leben, bis er die Lage abgecheckt hat und weiß, wo und wie er sein Ding aufziehen kann. Es hieße aber auch, zum Lumpenproletariat zurückzukehren, zu den krummen Geschäften, zum selben Scheiß wie eh und je, und er weiß noch nicht, ob er sich nicht lieber etwas Legales suchen und endlich niederlassen soll. Cádiz, Sevilla, Huelva und die Küste, überall dort ist es freundlicher als in dieser uneinnehmbaren Betonwand namens Barcelona. Weil es dort kleinere Gemeinschaften gibt, in denen dieselben Leute, die sich gegenseitig helfen, auch gegenseitig auf die Nerven gehen, in denen es aber leichter ist, einen Job dies- oder jenseits des Strafgesetzbuchs zu finden. Man muss nur lange genug in einer Kneipe herumsitzen, und schon bietet jemand einem an, bei der Orangenernte mitzuhelfen. Oder bei einem Umzug oder beim Vermöbeln eines Typen. Außer der Jungfrau und dem Feudaladel ist dort nichts heilig. Nach seiner Zeit in Barcelona, diesem Niemandsland ohne Götter und Herren, hat Cristian seine Zweifel, ob er sich dort wirklich wieder einfügen kann, ob ihn die Atmosphäre dieser kleinen Welt nicht ersticken wird.

Wenn er es schaffen will, dann braucht er Kohle. Viel Kohle. So viel Kohle, dass er einige Monate leben kann, ohne rumkrebsen zu müssen. Nur deshalb hat er sich auf den Vorschlag dieses Typen eingelassen. Nur deshalb würde er einen Mann

töten, den er nicht kennt, von dem er nur weiß, dass er mit einer Frau verheiratet ist, die von einem anderen Mann geliebt wird. Eigentlich sollte er die Frau töten. Nein, das denkt er nicht wirklich. Er versteht sie, weil er immer alle versteht, die flüchten, sich verkleiden und vortäuschen, so wie er andererseits überhaupt nicht verstehen kann, wie man einfach abwarten, bleiben, sich begnügen, treu und überrascht sein kann, wenn man das Geld, das man verliehen hat, nicht zurückkriegt.

Das Mädchen Juanita und Mama Joana kommen rein und küssen Papa Joan. Ist eigentlich gar nicht so schlecht, die Kneipe. Das Problem ist nur, dass sie mit ihren Netzen all das Gesindel abfischt, das Mireias Bar hinterlässt. All die, die bei Mireia rausgeflogen sind, die ihre Rechnung nicht bezahlt haben oder, wie in seinem Fall, der Pubilla, der ältesten Tochter, wehgetan haben. Bei den Joans ist alles schlechter: der Kaffee, der Alkohol, die Tapas … aber dafür auch viel billiger. Selbst das Fernsehprogramm ist schlechter. Vor allem der Fußball. Er füllt die Kneipe, aber es ist nicht zu übersehen, dass die Joans nicht kapieren, worum es geht. Telenovelas aus Südamerika, dafür können sie sich begeistern, für die so hübschen wie dämlichen Schauspieler und Schauspielerinnen, die romantische Leidenschaft in Szene setzen, denkt Cristian, während er zu vergessen versucht, dass das, was er trinkt, ein Carajillo mit Anisschnaps sein soll, aber nicht mal im Traum ist.

Er hört, wie Joan jemanden schriller als normal begrüßt, und ahnt schon, wer gerade gekommen ist. Mireia, die sich auf verbotenes Terrain begeben hat. Hinter die feindlichen Lini-

en. Wenn Cristian nur ein Fünkchen Interesse hätte, würde er begreifen, dass er es hier mit einem großen Liebesbeweis zu tun hat.

«Hallo.»

«Hallo.»

«Hast du mir gar nichts zu sagen?»

«Nein, ich guck Fernsehen.»

«Gerade eben hast du noch nicht geguckt.»

«Aber jetzt guck ich.»

«Mensch, Cristian, wir müssen reden», sagt Mireia und setzt sich auf den Stuhl neben ihm. «Was macht der Kratzer?»

«Halb so schlimm.»

«Tut mir leid.»

«Mach dir keinen Kopf. Den habe ich verdient.»

Als Cristian sie so sieht, beschleicht ihn die Ahnung, dass es keine gute Idee ist, Scheren im Sand zu vergraben. Er braucht Freunde, Verbündete, Leute, die einen Teil des Geheimnisses kennen, damit alle irgendwie daran mitwirken, dass er fortgehen kann, indem sie falsche Schlüsse ziehen und sich gegenseitig behindern. Besser also, Mireia ist ihm gewogen. Er muss noch mit Raquel reden und ihr die Schlüssel von Brunos Auto abschwatzen und bei der Gelegenheit die Pistole klauen, mit der er den Typen töten wird – was er dann hinterher mit ihr anfängt, keine Ahnung, er weiß ja nicht mal, ob sie registriert ist, aber das ist ihm im Moment scheißegal, und außerdem ist es Brunos Problem und nicht seins, verdammt. Jedenfalls, wenn er all das glatt über die Bühne bringen will, muss er – das ist ihm sonnenklar – so lange Charme versprühen und schwindeln, was das Zeug hält, bis die Aufführung zu Ende ist. Es wäre alles andere als klug, wenn er

eine nervöse Bestie wie Bruno und zwei eifersüchtige Weiber im Nacken hätte.

«Bruno war da und hat nach dir gefragt. Gestern und heute.»

«Ich wohne bei ihm. Und außerdem habe ich ein Handy.»

«Er sagt, du gehst nicht ran.»

«Bestimmt verwählt er sich dauernd.»

«Du meinst, wenn er bei Raquel anruft? Also bei sich zu Hause?»

«Hör auf zu nerven, Mireia. Und lass Raquel aus dem Spiel.»

«Ich mag die einfach nicht.»

Im hinteren Teil der Kneipe ist ein Gespräch zu einem Streit ausgeartet. Joan bringt sein Feuerlöscherlächeln und seine Schmeichelkatzenstimme zum Einsatz. Bei dem Streit geht es um Adam und Eva. Wenn Adam und Eva die einzigen Menschen auf der Erde gewesen sind und nur zwei Söhne gehabt haben, Abel und Kain, dann müssen ja die Söhne, um sich fortzupflanzen und die Erde zu bevölkern, mit ihrer Mutter gebumst haben. Ein gebildeter Besserwisser versucht, die Bibel historisch einzuordnen, aber ein anderer hält sich lieber an seinem Cognac als an seinem Glauben fest und will nicht zur Vernunft kommen. Wenn Kain seine Mutter gebumst hat, wieso dann nicht auch Cristian seine Halbschwester Raquel? Genau diesen Gedanken liest Cristian gerade in Mireias Gesicht.

«Zwischen mir und Raquel, da war nie was. Nie. Sie ist keine Frau, sie ist meine Schwester.»

«Wer dann?»

«Mireia, bitte, fang nicht schon wieder damit an. Es gibt keine andere.»

«Stimmt, was du gesagt hast?»

«Ich hab schon viel gesagt in meinem Leben.»

«Über mich. Über uns. Über uns im Bett.»

«Lass gut sein. Ich war sauer. Du hast mich tierisch genervt, und irgendwann holt man halt den Stachel raus und sticht zu, sagt Dinge, die man nicht so meint.»

«Oder eben doch.»

«Willst du was trinken, Mileia?», fragt Joana.

«Nein, danke. Ich will schließlich nicht an Trichinose sterben.»

Letzteres hat Mireia zu Cristian gesagt, aber in einem Ton, der nicht verhehlt, dass ihr egal ist, wenn die Chinesin es hört.

«Ich will doch bloß eine Erklärung, die mir irgendwie einleuchtet. Wenn du eine andere hast, kratze ich dir die Augen aus, aber ich versteh's wenigstens. Ist das so schwer zu kapieren? Es will mir einfach nicht in den Kopf, dass bis vor kurzem alles noch so gut war, und jetzt auf einmal ...»

«Es ist nicht so einfach.»

«Doch, ist es. Das Problem ist folgendes: Es ist immer, wie es ist, aber wenn uns nicht gefällt, was ist, dann fangen wir an, uns den Kopf zu zermartern. Ich habe seit Jahren mit Säufern zu tun, mit armen Schweinen, ich weiß also, wovon ich spreche. Wenn es keinen Ausweg gibt, dann gibt es eben keinen. *Punkt.*»

«*Punkt.*»

Cristian ist überrascht. So viel Einsicht und Reife hätte er Mireia gar nicht zugetraut. Andererseits hat er sich bisher auch nicht viel Mühe gegeben, sie wirklich kennenzulernen.

«Du hast recht. Aber manchmal weiß man halt nicht alle Gründe, und das führt dann dazu, dass ...»

«Dann erklär's mir.»

«Was?»

«Warum du mich verlässt. Warum du fortgehst. Warum du hier in dieser Kaschemme bist. Warum Bruno dich sucht.»

«Ziemlich viele Fragen auf einmal.»

In diesem Moment klingelt das Handy. Bruno. Er geht ran. Er sei bei Mireia, und ja, ihm sei klar, dass er ihn suche. Bruno ist in einer Kneipe irgendwo in der Vorstadt und spielt Karten. Macht gerade eine Pause. Wenn er fertig ist, ruft er an, dann treffen sie sich. Na klar.

«Soll ich dich abholen?»

«Gute Idee. Lass dir von Raquel die Autoschlüssel geben und komm gegen Mitternacht vorbei. Aber nicht früher.»

Glückstreffer: Auto, Handschuhfach, Pistole.

Stimmungsumschwung: Gummisohlen, schnelle Bahn, rutschig.

«Bruno.»

«Ja.»

«Endlich. So taucht sie nicht in der Kneipe auf und nervt.»

«Wo waren wir stehengeblieben?»

«Dass du mir alles erklären wolltest.»

«Alles?»

«Ja.»

Cristian schließt theatralisch die Augen. Er lässt sich auf seinen Stuhl sinken und beschließt, es mit einem chinesischen Gin Tonic zu versuchen. Mireia lässt sich zu einem Tee überreden, weil sie darauf baut, dass man hier wenigstens weiß, wie man Wasser heiß macht. Cristian sieht sie an. Er muss seinen Abgang regeln. Sprich: die nächsten anderthalb Tage.

«Okay, ich erklär dir alles. Ich hau von hier ab. Noch ein

letzter Deal, dann bin ich weg. Ich würde dich wirklich gern mitnehmen, aber ich kann nicht verantworten, dass ich dir dein Leben verpfusche, verstehst du? Ich geh runter in den Süden, zurück in die Heimat, und wenn es schiefläuft, will ich kein katalanisches Frauchen sehen, das mich mit ihrem Frust bombardiert.»

«So was würde ich nie tun.»

«Würdest du doch. Ich auch. Jeder würde. Hör zu, ich mag dich. Ich mag dich wirklich.» Cristian lügt so überzeugend, dass er sogar sich selber glauben würde. «Aber solange ich nicht sicher weiß, dass du unten alles gut läuft …»

«Du lügst. Du wirst nicht anrufen. Garantiert nicht.»

«Wenn du erst mal weißt, was mir so vorschwebt, wirst du mir glauben.»

«Dann sag's mir.»

«Ich kenne Leute da unten. Und ich habe genug Kohle. Ein Freund von mir hat eine Imbissbude am Strand, die will ich übernehmen. Ich will Sonne, Licht und Strand. Ich will endlich den Dreck der Stadt weghaben, der an mir klebt, die Ketten loswerden, die mich an diesen Scheißpfahl gefesselt haben, seit ich klein bin. Verstehst du?»

«Ja, aber du wirst trotzdem nicht anrufen.»

«Ich weiß nicht, wie man eine Kneipe führt. Du schon. Ein Strandimbiss ist doch eine Art Kneipe, oder nicht?»

Er lässt einen Schluck von dem Kölnisch Wasser, das der Chinese als Gin verkauft, die Kehle runterrinnen. Alles, was er sagt, ist gelogen, aus dem Stegreif erfunden. Es wäre eine gute Idee, wenn Cristian nicht ganz genau wüsste, dass Mireia nichts hat, was ihn dazu bewegen könnte, sie aus der Ferne anzurufen und zu sich zu holen.

«Weiß Bruno davon?»

«Nein.»

«Wirst du's ihm sagen?»

«Nein.»

«Und Raquel?»

«Die ja.»

«Dann wird sie's Bruno sagen. *Er ist ihr Mann.*»

«Ich vertraue ihr.»

«*Keine gute Idee.* Ah, was mir gerade einfällt: Wo hast du eigentlich die Kohle her?»

«Hab was beiseitegelegt.»

«Auf Brunos Kosten?»

«Ich habe nebenbei mein eigenes *Business.*»

«Verstehe. Wann haust du ab?»

«Am Freitag. Ich bringe noch ein letztes Geschäft über die Bühne und mache um Mitternacht die Fliege.»

«Was für ein Geschäft?»

«Ein Geschäft halt.»

«Mehr hast du mir nicht zu sagen?»

«Nein. Oder doch. Da ist noch was.»

«Was?»

«Ich will dich bumsen. Jetzt gleich.»

«Saukerl!»

27

Raquel sitzt vor dem Fernseher, als Cristian kommt. Das Gerät ist allerdings ausgeschaltet, wie überhaupt alles ausgeschaltet ist, sogar die Lichter. Hätte Cristian nicht seine eigenen Schlüssel mitgebracht, wäre er gar nicht reingekommen. Er kann sich kaum vorstellen, dass Raquel sich aufgerafft und zur Tür bewegt hätte, um ihm zu öffnen. Raquel hat einen dieser Tage, an denen es keinen Ausweg zu geben scheint. Cristian kann sich nicht erinnern, wann er sie zum letzten Mal so erlebt hat. Sie hat zur Kenntnis genommen, wie er reingekommen ist, seine Tasche genommen und ein paar Sachen aus dem Bad gegriffen hat, wie er gesagt hat, er werde bei Mireia übernachten und sei mit Bruno verabredet. Aber sie hat keinen Ton gesagt. Sie hat einfach nur dagesessen und ins Leere gestarrt. Auf dem Wohnzimmertisch hat ein Brief vom Hospital Clínic gelegen, in dem ihr mitgeteilt wird, dass ihr Termin um mehrere Monate verschoben wurde. Wer sie nicht kennt, wer nicht weiß, was ihr in den letzten Tagen so alles passiert ist, könnte denken, dass diese Nachricht für ihren Zustand verantwortlich ist. Aber Cristian meint es besser zu wissen. Raquel hat ihn nicht um Drogen gebeten. Er hätte sogar was für sie dabei gehabt, für den Fall, dass er ein Druckmittel gebraucht hätte, um an die Autoschlüssel ranzukommen, diesen nötigen Zwischenschritt auf dem Weg zur Pistole. Weil ihn aber Bruno höchstpersönlich auf dem Beifahrersitz gelassen hat, ist es nicht mehr nötig. Trotzdem hätte Cristian ihr eine letzte Dosis nicht verweigert. Ein letztes Dankeschön für die geleisteten Dienste. Aber sie hat ihn nicht darum gebeten, sie

hat ihm einfach nur die Autoschlüssel ausgehändigt. Also hat er das Briefchen behalten.

Das Auto steht da, wo Bruno es ihm gesagt hat. Cristian fühlt sich beschwingt und selbstsicher. Weil er Mireia abgeblockt hat. Weil er Frieden mit ihr geschlossen hat. Und weil er sie im Hinterzimmer ihrer Kneipe so richtig durchgevögelt hat. In Don-Juan-Manier hat er ihr für später einen Nachschlag versprochen. Und dass er sie aus dem Süden anrufen wird. Sie nicht vergessen. Jetzt, wo die Lawine losgetreten ist, wieso sich das Leben schwermachen und hyperkorrekt sein?

Er macht schnell die Tür zu, denn ist so kalt, dass es sich anfühlt wie in einem Kühlschrank. Das neue Auto ist ein altes Auto. Es stinkt. Nach Zigaretten, Schweiß, altem Mann und Saufgelage. Er wirft seine Tasche auf den Rücksitz. Beeilt sich, weil er nicht zu spät kommen und Bruno verärgern will. Doch bevor er den Motor startet, will er abchecken, ob die Pistole noch da ist. Er öffnet das Handschuhfach. Keine Pistole. Glückssträhne beendet.

Er beschließt, Raquel zu fragen. Diesmal muss er klingeln, weil er die Schlüssel auf dem Tisch hat liegenlassen, neben dem Brief der Klinik. Zu seiner Überraschung muss er nicht Sturm läuten. Raquel macht sofort auf und schlurft, wie von der brennenden Zigarette in ihrem Mund gezogen, in Richtung Küche. Cristian folgt ihr. Als er eintritt, steht Raquel da und erwartet ihn, die Arme unter ihren Hängebrüsten verschränkt. Sie trägt eines von Brunos Lieblings-T-Shirts, das voller Fettflecken ist, und eine weiße, vielleicht auch gelbe Pyjamahose. Sie ist barfuß.

«Hast du was vergessen?»

«Ja.»

«Was?»

«Hör mal, kein Wort über das mit uns.»

«Das mit uns …» Ihr Lachen ist so bitter, dass das Dunkel um sie herum noch dunkler wird.

«Du bist ja barfuß.»

«Ich weiß. Was willst du? Sicherstellen, dass ich dich nicht verpfeife? Du Blödmann, bei dem, was mich erwartet, sage ich garantiert kein Sterbenswörtchen, das weißt du doch ganz genau.»

«Da ist noch was anderes. Ich hau morgen ab.»

«Das weiß ich doch schon. Du wiederholst dich, Cristian. Bist du hier, um mir die Neuigkeiten von gestern zu verkünden? Die jeder schon kennt? Und was für ein Lügenmärchen hast du unserem katalanischem Dummchen erzählt, dass es dich lebend laufen lässt?»

«Hör auf. Ist doch nur ein Auf-Wiedersehen.»

«Verkauf mich nicht für blöd.»

«Mann, Raquel. Bei dir weiß ich, dass es kein Auf-Nimmer-Wiedersehen ist. Dafür haben wir zu viel gemeinsam erlebt, von Kindesbeinen an. Seit wann kennen wir uns?»

«Schon viel zu lang. Du gehst weg, und ich sterbe.»

«Sag nicht so was.»

«Ist aber so. Das Krankenhaus hält mich hin. Ich bin eben eine Fixerin, abgefuckt, arm, weiß. Alles, was ich nicht sein darf.»

«Wenn sie dich hinhalten, dann wahrscheinlich, weil dein Zustand nicht so dramatisch ist.»

«Vielleicht schaffe ich's ja morgen, mir das einzureden, aber heute weiß ich, was Sache ist. Ich bin nämlich selber

schuld. Weil ich so bescheuert bin. Weil ich mir diesen Mist reingezogen und die meisten Kontrolluntersuchungen geschwänzt habe. Und dafür werde ich jetzt bestraft. Wieso jemandem eine Leber geben, der nicht auf sich aufpasst, der nicht macht, was man ihm sagt, der vergisst, wann er zu erscheinen hat?»

«Du wirst nicht sterben.»

«Doch. Und du auch. Sogar Bruno.»

«Ich hab ein kleines Problem, Raquel.»

Cristian macht eine Pause. Raquel nutzt die Gelegenheit und zieht sich so viel Nikotin in die Lunge wie irgend möglich und lässt dann die Kippe in eines der schmutzigen Gläser fallen, die in der Spüle stehen. Cristian schweigt noch immer. Raquel sagt ihrerseits keinen Ton.

«Ich muss einen Deal zu Ende bringen. Morgen. Aber ich habe Angst und brauche einen Begleiter. Brunos Pistole.»

«Damit ist nicht zu spaßen, Cristian.»

«Ich weiß, ist nur eine Vorsichtsmaßnahme.»

«Wenn du sie wirklich gebrauchen musst, bist du ein toter Mann. Du hast noch nie auf jemanden geschossen.»

«Und werde es hoffentlich auch nicht müssen.»

«Wieso hast du sie dir nicht längst geholt? Sie ist im Auto.»

«Nein, da hab ich gerade nachgeschaut.»

«Wo hast du nachgeschaut?»

«Im Handschuhfach.»

«Und da ist sie nicht?»

«Nein.»

«Dann ist sie im Kofferraum. Unterm Reserverad.»

«Ah, verdammt.»

«Mehr war nicht?»

«Ich hab keine Drogen dabei, wenn du das meinst.»

«Ich will keine Drogen», erwidert sie mit einem letzten Rest von Würde.

Wenn er schon in allen Schubladen der Stadt aufräumt, warum nicht auch in dieser? Die Dealer sind bezahlt. Die Drogen verteilt. Die Kohle steckt in seinem Portemonnaie. Die Tasche ist gepackt. Und das mit der Pistole ist jetzt auch geritzt. Ein letztes Ding noch morgen um acht. Mireia ist gut durchgevögelt und ruhiggestellt. Wieso also nicht? Wieso nicht auch Raquel gut durchvögeln und ruhigstellen? Er kann, weil er will, und er will, weil er kann.

Er geht auf sie zu, sie hält seinem Blick stand. Sie weiß, was er will, weiß, dass es ein Abschied ist. Er will es nicht, weil er scharf auf sie ist, oder zumindest nicht nur. Er will sie bumsen, weil er fortgeht. Weil er sie nicht wiedersehen wird. Oder vielleicht auch, weil er die alte Raquel nie mehr wird bumsen können. Er will mit ihr vögeln, weil er ein Mann ist und sie eine Frau, und weil ihm im Augenblick nichts Besseres einfällt, um Spaß zu haben. Trotzdem oder gerade deswegen fühlt sich Raquel geschmeichelt. Ich stinke bestimmt aus dem Mund nach Nikotin, denkt sie. Schon ein paar Tage her, seit ich zum letzten Mal geduscht habe. Ist nicht die beste Jahreszeit für Helden, scheint sie ihm entschuldigend sagen zu wollen. Aber er will ihre Brüste sehen, und sie will sie ihm zeigen. Sie will ihn in sich spüren, denn auch wenn sie ihn nicht liebt, so steht sie doch auf ihn und ist ziemlich angefressen, weil er die andere bumst. Auch sie will mit ihm bumsen, denn auch für sie ist es ein Abschied. Das letzte Mal, dass jemand sie begehrt. Oder fast. Schon möglich, dass Bruno noch mal mit ihr vögeln wird. Aber wahrscheinlich mit einem Beigeschmack.

Mit einer Mischung aus Hass, Dankbarkeit und Waffenstillstand, aber nicht allein aus Spaß, einfach so.

Cristian küsst sie auf den Mund, wendet sich aber sofort ihrem Hals zu. Er steckt seine kalten Hände unter ihr T-Shirt, von hinten, dehnt den Stoff, um an ihre Brustwarzen ranzukommen, sie so lang zu kneifen, bis sie sich wehrt, weil es ihr wehtut. An seinem Schwanz kleben noch Mireias Säfte, und er ergötzt sich an dem Gedanken, dass er diese Säfte gleich mit denen seines Schmuddelkätzchens Raquel vermischen wird.

Er weitet Brunos T-Shirt auf Größe XL, indem er seinen Kopf hineinsteckt. Dort drinnen erwartet ihn die Welt von Raquels schlaffen Brüsten, an denen er jetzt saugt und fingert, während er ihre Pyjamahose herunterzieht, die, wie er jetzt feststellt, weiß ist. Raquel trägt keinen Slip, wodurch die Hose im Schritt mit Urin betröpfelt ist. Er kann es riechen. Cristian, der spürt, wie er eine Erektion bekommt, zieht sich seinerseits die Hose aus und drückt Raquel auf den Boden. Er würde am liebsten direkt in sie eindringen, aber er sagt sich gerade noch rechtzeitig, dass er nicht so blöd sein darf, eine Fixerin ohne Gummi zu bumsen. Sie, die ihn bereits zu sich herunterzieht, kapiert sofort, warum er zögert. Sie steht auf, zieht das Bein, das dem Pyjama noch die Treue gehalten hat, heraus und geht in Richtung Schlafzimmer. Sie hält Cristian fest an der Hand, als fürchte sie, er könne einen Rückzieher machen, wenn sie sie jetzt loslässt, es sich anders überlegen und abhauen, ohne noch ein letztes Mal mit ihr zu pimpern. Ihre Angst ist so sehr spürbar, dass Cristian sie beruhigt, er denke gar nicht daran abzuhauen …

«… bevor wir es nicht noch mal richtig haben krachen lassen.»

Das Schlafzimmer ist ein einziges Chaos. Überall liegen Klamotten herum: schmutzige Klamotten, saubere Klamotten, zerknitterte Klamotten, Winterklamotten, Sommerklamotten. Und Essensreste. An der Wand sind Flecken, alle Aschenbecher quellen über. Es riecht muffig. Das einzige Fenster ist zu. Es fühlt sich an, wie lebendig eingemauert. Raquel wühlt in der Nachttischschublade. Findet ein Kondom. Reißt die Verpackung mit den Zähnen auf und versucht, Cristian das Gummi überzustreifen, dem der Spaziergang durch die Wohnung ein bisschen die Vorfreude genommen hat. Raquel nimmt seinen Schwanz in den Mund. Saugt, leckt und lehnt sich dann zurück, damit Cristian in die Stadt einziehen kann, die die Tore geöffnet hat.

Die letzte Fahrt, denkt Cristian überrascht, die letzte Fahrt im Boxauto. Er muss an seine Kindheit denken, an den Sommer, in dem sein Vater ihm eine Münze gegeben hat, damit er noch mal eine Runde fahren konnte. Jetzt fühlt er sich wieder so. Wie damals weiß er, dass Worte nicht lügen können, wenn das Ende naht. Das wirkliche Ende. Das Ende vom Ende. Ohne Nachspielzeit. Im nächsten Sommer wird alles anders sein. Liebe auf Entfernung erkaltet. Liebe funktioniert nur, wenn sie giftig ist, wenn sie einen umhaut, einem die Luft nimmt, wie einem Selbstmörder, der vielleicht doch wieder atmen will, aber nicht mehr kann. Liebe verlangt keinen Raum oder Respekt: Sie frisst auf, verbrennt allen Sauerstoff um sich herum. Und Raquel liegt jetzt unter ihm, sehnt sich nach Verzückung, und er will sie ihr zum Abschied schenken, wie ein Arbeitszeugnis für zukünftige Jobs, ein Dankesschreiben, Begräbnisblumen.

Heute ist der Vorabend vom Ende. Morgen wird er einen

unbekannten Menschen töten. Morgen wird er Geld haben, an einen Ort am Meer flüchten, seinen Namen ändern, seine Vergangenheit, sein Leben. Und er wird vergessen, dass er mal jemand war, der seine drogenabhängige und unheilbar kranke Halbschwester gebumst hat.

Raquel stöhnt und zieht Cristian an den Haaren. Er lässt einer abartigen Wut ihren Lauf und zerreißt Brunos T-Shirt, weil er die Brüste sehen will, die ihm einst so gut gefallen haben und die ihn jetzt gelblich, mütterlich und verwundert anstarren wie jemand, der einen nach Jahren zufällig auf der Straße wiedertrifft.

«Und wie erkläre ich jetzt Bruno, was mit seinem Lieblings-T-Shirt passiert ist?»

«Sag ihm, ich hätte seine Pistole abgeholt, dich gebumst und es dabei zerrissen.»

«Genau so werde ich's machen», erwidert Raquel kichernd. «Bruno ist ja ein verständnisvoller Mensch.»

28

Abends ist es für Merche wesentlich schlimmer als morgens. Eigentlich ist es morgens sogar ziemlich okay. Wenn sie ihre Kinder auf den Weg gebracht hat – Frühstück, Dusche, Schulranzen –, hat sie noch ein bisschen Zeit, um in dem Café an der Ecke in aller Ruhe eine Tasse zu trinken, die Zeitung durchzublättern und einkaufen zu gehen. Wenn sie wieder zu Hause ist, schaut sie Fernsehen oder liest oder hört Musik im Radio oder die Nachrichten über die Welt, die wie immer kurz vorm Untergang zu stehen scheint.

Mittags isst sie allein. Eine Gazpacho, ein Stück Käse, nichts Aufwendiges. Die perfekte Diät, wären da nicht die Nachmittage, an denen sie dem Fernsehprogramm ausgeliefert ist und alles Mögliche in sich hineinstopft: Schokolade, Verrat, Nüsse, Silikonbrüste, uneheliche Kinder, Joghurt, leidenschaftliche Liebe, Maischips und Fremdgeherei. Irgendwann kommen ihre drei Männer nach Hause, und die Wohnung verwandelt sich in eine Art Versorgungsstation und Zwischenlager für Schmutzwäsche. Und beim Abendessen gegen neun bleibt immer etwas übrig, das dann auf ihrem Teller landet.

Eigentlich hätte sie – wegen des Liebesleids, der Nerven, der Krise – abnehmen müssen. Hat sie aber nicht. Offenbar ist das nur bei Roman- und Filmheldinnen so. Sie werden verrückt oder brechen in funkelnden Salons ohnmächtig auf Klavichorden zusammen, oder zwischen den Wurzeln einer Trauerweide über winzigen Büchlein. Alle sind sie blass und dünn. Sie selbst hingegen nimmt immer mehr zu, fühlt sich dick, schwer und alt, aber auch – immerhin – treu und redlich.

Die Tage nach der Trennung von Max waren wie die Genesungsphase nach einer Krankheit. Wenn man spürt, dass der Körper den Virus ausgerottet hat, der das Abwehrsystem gefordert und die Energien gebunden hat. Strahlende Tage sind es gewesen, voller neuer Kraft. Weil dieses Gefühl nicht nur körperlich ist, sondern auch eine spirituelle Seite hat, zieht Merche noch einen anderen Vergleich heran. Es fühlt sich an wie damals, als sie ein kleines Mädchen war und noch an Gott glaubte und die Nonnen sie zur Beichte brachten – der Geruch nach Kerzen und Holz, das Knarren beim Niederknien, das Hallen der Schritte – und sie danach auf den Hof trat und die Gewissheit verspürte, gut vorbereitet zu sein, sollte Gott noch einmal eine Sintflut schicken, weil sie sauber und rein war, bereit zu sterben, von aller Schuld losgesprochen, bestraft und folglich erlöst.

Aber Gero ist nicht Gott. Und wenn man gesund ist, heißt das noch lange nicht, dass man nicht trotzdem krank sein kann. Sie war schier durchgedreht bei dem Gedanken, alles zu verlieren, aber jetzt, wo sie alles gerettet hat, weiß sie nicht weiter. Sie will Gero nicht verlassen. Hat nicht die Kraft dafür. Glaubt nicht an ein neues Leben, an Max, an die Zukunft, an jene Liebe, die ihr mitten im tosenden Sturm vorgekommen ist wie eine nichtige Laune. Sie hat geheult, gelogen, gefleht, damit Gero ihr für etwas verzeiht, an dem er – ist doch so, oder? – zu einem Gutteil selber schuld ist. Und ihr wurde verziehen. Doch was nun?

Merche macht den Kühlschrank auf.

Von allem etwas, aber nichts Gescheites.

Aber dafür light.

Merche hätte gern mit jemandem über alles gesprochen.

Nicht, um es jemand anderem zu erklären als vielmehr sich selbst. Um die Geschichte so lange umzuschreiben, bis sie mit sich im Reinen ist und sich gut und stark fühlen darf. Sie hat getan, was sie tun musste. Sie hat das Richtige getan. Wo aber ist jetzt ihr Preis? Der innere Frieden?

Sie ist nicht dermaßen trunken gewesen vor Liebe zu Max, als dass sie alles für ihn aufgegeben hätte. Folglich ist sie auch nicht ohnmächtig unter Trauerweiden oder über Klavichorden zusammengesunken. Und hat auch kein Gewicht verloren. So ist es nun mal. Das ist die Wahrheit. Ja, okay, aber was fängt sie nun an mit dieser Wahrheit nachmittags gegen halb fünf oder um sechs oder sieben Uhr am Abend?

Musik hören.

Musik, die sie nicht an Max erinnert.

Musik, die nicht von der Liebe erzählt, von Liebenden, die zusammen flüchten, von Katzen, die durch Gassen streifen, wenn der Mond so aussieht, als hätte jemand ein Loch in den Himmel geschossen.

Sie sucht und sucht.

Musik, die nicht nostalgisch ist, die nicht von ihr erzählt, von Verrätern und Feiglingen.

Bee Gees, Beethoven, Bob Marley. Nein.

Wie merkwürdig, wieder bei den Ihren zu sein, neben ihrem Mann zu liegen und zu spüren, dass sie nicht sie selbst ist. Der Verrat, die Untreue haben ihr etwas unwiederbringlich genommen. Als wäre ihr der Glaube ausgetrieben worden, das Gutgläubige in ihr. Wenn man einmal sehend war, kann man nicht einfach die Augen schließen und glauben, man sei blind.

Merche fühlt sich, als wäre alles um sie herum ausgestopft, fad, niedrigpulsig, lichtarm.

Merche kämpft. Sie muss kämpfen. Denn so wie es Tage gibt, an denen sie sich stark fühlt und kaum an Max denkt, so gibt es auch Tage, an denen ein gemeiner Gott ihr sagt, dass weiß schwarz ist und zwei mal zwei nicht Gero.

Und wenn es ihre Angst gewesen ist, die für sie die Wahl getroffen hat? Und wenn sie ihn jetzt anruft?

Nein. Sie kann nicht. Sie darf nicht.

Aber sie will. Ihn anrufen.

Nein, will sie nicht.

Nur seine Stimme hören. Ohne dass er es weiß. Und damit, ohne dass sie es weiß, Gero retten.

Ein Milchkaffee. Ein Toast mit Ballaststoffen.

Die Nummer von Ada alias Max, die nie zu Mrs. Bates geworden ist, hat sie gelöscht. Sie hat Gero geschworen, nie wieder mit ihrem Liebhaber zu reden, mit diesem Unbekannten, den sie angeblich an ihrem letzten Arbeitsplatz kennengelernt hat; und der sie bedrängt hat, weswegen sie auf Job und Sicherheit verzichtet hat, um ihre Ehe zu retten. Die Nummer auf dem Handy hat sie gelöscht, aber nicht die in ihrem Kopf.

Sie weiß sie auswendig und könnte ihn anrufen.

Vorsichtig, wie sie ist, hat sie die Nummer außerdem vor zwei Tagen auf der ersten Seite gleich mehrerer Bücher notiert, die Max ihr geschenkt hat, dieses stumme Heer, das sich nun hinter den feindlichen Linien befindet. Die Seiten mit den Widmungen hat sie amputiert, ohne ihnen eine Träne nachzuweinen, ohne sich Vorwürfe zu machen.

Sie könnte ihn anrufen, um zu fragen, wie es ihm geht, um das Terrain zu sondieren, um herauszufinden, ob er noch auf sie wartet. Einfach so, weil sie ein guter Mensch ist, eine gute

Freundin, eine zivilisierte Ex-Geliebte, ein richtiges Miststück.

Als sie im Bad auf dem Klo sitzt und pinkelt, betrachtet sie sich im Spiegel. Zieht Grimassen. Sie ist attraktiv. Natürlich. Sie wird ihn anrufen. Nein. Sie setzt sich vor den Fernseher, zappt die Sender durch. Heute ist Freitag, da ist das Programmschema ein bisschen anders. Früher war der Freitag ein magischer Tag, ein Tag voller Möglichkeiten. Heute kommt es drauf an, was im Fernsehen läuft. Ob ihr ältester Sohn nach dem Training mit seinen Kumpels und seiner Freundin ausgehen will oder nicht. Ein Dokumentarfilm über den Bau des Eiffelturms. Nein, nein, nein. Bitte nicht Paris. Sie hätte damals mitfahren sollen. Vielleicht hätte das die Entscheidung herbeigeführt. In die eine oder in die andere Richtung. Und nebenbei hätte sie endlich Paris gesehen.

Gestern hat sie mit Gero geschlafen. Die Initiative ergreift immer er, als verlange er Entschädigung für ihre Sünden. Sie hatte keine Lust, aber … Sie wollte nicht, aber … Sie hatte keinen Orgasmus, aber … Sein beißender Geruch, seine großer, beharrter, sehniger Körper. Sie hat schon immer gemocht, wie wohl Gero sich in seiner Haut fühlt, wahrscheinlich weil der Körper sein Arbeitsinstrument ist, weil er ihm hilft, er selbst zu sein, ganz anders als bei den Menschen, die mit Ideen arbeiteten, mit Worten, mit der Phantasie. Er hat sie angesehen mit diesem hündischen Glanz in seinen Augen, als stünde er kurz davor, sie völlig zu verstehen, völlig mit ihr zu verschmelzen. Sie hat ihren Orgasmus herausgeschrien, der keiner war. Und er hat sie weiterhin angesehen und ihr mit dem Blick zu verstehen gegeben, dass er wusste, dass sie den Orgasmus nur vortäuschte, dass es ihm aber egal war, dass er

so tun würde, als merke er es nicht, dass er sie mit seinem Samen überschwemmen würde, bis keine Spur mehr blieb von diesem anderen Mann. Er war nicht der sanfte, zärtliche, geduldige Gero, den sie kannte, sondern hart, schnell, nur auf seinen Orgasmus aus. Und sie entrichtete den vereinbarten Tribut. Sie hatte keine Lust, aber … Sie wollte nicht, aber … Sie hatte keinen Orgasmus, aber …

Im Fernsehen schreit jemand, ist jemand beleidigt, weint jemand. Und alle lügen.

Was soll sie zum Abendessen kochen? Grüne Bohnen und Fisch? Tortilla? Und wenn sie Gero und den Kinder vorschlägt, ins Einkaufszentrum zu fahren? Eine Pizza zu essen und ins Kino zu gehen? Gute Idee. Sie wird Gero anrufen. Er mag es nämlich gar nicht, vor vollendete Tatsachen gestellt zu werden.

Ihr Handy hat sie zum Aufladen auf den Nachttisch gelegt. Sie wirft einen Blick darauf. Ein, zwei verpasste Anrufe und SMS, aber nicht von Max. Wie hält er das nur so lang aus? Warum gehorcht er ihr plötzlich und ruft nicht an? Wie würde er reagieren, wenn sie ihn anriefe? Wie würde sie reagieren, wenn er sie anriefe? Das Bett hat sie am Morgen frisch bezogen. Merche sinkt hinein. Ein Nickerchen wird ihr guttun. Die Laken nehmen sie nicht gerade zärtlich auf, denn Wäsche braucht immer am längsten, bis sie Verrat und Kaffee- oder Rotweinflecken verzeiht. Sie tippt Max' Nummer in ihr Handy ein. Neigt das Gerät, um das Display besser zu sehen. Ihr Blick fällt auf Geros gebügelte und fein säuberlich zusammengelegte Kleidung, die verängstigt und zum Petzen bereit über dem Stuhl hängt. Das Display erlischt, sie drückt auf eine Taste. Schließt die Augen. Stellt sich Max vor und mastur-

biert. Danach bleibt sie noch ein bisschen liegen. Dann steht sie auf, macht das Bett, nimmt das Handy und geht ins Wohnzimmer. Während sie Fernsehen schaut – jemand schreit, jemand ist beleidigt, jemand weint, und alle lügen – ruft sie Gero an, um ihm zu sagen, dass er pünktlich sein soll, damit sie noch was essen können, bevor sie sich in der Spätvorstellung einen schönen Film anschauen.

Nein, sie wird Max nicht anrufen.

Wieder ein Tag gewonnen. Aber wozu?

Vielleicht morgen oder übermorgen. Vielleicht nie.

Sie hat Durst. Ein Bier, gesalzene Sonnenblumenkerne.

Die Herzogin von Alba heiratet.

Aus Liebe.

29

Cristian hält vor der Kneipe, in der das Kartenspiel stattfindet. Sie liegt in einem Gewerbegebiet, direkt an einer Verkehrsader. Er hatte einige Mühe, sie zu finden, musste dafür sogar sein GPS anschließen. Bruno hat nicht angerufen, was ihm ein bisschen Spielraum verschafft hat. Die Coca-Cola-Reklame ist abgeschaltet und der Rollladen hinter der Tür halb heruntergelassen. Die Reifen knirschen auf den Steinchen. Musik- und Autotöter. Bevor er aussteigt, fragt er sich erneut, ob es eine gute Idee war, die Pistole aus dem Kofferraum zu holen und sie in seiner Tasche zu verstauen, zwischen den Klamotten. Es ist riskant, aber womöglich wird er später keine Gelegenheit mehr dazu haben. Zur Sicherheit wirft er einen Blick in alle Richtungen. Niemand da. Er öffnet die Tür und steigt aus. Die Straßenlampen werfen ein spärliches Licht, jenseits ihres Kegels ist es stockdunkel. Und es ist kalt. Sein Atem dampft. Er macht die Tür zum Rücksitz auf und wirft die Tasche auf den Boden. Wenn Bruno sie nicht sieht, stellt er auch keine Fragen. Und wenn er keine Fragen stellt, muss Cristian nicht lügen.

Er sieht auf dem Handy nach der Uhrzeit. In knapp zwanzig Stunden wird ein Mann, der wahrscheinlich gerade schläft oder sein Frauchen bumst, tot sein. So muss es sich anfühlen, wenn man Gott ist, oder? Die grausame Faszination von Stärke und Macht. Er klingelt. Kurz darauf öffnet ihm ein affiger Jungspund in Kellnerkluft, wie man sie sonst nur noch auf Mittagsmenüreklamen an der Landstraße sieht. Die Partie ist zu Ende. Bruno sitzt am Tresen, hält sich an einem Drink fest

und plaudert mit einem Wrack, das aussieht wie der Dompteur Ángel Cristo bei seinen letzten Auftritten. Im Plasmafernseher plappern Hexen ins Telefon.

Cristian geht auf Bruno zu. Als der ihn sieht, legt er ihm die Hand auf die Schulter, ohne sein Gespräch mit dem tonnenartigen Zwerg zu unterbrechen.

«Bestell dir was zu trinken.»

Cristian entscheidet sich für einen Cardhu mit Eis und flüchtet sich hinter Brunos Rücken. Bruno wirkt aufgekratzt. Es ist unschwer zu erkennen, dass es gut gelaufen ist. Am anderen Ende des Raums steht ein alter Flipperautomat, der aber nicht angeschlossen ist.

«Funktioniert der?»

«Ja», antwortet jemand hinterm Tresen, der offenbar höherrangig ist als der, der ihm geöffnet hat, und auch keine Uniform trägt. «Unten ist ein Schalter. Pro Spiel fünfzig Cent. Brauchst du Kleingeld?»

«Nicht nötig.»

Nach zwei wenig glorreichen Versuchen, bei denen gerade mal eine Extrakugel rausgesprungen ist, gesellt sich Bruno zu ihm.

«Lass mich mal ran.»

Er stellt sich an einen der beiden Knöpfe. Obwohl sie sich als Kinder nicht kannten, ist ihnen das Szenario vertraut: zwei Freunde gegen die silberne Kugel, die jederzeit zwischen den Flippern hindurchkullern konnte. Es ist ein Moment großer Nähe, geradezu elegisch für Cristian. Heute bist du mein Freund. Übermorgen wirst du mich hassen. Du wirst dich fragen, wo ich bin, wieso ich getan habe, was ich getan habe. Vielleicht wird Raquel dir die Wahrheit sagen, oder wenigstens

die halbe Wahrheit. Vielleicht ist die Pistole registriert, und vielleicht wird die Polizei, wenn sie die Knarre neben dem Kerl mit der Kugel im Kopf findet, bei dir aufkreuzen und dir Fragen stellen. Dann wirst du von Glück sagen können, wenn du ein gutes Alibi hast, Bruno, was du natürlich noch nicht wissen kannst, ich aber schon. Heute Abend bin ich dein Herr, und du weißt es nicht einmal.

«Wie ist das Spiel gelaufen.»

«Schlecht. Hab verloren.»

«Das sagst du immer. Immer verlierst du und bist am Ende doch der Sieger.»

«Mist!»

Die zweite Kugel ist auf Brunos Seite gelandet. Sie kam so schnell angerollt, dass er sie erst im letzten Moment gesehen hat.

«Du ruinierst mir mein Spiel.»

«Noch eine.»

«Die letzte.»

Der Schlagbolzen schnalzt so laut wie ein Schuss. Die Kugel dreht sich und dreht sich, stößt an, steigt in Kreisbahnen aufwärts, fällt in Löcher, aus denen sie nach einem kleinen Erdbeben aus Lichtern und Gedudel wieder ausgespuckt wird.

«Du hast doch garantiert abgesahnt, Alter.»

«Stimmt. Aber der Typ an der Bar hat auch ziemlich abgeräumt.»

Die Kugel knallt an das Glas und wird zweimal von Bruno und einmal von Cristian geschickt verteidigt. Als sie wieder auf Brunos Seite kullert, schlägt der so heftig auf den Knopf, dass der Automat die Partie blockiert.

«Scheißkiste.»

«Alle guten Flipperpartien enden mit einem Tilt.»

Bruno geht schnell zum Tresen und bezahlt die Rechnung. Als er und Cristian bereits an der Tür sind, sagt der Barmann:

«Denk an die Bullen.»

«Mach ich, danke.»

Bruno hält nach dem anderen Glückspilz Ausschau, aber er kann ihn nirgends entdecken. Ist wahrscheinlich auf dem Klo und pinkelt. Als sie draußen im Auto sitzen, fragt Cristian.

«Was ist mit den Bullen? Meint der Alkoholkontrollen?»

«Nein. Mach den Kofferraum auf.»

«Wieso denn das?»

«Mach schon.»

Cristian gehorcht. Die Katastrophe ist im Anmarsch. Jetzt geht es nur noch darum, wie der Zufall die einzelnen Teilchen anordnet. Bruno sucht inzwischen tatsächlich nach der Pistole.

«Was suchst du?»

«Die Knarre.»

«Ist die nicht im Handschuhfach?»

«Nein, da leg ich sie nur dann rein, wenn ich sie brauche. Sonst bewahre ich sie hier auf, hier in diesem Hohlraum.»

«Da ist sie aber nicht.»

«Das seh ich selber.»

Bruno durchwühlt die Sachen. Fettstarre Lumpen, Kanister mit Frostschutzmittel und Motoröl, ein Regenschirm, Tüten mit Kabeln, eine Werkzeugkiste, der Sonnenschirm, den Raquel und er vor rund tausend Jahren mit an den Strand genommen haben. Bruno hebt den Kopf und sieht Cristian an, der seinem Blick ausweicht und ebenfalls zu suchen beginnt.

«Was willst du mit der Pistole?»

«In irgendeinen Papierkorb schmeißen, vergraben, was weiß ich. Und morgen wiederkommen, um sie zu holen. Angeblich kontrollieren die Bullen die Landstraße, von wegen Drogenschmuggel und so, und ich hab keine Lust auf blöde Fragen, und schon gar nicht, dass sie die Knarre finden.»

«Kann es nicht sein, dass du sie mit hoch in die Wohnung genommen hast?»

«Nein, das wüsste ich. Wo kann das Ding nur sein?»

«Liegt bestimmt unter deinem Kopfkissen.»

«Niemand hat das Auto angerührt. Auch Raquel nicht, garantiert nicht, das hätte sie mir gesagt. Nur du. Heute.»

«Ich hab das Ding aber nicht.»

«Weiß ich doch, du Spasti. Okay, lass uns losfahren, mir ist arschkalt. Vielleicht war ich so voll, dass ich sie tatsächlich hoch in die Wohnung genommen habe und mich nicht mehr erinnern kann.»

«Bei dem Chaos, das Raquel fabriziert, wirst du sie nie wieder finden.»

«Das sag ich ihr, du Arsch!»

Sie steigen ein. Cristian weiß, dass er einen Satzball abgewehrt hat, mehr nicht. Bruno wird die Pistole auch zu Hause nicht finden und irgendwann schnallen, dass nur Cristian sie haben kann. Was nicht weiter problematisch ist, solange es nicht vor morgen Abend um acht passiert. Problematisch wäre nur, wenn sie in eine Polizeikontrolle geraten und die Bullen einen Blick in seine Tasche werfen wollten. Was sie garantiert auch tun würden.

Cristian beschließt, lieber einen Umweg zur Autobahn zu nehmen, über weniger befahrene Straßen, auch wenn sie dadurch ein bisschen länger in die Stadt brauchen. Seine stum-

men Gebete werden von der nervenden GPS-Stimme gestört, die aus den Tiefen des Handschuhfachs permanent zum Umkehren auffordert, von dort, wo mal die Pistole war, die jetzt zwischen seinen Unterhosen und Waschutensilien liegt. Das Glück ist ihm hold: keine Polizeikontrolle.

Es ist spät, aber Cristian wird dafür sorgen, dass die Partie noch weitergeht, ob Bruno will oder nicht. Ihm ist nämlich sehr daran gelegen, dass Bruno den morgigen Tag verschläft und somit nicht nach der Pistole sucht und ihn auch nicht verdächtigt.

Grummelnd willigt Bruno ein, und sie ziehen von Kneipe zu Kneipe, von Whisky zu Whisky, bis Cristian gegen sieben Uhr morgens das Auto samt Besitzer nach Hause chauffiert. Er parkt zwei Querstraßen vorher. Auf dem letzten Wegstück hat Bruno mit offenem Mund wie tot im Sitz gesessen und mit den Songs um die Wette geschnarcht, die der Moderator mit seinem ständigen Dazwischengequatsche allerdings sowieso kaputt gemacht hat. Kurz ist Cristian versucht, Bruno nicht aufzuwecken. Ihn einfach im Auto sitzen zu lassen. Aber dann werden ihn das Licht und der Lärm der Stadt früher aufwecken, als wenn er friedlich in seinem Bettchen schläft. Also steigt er aus, nimmt die Tasche und hängt sie sich um die Schulter. Geht zum Beifahrersitz und versucht, Bruno aufzuwecken. Was ihm irgendwann auch gelingt. Er schließt ab. Steckt Bruno die Schlüssel in die Jackentasche. Bleut sich die Hausnummer ein, vor der er das Auto abgestellt hat. Dann begleitet er Bruno zu einem dieser Billigbauten, in dem er mit Raquel wohnt. Unterwegs begegnen sie Jugendlichen, die nach einer exzessiven Nacht eintrudeln und wiederum ihren Eltern begegnen, die zur Arbeit gehen. Während die einen

nach Alkohol, Parfüm und Schweiß riechen, riechen die anderen nach Kaffee, Schlaf und – vielleicht – Seife.

Bruno verabschiedet sich. Er will noch etwas sagen, aber er hat Cristian schon genug gestichelt von wegen. Und jetzt heim ins Bettchen zu Mireia, so dass nicht mehr viel zu sagen bleibt. Er macht die Tür auf und schleppt sich ins Treppenhaus. Murmelt etwas, das sich anhört wie ein Fluch, aber wohl ein Abschiedsgruß ist. Dann fällt die Tür hinter ihm zu, und mit ihr gerät der Mensch aus dem Blick, der einmal sein Freund war, der Mensch, der ihm ein wenig Glück verschafft hat, einen Ausweg. Er kann nicht anders, als sich wie ein Judas zu fühlen. Wie das cleverste Arschloch der ganzen Stadt.

«Pass auf dich auf, mein Freund.»

Dann macht er kehrt, orientiert sich kurz und geht auf die nächstbeste Straße zu, auf der genügend Verkehr herrscht, um ein Taxi zu kriegen. Er wird zu Mireia fahren, sich zu ihr ins Bett legen, ein bisschen schlafen, was essen, die Kohle abgreifen, einen Typen umnieten und zum Bahnhof fahren. Und dort wird er auf den Zug warten, der ihn endgültig rausholt aus diesem Labyrinth voller blinder Ratten.

30

Es ist fast zwei Uhr nachmittags, als etwas Bruno ins Hirn stößt wie einem Vampir der Pflock in die Brust. Er bäumt sich auf und katapultiert sich geradezu aus dem Bett. Raquel ist nicht da. Vielleicht ist sie schon länger wach, vielleicht ist auch schon nicht mehr im Bett gewesen, als er nach Hause gekommen ist, sondern hat auf dem Sofa gesessen und in die Glotze gestarrt. Er ist sturzbesoffen gewesen. Zumindest fühlt es sich jetzt so an. Aber im Schlaf ist ihm etwas eingefallen. Oder vielmehr hat er etwas begriffen, und dieses Etwas hat sich in seine Träume geschlichen, ihn an den Eiern gepackt und jäh zurückgeholt. Er hat begriffen, dass nur Cristian die Pistole haben kann. Und dass sie in dieser verdammten Reisetasche sein muss, die er angeblich zu Mireia mitnehmen wollte. Wie hat er nur so blöd sein können?

Die Blase platzt ihm fast. Im Halbschlaf tastet er sich ins Bad. Das Waschbecken ist übersät mit Flecken aus Zahnpasta und Blut, das von Raquels Zahnfleisch stammt. Er öffnet das Schränkchen, ohne zu wissen, was er sucht. Schließt es wieder. Er dreht den Hahn auf und hält seine Hände unters Wasser, damit er sie wieder spürt, und anschließend sein Gesicht. Aber es genügt nicht. Also geht er unter die Dusche. Dort kündigt ihm sein Magen an, dass er entleert werden will. Seit man ihm wegen Steinen die Gallenblase entfernt hat, muss er nach Alkoholexzessen am nächsten Morgen kotzen wie ein Reiher. Zehn Minuten später ist er in der Küche. Raquel sitzt tatsächlich von der Glotze. Das Trommeln der Waschmaschine im Hintergrund geht ihm auf den Sack.

Schlimmer Kater. Alka-Seltzer. Rülpser, Reaktion, Rückkehr ins Leben.

«Hallo.»

«Hallo.»

«Hab dich gar nicht kommen hören.»

Raquel hat gerade Kaffee gemacht. Bruno schenkt sich eine Tasse ein.

«Weißt du, wo meine Pistole ist?»

«Was? Nein. Im Auto wahrscheinlich.»

«Da ist sie nicht.»

«Dann weiß ich auch nicht.»

Bruno rückt Raquel auf die Pelle. Sie sitzt. Er steht. Sie sieht ihn kurz an.

«Was?»

«Nichts.»

Sie starrt auf den Bildschirm, kriegt aber nichts mit von dem, was gerade läuft.

«Weißt du, was Cristian gerade so treibt?»

«Kümmert sich vermutlich um seine Geschäfte. Der hat doch immer was am Laufen.»

«Er sagt, er ist wieder mit der Katalanin zusammen.»

«Hat er mir auch gesagt.»

«Ich glaub ihm aber nicht.»

«Wieso? Die lässt doch alles mit sich machen.»

Bruno schaltet den Fernseher aus. Jetzt bleibt Raquel nichts anderes übrig, als sich ihm zuzuwenden.

«Kann ich nicht mal in Ruhe fernsehen, ohne dass du …»

«Was für ein Spielchen treibt ihr da?»

«Gar keins, Bruno. Werd nicht wieder paranoid.»

«Weißt du, wo er ist?»

«Bei Mireia. Nehme ich zumindest an, aber ich bin ja nicht seine Mami.»

«Und auch nicht seine Schwester.»

«Mein Gott, Bruno, fang nicht wieder damit an. Ruf ihn auf dem Handy an und red mit ihm.»

«Er geht sowieso nicht ran.»

«Wie du meinst.»

Bruno spürt, wie es in ihm auflodert. Er würde gern explodieren, sich gehen lassen, wie früher, aber er hat versprochen, dass er sich zusammenreißen wird. Er will nicht den Fernseher umwerfen und darauf herumtrampeln. Er will nicht Raquel packen und schütteln und in diesen gelben Blick schauen, in den er in letzter Zeit schon viel zu oft geschaut hat. Er will sich nicht wie ein Schwein fühlen. Außerdem weiß er, dass er seine Intelligenz und nicht seine Fäusten einsetzen muss, wenn er rausfinden will, was hinter seinem Rücken vorgeht. Und dass er schnell sein muss. Während er seinen Kaffee austrinkt, fällt ihm etwas ein, das vielleicht funktionieren könnte.

«Ich muss mit ihm reden. Bei mir geht er nicht ran, aber vielleicht ja bei dir. Wo ist dein Handy?»

«Der Akku ist leer.»

«Dann lad ihn auf.»

«Weiß nicht, wo das Ding ist.»

«Hör zu, Raquel.» Bruno geht in die Hocke und hält sich am Sofa fest wie ein lieber Hund oder ein neugieriges Kind. «Ich red jetzt mal Tacheles: Ich weiß, dass was im Busch ist. Nicht was, aber dass. Kann es sein, dass Cristian mir Klienten abluchst? Oder ihr beide?»

«Spinnst du jetzt, oder was?»

«Du hast mich schon verstanden. Ich bin nicht so doof, wie ich aussehe.»

«Ich kann nur für mich sprechen, und ich sage dir …»

«Ist mir egal. Im Ernst. Wir beide müssen und werden uns aussprechen, Raquel. Aber nicht jetzt. Jetzt gibt's Wichtigeres zu tun. Ich sag dir jetzt mal, was ich glaube. Komm her, du brauchst keine Angst vor mir zu haben.»

«Ich hab keine Angst vor dir.»

«Was ich dir zu sagen habe, ist so wichtig, dass ich es dir ins Ohr flüstern muss.»

«Hier ist außer uns doch keiner.»

«Bitte.»

Raquel gehorcht. Sie hält ihr Ohr näher an Brunos Mund, und Bruno, der inzwischen auf dem Boden kniet, legt seinen Arm um sie und zieht sie zu sich heran. Alles riecht nach Feuchtigkeit, denkt Bruno, selbst wir beide riechen schon nach Pflanzen. Dann flüstert er:

«Das hier ist ein Problem, aber kein verfluchtes Riesenproblem. Wenn hier einer ein Riesenproblem hat, dann Cristian. Weißt du, warum? Weil er sich für oberschlau hält. Hätte er mich um die Pistole gebeten, statt sie mir zu klauen, hätte ich ihm einen entscheidenden Tipp gegeben. Aber der Arsch hat mir nichts gesagt. Und warum hat er mir nichts gesagt? Weil er nicht will, dass ich weiß, wofür er eine Scheißpistole braucht, nämlich um einen der Typen einzuschüchtern, die ich an Land gezogen habe. Oder um ihn abzuknallen, damit er ihn nicht verpfeifen kann. Wenn er ihn nur einschüchtern will, von mir aus. Aber wenn er ihn abknallen will, hat er ein Problem. Das kann er nämlich vergessen. Weißt du, wieso?»

«Nein.»

«Kannst du auch gar nicht wissen. Die Knarre ist nicht geladen», lügt Bruno, «weil man sie nicht laden kann. Ist nämlich eine Spielzeugpistole.»

Raquels Reaktion verrät ihm, dass er ins Schwarze getroffen hat. Sie hat es gewusst. Sie hat Cristian verraten, wo die Pistole ist. Also weiß sie auch, wofür er sie braucht. Und wo sich dieses Arschloch versteckt.

Raquel steht auf und geht ins Schlafzimmer. Kommt mit dem Handy und dem Ladegerät wieder. Tippt die PIN-Nummer ein.

«Du bist eine Schlampe.»

«Wie bitte?»

«Du betrügst mich.»

«Tu ich nicht. Er war hier und hat gesagt, du hättest ihn angerufen und ihm gesagt, wo das Auto steht. Stimmt das?»

«Ja.»

«Und dann hat er mich gefragt, ob die Pistole im Auto ist. Und wo. Und ich hab's ihm gesagt. Das war's. Ende der Geschichte.»

«Von wegen. Ruf ihn an.»

«Gleich.»

«Wo ist er?»

«Bei Mireia.»

«Sag zur Abwechslung mal die Wahrheit.»

«Das ist die Wahrheit. Nehme ich zumindest an. Wieso sollte er mich anlügen?»

«Sag mir noch eine Wahrheit. Die Reisetasche. Will er abhauen?»

«Er geht nicht ran.»

Raquel fühlt sich ausgelaugt, weil sie sich mit einer Er-

kenntnis konfrontiert sieht, die sie verdrängt hat. Wenn Cristian weg ist, wird sie allein sein. Vollkommen allein. Allein mit Bruno, wehrlos, an ihn gekettet. Ihr Zug wird nirgends mehr anhalten, das Leben wird keine Überraschungen mehr bieten, keiner wird sie mehr besuchen. Cristian darf nicht weggehen. Sie muss es verhindern. Irgendwie. Ohne ihn zu verraten, ohne sich zu verraten. Denn Bruno ist immer noch unberechenbar.

«Nichts. Geht nicht ran.»

«Logo. Er vertraut dir nicht. Ich bin vielleicht ein Idiot, aber ich will nicht, dass man ihn umlegt, nur weil er sich für oberschlau hält.»

Überrascht sieht Raquel ihn an, spürt so etwas wie Dankbarkeit gegenüber diesem anderen Bruno, diesem liebevollen Bruno, der sich schon lange nicht mehr gezeigt hat. Und wenn Bruno ihm die Pistole nur abnehmen will, damit Cristian nichts passiert? Wenn es ihm gar nicht so sehr um den Verrat geht, der für ihn längst mehr Gewissheit ist als Verdacht? Warum sollte er ihn sonst warnen wollen?

«Hör zu, ich fahre jetzt zu Mireia. Weißt du, wo sie wohnt?»

«Wenn, dann sind sie nicht bei ihr, sondern in einer Wohnung, die Mireias Eltern gehört. Die liegt bei der Kneipe um die Ecke, an der Plaza Catalana. Welche Hausnummer, weiß ich nicht. Da fragst du einfach im Mauri nach.»

«Dann fahr ich jetzt dahin. Solltest du mit Cristian sprechen, richte ihm aus, dass er mich anrufen soll. Okay?»

«Okay.»

«Wie viel Uhr ist es?»

«Kurz vor drei.»

«Hast du mir sonst noch was zu sagen?»

«Ich werde dir alles sagen, was ich weiß.»

«Wieso auf einmal?»

«Weil ich dieses Misstrauen satt habe. Ich weiß, dass Cristian morgen fortgeht.»

«Wohin?»

«Nach Hause. Cádiz, glaube ich. Ein paar Freunde von ihm haben da eine Bar am Strand. Er hat Kohle verdient, viel Kohle, in kurzer Zeit.»

«Auf unsere Kosten?»

«Glaub ich nicht. Eher mit Drogen.»

«Was heißt hier, glaub ich nicht? Hast du ihm nun die Infos ...»

«Ich hab gar nichts. Er weiß nicht mal, wo das Notizbuch ist. Und er würde dir so was auch nie antun. Ich habe ihm nichts gesagt, und du ja wohl auch nicht.»

«Er will also jemandem den Gnadenstoß versetzen und dann abzischen. Warum hat er mich nicht eingeweiht? Warum hat er mich nicht um Hilfe gebeten? Er hat doch noch nie eine Knarre benutzt.»

«Wahrscheinlich hatte er Angst vor deiner Reaktion. So wie ich. So eifersüchtig, wie du bist, haben wir alle Angst vor dir in letzter Zeit.»

«Weißt du was? Ihr habt auch allen Grund dazu. Und noch was. So wie du das schilderst, hast du mit dieser Sache kaum was zu tun. Aber vielleicht erzählt Cristian mir ja eine ganz andere Geschichte, die mir übel aufstößt.»

«Und was soll das sein? Was immer er dir erzählt, es ist frei erfunden, garantiert.»

«Dann reden wir jetzt mal Tacheles. Es ist mir scheißegal, ob ihr mich abgezockt habt oder nicht. Es ist mir scheißegal, ob ihr hinter meinem Rücken gebumst habt. Was er da ab-

zieht. Diese Fahnenflucht, obwohl er mir so viel zu verdanken hat, das ist die eigentliche Sauerei. Cristian ist eine feige Sau, und wenn ich ihn erwische, kann er sich auf was gefasst haben. Kapiert?»

«Ich denke schon.»

«So, so, tust du das, du Schlampe.»

31

Im Mauri gibt Mireias Bruder ihm die Adresse. Er bestätigt ihm auch, dass Cristian die Nacht mit Mireia verbringen wollte. Zumindest hat Mireia ihm gegenüber so was erwähnt. Wenn er Glück hat, ist Cristian immer noch dort. Bruno möchte ihn nicht sofort zur Rede stellen. Er hofft, dass Raquel ihn nicht erreicht hat. Falls doch, weiß sie jetzt, dass das mit der ungeladenen Pistole nur ein Trick war, damit sie ihm sagt, wo er steckt. Aber was nun? Wenn er Cristian direkt angeht, kann er ihm bestenfalls die Fresse polieren. Und jemandem die Fresse zu polieren, der eine Pistole hat, ist noch nie eine gute Idee gewesen. Er muss sich was anderes einfallen lassen. Wenn er tatsächlich Glück hat und Cristian noch bei Mireia ist, wird er ihm folgen, um herauszufinden, was er mit seiner Knarre will. Dann hat er ihn in der Hand. Weil er ihm drohen kann, ihn an die Bullen zu verpfeifen. Wobei er zugeben muss, dass Letzteres ein bisschen weit hergeholt ist. Aber irgendwie muss er sich ja bei Laune halten, schließlich ist es erst kurz nach vier und viel zu früh, um mit Pistolen rumzufuchteln.

Außerdem will Bruno beweisen, wer von beiden der Schlauere ist. Und natürlich sein Geld zurück. Und diesen Kerl fertigmachen, der Raquel irgendwie hypnotisiert hat, so dass sie ihn wie eine Mutter vorm Zorn des Vaters beschützt.

In dieser Partie ist das Glück auf seiner Seite. Eindeutig. Er hat sich an einer Stelle postiert, von der aus er alles beobachten kann, ohne gesehen zu werden. Gerade kommen Mireia und Cristian aus der Wohnung. Cristian blickt sich um. Könnte ein Zeichen dafür sein, dass Raquel mit ihm gesprochen

hat. Andererseits wirkt er ruhig und gelassen. Gut möglich also, dass es nur eine instinktive Geste gewesen ist, dass er immer noch davon ausgeht, er schlafe seinen Rausch von gestern Abend aus. Sein Handy vibriert. Es ist Raquel. Sie sagt, dass Cristian nach wie vor nicht rangeht. Perfekt.

«Du brauchst nicht mehr anzurufen. Ich hab ihn inzwischen erreicht und mich mit ihm in der Bodega verabredet. Nein, keine Angst, ich werde keinen Stress machen. Wir werden uns aussprechen, mehr nicht.»

«Versprichst du mir das?»

«Ja, versprochen.»

«Ist bestimmt alles nur ein Missverständnis. Ich kann mir nicht vorstellen, dass er was Schlimmes getan hat.»

«Hör auf, ihn zu verteidigen, sonst werde ich noch richtig sauer.»

Mireia und Cristian gehen zur Bodega, aber vor der Tür verabschieden sie sich mit einem langen Kuss. Es ist ein Abschiedskuss. Kein Bis-später-Kuss. Oder sonst ein Kuss. Ein Lebwohl-Kleines-Kuss. Danach zieht Cristian los, während Mireia noch stehenbleibt, als wäre ihr dieser letzte Anblick unendlich kostbar. Irgendwann beendet sie die Abschiedsszene und geht rein. Cristian hat sich nicht noch einmal umgedreht. Für Bruno ist die Sache klar. Er geht fort. Denkt nicht daran wiederzukommen.

Er folgt ihm. Hält sich auf der anderen Straßenseite. Cristian geht zügig zur Metrostation. Bruno springt über das Drehkreuz: Heute wird er bestimmt nicht zum ersten Mal einen Fahrschein kaufen. Cristian entdeckt ihn auch im Waggon nicht. Einige Haltestellen später sind beide wieder auf dem Weg nach oben. Und nach weiteren zehn Minuten zieht

Cristian einen Zettel aus der Hosentasche. Er checkt eine Adresse. Ist angekommen, wo er hinwollte. Er nimmt nicht den Haupteingang, sondern geht die Rampe zur Garage hinunter. Öffnet die Tür und tritt ein. Bruno zögert. Wenn er jetzt auch da reingeht, wird er sich verraten. Also wartet er lieber. Das Blatt, das er auf der Hand hat, gefällt ihm ganz und gar nicht. Wenn jetzt passiert, was passieren soll, wird er nie erfahren, was los ist, was zum Teufel Cristian vor ihm geheim hält und wozu er die Pistole braucht. Ein Nissan Terrano fährt die Rampe hinunter. Der Fahrer lässt die Scheibe runter, streckt den Arm raus und steckt eine Karte in den Schlitz. Die Tür geht auf, die Schranke hebt sich. Bruno schlüpft hinter dem Auto hinein. Auf dem ersten Parkdeck keine Spur von Cristian. Auch auf dem zweiten nicht. Erst auf dem dritten. Er entdeckt ihn ganz hinten. Cristian sieht sich um. Wirkt nicht nervös oder genervt, weil er warten muss. Bruno zieht den Schluss, dass das, was passieren soll, nicht jetzt passieren wird. Cristian inspiziert den Ort nur. Plötzlich geht er zu dem Ausgang, der laut einem Schild zum Fahrstuhl führt. Bruno dreht sich um und rennt die Rampe hoch. Er muss vor Cristian am Eingang sein, damit er ihn weiterhin beschatten kann.

Er schafft es. Cristian ruft jemanden an. Dann noch jemanden und noch jemanden. Danach betritt er eine Kneipe und bestellt etwas. Ein Brötchen. Einen Carajillo. Zwei. Es ist schon fünf, als Cristian wieder aufbricht. Bruno kann ihm kaum folgen, weil er müde ist. Die letzte Nacht fordert ihren Tribut. Er hat Hunger, Durst, und sein Magen überlegt noch, in welche Richtung er sich entleeren will. Schließlich entscheidet er sich für den Schließmuskel. Bruno kann Cristian schlecht bitten, ein paar Minuten stehenzubleiben, damit er

scheißen kann. Er muss durchhalten. Folgt ihm, als er den Metroeingang nimmt. Gerade will er sich wieder durch die Absperrung schleichen, als er den Sicherheitsmann sieht, der ihm mit einem einzigen Blick davon abbringt. Die Metro kommt, Cristian steigt ein. Bruno hat ihn verloren. Alles für die Katz. Er geht zu dem Sicherheitsmann.

«Ich mach mir gleich in die Hosen, Kumpel. Ist hier irgendwo ein Klo?»

Der Kerl erklärt ihm den Weg, und Bruno schließt sich auf der Toilette ein. Der Tsunami nimmt seinen Lauf. Es war einfach schwierig. Hat zu lang gedauert. Vielleicht ist es besser so, weil Cristian sonst irgendwann bemerkt hätte, dass er ihm folgt. Wenn er doch nur durchgezogen hätte, was er im Parkhaus vorhatte. Hat er aber nicht. Und jetzt ist er ihm entwischt.

Nach zehn Minuten setzte Bruno blass und verschwitzt seinen Weg fort. Eine Chance hat er noch. Eine einzige. Ein As im Ärmel, und das muss er jetzt ausspielen. Bruno hat nämlich so eine Ahnung, und diese Art von Ahnung ist einem Spieler heilig. Was auch immer passieren soll, es wird in dieser Parkgarage passieren. Und zwar irgendwann zwischen jetzt und Cristians Abgang Richtung Süden, ob nun im Zug, im Bus oder im Flugzeug. Also beschließt Bruno, zu dem Wohnblock zurückzugehen und zu warten.

Zwei Stunden später sieht er sie kommen. Max kennt er nicht. Scheint nicht der Zunft anzugehören. Aus dem Viertel scheint er auch nicht zu sein. Die beiden wechseln kaum ein Wort. Max begibt sich zum Eingang und drückt mehrere Klingeln. Keine Reaktion. Er drückt noch mal. Werbung. Unterdessen geht Cristian die Rampe hinunter und betritt die

Parkgarage. Jemand macht Max auf. Offensichtlich wollen beide zum selben Ort, der eine über den Fahrstuhl, der andere übers Treppenhaus. Bruno rennt zum Eingang, aber die Tür ist bereits ins Schloss gefallen. Er klopft ans Glas, damit Cristians Begleiter umkehrt und ihm öffnet. Es klappt. Der Typ wendet sein Gesicht von ihm weg. Offenbar will er vermeiden, dass er sich an ihn erinnert. Er verbirgt sich. Jetzt weiß Bruno Bescheid. Sie wollen jemanden ausrauben. Sie wollen jemanden töten. In dieser Parkgarage. Er merkt sich das Gesicht.

Max geht zum Fahrstuhl. Beide warten. Bruno genießt es wie eine Katze, die ihre Mahlzeit sicher hat. Geleckte Maul. Sie betreten den Fahrstuhl.

«Welcher Stock?», fragt Max.

«Parkgarage. Zweites Deck.»

Max drückt den Knopf für das zweite und dritte Parkgeschoss. Bruno steigt aus, nimmt die Treppe und postiert sich so, dass er einen guten Blick hat. Er wartet. Minuten vergehen. Eine halbe Stunde. Ab und zu fährt jemand herein. Ab und zu jemand hinaus. Auf dem dritten Parkdeck stehen kaum Autos. Vielleicht ein halbes Dutzend. Brunos Magen befindet sich immer noch im Kriegszustand. Am anderen Ende des Decks ist eine Toilette. Bruno reißt sich zusammen, aber lange wird er nicht mehr durchhalten. Ein nasser Furz hinterlässt einen feuchten Fleck in seiner Calvin-Klein-Unterhose. Scheiße. Es bleibt ihm nichts übrig, als auf dieses blöde Klo zu gehen. Er schließt sich ein, um die Krämpfe loszuwerden und seine Unterhose zu säubern, bevor es sich wirklich eklig anfühlt.

Auf dem dritten Parkdeck haben sich Cristian und Max hinter jeweils einem Auto versteckt. Gero müsste eigentlich

schon hier sein. Aber es ist Freitag, da kann offenbar schon mal was dazwischenkommen. An den anderen beiden Tagen, am Dienstag und am Donnerstag, war er pünktlich wie ein Uhrwerk. Max hat Merche nun doch nicht mehr angerufen. Es wäre zu verdächtig, wenn er sich ausgerechnet an dem Tag, an dem Gero ermordet wird, bei ihr meldet.

Die ganze Zeit über ist er versucht, Cristian von dem Vorhaben abzubringen, aber er tut es nicht. Er hat ihm das Geld gegeben, obwohl er Angst hatte, er könnte einfach abhauen. Jetzt wäre es ihm fast lieber, er hätte es getan. Warum ist der Kerl immer noch da? Warum zieht er nicht einfach Leine? Ihm wäre es nur recht. Er will nämlich nicht mehr hier sein. Will nicht, dass etwas passiert. Weil er plötzlich eindeutig zu spüren meint, dass er Merche nicht mehr liebt: dass er nur seine eigenen Kinder liebt, sein konventionelles Leben, alles, was er gleich endgültig verlieren wird, wegen dieses Irrsinns.

Cristian hat seinerseits noch nicht entschieden, was er tun wird. Die Pistole hat er schon mal aus der Tasche genommen und ein T-Shirt um sie gewickelt. Max hat wie gebannt auf die Waffe gestarrt. Größer, schöner, matter als im Kino. Die Wette, die in Cristians Kopf abläuft, hatte bis eben noch eine Quote von fifty-fifty. Hat sie immer noch. Vielleicht tötet er ihn, vielleicht nicht. Die Kohle hat er ja schon. Endlich räumt er mal alles Geld ab, das auf dem Tisch liegt. Muss er es wirklich tun? Wieso? Nein, er wird es nicht tun. Er wird improvisieren. Das kann er ja. Wenn es erst mal so weit ist, wird man sehen. Wenn der Typ kommt, kann er Max ja ein Stockwerk höher schicken, sich mit dem Opfer absprechen, nur so tun, als würde er ihn töten. Mit Geballere und allem drum und dran. Genau, so wird er es machen. Eine super Idee. Er wird sich ans

Autofenster stellen, dem Typ die Pistole zeigen und sagen: «Ich habe den Auftrag, dich umzulegen, aber ich werd's nicht tun. Der Auftraggeber ist ein Spinner namens Gero, der deine Frau bumst. Sie weiß von nichts. Ich schieße jetzt zweimal, dann haue ich ab. Schreib du inzwischen diese Nummer auf, die ist von dem Kerl, der mich bezahlt. Damit kannst du morgen zur Polizei gehen, wenn du willst. Aber erst morgen, sonst werde ich sauer. Und wenn ich sauer werde, komme ich wieder, wenn du es am wenigsten erwartest, und puste dir das Hirn weg. Alles klar?» Dann wird er abhauen, ohne einen Mord auf dem Gewissen zu haben. Vielleicht wird er Bruno sogar die Knarre zurückgeben. Ja, so wird er's machen. Wenn der Göttergatte ihm allerdings blöd kommt, bleibt alles wie gehabt und bumm!

«Hör zu. Das hier wird kein Zuckerschlecken. Wenn du lieber nicht dabei sein willst, hau ab. Geh einen Stock höher oder gleich zur Metro. Da wartest du dann am Eingang auf mich. Glaub mir, ist besser, wenn du jetzt verschwindest.»

Ein Auto fährt die Rampe herunter. Beiden ist klar, wer das ist.

«Scheiße.»

«Steh jetzt ganz unauffällig auf und geh die Rampe hoch. Warte im zweiten Stock auf mich oder an der Metro. Ich komm dann nach. Los, zisch ab.»

Max nickt, aber er ist wie gelähmt. Gebückt schleicht er zum nächsten Auto, und von dort zum übernächsten und so weiter. Erst beim letzten Auto richtet er sich auf. So wird Gero ihn nicht sehen, denkt er, und gleichzeitig, dass dieser Gedanke absurd ist, denn Gero kann schlecht jemanden identifizieren, den er gar nicht kennt. Außerdem wird er gleich

sterben, Schluss aus, verdammt. Trotzdem gewinnt die Panik die Oberhand, und Max schleicht sich von der Bühne wie der Bösewicht in einer Operette.

Als er beim letzten Auto ankommt, sieht er, wie Cristian, die in ein T-Shirt gewickelte Pistole in der Hand, auf Geros Lieferwagen zugeht. Wie er Gero auffordert, die Scheibe runterzulassen. Wie Gero gehorcht. Nur Geros Gesicht kann Max nicht sehen. Er hätte es aber gern gesehen, auch wenn er nicht weiß, warum. Er steht auf und geht die Rampe rauf zu Deck zwei. Begibt sich zum Fahrstuhl.

Bruno, der nach wie vor auf dem Klo sitzt, hört Max' Schritte und weiß, dass er zu spät kommen wird. Weitere Minuten vergehen. Er kann nicht los: Ihm steht die Scheiße bis zum Hals. Nach einer Weile ertönen Schüsse. Eins, zwei, drei, nach einer kurzen Pause noch ein vierter Schuss. Er wischt sich den Hintern ab, mehr schlecht als recht, so gut er kann, notdürftig. Verlässt die Toilette. Rennt zur Rampe. Er will wissen, was passiert ist, während er auf dem Scheißhaus gesessen hat.

32

Ein Jahr später steht Bruno mit einem Schreiben in der Hand am Informationsschalter des Hospital Clínic, kochend vor Wut. Zwei Leute sind noch vor ihm. Er hasst es, wenn er warten muss. Normalerweise geht er nicht den vorgeschriebenen Weg, wenn das bedeutet, dass er anstehen oder eine Wartenummer ziehen muss. Diesmal aber, nachdem er ewig herumgeirrt ist – Treppenhäuser, Fahrstühle, Türen –, hat er beschlossen zu warten. Wer wohl dieser Typ eben gewesen ist?

Dieser Typ war ein Mann um die vierzig, Anzug, rasiert und hochnäsig wie ein Besen. Er ging gerade die Eingangstreppe hinunter, die er hinaufging. Das Gesicht kam ihm irgendwie bekannt vor, aber wie, wo, was, konnte er nicht näher bestimmen. Also hat er sich die Frau und den elf- oder zwölfjährigen Jungen näher angesehen, den sie an der Hand führte – wahrscheinlich ihr Sohn –, um das Puzzle zu vervollständigen, aber das hat ihn auch nicht weitergebracht.

Irgendeine Stimme hat ihm gesagt, dass er sich dieses Gesicht merken sollte. Deshalb hat er sich umgedreht, um abzuchecken, ob der Typ sich ebenfalls umdrehte, was ein Hinweis darauf gewesen wäre, dass sie einander tatsächlich kannten. Aber der Typ hat sich nicht umgedreht. Bruno kennt einfach zu viele Leute. Als er bereits in der Schlange steht, gelangt er zu dem Schluss, dass es wahrscheinlich eines dieser armen Schweine gewesen ist, die sie in fremden Betten erwischt und anschließend ausgenommen haben. Ist ein einträgliches Geschäft gewesen. Sehr einträglich. Leider hat sich all die Kohle schnell verflüchtigt, in unzähligen üblen Nächten und mit

unzähligen üblen Geschäften, an die er sich lieber nicht erinnern will. Er sollte wieder Ordnung in sein Leben bringen und die Sache neu aufziehen. Die Brüderschaft neu begründen. Aber dafür reichten seine Kräfte nicht. Morgen, morgen wird er alles neu ordnen. Sein Leben. Die Geschäfte. Die Zukunft.

In der vergangenen Nacht hat Bruno sich schwer zusammengerissen. Er wollte einen klaren Kopf haben. Am Morgen ist er in aller Herrgottsfrühe in der Herberge vorbeigegangen. Hat sich geduscht und rasiert. Hat gefrühstückt und mit der Sozialarbeiterin gesprochen. Dann hat er schnell bei Mireia reingeschaut und einen gezischt. Die Bodega beruhigt seine Nerven. Mireia und er leisten sich gegenseitig Gesellschaft, obwohl sie kaum ein Wort miteinander wechseln, nach all dem, was passiert ist.

Dann ist er an der Reihe. Er weiß genau, was er zu tun hat, so genau, dass er es sogar der Sozialarbeiterin erklärt hat. Die hat ihn dazu ermuntert, aber auch gewarnt, er solle nicht die Nerven verlieren. Bruno hat ihr recht gegeben. Wie er in letzter Zeit überhaupt jedem in allem recht gibt. Aber er weiß, dass es nur ein vorübergehendes Phänomen ist. Das Monster in ihm schläft nur. Manchmal muss man sich beim Kartenspielen mehrere Runden zurückhalten, bis man bereit ist für den großen Bluff, oder es mit dem Blatt versuchen, das man nun mal auf der Hand hat. Dann kommt der Hunger zurück und mit dem Hunger der bis aufs Blut gereizte Wolf.

«Was kann ich für Sie tun?»

«Es geht um dieses Schreiben.»

Die Frau am Empfang streckt ihre langen Finger aus und nimmt den geöffneten Umschlag mit dem Schreiben entgegen.

«Raquel Llopis. Ist das eine Familienangehörige von Ihnen?»

«Meine Frau.»

«Was möchten Sie wissen?», fragt das eher hässliche Mädchen, an deren Oberlippe ein goldenes Piercing prangt. «In diesem Schreiben wird Señora Raquel aufgefordert, sich zu einer Reihe von Tests und Voruntersuchungen einzufinden, damit wir ihre Transplantation vorbereiten können.»

«Und wie wollen Sie das machen?»

«Darüber wird ihr Arzt sie informieren. Sie erwarten doch wohl nicht, dass wir Ihnen den chirurgischen Eingriff in einem Schreiben schildern.»

«Nein, du blöde Fotze. Ich will nur, dass du mir erklärst, wie ihr die Leber einer Frau transplantieren wollt, die seit sechs Monaten tot ist! Mehr nicht!»

Die Kollegin des Mädchens ruft den Sicherheitsdienst. Offenbar ist das das Erste, was man in diesem Job lernt.

«Tut mir leid, Señor, die Listen …»

«Die gehen mir am Arsch vorbei! Meine Frau hat gewartet und gewartet, ist zigmal hier angetanzt, und immer hat man sie vertröstet! Alle wurden ihr vorgezogen. Südamerikaner, Araber, Leute mit Kohle sowieso, nur sie kam nicht zum Zug, bis sie verreckt ist wie ein Hund. Und dann kriege ich diesen Brief, in dem meine tote Frau auch noch verarscht wird. Geht's noch? Wehe, ihr schreibt mir noch mal so einen Brief! Ich bin ein geduldiger Mensch, Señorita, aber irgendwann ist das Maß voll, und dann ist mir alles egal, absolut scheißegal, verstehst du, Kindchen?»

«Beruhigen Sie sich, Señor.»

Noch immer nichts zu sehen von den Sicherheitsleuten. Wahrscheinlich führen sie gerade ihre Schlagstöcke und

glänzenden Hunde zwischen Zigeunern und Nordafrikanern spazieren und beeindrucken damit nur die Bande von Milchgesichtern, die im Krankenhausgarten einen Joint rauchen will.

«Weißt du, wie das ist, wenn deine Frau sich aufbläht wie ein Fisch? Wenn man sie baden und waschen muss? Wenn man an ihren Augen ablesen kann, dass sie nicht mehr ganz bei sich ist, mit sich selber spricht, Sachen sieht, die gar nicht da sind? Und alles nur, weil ihr euren Job nicht richtig macht? Weil ihr so verdammt langsam seid?»

Bruno hört, wie jemand sagt, dass die Sicherheitsleute im Anmarsch sind. Er könnte bleiben, es drauf ankommen lassen. Diese Scheißkerle jagen ihm keine Angst sein, aber er will keinen Ärger. Bei seinem Vorstrafenregister wäre das nicht zu empfehlen. Also greift er sich lieber das Schreiben und mengt sich unter die Besucher, nimmt irgendeinen Gang, betritt den erstbesten Fahrstuhl, dessen Tür sich gerade geöffnet hat, fährt in den dritten Stock, setzt sich in einen Wartesaal, um ein paar Minuten durchzuatmen.

Er zieht seine Jacke aus und sieht auf den Fernseher, der an der Wand hängt. Neben ihm sitzt ein alter Knacker, der ebenfalls fernsieht. Bruno grüßt ihn. Der Alte grüßt zurück. Die Szene hat was Komisches, findet Bruno. Was will er hier überhaupt? Raquel würde sich kaputtlachen, wenn er nach Hause kommt und ihr von seinem Abenteuer erzählt. Dabei vielleicht ein bisschen übertreibt. Wie immer. Ein Gerangel mit den Sicherheitsleuten dazu erfindet. Einen Tritt in den Arsch des Schäferhunds. Und außerdem wird er behaupten, dass er sich nicht mit dem Mädchen am Empfang angelegt hat, sondern mit dem Direktor selbst, mit Señor Clínico höchstper-

sönlich. Sie würde sich köstlich amüsieren. Ja. Und sie wäre stolz auf ihn. Auf ihren Mann. Sechs Monate nach ihrem Tod vermisst er sie noch immer. Hat mit keiner anderen geschlafen. Noch hat er genügend Kraft, um die Metro zu nehmen, ins Krankenhaus zu fahren und auf den Putz zu hauen, weil seiner Gattin, Frau und Freundin Unrecht getan wurde. Sie könnte noch leben. Sie hätte es bis zur Transplantation schaffen müssen. Aber sie hat es nicht geschafft. Ist vorher gestorben. Von ihm gegangen. Und seither hat ihn das Glück verlassen, seine Lebenslust.

Als Trost bleibt ihm nur, dass sie noch mitgekriegt hat, wie sehr er sie geliebt hat. Dass er an ihrer Seite war, als sie im Sterben lag. An der Seite der verschwitzten, gelbhäutigen, vergifteten und weggetretenen Raquel, die seine Hände ergriffen hat. Ihre Kinder sind zwar vorbeigekommen, um ihre Mutter mit den großen Fischaugen und dem aufgeblähten Bauch zu besuchen, aber nur, um ihr Gewissen zu beruhigen, damit es nicht hieß, sie hätten sie im Stich gelassen. Aber sie haben sie nicht geliebt. Nicht so, wie sie war, nicht das Original. Es ist leicht, jemanden zu lieben, der keine Probleme macht, mit dem man sich nicht zofft, der einen nicht betrügt. Es ist einfach, jemanden zu lieben, der nicht krank ist, der sich keine Drogen spritzt, der kein Wrack ist. Das ist, wie Jesus Christus zu lieben. Einen, der nie fehlgeht, der sich für dich töten lässt, der nie sündigt, der dir alles gibt und nichts dafür verlangt. Eine gute Mutter liebt sich leicht. Aber es ist verdammt schwer, eine Frau zu lieben, die todkrank ist, eine alte Frau, die nur dann schön, amüsant und aufregend ist, wenn sie vergisst, wie sie einmal war. Also praktisch nie.

«Ich habe dich geliebt, so sehr geliebt.»

Bruno knüllt Brief und Umschlag zusammen. Und weint. Der Alte dreht sie zu ihm um, als er das Schluchzen hört, und stellt sofort den Ton lauter.

Max hat ihn erkannt. Er hat sofort gemerkt, dass er dem Typen ebenfalls bekannt vorkam. Deshalb ist er so schnell wie möglich die Treppe runtergegangen. Hat sich nicht umgedreht. Und eines der Taxis genommen, die vor der Klinik in der Schlange standen. Gerade fahren sie die Villarroel entlang. Merche wollte überhaupt kein Taxi nehmen, aber er hat darauf bestanden. Der kleine David hat seinen Spaß. Im Auto fragt Merche, warum er so schweigsam ist.

«Nur so.»

Max will sie nicht beunruhigen. Sie sieht erst seit kurzem Licht am Ende des Tunnels. Und auch das nur phasenweise. Nie einen ganzen Tag lang. Deshalb zwingt er sich, zu reden und diesen Typ auf der Treppe zu verdrängen, den einzigen Zeugen der Geschehnisse an jenem Freitagabend.

«Ich frage mich, ob dieser ganze Aufwand nicht Zeitverschwendung ist.»

«Das besprechen wir lieber, wenn wir zu Hause sind.»

«Er kriegt doch gar nichts mit, so wie er über seiner Spielkonsole hängt.»

«Und ob er es mitkriegt.»

«Jedenfalls habe ich nicht sonderlich viel Vertrauen in Psychologen. Als Kind ist eben vieles verwirrend. Und dann kommt so ein Seelenklempner daher und erklärt dir die Welt. Ist doch nicht so schlimm, wenn man manches noch nicht versteht. Und als Erwachsener gibt man dann allem einen Sinn. Als würde man den Roman seines Lebens schreiben. Oder einen Film drehen.»

«Ich halte es trotzdem für eine gute Idee, dass der Junge mit der Ärztin reden kann.»

«Ich habe ja auch nichts dagegen. Aber diese Kritzeleien, ich weiß ja nicht, du mit sieben Fingern an der Hand, sein Vater mit Hut und ich im Hintergrund, wie ich eine Zigarre rauche. Was soll denn das bringen?»

«Sei nicht so zynisch.»

«Als Kind war ich auch eine Zeitlang überzeugt, dass meine Mutter von einem Zwerg ersetzt worden war. Dass ein Zwerg sich als meine Mutter verkleidet hatte. Für mich gab es klare Anzeichen dafür, dass meine Mutter nicht meine Mutter war. Die Schürze zum Beispiel. Der Knoten in der Schürze. Für mich war das eine Falte des Kostüms, das sich der Zwerg übergestülpt hatte.»

«Und deine Mutter?»

«Die war in der Garage versteckt. Bei meiner Großmutter. Und zu dieser Garage gelangte man nur über eine unheimliche Treppe. Gott sei Dank hat sich der Zwerg genauso verhalten wie meine Mutter, also musste ich ihm auch nicht von hinten die Schürze aufknoten, um ihn zu enttarnen; und auch nicht diese Treppe runtergehen, um meine Mutter zu retten.»

«Du warst schon immer ein bequemer Mensch.»

«Stimmt. Was ich damit nur sagen will: Wäre ich in dieser Lebensphase einem Psychologen in die Hände gefallen, hätte der mich garantiert in die Klapse eingeliefert.»

«Das hier ist was anderes.»

«Sicher.»

«Manchmal frage ich mich, ob du's wirklich verstehst.»

«Doch, tue ich, aber du musst deinerseits verstehen, dass meine Rolle nicht ganz einfach ist.»

«Weiß ich doch.»

«Ich liebe dich, Merche.»

«Ja.»

«Sehr. Über alles.»

Das Taxi zeichnet Pfade durch die Stadt. Weder Merche noch er wohnen dort, wo sie vor einem Jahr gewohnt haben. Erst ist sie aufs Land gezogen, zu ihrer Schwester. Und dann, vor zwei Monaten, haben sie gemeinsam eine Wohnung in Font d'en Fargues gemietet, zwischen den Stadtteilen Guinardó und Carmelo, fernab von allem, was schlechte Erinnerungen wecken könnte.

«Ich liebe dich auch sehr, mein Engel.»

Merche schmiegt sich an Max. Der hebt den Arm, legt ihn um sie, so dass sie sich noch enger an ihn kuscheln kann. Dann küsst er sie auf die Stirn. Er liebt ihren Geruch. Dieses wunderbare Aloe-Vera-Shampoo mit Pfirsich, Kiwi und noch irgendwas. Er streckt den Arm, der um Merches Schulter liegt, und kratzt David am Kopf, der aufblickt, ihn anlächelt und sich dann wieder seinem Mario auf dem Nintendo zuwendet.

33

Cristian schaut nach links und nach rechts, ob sich womöglich ein Schauspieler in die Szene geschlichen hat, der nicht zur Truppe gehört. Die mit Brunos zerrissenem T-Shirt umwickelte Pistole in seiner Hand wirkt wie ein blutiger Stumpf. Sie ist schussbereit. Aber sie will nicht geschossen werden, was aber nur der weiß, der sie nicht in der Hand hat.

Wenn dich ein Unbekannter angerufen hat und du rangegangen bist und erfahren hast, dass deine Frau dich betrügt. Wenn der Anrufer weiß, wo sie ist, wenn er sie beschattet, wenn er euch beschattet, deine Festnetznummer kennt, deine Handynummer. Wenn du am liebsten nicht mehr rangehen würdest, wenn das Telefon klingelt. Wenn du doch rangehst und das Schweigen eine Brücke ins Nirgendwo schlägt. Wenn sie dich in der Hand haben und nicht du sie. Wenn das so ist und du das Auto auf deinem Platz in der Garage abstellst und auf dem Parkdeck allein bist und ein Typ auf dich zukommt, denn du nicht kennst, ein Typ, der schwankt und eine Hand mit einem T-Shirt umwickelt hat, aktivierst du alle Sinne, weil du entscheiden musst, was du jetzt tun sollst. Ob du abwarten oder handeln sollst. Ob du dir die Gefahr nur einbildest oder am besten gleich zuschlägst, egal ob die Gefahr real ist oder nicht.

Cristian kommt am Auto an und gibt Gero mit einer Geste zu verstehen, dass er die Scheibe runterlassen soll. Gero, dessen Hände mit Farbe, Gips und Kalk verschmiert sind, obwohl er sie ständig wäscht, gehorcht.

«Hör mir gut zu, dann wird dir nichts passieren.»

Cristian glaubt, genau den richtigen Ton getroffen zu haben, genau die richtigen Worte gewählt zu haben, um zu einem Pakt mit diesem Mann zu gelangen, der sein Opfer sein sollte und sein Verbündeter werden muss. Es ist der Tonfall, mit dem er Frauen aufreißt. Der Tonfall, mit dem er Mädchen im Bikini Cocktails servieren wird, barfuß – er wie sie –, auf den feuchten Bohlen der Strandbar, im Hintergrund Meeresrauschen – zu hören nur zwischen den einzelnen Songs, von Amador, Camarón, Eros Ramazzotti, Diskoschnulzen, die er ebenfalls mag, wegen der Lichter, gelb, rot, blau –, ein Leben, in dem er rund um die Uhr Drinks serviert, Frauen küsst, lacht, Salz und Süden atmet. So hat er es wenigstens in Erinnerung. Aber er erinnert sich nicht gut, weil es ihm wehtut, weil er sich immer danach gesehnt hat. Das T-Shirt, mit dem er die Pistole umwickelt hat, könnte der Lappen sein, mit dem er sich die Hände abtrocknet und über den Tresen wischt. Und das heruntergelassene Autofenster könnte der Tresen sein, an dem er fragt: «Was darf's sein?» Wären seine Hände schneller an der Tür gewesen, hätte es anders ausgehen können. Waren sie aber nicht.

Gero zieht am Griff und drückt mit aller Kraft die Tür auf. Der Rahmen trifft Cristian so heftig an der Stirn, dass ihm Hören und Sehen vergeht. Während er fällt, trifft ihn die Tür erneut, diesmal an den Beinen. Die umwickelte Pistole rutscht ihm aus der Hand und liegt da wie ein nicht ausgepacktes Geschenk.

Gero steigt aus. Noch weiß er nicht, ob er richtig gehandelt hat. Die Braue des Mannes, der da auf dem Boden liegt, blutet fürchterlich. Der Typ versucht sich aufzurichten, schafft es aber nicht. Das Stoffbündel auf dem Boden, das ist der Schlüs-

sel. Er wickelt es auf. Nimmt das Spielzeug in die Hand. Dann tritt er Cristian in die Rippen, auf den Kopf. Der kommt sich vor, als hätte ihm jemand von innen den Schädel mit chloroformgetränkter Watte gefüttert. Was zum Teufel ist passiert? Was ist schiefgegangen? Cristian sieht alles unscharf und beschließt, einfach so lang liegenzubleiben, bis es vorbeigeht, oder nein, am liebsten würde er schlafen, träumen, so tun, als hätte er den Fehler in einer anderen Wirklichkeit begangen. Er hätte den Kerl töten können. Er hätte mit dem Geld abhauen können. Was also ist passiert? Wieso ist er so unvorsichtig gewesen? Warum sieht er nicht richtig, wenn er die Augen öffnet? Siehst du, Papa, siehst du, dass du unrecht hattest? Wer Gutes tut, verliert am Ende, nein, falsch, der Alte hat doch recht gehabt. Wieso soll man etwas schlecht machen, wenn man es gut machen kann, hat er immer gesagt. Wenn er den Typen doch auf dem Servierteller hatte, warum hat er dann zehn Minuten vorher beschlossen, ihn zu verschonen? Wieso hat er improvisiert? Die Partie ist gelaufen. Er hätte ein bisschen früher aussteigen sollen. Aber was soll's? Nichts von all dem ist real, denn wäre es real, würde er es sehen und nicht nur Schreie hören, Schläge und Stimmen, das Echo von Stimmen, Echos von Echos von Echos von Stimmen.

Gero hat die in ein T-Shirt gewickelte Pistole in der Hand. Die Sache mit den Fingerabdrücken ist das Erste, was man lernt, wenn man ständig Fernsehen schaut. Er hat schon immer gedacht, dass Schriftsteller und Filmschreiber der Gesellschaft einen Bärendienst erweisen, wenn sie Verbrechern zeigen, wie man's macht. Mörder gucken kein Fernsehen, sagt Merche dann immer. Wahrscheinlich hat sie recht. Wie in allem.

Er zielt auf Cristian.

Er wird nicht abdrücken, solange der Typ nicht aufsteht oder angreift oder schreit.

Wo nimmt er nur diesen Mut her? Dabei weiß er es genau.

Er hört jemanden kommen. Dieser Jemand spricht ihn an. Versucht ihm etwas zu sagen und hat ein Handy in der Hand. Dieser Jemand ist der Mann, der seine Frau liebt. Der Mann, der dafür bezahlt hat, dass man ihn tötet. Aber das weiß Gero nicht. Er beruhigt sich, weil der Mann keine Narbe im Gesicht hat, keinen breitkrempigen Hut trägt, kein Ausländer ist.

«Keine Angst. Ich rufe die Polizei.»

«Ich, ich … Der war plötzlich da, und ich …»

«Ganz ruhig. Ist das da Ihre Pistole?»

«Nein, nein …»

«Geben Sie her.»

Die Hände, die ihm gerade die in ein T-Shirt gewickelte Pistole überreichen, sind dieselben Hände, die Merche von hinten umfassen, die sie ausziehen, ihre Brüste berühren, ihr das Frühstück servieren, die das Lenkrad halten, wenn sie gemeinsam in den Urlaub fahren, die das Brot schneiden an dem Tisch, an dem sie und ihre Kinder essen. Und dieser Mund kriegt ihre Küsse und ihre Zunge. Diesen Körper küsst sie. Kennt ihn, schätzt ihn, wenn er über ihr ist. Den Puls, den Geruch, die Zuckungen, das Stöhnen.

Diese Hände da. Die Hände von diesem Kerl. Max würde am liebsten sagen, wer er ist, aber das darf er nicht. Im Gegenteil. Er muss jetzt gut überlegen. Und schnell. Er kann Cristian laufenlassen oder töten. Und dann verschwinden. Oder er könnte den Helden spielen. Ich war gerade in der Nähe und habe deinen Mann gerettet. Nein, Unsinn. Das wäre wie ein Schuldeingeständnis.

«Nein, nein.»

«Beruhigen Sie sich.»

«Rufen Sie an, schnell.»

«Ganz ruhig. Hier ist kein Empfang, aber ich habe den Alarm ausgelöst. Die kommen gleich. Wenn nicht, gehen wir raus, und ich rufe von da aus an.»

Max spürt das Gewicht der Waffe. Alles ist schiefgegangen. War ja zu erwarten, oder? Man kann nicht jemanden wie nebenbei töten. Dafür gibt es nicht umsonst Profis. Die Pistole in seiner Hand ist ziemlich leicht. Womöglich ist sie gar nicht geladen. Und ob sie gesichert ist, kann er nur rausfinden, indem er sie mal ausprobiert. Und genau das tut er.

Das T-Shirt dämpft den Schuss, der in der Wand einschlägt, ein Loch reißt und ein Geräusch erzeugt, das alles Mögliche sein könnte: ein Schuss, eine Tür, die zugeschlagen wird, ein Körper, der umkippt wie ein Sack.

«Was machen Sie denn da? Passen Sie auf, verdammt.»

«Tut mir leid.»

Es war ein Versehen. Er will niemanden verletzen. Ihm ist nur der Finger abgerutscht. Er wollte nur wissen, ob die Pistole gesichert ist. Eindeutig nicht. Ist eh nur wieder so wie im Film. Wie überhaupt alles wie im Film ist. In der realen Welt ist nichts real; höchstens glaubwürdig.

«Hallo, Gero.»

«Aber …»

«Ja, ich bin's. Und ja, sie liebt mich.»

Peng.

Gero wird gegen das Auto geschleudert, das Gesicht zerfetzt von einem Schuss aus nächster Nähe. Und so ein Schuss ist tödlich. Immer. Auch das weiß man aus Filmen.

Warum hat Max das getan? Er hätte anders aus diesem Schlamassel kommen können, aber er hat all diese Grübeleien so satt. Die Nebenstraßen, die Schatten. Er will Sonnenlicht, ganz für sich allein. Will nicht mehr warten müssen.

Er muss jetzt schnell handeln. Als nächstes schießt er Cristian in den Kopf, der kurz zuckt und dann reglos liegenbleibt, wie ein Fußball auf dem Elfmeterpunkt. Das Geld ist in der Tasche. Er darf die Tasche nicht vergessen, die steht hinterm Auto. Nicht vergessen. Und auch das Handy in der Jackentasche nicht.

Er hat mal eine Katze getötet. Mit dem Auto überfahren. Die Katze des Parkwächters. Dass es dessen Katze war, wusste er, weil der Alte überall Näpfchen mit Wasser und Fressen hinstellte. Eines Morgens hat er sich in sein Auto gesetzt und rückwärts ausgeparkt, als er plötzlich über etwas drüberholperte. Im Rückspiegel sah er noch, wie die Katze sich trotz mehrfach gebrochenen Rückgrats über anderthalb Meter in die Höhe katapultierte. Als sie wieder auf dem Boden landete, war sie blutüberströmt. Sah aus wie ein Karpfen oder ein Lachs. Letztlich sterben wir alle wie ein Fisch. Mit Schnappatmung. Er war einfach weitergefahren. Hatte den alten Parkwächter gegrüßt und war dann wie unter Schock ziellos durch die Stadt geirrt. An jenem Abend parkte er das Auto auf der Straße.

Daran denkt Max gerade. An seinen Garagen und an seine Toten.

Er muss schnell hier weg. Muss ab jetzt alles besser machen, perfekt.

Da hörte er es. Ein Stöhnen. Eines dieser Geräusche, die sonst nur Hunde hören. Ein Geräusch wie ein schlecht einge-

stellter Sender. Wie das Vibrieren eines Handys. Er dreht sich um. Diese Augen. Dieser Blick. Den manchmal auch seine Mutter hat. Den er zu vergessen versucht. Da sitzt er auf der Rückbank, die Sporttasche für das Freitagabendtraining auf dem Schoß, starr vor Angst, eine Maske: aus Akne, Aussichten, Fernsehen, Songs, den Träumen eines Kindes und eines Mannes.

«Bitte, töten Sie mich nicht.»

Peng.

Giorgio Fontana

Im Namen der Gerechtigkeit

Aus dem Italienischen von Karin Krieger

Roman. 256 Seiten. Gebunden

ISBN 978-3-312-00573-4

Der leitende Staatsanwalt Mailands wird kurz vor der Rente in ein Dilemma gestürzt. Gerade will er seinen letzten Fall und damit seine Karriere erfolgreich abschließen, da überzeugt ihn eine junge Journalistin von der Unschuld des Angeklagten. Nach dem Gesetz könnte er bei der Anklage bleiben, folgt er aber seinem Gewissen, muss er sie zurückziehen – und sich selbst belasten.

Der atmosphärische Hintergrund von Mailand, die Vorurteile der gehobenen Mittelschicht und das Schicksal mittelloser Immigranten: Vor dieser Kulisse erzählt Giorgio Fontana, einer der vielversprechendsten jungen Autoren Italiens, mit Dürrenmattscher Finesse ein spannendes und politisch brisantes Justizdrama um Schuld, Macht und Moral.

Im Namen der Gerechtigkeit wurde für acht Preise nominiert und 2012 mit dem Premio Racalmare-Leonardo Sciascia und dem Premio lo Straniero ausgezeichnet.

Charles Lewinsky

Kastelau

Roman. 400 Seiten. Gebunden

ISBN 978-3-312-00630-4

Winter 1944. Die bayerischen Alpen sind trotz Krieg – noch – eine friedliche Gegend. Ein Filmteam der UFA setzt alles daran, sich dorthin abzusetzen. Unter einem Vorwand beschafft man sich den Auftrag für den vermeintlich kriegswichtigen Film «Lied der Freiheit». In dem bald vom Schnee eingeschlossenen Bergdorf Kastelau wird das Drehen einer erfundenen Geschichte immer mehr zur erfundenen Geschichte eines Drehs. Denn wichtig ist nur eines: Die Filmerei muss überzeugend aussehen.

Aus immer neuen Lügen und Ausflüchten entspinnt sich ein Netz aus Intrigen, so dass bald niemand mehr zwischen Schein und Wirklichkeit zu unterscheiden weiß. Ein auf einer historischen Episode basierender Roman, der atemlose Spannung beschert.

Nagel & Kimche

Eduardo Mendoza

Der Friseur und die Kanzlerin

Aus dem Spanischen von Peter Schwaar

Roman. 288 Seiten. Gebunden

ISBN 978-3-312-00575-8

Der Euro scheint vorerst gerettet – doch Spanien liegt am Boden. Auf den Ramblas in Barcelona vermehrt sich das Heer der lebenden Statuen, und im Damensalon des namenlosen Helden verkehren die Schuldeneintreiber öfter als die Kundinnen. Ist die deutsche Sparpolitik daran schuld? Die Kanzlerin ist bei den Spaniern nicht gerade beliebt, ganz zu schweigen von ihrer Frisur, die «offen gestanden nicht auf der Höhe ihres Amtes ist». Doch als der Friseur von den Plänen eines Terroranschlags während ihres Besuchs in Barcelona erfährt, muss er in einem Wettlauf gegen die Zeit eingreifen.

Mendozas geniale Satire über die Auswirkungen der Schuldenkrise ist zugleich ein rasant erzählter Kriminalroman, in dem Not viel mehr als nur erfinderisch macht.

«Grell koloriert und unverschämt unterhaltsam.»
Ralph Hammerthaler, *Süddeutsche Zeitung*

Nagel & Kimche

Samar Yazbek

Die Fremde im Spiegel

Aus dem Arabischen von Larissa Bender

Roman. 160 Seiten. Gebunden

ISBN 978-3-312-00632-8

Mit ihrem aufwühlenden Tagebuch *Schrei nach Freiheit* wurde Samar Yazbek zur Chronistin der syrischen Revolution. Hier erzählt sie in einem Roman aus dem Innern der syrischen Gesellschaft: Eines Nachts erwischt Hanan ihren Ehemann im Bett mit ihrer jungen Dienerin Alia. Für ihn empfindet die selbstbewusste und moderne Hanan zwar nur Abscheu, Alia aber ist eigentlich ihre Geliebte; voller Wut und Eifersucht jagt sie sie aus dem Haus. Aufgewühlt starrt sie ihr durchs Fenster hinterher, und dabei enthüllt sich Hanans Geschichte – von einer reichen, machtlosen Frau und der Liebe zu ihrer Dienerin, von gegenseitiger Abhängigkeit, von Begierde, Sehnsucht und Verrat. Ein macht- und gesellschaftskritischer Roman, der in Syrien eine große Debatte auslöste.

Nagel & Kimche